그렇게…
악마가
웃었다

그렇게… 악마가 웃었다

초판 1쇄 찍은 날 | 2014년 4월 25일
초판 1쇄 펴낸 날 | 2014년 4월 30일

지은이 | 이경하
펴낸이 | 예경원

편집 | 유경화

펴낸곳 | 예원북스
등록번호 | 제396-2012-000132호
등록일자 | 2012. 7. 25
YRN | 제1-0064호

주소 | 경기도 고양시 일산동구 무궁화로 8-28 삼성메르헨하우스 712호 (우) 410-837
전화 | 031-819-9431 팩스 | 031-817-9432
http://cafe.naver.com/yewonromance
E-mail | yewonbooks@naver.com

ⓒ 이경하, 2014

ISBN 979-11-5630-071-7 03810

그렇게…
악마가
웃었다

이경하 장편 소설

YEWONBOOKS
ROMANCE STORY

CONTENTS

프롤로그— 재회

가을의 문턱을 가까스로 넘은 계절. 뺨을 스치는 바람은 겨울처럼 매섭지는 않았지만 그렇다고 여름처럼 나긋나긋하지도 않았다. 가로수 나무들은 화사하게 색을 달리하기 시작했지만 정작 도로의 풍경은 잿빛처럼 어두웠다. 연이어 흐린 날씨 때문인지, 부쩍 차가워진 기온 때문인지, 이유는 모르겠다.

생기 없는 도로와 달리 아이러니하게도 카페 안은 생동감이 넘쳐흘렀다. 바깥세상과 완전히 단절하듯 카페 안은 따뜻했고, 사람들은 유행이라는 아이스크림을 시켜 그 위에 토핑으로 얹어진 벌꿀의 달콤함에 취해 있었다.

그 모든 것을 몽롱한 눈빛으로 지켜보며 딴생각에 빠져 있던 나연은 귓가를 파고드는 새된 목소리에 흠칫 몸을 떨며 백일몽에서 깼다.

"얘, 어디다 정신을 팔고 있는 거야? 우리 이야기 들었어?"

누군가의 지적에야 나연은 느리게 눈을 깜빡이며 자신의 주위를 둘러보았다. 여고 동창 모임이랍시고 연락이 되는 사람들만 모이기 시작했던 것이 벌써 2년 전이다. 동창 모임이라고 하기에는 그리 적합하지도 않아 보이는 이유는 반 친구들이 전부 모이는 모임이 아니었기 때문이다.

같은 방송부에 포함되어 있던 사람들만 모이기 시작했다가 이제는 사회 생활에 바쁜 탓에 한자리에 모이는 것조차 쉽지 않았다. 게다가 각기 다른 대학 생활을 통해 공통의 관심사 또한 사라졌기에 이제는 이 모임의 목적조차 희미해졌다. 비슷한 동네에 사는 사람들끼리 모여 수다나 떨자는 취지였지만 얼마 지나지 않아 이 상황이 지루한 것을 보면 나연도 흐르는 시간에 많이 변한 것 같았다.

"어? 어, 미안. 뭐라고 했지?"

"정신이 결혼한대. 결혼식에 커플끼리 가려고 생각 중인데, 넌 어때?"

"나는 빼주라. 너희도 알다시피 난 슬프게도 이 가을을 혼자 즐기는 솔로 아니니."

나연이 너스레를 떨며 손사래를 치자 그녀의 말을 듣고 있던 친구 두 명의 표정이 묘해졌다. 서로 시선을 교환하며 어떻게 말을 꺼내야 하나 고민하는 얼굴에 나연의 미간에 주름이 잡혔다.

"뭐야, 왜?"

그녀의 물음에 가장 먼저 커플로 참석하자고 운을 뗐던 미주가 어깨를 으쓱거리며 아무렇지 않다는 듯 대꾸를 했다.

"우리, 네 일 다 알고 있어."

새침한 말투의 그녀는 앞으로 쏟아져 내리는 머리카락을 귀 뒤로 쓸어 넘기며 도도하게 고개를 추켜올렸다. 그녀의 뺨에 곱게 발린 분홍빛 볼터치와 립스틱 색깔이 무척이나 얄밉게 느껴졌다.

꼬시다.

미주가 한 생각을 알아채지 못할 나연이 아니었다. 다만 나연의 동공이 흔들린 것은 미주가 다 알고 한 제의라는 사실에 배신감을 느꼈기 때문이다.

"일…… 이라니?"

"너, 요즘 만나는 사람 있다며. 사준이가 다 말했어."

미주가 생긋 웃었다. 그녀의 얼굴에 깨소금이 덕지덕지 묻어 있는 것을 확인한 나연은 이를 꽉 깨물고 주변 친구들을 둘러보았다. 어떻게 말을 꺼내야 할지 난감해하는 그들의 모습에 나연은 덩달아 상처를 받고 말았다.

'나에게는 사랑인데…….'

나연을 바라보는 친구들의 눈빛이 너무 이질적이었기에 그녀는 자신이 부끄러운 일을 한 것이 아니었음에도 불구하고 도둑이 제 발 저리듯, 쿵쾅거리며 뛰어대는 심장박동을 숨기며 애써 태연한 척을 해 보였다.

"뭐 그렇게 심각한 얼굴들이야, 다들?"

"왜, 그렇잖아. 얌전한 고양이가 부뚜막에 먼저 올라간다고, 네가 그런 남자를 만날 줄은 몰랐지 뭐야?"

"그런 남자라니……."

"돌싱이라며, 그 남자."

미주의 거침없는 돌직구에 나연이 할 말을 잃고 멍한 얼굴로 미주를 바라보았다. 곁에 있던 친구들은 급속 냉각된 분위기를 읽었는지 미주에게 눈치를 주었다.

"미주야."

"야."

친구들의 만류에 미주는 기세가 꺾이지 않은 얼굴로 되레 신경질을 부리며 친구들을 한 번씩 훑어봤다.

"내가 틀린 말 했니? 왜들 그래? 너희도 나연이 오기 전까지는 궁금해했잖아. 뒤에서 수군거리지 말고 대놓고 물어보자고. 그 편이 너도 편하지 않아?"

미주의 물음에 나연은 최대한 태연한 척하려고 애를 쓰며 대답했다. 하지만 그녀의 바람과는 달리 얼굴은 석고처럼 굳어 있었고, 말투 역시 서늘했다.

"남 욕이든 담화든, 난 대놓고 듣는 것보다 내 귀에 안 들리는 쪽을 선호하는 편이라서."

"어머, 그랬니?"

가시 돋친 경고였음에도 불구하고 속엣말까지 알아듣지 못한 미주는 대수롭지 않다는 듯 어깨를 으쓱거렸다. 알아듣지 못한 건지 알고도 모르는 척 시치미를 떼는 건지, 그 속은 알 길이 없었지만 무지를 가장한 채 대놓고 사실 규명을 요구하는 미주의 태도는 한 대 쥐어박고 싶을 정도로 얄미웠다.

"미안하다, 애. 그런데 그 남자, 애까지 있다며?"

쐐기를 박는 미주의 물음에 나연은 탁자 밑으로 양손을 움켜잡았다. 이대로 손을 묶어두지 않는다면 어디로 뻗칠지 몰랐기 때문이기도 했고, 순식간에 일어난 오한에 온몸을 떨어대지 않기 위해 동아줄처럼 붙잡은 것이기도 했다.

어금니가 깨질 정도로 이를 악물고 있던 나연은 낯설게 느껴지는 친구들의 눈빛을 차례로 훑어보았다. 연민, 안타까움, 그리고 그 속에 숨겨진 경멸과 조롱이 엉망진창으로 해진 나연의 심장에 비수를 꽂았다.

사랑을 하면 더욱 예뻐지고 생기가 넘친다던데 제대로 된 사랑을 시작하기도 전, 나연의 마음은 더욱 형편없이 너덜너덜해지고 말았다. 덕분에 사랑 때문이 아닌 주변의 시선에 지쳐 자문을 하게 됐다. 내가 하고 있는 것이 진짜 사랑인지, 이 연애가 해도 되는 연애인지, 당사자를 제외한 나머지 사람들에게 허락을 받고 시작해야만 하는 것인지.

시간이 흐를수록 행복보다 자괴가 부피를 더했다. 오래전 느꼈던 사소한 설렘은 사라지고 그보다 먼저 가슴에 열쇠 없는 자물쇠와 심연으로 끌어당기는 무거운 추들이 달렸다. 나연은 그것들을 어떻게 해결해야만 하는지 방법을 알지 못한 채 날이 갈수록 지쳐가고 있었다.

그건 친구들 앞에서 확실시되었다. 그들은 눈빛으로 나연의 얼굴에 주홍글씨를 새겼고, 그저 다른 사람들과 엇비슷한 연애를 할 뿐인 나연을 무기력하게 만들었다.

아무래도 안 되겠어.

나연은 방어적인 눈빛으로 자신을 무장한 채 자리에서 먼저 일어났다.

"아무래도 나 먼저 일어나야겠다."

"왜, 더 있지."

예의상 한마디 던지고는 일어나는 나연을 잡을 생각조차 하지 않는 미주의 모습에 가방을 챙겨 일어나 등을 돌리려던 나연이 그들을 매섭게 쏘아봤다.

"한마디만 하자. 나, 부끄러운 짓 한 적도 없고 그 사람도 마찬가지야. 그런데 그렇게 우리 일을 장난삼아 떠들어대니? 그것도 친구라는 너희들이?"

친구라는 것은 허울일 뿐, 누군가의 불행과 자신을 비교하며 나는 괜찮은 사람이다 확인받고 싶어 하는 그들을 차례로 둘러보자 그들은 변명이라도 하듯 중얼거렸다.

"아니, 우리야…… 네가 걱정돼서."

"총각들은 바람 안 피워? 총각들은 다 행복한 가정을 이뤄? 총각들은 더 완벽한 사랑을 하니? 아니, 그전에. 내 남자친구가 총각이든 돌싱이든 너희가 무슨 권리로 왈가왈부해?"

의지를 배반하고 비집고 나오려는 눈물을 억지로 참아내던 나연의 눈가에 단풍이 들었다. 손바닥에 손톱이 파고들 정도로 세게 쥔 그녀의 주먹이 바들바들 떨리고 있었다. 그 모습에 친구들은 숙연해진 얼굴로 조용히 사과를 뇌까렸다.

"미, 미안해."

"너희가 보태지 않아도 나 힘들어. 그러니 관심 좀 꺼주라."

나연의 말에 미주도 더는 할 말이 없었는지 조개처럼 입을 꼭 다물고 있었다. 정색하고 달려드는 나연의 행동에 당황을 했는지 입술을 오므린 채 경직되어 있는 미주의 모습을 힐끔 본 나연은 한마디 말을 더 남기고 유유히 카페를 빠져나갔다.

"한미주. 너, 립스틱 색 무지 촌스러워. 그거 알아?"

미주는 계단을 내려가는 나연의 뒷모습을 말없이 바라보다가는 시야에서 완전히 그녀가 사라지자 퉁명스럽게 중얼거렸다.

"기집애, 하여튼 오버는. 근데 이 색 이상해? 백화점에 신상 뜨자마자 사온 색깔인데? 이거, 그 유명한 공효진 립스틱이란 말이야."

카페를 나서자마자 추풍(秋風)이 따뜻한 볼을 스쳤다. 바람마저 따스했다면 왈칵 눈물이 나 주책없이 길가에 쭈그리고 앉아 대성통곡을 했을지도 모르는 일이라고 생각하며 버스정류장을 찾아 거리를 걷는데 마침 전화가 걸려왔다.

「형부」

나연은 액정에 뜬 이름을 물끄러미 바라보고 있다가는 전화가 끊기기 일보 직전에야 통화 버튼을 눌렀다.

―동창들은 잘 만났어?

화를 억누르려 텀을 주고 전화를 받았건만 평소와 다름없는 사준의 말투에 발끈 성이 났다. 나연은 부루퉁한 목소리로 대답했다.

"잘 못 만났어."

―왜?

"이유는 네가 더 잘 알고 있을 거 아니야? 지금도 확인하려고 전화한 거 아니야?"

날카로운 나연의 대꾸에 상대방은 말없이 침묵을 지키고 있다가는 제법 진지해진 목소리로 사과를 건넸다.

—맹나연, 미안하게 됐다.

사과할 짓을 왜 하는지. 애초에 사과하게 될 상황을 염두에 두고 한 짓은 실수가 아니라 고의다. 그리고 그 고의에 나가떨어진 나연은 그 사과를 받고 싶지 않았다.

개구리는 우연히 던진 돌팔매에 맞아 죽기라도 하지, 맹나연은 죽지도 못한 채 예상치 못한 사람들이 쏘아댄 화살을 맞고 고슴도치가 되기 일보 직전이었다.

"너까지 날 힘들게 할 줄은 몰랐어."

온몸에서 힘이 빠져 버렸다. 나연은 걷다 말고 무릎을 굽히고 앉아 몸을 웅크렸다. 계속되는 협공에 생기를 빼앗긴 그녀는 손가락 까딱할 힘 하나 없이 휴대폰에 대고 속삭였다.

—너도 알다시피 너희 언니 말을 거역하기가 힘들잖아, 내가.

"됐어. 더 이상 말하고 싶지 않아. 그만 끊자."

나연은 일방적으로 답을 하고는 곧장 전화를 끊어버렸다. 그러지 않고는 숨을 쉬기가 힘겨워 그대로 질식사하고 말 것 같았기 때문이다. 나연은 무릎에 고개를 파묻은 채로 중얼거렸다.

"김사준, 망할 자식. 하필이면 미주 그 계집애한테 말을 해서는. 아주 기회 잡았다 생각할 게 분명하지, 한미주."

나연은 한참 동안 미친 사람처럼 자리에 주저앉아 뿌연 입김만 뿜어대고 있다가 눈꼬리에 대롱대롱 달려 있던 눈물방울을 떨쳐내고 자리에서 일어났다.

이젠 우는 것도 지겨웠다.

남들에게 맞는 몰매가 이렇게나 아프고 서러울 줄 몰랐다. 아닌 척, 괜찮은 척, 태연한 척, 온갖 척들은 다 했음에도 속에 감춰둔 마음이 그렇지가 않으니 속이 곪아가고 있었다. 나연은 소독이라도 할 것처럼 곪은 상처에 알코올을 들이붓고 있었다.

　맑다고 해도 독하다. 독한 소주가 목구멍을 훑고 내려가 뱃속을 뜨끈하게 만들었다. 오래 지나지 않아 얼큰하게 술기운이 서러움과 함께 복받쳐 올라왔다. 삼삼오오 모여 와자지껄 즐거운 고함이 들려오는 선술집 구석, 나연은 친구 진래가 돌아간 뒤에도 혼자 자리를 지키고 앉아 술과 사투를 벌이고 있었다.

　"아, 마셔도 안 취하네. 기분 정말 더러운데 취하지를 않네, 정말."

　그녀를 아는 사람도 없고, 그녀에게 무어라 말할 사람도 없었다. 그랬기에 나연은 감정 전부를 드러내며 술에 빌어 아파했다. 그러다 안 되겠던지 술잔을 내려놓은 그녀는 휴대폰을 찾아 통화 버튼을 눌렀다. 전화는 최근 통화한 '형부'에게로 걸렸다.

　―여보세…….

　사준이 말을 채 끝내기도 전이었다. 나연은 촉촉하게 젖은 목소리로 속 안에 억눌러 왔던 고름을 터뜨렸다. 와앙, 울어버리기라도 할 것처럼 그녀는 발갛게 상기된 얼굴을 하고 애꿎은 사준에게 따져 댔다.

　"야, 김사준. 너 좀 말해봐. 내가 그렇게 잘못한 거야? 내가 나쁜 짓을 저지른 것도 아니고, 그 사람이 뭘 잘못한 것도 아니잖아. 우리, 범죄를 저지르는 게 아니라 그냥 사랑하는 거잖아. 그런데 그게 그렇게 잘못된 거야? 나랑 그 사람이 만나는 게 그렇게 잘못된 일이냐고!"

　─너, 어디니?

"내가 서러워서 그래, 서러워서. 내가 뭘 잘못했다고. 그 사람이 뭘 잘못했다고! 서로 사랑한 것도 죄야? 난 그냥 그 사람 자체가 좋고, 그 사람도 그런 건데…… 왜 그렇게 낙인을 찍는 건데. 왜 우리를 갈라놓지 못해 안달인 거냐고!"

　나연은 흐느끼는 목소리로 참아왔던 울분을 쏟아내고는 끊임없이 떨어져 내리는 눈물을 손바닥으로 닦아냈다. 사준을 향해 소리를 치던 그녀는 잠시 숨을 고르더니 축 가라앉은 목소리로 아프게 속삭였다.

　알고 있었다, 두 사람의 사랑에 끝이 다가오고 있다는 것쯤은.

"나, 마지막으로 발악하는 거야. 그 사람 놓지 않으려고 애를 써도 그 사람이 자꾸 멀어져만 가. 잡으려고 애를 쓰는데 잡히지 않는 그 사람을 보내야 한다는 걸 아는데…… 그게 안 돼."

　─그 사람, 많이 힘들었다. 벌써 아버님 어머님 다 뵙고, 수연이까지 만났어. 듣지 않아도 될 말까지 들었어. 네가 놔주는 게 그 사람 가족까지 행복하게 해주는 거야.

"알아, 안다고."

　나연은 사준의 말에 건성으로 대꾸하고는 마지막 남은 잔을 단숨에 들이켰다. 덕분에 한계에 다다라 있던 나연은 곧장 마지노선을 넘어버렸고 덕분에 그녀는 푸우, 긴 한숨과 함께 탁자 위로 무너져 내렸다.

　─얼른 집에 들어와. 어머님 걱정하고 계셔.

사준의 말이 아지랑이처럼 피어오르는 것 같다. 그의 목소리가 이상해졌고, 그가 내뱉는 말이 제대로 귀에 꽂히지 않았다. 그게 취해서라는 것을 알지 못하는 당사자는 그저 탁자에 붙인 뺨을 비벼대며 중얼거렸다.

"그놈의 걱정. 그놈의 가족. 그놈의 참견. 정말 지긋지긋하다. 정말 미치겠다."

귓가에 올려두었던 핸드폰이 뺨을 타고 주르륵 미끄러져 탁자 아래로 떨어져 의자에 간신히 걸렸다.

그때였다. 어디서 다가왔는지 모를 한 남자가 나연의 옆으로 다가와 그녀의 이름을 읊조렸다.

"……맹나연……?"

남자의 음성에 거짓말처럼 나연의 고개가 들렸다. 다정하고 달콤한 그 목소리는 꿈에서도 잊히지 않는 그 사람의 것이었다. 눈을 반쯤 뜬 나연이 고개를 들고 남자의 얼굴을 확인하더니 이내 힘겹게 상체를 일으켰다. 그리고는 휘청거리며 그를 향해 양팔을 뻗었다.

"나 여기 있는 줄 어떻게 알았어요?"

"어이쿠."

남자가 짧게 탄성을 내지르며 그녀에게 가까이 다가와 쓰러지려는 그녀의 몸을 받아 부축했다.

"괜찮아요?"

"안 괜찮아요."

단단한 가슴과 굵은 팔, 시원한 바람 냄새가 그 사람의 것과 사뭇 달랐지만 나연은 사소한 것 하나 신경 쓸 겨를이 없었다. 그녀는 벼랑 끝에서 지푸라기를 잡듯 남자의 소맷자락을 붙든 채 맑은 눈물을 펑펑 쏟아내었다.

"나, 너무 힘들어요. 당신은 왜 나보다 먼저 그 여자를 만나서……. 나보다 먼저 그 사람을 사랑해서…… 날 이렇게 힘들게 만들어요."

겨우 진심을 토해낸 순간, 나연은 정신을 잃었다. 그나마 다행인 것은 사랑하는 남자의 품에서 기억이 끊겼다는 것이었다. 그리고 다음날, 그녀는 모텔 방에서 혼자 깨어났다. 어젯밤 그녀의 눈물을 닦아주던 그 사람의 온기가 아직도 뺨에 묻어 있는데 그 사람은 향기조차 남기지 않고 사라져 버렸다. 그 점이 나연의 속을 더욱 쓰리게 만들었다.

분당에 위치한 아파트 14층. 49평쯤 되는 집은 리노베이션을 한 지 좀 됐음에도 불구하고 멋진 내관을 자랑하고 있었다. 이웃한 벽에 창이 있어 채광이 좋은 거실, 회색 패브릭 소파에 모녀가 자리를 잡고 앉아 오전의 티타임을 즐기고 있었다. 하지만 두 사람의 분위기는 온화하게 쏟아져 내리는 가을 햇살과는 다르게 심각하기만 했다.

"아직도 전화가 안 돼?"

"엄마, 자꾸 채근하지 좀 마. 연락이 됐는데 내가 말 안 할 리 있어?"

"어휴, 어휴, 정말!"

수연의 대답이 영 마뜩찮았던지 김 여사는 가슴을 두드리며 바튼 한숨을 내쉬었다. 이미 까맣게 타버린 가슴은 잿더미로 그득했지만 그럼에도 풀릴 기미조차 보이지 않는 문제에 정신이 아득해졌다.

"난 꽤 너그러운 엄마라고 자부하고 있었다. 너희가 연하의 남자를 데려온다거나 연상의 남자를 데려온다거나 집안이 기울더라도 놀라지 않고 받아들일 준비가 되어 있었어. 그런데…….."

김 여사는 땅이 꺼질 듯한 깊은 한숨을 내쉬었다. 며칠 사이 눈가가 만 리(萬里)는 넘게 움푹 파였고, 통통했던 양 볼마저 꺼져 수척해졌다. 그녀는 까칠한 얼굴을 하고 기운 없이 중얼거렸다.

"아이까지 있는 이혼남은 내가 받아들일 수준을 넘어선 것 같지 않니? 그래, 요즘에는 드라마에도 많이 나오긴 하더라. 그런데 현실적으로 내 딸이 그런 남자를 만나는 꼴은 못 보겠어. 내가 고지식한 거니? 말 좀 해봐, 맹수연."

"엄마."

"내가 속이 타서 그래. 그 남자가 이혼남이라서가 아니라 내 딸이 겪게 될 고통 때문에 속이 타. 제 아이도 아니고 남의 아이를 기르게 될 걸 생각하면 자다가도 심장이 무너져 내려서 자리에서 벌떡벌떡 일어나. 그뿐이니? 그쪽 여자는 재결합을 원하고 있다며."

김 여사는 이 현실 자체가 믿기지 않는다는 듯 고개를 저으며 애꿎은 가슴을 두드렸다. 할 수 있는 일이란 두 사람을 번갈아 만나며 설득을 거듭하는 것, 그리고 멍하니 자리에 앉아 답답한 가슴께를 두드리는 것뿐이었다. 하도 두드린 탓에 주먹에 가슴이 깊이 패어 눈물이 고일 것만 같다.

"내 아이 기르는 것도 얼마나 힘이 드는데. 남편이 회사 나가면 나연이 혼자 그 아이를 봐야 해. 아이가 하루에도 몇 번씩 힘들게 하는 줄 아니? 그래도 내 자식이면 내가 배 아파 낳은 자식이니까 참고 참으면서 길러. 그런데 남의 자식을…… 자고로 옛날부터 머리 새카만 짐승은 거두는 게 아니라고 했어."

"엄마는 참, 언젯적 이야기를 해."

"그런 말이 생긴 데에는 그만한 이유가 있는 거야. 아이를 기를 내 딸 모습도 보기가 힘든데 전부인이나 그 가족들은 어떻게 할 거냐고. 아이도 자주 보여주고 해야 한다며. 한 번 인연을 맺었던 사람들이야. 아이 때문에 자주 만나다 보면 또 어떤 일이 생길 줄 알고. 이혼을 했다손 쳐도 이미 깊은 관계까지 간 사람들이 다시 어떻게 될 줄 알고. 난 그 꼴은 절대 못 봐. 절대 못 본다."

김 여사는 무뎌지려는 마음을 고쳐 잡으며 강경하게 고개를 저었다. 임신 사실을 알았을 때, 진통을 하고 나연을 낳았을 때, 나연을 지금껏 길러오기까지의 일련의 순간들이 머릿속을 스치고 지나가는 탓에 김 여사는 나연을 놓으려도 놓을 수가 없었다.

"하루에도 몇 번씩 생각한다. 그래, 그렇게 둘이 좋다는데 만나보라고 해보자. 만나다 보면 생각이 달라질 수도 있으니까. 다 큰 녀석 둘이 좋다는데 내가 엄마라는 이유로 반대해도 되는 걸까. 그런데 아무리 생각을 하고 생각을 해도…… 안 돼. 내 마음은 똑같아."

"나도 엄마 마음 이해하지만, 휴. 나연이 마음도 너무 잘 알고 있어서 그런지 이젠 말리는 것도 힘에 부치네. 우리가 말린다고 해도 억지로 사랑하는 감정이 잊히는 것도 아니고, 또 다 큰 애 연애에 끼어드는 것도…….”

“맹수연!”

“알아, 안다고. 엄마 마음 백배 천배 이해하니까 내가 돕고 있는 거 아니야.”

수연이 짜증스러운 얼굴을 커피잔으로 숨겼다. 입안을 가득 채우는 식어 빠진 커피의 맛이 별로였기 때문이라는 변명거리를 만들기 위해서였다.

하지만 수연의 변명은 필요가 없었다. 모녀 간의 정적이 가득 들어찬 때를 맞춰 나연이 귀가를 했기 때문이었다. 도어락이 열리는 소리가 들린 순간 자리에서 벌떡 일어나 현관으로 향한 김 여사는 나연이 어제 나간 모습 그대로 들어오는 것을 확인했다. 그리고는 끓어오르는 격정을 참지 못하고 뾰족하게 소리를 지르고 말았다.

“너, 지금이 몇 시야?”

“어, 엄마.”

“어디서 잤어? 전화는 왜 안 받고. 그 남자랑 함께 있었니?”

“아니, 그게 아니라…….”

나연이 어제 있었던 일을 이야기하려는 찰나 김 여사의 등 뒤로 수연이 나타났다. 수연의 존재를 알아차린 순간, 나연의 얼굴이 딱딱하게 굳었다. 하지만 그런 나연의 상태를 이해하지 못하는지 수연은 언니랍시고, 또 딸이라고 김 여사가 차마 하지 못하고 있는 설교를 꺼냈다.

“아무리 우리가 널 힘들게 한다고 해도 그렇지, 엄마한테 전화도 안 하고 외박까지 하는 건 좀 아니지 않니?"

"너……."

"너?"

수연의 설교는 나연이 참고 있던 감정을 끓어오르게 만들기 충분했다. 마그마 수준으로 차 있던 서러움이 수연의 얼굴을 보는 순간 폭발하고 말았다.

"네가 사준이 시켜서 소문내라고 했어? 왜 그랬어, 왜?"

금세 눈에 눈물이 그렁그렁 맺혀서는 앞뒤 가리지 않고 따지는 나연의 모습에 수연이 경악한 얼굴로 고개를 저었다. 단 한 번도 악을 써본 적 없던 동생이었다. 사랑스럽고, 명랑한 바른 생활의 아가씨가 바로 나연이었다. 하지만 그런 동생은 그 남자를 만난 이후 변하고 말았다. 그 생각에 수연은 자신의 행동에 의미와 정당성을 부여했다.

"오죽했으면 그랬겠어? 이 방법, 저 방법, 다 써봐도 수그러들 기세가 보이질 않으니까 이러는 거 아니야."

"언니."

"네 또래 친구들 앞에서 수치스러웠니? 부끄러웠니? 아니면 떳떳하게 말할 수 없었니?"

"……."

"그게 지금 네가 사랑이라고 부르짖는 사람과의 관계야."

"……수치스럽지도, 부끄럽지도 않았어."

"그럼 친구들에게 자랑했니? 친구들이 그렇게 물어볼 때, 신나게 떠들어댔어? 왜 비밀로 한 건데!"

수연의 다그침에 나연은 입을 꾹 다물고 말았다. 부끄러운 일이 아님에도 사람들에게 자랑처럼 말할 수 없는 일이 있다는 것을, 그 사람을 만나고 나서 알았다. 수치스러운 일도 아니었고, 죄스러운 일이 아니었음에도 말을 아껴야 할 상황이 있다는 것도 그 사람을 통해 알았다. 그런데 그 마음을 어떻게 설명할까.

나연이 황망한 눈빛으로 수연을 바라보는데 그녀가 다짜고짜 명령을 내렸다.

"선봐."

"뭐?"

"선이라는 말이 부담스러우면 소개팅이라고 치자."

"언니!"

나연이 목에 핏대를 세우고 소리를 치자 김 여사가 이마를 짚은 채 비틀거렸고, 그 모습을 본 수연은 상기된 얼굴로 비명과도 같은 목소리를 토해냈다.

"여자 쪽에서 재결합을 원하고 있다며! 남자 쪽 집안 식구들도 재결합을 원한다며! 게다가 두 사람 사이에는 어린 아들까지 있어. 네가 그 사이에 껴서 뭘 어떻게 할 건데? 왜 그런 곳에 네 청춘이랑 마음을 소비하는 건데? 좀 똑똑하게 살아, 이 멍청아!"

수연의 고함에 나연은 탈진할 것만 같은 얼굴로 바닥에 주저앉고 말았다. 더 이상 이 세상 그 누구에게도 지지받지 못하는 사랑을 지켜 나갈 자신이 없었다.

"이 맹추야, 저번에 그 남자 만나보니까 그 사람도 재결합 쪽으로 마음이 기울고 있는 것 같던데 너 혼자 이렇게 안절부절. 내가 답답해서 그런다, 답답해서. 그런 우유부단한 남자, 뭐가 좋다고."

"그만해."

"이 세상에서 너 하나만 온 마음을 다해 사랑해 주는 남자를 만나도 모자랄 판에 마음이 여러 갈래로 나눠 있는 남자를 만나려고 하니?"

"그만하라고!"

나연이 수연을 향해 바락 소리를 질렀다. 안 그래도 다 이겨낼 수 있다고 여겼다. 그런 것 하나 감수할 생각 없이 시작한 것이 아니라는 말이었다. 처음 시작할 때부터 그 남자는 많은 것을 해줄 수 없을 거라고 경고했고, 그것을 알면서도 나연은 불꽃 속에 뛰어드는 한 마리 부나방처럼 그의 사랑을 갈구했다.

하지만…….

그 사람의 사랑만 굳건하다면 나도 이렇게까지 힘들어하진 않을 텐데.

확신이 필요했다. 그 사람의 마음을 알아야 마음의 갈피를 잡을 수 있을 것 같았다. 하지만 그 사람은 분명 그녀가 원하는 것을 주지 않을 테다. 나연도 그 사실을 잘 알고 있었다. 그렇기에 지금 이 사랑의 끝이 보이고 있었다.

"내일 3시 명림호텔 1층 커피숍. 예쁘게 하고 나가서 예의 있게 굴다 와."

수연의 말에 거부를 할 수 없었던 것은 자신으로 인해 멍들어 버린 가족들의 가슴이 눈에 보였기 때문이다. 나연은 순순히 고개를 끄덕이고는 뒤도 돌아보지 않고 곧장 방으로 들어가 버렸다. 그 모습을 지켜보던 모녀의 입에서는 나지막한 한숨이 흘러나왔다.

다음날 2시 반, 명림호텔 1층 커피숍.

나연은 구석에 예약된 테이블에 앉아 멍하니 창밖을 바라보고 있었다. 하루하루 행복하게, 그리고 별 근심 없이 살아왔던 것이 엊그제 같은데 요즘은 마음에 희뿌연 안개가 낀 것 같았다.

"맹나연 씨?"

밖을 내다보고 있던 나연의 머리 위에서 굵직하고 깊은 남자의 목소리가 들려왔다. 그제야 그녀는 눈을 굴려 창에 비친 남자의 실루엣을 보았다.

"네."

나연이 가볍게 고개를 숙이고는 테이블을 바라봤다. 그 모습에 남자는 가볍게 웃으며 그녀의 맞은편에 자리를 잡고 앉았다.

"우리, 오늘 뭘 하러 나온 건지 아세요?"

"네."

"그런데 나연 씨는 벌받는 학생 같네요. 나, 그런 꼰대 아니에요."

목소리는 덤덤했지만 그가 내뱉는 말이 개구졌다. 그 묘한 갭에 나연의 고개가 비로소 들렸다. 하지만 슬픔이 찬 그녀의 눈동자는 눈앞의 남자를 제대로 비추지 못하고 있었다. 그 모습을 잠시 바라보고 있던 남자가 고개를 기울이더니 조용히 속삭였다.

"너, 비겁한 놈이구나?"

그런 말에도 그녀는 묵묵부답, 고집스러운 태도를 고수하고 있었다. 흔들림 없는 모습이라기보다 그에게 관심이 없는 투였기에 그는 뜸을 들이다 말을 이었다.

"그런 말 하고 싶죠?"

"아니에요."

"그래요? 난 나연 씨에게 그렇게 말하고 싶은데."

남자의 말에 나연의 눈동자에 비로소 그가 비추어졌다. 자신을 똑바로 쳐다보는 나연의 눈빛에 한순간 어둠이 걷힌 것을 확인한 남자는 흥미로운 얼굴을 하고 물었다. 나연의 시선이 남자의 얼굴을 찬찬히 더듬어 내려가기 시작하면서 그녀의 눈동자에 긴가민가한 의심이 서렸다는 것 역시 그의 흥미를 자극했다. 하지만 남자는 그리 쉽게 그녀에게 정답을 알려주고 싶지 않다는 듯 모르쇠 태도를 고수하며 말을 이어나갔다.

"좋아하는 사람 있죠?"

그의 물음에 한 번 정도는 당황할 법도 했지만 나연은 묻는 말이 끝나기도 전에 대답을 해버렸다.

"네."

섭섭하게.

과감히 선을 긋는 그녀의 태도에 남자는 그런 대답까지 예상했다는 듯 놀랍지 않다는 얼굴로 도도하게 굴었다.

"그런데 이 자리가 어떤 자리인 줄 알고도 나온 겁니까?"

"미안합니다. 사정이 있어서요. 안 그래도 지금 그 이야기를 꺼내려고 했어요."

"그럼 안 되겠네요. 난 누가 나 편애해 주는 걸 좋아하거든요."

남자가 연거푸 하는 말에 가시가 들어 있다는 느낌이다. 더불어, 언젠가 그런 말들을 들어본 것 같다는 기시감에 나연의 미간이 좁혀졌다. 만나고 처음으로 그녀의 관심이 오로지 남자에게 향한 순간이었다.

나연은 익숙하게 다가왔던 그의 얼굴을 뚫어져라 바라보며 처음부터 하고 싶었던 질문을 조심스럽게 꺼냈다.

"그런데 우리, 어디서 만난 적이 있지 않나요?"

"그거, 남자들이 자주 쓰는 작업 멘트라는 거 알아요?"

"장난하는 거 아니에요. 사실 그쪽이······."

"당신이 아는 누군가와 많이 닮았겠죠?"

"내 첫 제자와 많이 닮았어요. 마음이 가던 녀석이었는데······ 시간이 흐른 탓인지 녀석의 얼굴이 기억 속에서 흐릿하네요."

기억 속 누군가를 더듬는 나연의 눈이 찌푸려졌다. 오래된 기억을 낡은 상자에서 꺼내 먼지를 탈탈 털어봤지만 빛바랜 기억은 남자의 얼굴을 선명하게 그리지 못했다.

잡힐 듯 잡히지 않는 파도처럼 기억이 썰물과 밀물이 되어 빠져나갔다. 가까워졌다가도 멀어지는 기억을 붙잡으려 애를 썼지만 제대로 생각해 내지 못해 속이 답답해지고 있을 즈음, 남자가 고개를 기울인 채 중얼거렸다.

"첫 제자에 마음까지 가던 녀석이었으면 좀 더 확실히 기억해 줘야죠. 그 제자가 들으면 섭섭하겠네."

"긴가민가하는 중이에요. 녀석이라고 확신하기에는 분위기가 너무 달라졌고, 녀석이 아니라고 하기에는 너무 닮아서. 확신하고 덤벼들었다가 실례를 범할 수도 있으니 주의하는 중이고."

그렇게 답한 나연의 두 눈이 집요하게 남자의 얼굴을 추적했다. 말끔하게 세운 머리카락, 굵은 눈썹, 작지만 반항적인 눈매, 매끈한 콧날, 두툼한 입술과 남성스러운 턱.

설마…….

"그러고 보니 이름도 제대로 못 들었네요."

"이제야 내가 궁금해진 겁니까? 그런데 어쩌죠? 미안하다는 말만 하고 사라질 사람에게 이름을 가르쳐 줄 마음은 없습니다. 이름을 알게 되면 그걸로 인연이 되는 건데 당신은 나와 인연을 맺어갈 생각, 있습니까?"

그의 목소리가 진지했기에 나연은 섣불리 대답을 하지 못했다. 잠시 그의 깊은 눈과 시선을 맞추고 있는데 테이블 위에 두었던 핸드폰이 요란하게 진동했다. 나연의 시선이 핸드폰 액정으로 향했다.

「그 사람」

그 세 글자를 보는 순간, 방금까지 잔잔했던 심장이 거세게 반응하기 시작했다. 설렘, 희망, 아픔, 슬픔, 그리고 고통이 일정하지 않은 비율로 조합된 감정들이 거세게 밀려 들어왔기에 나연은 숨 쉬는 것도 잊어버린 채 감정에 침몰당했다.

계속해서 울려대는 휴대폰을 향해 나연이 손을 뻗는 순간, 앞에 있던 남자가 휴대폰을 집은 그녀의 손을 맞잡았다. 그러고는 그대로 자신에게 끌어당겨 그녀의 손목을 확인했다.

"자국은 쉽게 지워져 버리네."

혼잣말을 하듯 속삭인 그가 엄지로 그녀의 손목을 지그시 문질렀다. 은밀하고도 친근한 남자의 행동에 나연의 몸이 뻣뻣하게 굳은 순간, 그가 그녀의 맥박이 뛰는 자리를 향해 고개를 숙였다. 그의 입술이 닿으려는 찰나, 그가 그대로 멈췄다. 입술이 닿기 직전에야 비로소 부릅뜬 그의 눈빛이 나연의 커다랗게 뜬 눈과 허공에서 마주쳤다.

남자는 고의적으로 나연의 시선과 관심을 모두 빼앗았다. 자신이 아닌 다른 누군가에게 향하는 그녀의 일부를 용서할 수 없다는 듯, 퍽 집요한 눈빛이었다.

"키스, 잊지 말라고 했을 텐데."

그가 읊조렸다. 나직한 목소리와 더운 입김이 그녀의 손목을 간질였다.

"잊지 말라고 한 건 키스뿐만이 아니었죠, 분명히?"

확인하듯 묻는 그의 말이 화살처럼 빠르게 나연의 귓가를 관통한 순간, 그녀는 언젠가 자신을 향해 외쳤던 소년의 목소리를 기억해 냈다.

"당신이 말하는 어른이 돼서 돌아오면 그땐 놔주지 않을 생각입니다. 그러니까 제대로 기억하고 있어요!"

기억이 제대로 났다. 이름과는 다르게 위태롭고 아슬아슬하기만 했던 녀석이. 태양을 향해 제멋대로 날갯짓했다가 튀는 불통을 맞고 추락해야만 했던, 그 이카루스 같던 청년이.

녀석이 맞았다!

"이제야 기억이 난 모양이네."

학교라는 틀 안에 갇혀, 집안이라는 거대한 짐을 진 채 사납게 으르렁대던 맹수와도 같던 녀석은 지금 자신의 감정을 다스릴 줄 아는 성인 남자가 되어 있었다. 겉으로 드러내지 않는 사나움이 도사리는 가운데 남자는 자신만큼 안전한 사람이 없다는 얼굴로 그녀를 꾀어대고 있었다.

"너……."

"조금 더 놀리고 싶었는데, 너무 답답해서 그만하려고."

불안했던 눈빛은 단단하고 안정적이었으며, 설익었다고 생각했던 몸집은 다부지고 탄탄해져 있었다. 그보다 더 놀라웠던 사실은 그가 풍기는 아우라가 범상치 않다는 것이었다. 어두우면서도 위태롭지 않았고, 산뜻하면서도 농염했다.

"다시 만나서 반가워요, 맹나연 선생님."

인사를 하듯 나연의 손목에 입술을 문지른 남자가 한 마리 맹수가 되는 순간, 그녀는 자신도 모르게 가볍게 몸을 떨었다. 그 모습을 지켜보며 그는 느릿하고 짓궂게 미소를 지었다. 지금 이 순간이 그가 계획한 일련의 상황인 것을 귀띔이라도 하듯 그는 한 마리 악마처럼 사악하게 웃었다.

그렇게…… 악마가 웃었다.

01 그냥 그런 사람 중 하나 1

그녀는 그냥 고리타분한 주변 선생 중 한 사람에 지나지 않았
다. 그날 옥상에서 그 모습을 보기 전까지는.

5년 전.

녀석이 등교한 것은 2학기 시작 후 2개월 하고 절반 정도가 지
난 뒤였다. 어제와 별다를 것 없었던 평범한 날의 아침, 홈룸 시간
을 위해 교실에 들렀던 나연은 매일 비어 있던 교실 맨 끝자리에
누군가 앉아 있는 것을 확인하고 꽤 놀란 얼굴을 했다. 맹나연. 신
임 교사로 제일고등학교에 부임한 지 근 6개월 만에 가장 큰 골칫
거리를 떠안은 순간이기도 했다.

그녀는 출석부 속 영구 결번일 줄로만 알았던 이름을 불렀다.

"태양."

녀석의 이름은 눈이 부셨다. 하지만 정작 이름이 불린 태양이라는 녀석은 그녀의 부름에도 꼼짝하지 않은 채 창밖 어딘가를 배회하기 바빴다.

"태양!"

나연이 다시 한 번 힘주어 그를 불렀다. 이번 부름은 강경하고 날이 서 있었기에 교실 안 학생들이 이름이 불린 남자아이를 향해 고개를 돌렸다. 하지만 태양, 녀석은 깡이 좋은 건지 아니면 귀가 멀어버린 것인지 꼼짝 한 번 하지 않은 채 밖을 바라보고 있었다.

'문제아.'

태양이 어떤 녀석인지 대강 짐작이 갔다. 선생의 말 따윈 들은 척도 하지 않는 녀석의 얄미운 프로필을 빤히 바라보고 있던 나연은 속으로 이를 갈았다.

'꼴에 반항까지 하시겠다?'

신임 교사 6개월차. 1학기는 정신없이 보냈고, 여름방학은 한숨 쉬며 보냈고, 2학기가 되어서야 적응할 만해져서는 열혈 반항아들을 옳은 길로 선도하겠다는 부푼 꿈을 안은 새내기 교사, 나연은 손이 보이지 않도록 교탁 아래로 내리고는 불끈 주먹을 쥐었다. 녀석과 그녀, 단둘의 싸움이기도 했지만 반 전원과 그녀의 위치 선점이 달린 문제이기도 했기에 나연은 이 신경전에서 꼭 이겨야 할 필요가 있었다.

나연은 햇빛이 쏟아져 들어오는 창가에 앉아 주변 시선을 깔끔하게 무시해 버리고 있는 남학생을 못마땅하게 바라봤다. 그녀의 시선에도 꼼짝하지 않는 녀석은 믿는 구석이 있거나 이런 행동을 할 정도로 간이 크다고밖에 생각이 들지 않았다.

나연은 망설이지 않고 분단 사이를 가로질렀다. 그녀가 걸음을 옮길 때마다 앉아 있던 아이들의 고개가 돌아갔고, 그녀가 태양의 앞에 섰을 때 즈음 반 안은 묘한 정적으로 가득 찼다. 나연은 그 정적을 깨부쉈다.

"내 말이 안 들리는 거니, 아니면 못 들은 척하는 거니?"

태양의 앞에 다가간 나연은 그의 귀를 잡아당기고는 가까이서 언성을 높였다. 그 목소리에 태양이 고개를 팩 돌렸다. 매서운 표정을 하고 있었지만 남학생의 얼굴은 멀끔했고, 유리 가루를 먹인 피아노 줄처럼 예리하고 날카로웠다.

깔끔한 외모의 태양과 나연의 눈이 마주쳤다. 투명한 유리알 같은 눈동자는 서늘한 기운이 감돌고 있었다. 열여덟 남학생의 눈빛이라고 하기에는 가히 놀랍기까지 했다. 그런 녀석이 나연에게로 바싹 얼굴을 가져다 댔다. 남학생의 얼굴이 코앞까지 다가오자 놀란 나연은 그 기색을 감추고자 눈을 찌푸렸다.

"이제야 들리나 보네."

"시끄러워요."

"나도 목 아파. 원래 소리 지르지 않고 나긋나긋하게 말하는 성격이라."

나연의 대답에 반 아이들 중 분위기 메이커라고 소문난 남학생 하나가 반박에 나섰고, 아이들은 그 학생을 옹호라도 하듯 야유를 퍼부었다.

"에이, 쌤. 그건 말도 안 돼요."

"우우!"

덕분에 얼어붙었던 분위기는 누그러졌고, 나연은 은근슬쩍 분위기를 수습할 기회를 얻었다.

"자자, 조용히 하고. 졸지 말고 수업 잘 받고, 모두 좋은 하루 보내라. 수학 시간에 보자."

나연의 말이 끝나기 무섭게 기다렸다는 듯 쉬는 시간을 알리는 종소리가 울렸고, 나연은 출석부를 챙겨 나가려다 말고 분단 맨 끝에 앉아 날 선 시선을 거두지 않는 태양에게 경고하듯 눈을 맞췄다.

"참, 태양. 교무실로 따라와야겠지? 1교시 시작하기 전에 교실로 돌려보내 줄 테니까 당장 튀어오도록."

물론 나연의 경고는 태양에게 제대로 먹히지 않았다. 1교시 시작하는 종소리가 울릴 때까지 태양이 교무실에 나타나는 일은 없었기 때문이다.

점심시간까지 태양을 기다리다가 기어코 그 녀석이 교무실로 왕림하지 않을 것 같다는 확신이 들었을 때, 나연은 비로소 3학년 5반을 맡게 되었을 때 처음 봤던 학생기록부를 펼쳤다. 바로 옆 책상을 쓰는 물리 교사, 지안이 의자 바퀴를 데구루루 굴려 가까이 다가왔다. 그녀가 들고 온 커다란 쇼핑백이 바퀴에 걸렸지만 그녀는 발로 대충 쇼핑백을 밀어 안으로 구겨 넣고는 나연의 곁으로 가까이 다가왔다.

"만 열아홉? 얘 고3이잖아요? 이제 조금 있으면 스물이네요?"

"아, 새로 오셔서 잘 모르시는구나. 유명해요, 태양."

"무슨 사정이 있는 거죠? 꿇은 건가요?"

"머리도 좋고 집안도 좋은데 학생 자체가 할 생각이 없어요. 무단결석에 싸움에, 툭하면 온갖 구설수에 휩싸여서 이래저래 골치가 아파요. 워낙 집안이 대단해서 섣불리 건드릴 수도 없고, 학생 자체가 의욕이 없는데다 말도 안 들으니 선도를 한다고 선도가 될 수도 없고요. 출석일수라도 맞으면 졸업이라도 시킬 텐데 출석이 늘 부족하고, 또 집안에서는 죽어도 아이 졸업은 시키겠다고 난리고. 의견이 맞으려야 맞을 수가 없어요."

"그런데 그런 문제아가 제 반에 있는 거네요?"

"선생님들이 하나같이 거부를 해서요. 속 썩고 싶지 않은 거죠."

처음 이 학교에 부임해 올 적부터 같은 또래가 생겼다며 부쩍 반가운 척을 하던 지안은 주변을 둘러보며 들리지 않게 속닥거렸다. 그녀는 막 뽑아왔다며 자판기 커피 한 잔을 나연에게 내밀며 힘내라는 듯 어깨를 툭툭 두드려 주었다.

"스무 살이라는 건데……. 꼴에 저도 성인이라 이건가? 말 한번 더럽게 안 들어 처……. 흠흠, 안 들어요."

"괜찮아요. 그런 말 충분히 나올 수 있어. 스팀 돌죠?"

"다른 건 둘째 치고, 학생들 앞에서 보란 듯이 무시를 하니 면이 안 서네요."

"그치. 한 번 그러기 시작하면 다른 녀석들도 하나같이 무시하려 든다니까. 부화뇌동(附和雷同)하잖아요, 아이들이."

지안의 말을 들으며 나연은 깊은 생각에 잠긴 채 홀짝거리던 종이컵을 입에 물었다. 아무런 생각 없이 무의식중에 한 행동이었다. 머릿속에는 온통 서릿발보다 시린 남학생의 눈빛이 가득했고, 그 녀석을 어떻게 하면 길들일 수 있을지 방법을 찾는 것으로 복잡했다.

"신임이라 힘든 일 많을 거예요. 나도 처음엔 얼마나 울었다고. 특히 남학생들 컨트롤하기가 쉽지 않을 거예요. 웬만해서는 그들을 막을 수가 없거든. 그러니까 강하게 나가는 수밖에 없다고. 내 성격이 예전부터 이렇게 드셌던 건 아니라니까요."

지안의 말에도 나연은 대답 없이 학생기록부만 뚫어져라 바라봤다. 대답을 기다리고 있던 지안은 당연히 들려와야 할 대답이 들려오지 않자 나연을 불렀다.

"맹 선생, 맹나연 선생님!"

"아, 네!"

지안의 부름에 자신이 입에 종이컵을 물고 있다는 사실도 잊어버린 채 반사적으로 대답을 한 나연이다. 베이지색 바지 위에 따끈한 커피를 몽땅 쏟아버리고 나서야 정신을 차린 나연은 반사적으로 자리에서 일어났다.

"어머, 어떡해!"

"제가 이렇게 정신이 없습니다."

"괜찮아요? 데이진 않았고?"

"미지근해서 다행히 데이진 않았어요. 죄송하지만 휴지 좀 주시겠어요?"

"아, 그래요."

지안은 그제야 정신이 들었는지 책꽂이 앞에 놓아둔 티슈 상자에서 티슈를 잔뜩 뽑아 나연에게 건네주었다.

"정신이 다른 데 팔려 있던 제 잘못이죠. 그나저나 오후에 수업 있는데 이걸 어쩐담."

나연은 바지에 선명하게 묻은 커피 자국을 바라보며 난감한 얼굴을 했다.

"맹 선생, 집이 이 근처 아닌가?"

"아니에요. 족히 20분은 가야 하거든요. 왕복으로 한 시간은 잡아야 하는데, 어떻게 해야 할지 참. 혹시 여벌로 챙겨두신 옷 없으세요?"

"있긴 한데……."

"그럼 좀 빌려주세요. 6교시 수업 전에 세탁소에 맡겨졌다가 6교시 수업 끝나고 옷 찾으면 돌려 드릴게요."

나연의 부탁에 지안은 난감한 얼굴을 한 채 머뭇거렸다.

"그런데 괜찮을까? 옷이 좀 그래서."

제일고등학교 보건실은 짙은 소독약 냄새와 오래된 난로로 유명했다. 겨울철에는 소독약 냄새를 환기시키기 위해 창문을 조금 열어놓은 채 오래된 난로에 불을 피우는데 타닥타닥, 기름 타는 소리가 퍽 정겹게 들리곤 했다.

살짝 열린 창문 틈 사이로 민트처럼 싸한 겨울 내음이 반쯤 흘러들어 오고, 내부에는 기름 냄새가 나는 뜨끈한 기운이 또 반쯤 채워졌다. 정반대의 기운이 맞닿은 경계 그 어딘가에 서 있는 나연은 자신이 문을 열고 들어가기 무섭게 '마침 잘됐다'고 말하며 '10분 정도만 보건실 좀 봐줘요.' 하고, 이유는 말해주지 않고 쏜살같이 나가 버린 보건선생의 태도에 멍한 얼굴을 하고 있었다.

"급한 사람들 많네."

차가운 공기가 젖은 바지에 와 닿는 순간 정신이 번뜩 들었다.

질척거리는 느낌과 끈적거리는 커피향, 축축하게 눌러 붙는 느낌에 빨리 옷부터 갈아입어야겠다는 생각 때문이었다.

보건실 문부터 잠근 나연은 곧장 문이 열린 창가로 다가가 창문을 닫고 커튼을 쳤다. 그리고는 지운에게서 받은 쇼핑백을 열어 그 안에 든 옷을 꺼냈다.

"하아."

옷을 보자마자 한숨부터 터져 나왔다. 학교라는 테두리 안에 절대 들어올 수 없을 법한 실크 소재의 원피스는 움직일 때마다 나풀거릴 것처럼 보였다. 색도 어찌나 화사한지 학생들 틈에서 혹 튈 것이 분명했다.

"자기, 운이 좋았다. 퇴근길에 맡기려고 원피스 가져왔거든. 얼마 전 결혼식 때 꺼내 입고 한 번도 안 입은 거야. 결혼식 때 얼룩이 좀 묻어서 드라이클리닝하려고 가져왔는데. 자기가 입고 있다가 자기 바지 세탁소에 찾으러 갈 때 같이 맡겨주면 더 좋고."

유일했기에 다행이라고 생각할 수 있었지만 최선택은 아니었다. 그런 나연의 마음을 모르는 지안은 자신이 내민 동아줄이 무척이나 뿌듯했는지 몇 번이고 생색을 내며 고맙다는 인사를 듣길 원했다.

"이런 옷 입고 교단에 섰다가는 시말서 쓰라고 난리칠 텐데."

방금 전 그런 지안에게 못 이기는 척, 고맙다는 인사를 하고 쇼핑백을 받아온 나연은 그 안에 들어 있던 원피스를 믿지 않는다는 눈으로 훑어보며 탄식과도 같은 한숨을 내뱉었다.

"애들이 수군댈 것은 불 보듯 뻔하고, 선생들까지 난리를 칠 텐데, 정말 미치겠네. 하필이면 커피를 쏟아서는. 그러게 왜 종이컵을 입에 물고 다른 생각이냐고, 으이구. 이 화상아!"

나연은 혼자 머리를 쥐어박고는 바지부터 벗어 내렸다. 세면대에서 휴지 몇 장을 적셔와서는 허벅지 안쪽을 닦은 나연의 시선이 속옷을 아슬아슬하게 가리고 있는 블라우스에 꽂혔다. 산 지 얼마 되지 않아 빛이 바래지 않아 새하얗기에 마음에 들었던 블라우스에 커피 얼룩이 진 모습에 괜히 애꿎은 누군가에게 비난의 화살을 돌렸다.

"레드썬의 갑작스러운 등장에 오늘 하루 일진 무지 사나워졌네. 그래, 이건 다 그 노무자식 때문이다. 태양, 이 자식."

투덜거린 나연은 블라우스 단추를 하나씩 풀어 내리기 시작했다. 그리고는 보건실 벽에 걸린 시계를 확인해 시간 계산을 하면서 내심 걱정스러운 표정을 했다.

"제시간에 맞춰서 옷 찾을 수 있을까? 어차피 원피스니까 블라우스까지 싹 세탁할 수 있는 건 다행이긴 한데 시간이 좀 애매하네."

빈 보건실에서 혼자 중얼거린 나연이 단추를 푼 블라우스를 벗었다. 하얀 블라우스가 스르륵 밀려 내려가자 보기 좋게 마른 나연의 어깨가 드러났다. 실핏줄이 보일 것처럼 하얀 피부가 설원처럼 펼쳐져 있었다.

아무리 창문을 닫았고 난로가 켜져 있었다고는 해도 살갗에 와 닿는 공기가 서늘했기에 부르르 몸을 떤 나연이 팔뚝을 문지르며 원피스를 집었다. 재빠르게 양다리를 끼워 넣고 원피스를 끌어 올려 몸을 가린 그녀가 허리 부분의 지퍼를 잠그려고 몸을 비트는 순간이었다. 캐노피 천막처럼 만들어놓은, 두 번째 침대가 있는 공간. 가려놓은 새하얀 천이 흔들거리는 그 틈 사이로 새까만 눈동자가 보였다.

그 순간, 나연은 온몸의 세포가 경직되는 것을 느꼈다. 보드랍던 솜털이 빳빳하게 일어났고, 뜨끈하던 온기가 순식간에 식어버렸다. 수풀 사이에 숨어 먹잇감을 노리는 맹수의 눈을 마주한 초식동물이 되어버린 것처럼, 나연은 그렇게 그 자리에서 숨만 꼴딱꼴딱 넘기고 있었다.

그러다 문득, 이곳이 보건실이고 자신이 선생이며 흔들리는 천에 숨어 상황을 엿보고 있던 녀석은 학생이라는 것을 기억해 냈다. 그녀는 자신도 모르게 지를 뻔한 비명을 참아낸 자신이 기특하다고 생각하며 두 눈을 부릅떴다.

나연은 방금 전의 나약한 표정을 들키지 않은 것을 다행으로 여기며 눈동자가 빛나고 있는 곳으로 성큼성큼 다가갔다. 그리고는 드리워진 천을 젖혔다.

촤라라락—

"너……."

누구냐고 묻기도 전에 멀끔한 얼굴을 확인하고 만 나연은 할 말을 잃어버리고 말았다. 그토록 교무실로 호출을 해댔던 그 녀석, 바로 태양이었다.

나연은 하얀 천을 꽈악 움켜쥔 채 미동도 하지 않고 자신과 눈을 맞추는 태양을 노려봤다. 겨울이 스며든 두 눈동자에 서리가 앉은 것처럼 차갑고 냉랭한 그의 눈빛은 여느 평범한 학생처럼 느껴지지 않았다. 그랬기에 더 주춤하게 됐는지도 몰랐다.

'눈앞의 녀석은 학생이야. 괜히 감정적으로 반응하지 말자.'

스물네 살의 나이, 초년생으로 학교라는 좁고도 넓은 사회에 한 발을 내딛은 지금, 누구보다 크고 위압적으로 보여야 할 상대에게 가장 약하고 자극적인 모습을 보여준 나연은 자신을 바라보는 태양의 눈을 똑바로 바라보기가 힘들었다.

나연은 크게 심호흡을 한 번하고는 힘겹게 입을 열었다.

"언제부터 여기 있었던 거니?"

태양의 태도는 처음부터 시종일관 같았다. 나연이 묻는 말에는 쓸데없는 대답은 하지 않았고, 한다고 해도 반 박자 느리게 반응했다.

"내가 먼저였습니다."

"여기 있었으면 인기척이라도 냈어야지."

"자고 있었어요."

"언제 깼는데?"

"옷을 벗기 시작했을 때부터."

"몰래 훔쳐보니 좋았니?"

태양의 눈빛은 흔들림이 없었다. 위압감이 들 정도로 커다란 키와 덩치, 날렵한 얼굴형에 매섭게 치솟은 눈매, 그에 반해 날카로운 콧날과 도톰한 입술의 조화가 언밸런스하게 느껴지면서도 매력적이었다. 외모만 본다면 학교를 한바탕 휘젓고도 남을 문제아 그룹의 리더 격이었지만 눈빛이 다른 학생들과 달랐다. 차분하고 생각이 깊었다. 너무 깊어 무슨 생각을 하는지 파악하기 힘들 정도로.

"무슨 말을 하기도 전에 불쑥 옷부터 벗은 건 선생님 아닙니까?"

또래 아이들에 비해 굵고 깊은 목소리가 나연을 타박하자 그 말에 반박할 말을 찾지 못한 나연의 눈매에 발끈 힘이 들어갔다.

"뭘 잘했다고 꼬박꼬박. 교무실로 오라고 해도 오지도 않고 고작 하는 짓이 보건실에서 땡땡이치는 거니? 그런 주제에 뭐가 그렇게 당당해?"

처음, 아이들을 가르치는 교사가 되기로 마음을 먹었을 때 자신의 어린 시절을 되돌아보았다. 기억 속 은사님들의 모습은 엄격하거나, 융통성이 없거나, 고리타분하거나, 잔소리가 많았다. 때론 나약하고 다정한 교사도 있긴 했지만 질풍노도의 시기를 겪는 사춘기 시절의 아이들의 만행을 견뎌내기에는 퍽 여의치 않았다.

그래서 다짐했다. 쿨하게 아이들을 선도하겠다고. 말이 아닌 행동으로, 설교가 아닌 존경으로 아이들을 이끌겠다고. 숫자와 식과 법칙의 소용돌이를 일목요연하게 정리하는 법만 알려주는 게 아니라 세상의 이치와 도덕을 인격적으로 가르쳐 주겠다고.

그렇게 다짐한 것이 고작 2개월도 채 되지 않았다. 고작 2개월 만에 나연은 그때의 다짐은 새까맣게 잊어버린 채 뜻대로 휘어지지 않는 대나무 같은 녀석을 상대로 잔소리 폭탄을 퍼붓고 있었다.

"여자가 아무것도 모르고 들어와 옷을 갈아입으려고 하면 그렇게 빤히 바라보는 게 아니라 소리를 내주고 나갔어야지."

"좋은 기회를 마다할 남학생은 없잖아요."

태양은 다시금 반 박자 느리게, 세상만사 다 깨달은 도인마냥 징그러울 수 있는 말을 내뱉었다. 그리고 그게 진심이든 진심이 아니든, 나연은 녀석을 뚫어져라 바라보다가 한마디 가시 박힌 말을 내뱉고는 곧장 보건실을 빠져나갔다.

"너, 비겁한 놈이구나?"

태양이 어떤 얼굴을 했는지는 모른다. 그가 무슨 말을 내뱉었을 수도 있었지만 그 역시 나연은 듣지 못했다. 도망치기 급급했던 나연은 옷을 챙겨와야 한다는 사실도 잊어버린 채 보건실을 나왔고, 보건실 문이 닫히기 무섭게 그 자리에 주저앉고 말았다.

"나보다 어린아이잖아. 학생이잖아. 그렇게 감정적으로 나설 것까진 없었다고."

누가 봐도 완벽한 도망.

나이가 어리다는 점 하나로 밀고 나가기에는 무리가 있어 보이는 녀석. 그 녀석에게 아무도 모르게 패배하고 만 나연은 깊은 한숨과 함께 얼굴을 무릎에 묻어버리고 말았다.

딩동댕동—

점심시간이 끝났다는 것을 알리는 종소리가 교내에 시끄럽게 울려 퍼졌다. 그와 함께 나연의 속도 더 소란스러워졌다.

"저기……."

겁이 많아 보이지만 선생들에게는 신임을 얻고 있는 반장 녀석이 태양에게 말을 걸어온 것은 3교시 쉬는 시간 때였다. 창가가 있는 1분단 맨 끝자리, 따뜻하게 들어오는 볕을 즐기며 책상에 엎드려 낮잠을 청하고 있던 태양은 반장의 방해에 눈살을 찌푸리며 고개를 들었다. 덕분에 두꺼운 세모꼴의 눈썹이 부드럽게 휘었고,

그랬기에 날카롭던 눈매가 더욱 매서워졌다.

태양의 표정에 미리 겁을 집어먹은 반장이 떨리는 손길로 흘러내리는 안경을 밀어 올렸다. 그리고는 기어들어 가는 목소리로 중얼거렸다.

"보, 보리사자가 교무실로 오라고."

"보리사자?"

"담임 쌤요. 아까부터 기다렸는데 안 온다고 당장 튀어오라는데……. 이번에도 안 오면 벌 제대로 설 각오하라고 하시던데……."

반장은 자신보다 나이가 많지만 동급생인, 매우 불편하고 껄끄러운 위치의 태양에게 어떤 식으로 말을 해야 할지 갈피를 잡지 못하고 대신 말꼬리만 길게 늘였다. 하지만 정작 태양 본인은 별로 신경 쓰지 않았다. 대신 그는 홈룸 시간, 나연이 했던 말을 떠올렸다.

"참, 태양. 교무실로 따라와야겠지? 1교시 시작하기 전에 교실로 돌려보내 줄 테니까 당장 튀어오도록."

그 말을 떠올린 태양이 조용한 목소리로 되물었다.

"왜?"

"그야 1교시 시작하기 전에 오라고 했는데 여직 깜깜무소식이라고……."

"무소식이 희소식이라는 말도 모르나."

"뭐?"

태양의 한마디 한마디에 반장은 붕어처럼 툭 튀어나온 눈을 동

그렇게 떠 보였다. 그 모습을 물끄러미 바라보고 있던 태양은 고개를 젓고는 설명을 덧붙였다.

"왜 보리사자야, 담임이?"

"아, 그거! 쌤 이름이 맹나연이잖아요. 맥 라이언이 떠오르는 이름이라서. 맥이 보리, 그리고 라이언이 사자. 합쳐서 보리사자. 뭐, 닮기도 했고."

"맥 라이언이 어떻게 생긴 줄은 알고 하는 소리냐?"

"어?"

반장이 다시 두 눈을 동그랗게 떴다. 그 모습을 확인하지도 않은 채 태양은 길게 기지개를 켜며 자리에서 일어났다.

"알았어, 암튼."

귀찮다는 듯 손을 휘휘 젓는 태양이 교실 문을 박차고 나가는 모습까지 확인한 반장은 미션 임파서블을 수행했다는 표정으로 한숨을 내쉬며 자리에 앉을 수 있었다.

한편, 반장의 잔소리와 따가운 눈초리를 피해 교실 밖으로 나온 태양은 뒷머리를 긁적거리며 낭랑하던 젊은 여교사의 목소리를 떠올렸다.

다른 선생들은 무시하면 혼자 씩씩대다가 밖으로 나가 버리기 일쑤였는데…….

나연은 달랐다. 코앞까지 다가와 커다란 눈으로 자신을 바라볼 때는 솔직히 놀라기까지 했다. 당장에라도 얼굴이 맞닿을 수 있는 거리까지 다가올 줄은 예상하지 못했던 탓이기도 했고 더불어 도발까지 할 줄은 생각조차 해본 적이 없었다.

그녀와 눈이 마주쳤던 그 순간을 떠올린 태양의 두 눈이 깊어졌다.

"또 어떤 잔소리를 하려고. 변함없는 오지라퍼에 잔소리쟁이군."

깊은 한숨을 내쉰 태양은 교무실에서 멀찌감치 떨어진 뒷문을 통해 뒤뜰로 유유히 빠져나갔다.

4교시를 알리는 종소리와 함께 아이들의 발걸음이 바빠지는 소리가 태양의 등 뒤로 울려 퍼졌다.

태양이 뒤뜰에서 평화를 즐길 수 있었던 시간은 한 시간이 조금 넘을 때까지였다. 점심시간이 되고 나서는 타의에 의해 어쩔 수 없이 자리를 옮기게 된 그는 조용한 휴식처를 다시 찾아 나서야 했다.

그렇게 선택한 곳이 보건실이었다. 평소라면 꾀병에 유독 엄격한 보건선생이 버티고 있는 최상의 휴식 공간에 발을 내딛기 힘들었겠지만 지금 상황은 달랐다.

"또 너냐? 징글징글하다, 정말. 제발 우리 그만 얼굴 보고 살자. 졸업 좀 하라고, 이 꼴통아! 참고로 사기 치는 환자 앞에선 제일고 최고의 명의인 나도 돌팔이가 된다는 점 명심……. 어머, 너 얼굴이 왜 그러니?"

회전의자에 앉아 느긋하게 책을 읽고 있던 보건선생은 문이 열리는 소리에 반사적으로 반응하다 말고 멈춰 섰다. 입가에 피가 맺히고 뺨이 불그스레한 태양의 얼굴을 확인했기 때문이다.

얼굴을 확인하고 놀라 멈춰 선 보건선생과 달리 태양은 태연했다. 그는 퉁명스러운 목소리로 대꾸하며 보건실 문을 닫으며 들어왔다.

"꾀병 아니거든요."

"싸웠니?"

"넘어졌어요."

대수롭지 않게 대답한 태양은 텅 빈 보건실 내부를 둘러보며 그 쾌적한 환경에 만족스러운 표정을 했다. 상처는 보건실 입성을 위한 핑계요, 그것을 핑계 삼아 생선을 맡겨둔 고양이처럼 당당하게 보건실 내부를 둘러보는 태양이 눈에 훤히 보였던 보건선생은 다시 한 번 그의 앞을 막아섰다.

"어떻게 넘어지면 입가가 찢어질 수가 있니?"

"……딱 한 시간만 누워 있을게요."

"다른 곳도 다친 거 아니야?"

"이 침대 써도 되죠?"

보건선생을 개떡으로 아는지, 태양은 아무렇지 않게 자신이 누울 자리를 살펴봤다. 호텔방을 고르듯 꼼꼼한 눈빛으로 세 개의 침대를 살펴본 그는 정가운데의 침대를 선택하고는 곧장 가리개 속으로 들어갔다. 덕분에 차마 녀석을 말리지 못한 보건선생은 탄식만 남기고 물러났다.

"어휴. 딱 점심시간 끝날 때까지만이야."

점심시간은 보건선생이 눈감아줄 수 있는 최고의 타협점이었다. 그리고 태양은 그것이 전혀 놀랍지 않았다. 타박상을 노출했으니 보건실에 있어도 되는 명분이 하나, 더불어 학교 이사장의 손자라는 내부적 조건이 또 하나 성립이 되었기 때문이다.

'모두 나한테 휘말리기 싫어서 설설 피하는 걸 내가 모를 줄 알고?'

태양은 팔베개를 하고 침대에 누워 냉소적인 헛웃음을 터뜨리며 차가운 눈으로 보건실 천장 어딘가를 바라봤다. 보건선생이 열어놓은 창문 틈 사이로 그의 눈빛처럼 차가운 바람이 가리개를 흔들고 지나갔다.

그렇게 삼십 분 정도가 흘렀나 보다. 까무룩 잠이 들었던 태양은 소란스러운 분위기에 잠이 깨고 말았다. 문이 여닫히는 소리가 들리고 얼마 지나지 않아 처음과는 다른 정적이 보건실을 가득 채웠다.

"애들이 수군댈 것은 불 보듯 뻔하고, 선생들까지 난리를 칠 텐데, 정말 미치겠네. 하필이면 커피를 쏟아서는. 그러게 왜 종이컵을 입에 물고 다른 생각이냐고, 으이구. 이 화상아!"

그를 선도하겠다며 기세 좋게 설교하던 담임, 나연의 목소리였다. 흔들리는 가리개 사이로 그녀의 작고 가녀린 몸이 보였다. 짜증이 섞인 목소리에 태양은 숨부터 죽였다. 그가 보건실에서 땡땡이를 치고 있었다는 사실을 들키고 나면 분명 두 번의 경고에도 불구하고 그녀의 명령에 불복한 죄를 물을 것이고, 그에 답하지 않는다면 또 지루하고 긴 설교가 이어질 것이었다.

피곤한 상황은 피하자 싶어 숨소리를 죽이고 있었는데 난감한 상황이 벌어지고 말았다. 뒷걸음치다 변을 밟은 격이었다.

사르륵, 사라락.

숨소리 하나 들리지 않는 공간에는 나연이 입고 있던 바지가 떨어져 내리는 소리가 자극적으로 울려 퍼졌다. 문제는 그뿐이 아니었다. 그녀가 돌연 블라우스의 단추를 풀기 시작했다.

그 순간, 머릿속에 든 생각은 하나였다.

들키면 죽음이다!

하지만 그뿐이었다. 하얀색 블라우스가 흘러 내려가면서 그녀의 맨 어깨를 드러낸 순간 태양은 급하게 숨을 멈췄다. 목에서 어깨로 이어지는 유려한 곡선에, 또한 느슨하게 그녀의 몸을 가린 블라우스 너머로 보이는 몸의 실루엣에 시간을 비롯해 마음까지 빼앗긴 탓이었다.

털썩—

결국 멈춘 것 같던 찰나는 지났고, 그녀의 블라우스는 설원처럼 하얗고 부드러운 피부만을 내보인 채 바닥으로 곤두박질쳤다. 이내 그녀가 원피스를 급하게 입긴 했지만 그것을 입으려고 허리를 굽히는 모습마저도 섹시했기에 태양은 저도 모르게 마른침만 삼키고 말았다.

태양은 무언가에 홀린 것처럼 양손을 들어 올렸다. 엄지와 검지로 프레임을 만들어 그 안에 그녀를 가두어 버린 그는 눈을 천천히 한 번 깜빡였다. 셔터를 누르듯 길고 확실하게.

그리고 마음에 그녀가 선명하게 박힌 그 순간, 나연과 눈이 마주치고 말았다.

"너, 비겁한 놈이구나?"

지금의 이 상황이 여자의 입장에서는 상처가 될 수도 있다는 것을 너무 늦게 깨닫고 말았다.

자존심에, 민망함에 대충 얼버무린 자신의 대답에 상처받은 눈을 하고 밖으로 나가 버린 나연을 어떻게 위로해야 할지 그 방법조차 모르는, 태양의 나이 고작 만 열아홉. 세상을 다 아는 어른이라고 하기에는 서툴기만 한, 나연의 나이 만 스물넷이었다.

날이 추웠다. 오후보다 더 추워진 것만 같았다. 성미가 급해 평
소보다 일찍 찾아온 올해의 겨울은 독하고, 또 질길 것 같은 예감
이었다.

태양은 옥상에 쌓아둔 책상 더미에 자리를 잡고 앉아 얇은 교복
깃을 여미었다. 뽀얀 입김으로 손끝을 녹이며 차디찬 날씨처럼 새
파란 하늘과 그에 어울리지 않게 쏟아져 내리는 황금빛 햇살을 온
몸으로 맞이했다.

그러다 문득,

'맹…… 나연.'

담임이라던 여자의 이름이 떠올랐다. 떠올린 시간은 고작 2초
하고 조금 넘었을지도 모르겠다. 고개를 털어 그 이름을 재빨리
지워낸 태양은 손에 자석처럼 붙들고 다니는 캠코더를 열어 새파

란 하늘을 프레임에 담았다.

그러다 또 문득,

'보리사자. 맹나연. 그게 그 사람의 이름이었구나.'

이번에는 무심코 손가락으로 만든 프레임에 담았던 그녀의 뒷모습이 떠올랐다. 떠올린 시간은 4초 정도 되겠다. 이번에는 처음보다 길었다.

다시 고개를 흔들었다. 정신이 멍해질 때마다 자꾸 초임 선생이라는 나연의 얼굴이 떠오르는 탓에 조금 혼란스러워졌다. 태양의 머릿속에 단 한 번도 누군가, 특정 인물의 이름이나 얼굴이 1초 이상 머물러 본 적이 없었기에 더욱 그랬다.

몇 개월 전 만났던 그 여자의 얼굴은 꿈속에서 몇 번 나타나긴 했지.

문제는 의도치 않은 재회 후 얼굴이 떠오르는 빈도수가 증가했다는 데에 있었다.

"하아."

아까보다 짙어진 입김을 뿜어내며 책상 위에 그대로 누워버렸다. 캠코더는 아까 전부터 계속 같은 풍경만 찍고 있었다.

그때였다.

콰아앙—!

철제로 된 문에서 부서질 것 같은 굉음이 난 것은 6교시가 시작되는 것을 알리는 종이 울리고 얼마 지나지 않아서였다. 그 소리에 놀란 태양이 느릿하게 상체를 일으켜 소리가 난 곳을 바라보는데 그곳에는 지금까지 그의 머릿속을 어지럽힌 장본인이 서 있었다. 방금 전, 보건실에서 봤던 나풀거리는 원피스를 입은 채로.

두근.

여태껏 느껴본 적 없던 심장의 존재를 오늘에서야 느꼈다.

두근, 두근.

내게도 펄떡거리는 심장이 있긴 했구나, 라는 생각을 지금에서야 할 수 있었다. 참 이상하게도.

숨을 참아본 사람만이 숨 쉬고 살아 있음에 감사할 수 있다고 했다. 지금 태양이 그랬다. 심장이 멎어버린 것처럼 살아왔던 그였기에 심장이 뛰고 있음에 새삼 감정을 느꼈다.

"악!"

소리가 새어나가지 않도록 꼼꼼히 문을 닫은 뒤에야 비로소 괴성을 질러대는 나연에게 캠코더의 포커스가 맞았다.

"오늘 하루, 나한테 왜들 다 그러는 거야? 내가 뭘 잘못했는데!"

이상하다. 나비 같은 저 여자도 이상하고, 악을 쓰는데 저 여자가 예쁘게 보이는 나도 이상하고.

"젠장! 제기랄! 이 시베리아 허스키 쌍화차에 십이 간지 같은 학교야! 내가 원피스를 입고 싶어 입었냐! 사정이 있다잖아, 사정이! 융통성 하나 없는 주임선생 같으니. 안 그래도 학생들 시선에 수군거림에 미친 여교사라는 소리까지 들었는데 시말서까지 쓰라고? 학생을 선도해야 하는 교사가 책임감이 없다고 시말서가 웬 말이냐! 실수로 커피를 흘려도 재수 없게 그 부분에 흘려 원피스를 입게 된 점, 조오올라 송구스럽다! 넌 또 뭘 봐?"

나연의 윽박에 캠코더를 통해 그녀를 지켜보고 있던 태양이 움찔 어깨를 떨었다. 책상 더미에 묻혀 책상 코스프레하는 것을 들키기라도 한 것일까? 이것 역시 보건실 사건과 흡사한 과정으로 진행이 되고 있는데 대답 역시 똑같아야 할까, 아주 잠시 고민하는데 고민이 무색할 정도로 나연의 손가락질이 하늘 어딘가를 찔러대는 것이 보였다.

"그래, 하늘에 떠서 고고하게 빛나는 너, 태양! 너! 모든 것의 사단은 다 너 때문이잖아! 하필이면 내 반에 배정 받아가지고는 왜 이렇게 말썽이야? 네가 뭔데, 그렇게 잘났어? 오라면 오고 까라면 깔 것이지, 말 더럽게 안 들어 처먹어요!"

그녀가 태양에 대고 태양에 대한 화풀이를 하는 모습에, 그를 지켜보고 있던 태양의 입에서 작은 웃음소리가 터져 나왔다.

쿡.

저도 모르게 웃음을 터뜨리고 만 태양이다. 그 소리에 하늘에 대고 하염없이 속풀이를 하고 있던 나연의 모든 동작이 단번에 멈췄다. 아무도 없다고 생각했던 공간에 누군가 존재하고 있었다는 사실은 그녀를 더없이 예민하게 만들었다.

아아, 하는 수 없다. 이쪽에서 먼저 당당하게 나가는 수밖에.

당신으로 인해 얼어붙었던 내 마음이 실온의 상태로 변해 버려 보다 말캉해지고, 보다 쫀득해졌다는 것은 일단은 비밀로 붙인 채.

태양은 가뿐한 동작으로 책상 더미에서 내려와 주변을 두리번거리는 나연을 향해 다가갔다. 줌 인을 해서 그녀를 찍고 있던 캠코더의 전원을 끈 그는 주머니에 손을 깊숙이 꽂아 넣고는 덜렁거리며 나연의 등 뒤에 가 섰다.

"선생님이 그렇게 욕하면 돼요?"

애꿎은 주변만 둘러보느라 등 뒤로 태양이 다가온 것을 모르고 있던 나연은 불쑥 들려오는 목소리에 화들짝 놀라며 고개를 돌렸다. 놀란 고양이처럼 자리에서 자그마치 10센티는 뛰어오른 것 같다.

"너, 언제부터……!"

상대가 태양이라는 사실을 확인하고 어느 정도는 안심한 얼굴의 나연이 놀란 가슴을 쓸어내리며 중얼거렸다. 그 모습에 태양이 못마땅하다는 듯 눈을 찌푸렸다.

대체 뭘 믿고 안심하는 거야, 이 사람은?

묻지 않아도 뻔했다. 나연에게 당당할 것 하나 없는 태양이니 한 가지쯤 무얼 하나 들킨다고 해도 일종의 쌤쌤, 플러스, 마이너스 제로라는 말이다.

하지만 나연의 생각은 틀렸다. 태양에겐 잃을 것이 없었고, 나연에겐 잃을 것이 아주 많았다. 잃을 것 없는 자에게 상식은 거추장스러운 것, 개념은 있어봤자 손해 보는 것. 그랬기에 막무가내로 억지를 부릴 수 있는 사람이 태양이었고, 그 앞에 선 나연은 속수무책으로 당할 수밖에 없었다.

그건 이미 정해진 일이었다.

"그 대사가 취미시고 특긴가 봐요? 고리타분하게 변함이 없네."

"곱디고운 비단길 같던 내 혀에 가시 돋게 만든 게 누군데 그래?"

"선생님이 남에게 화풀이해도 돼요?"

하나같이 맞는 말이다. 그랬기에 끄응, 나연이 신음을 삼켰다.

"화풀이 맞아. 그런데 화풀이건 아니건 넌 그냥 듣고 있어야 할 의무가 있어. 사건의 발단이 너거든, 태양."

"발단 없는 사건이 어디 있나요? 발단이 있어도 전개를 시킨 건 선생님이니 그 위기를 감당하는 것도 오롯이 선생님 혼자여야죠."

태양의 말에 나연의 눈이 가늘어졌다.

나이 헛먹은 건 아닌가 보네, 흠집 잡을 수 없이 말꼬투리 잡는 걸 보면.

태양이라는 아이를 파악하려는 나연의 눈빛이 예리해졌다 금세 뭉툭해졌다.

"매우 내성적이고 말 섞기 싫어하는 녀석으로 봤는데. 아니구나, 너."

나연의 말에 태양은 대답 없이 어깨만 들썩였다. 아무것도 모른다는 천진난만한 고등학생의 얼굴을 하면서도 정작 하는 태도는 학생을 거부하는 통에 나연은 어디에 장단을 맞춰야 할지 모르겠다는 투로 중얼거렸다.

"내숭에 호박씨였네, 이제 보니까."

이렇게 나오시면 곤란한데.

나연의 타박에 태양이 여유롭게 웃으며 대꾸했다.

"그건 선생님도 마찬가지죠?"

"뭐?"

태양은 가지고 들고 있던 캠코더를 들어 허공에 몇 번 흔들어 보였다. 그제야 그의 손에 들린 것이 캠코더임을 알아챈 나연의 눈이 보다 더 작아졌다. 그가 캠코더를 흔드는 것에 대한 의미라도 파악하려는 듯했기에 태양은 보다 친절해지기로 마음먹었다.

재생 버튼이 눌렸다. 열 마디 설명보다도 간단할 방법이었기 때문이다. 버튼을 누르기 무섭게 나연이 옥상에 들어와 온갖 욕설을 퍼붓던 장면이 고스란히 노출됐다. 나연의 얼굴에 핏기가 사라진 것은 당연했다.

"너!"

"하필이면, 이라는 말은 지금 써야 하는 게 맞죠? 하필이면 옥상에 있던 사람이 나고, 나는 하필 또 캠코더를 가지고 있었네요. 나 참, 우연이고 싶었지 필연으로 만들고 싶은 마음은 없었는데 말이에요."

"지워."

"싫은데요?"

"지우라고."

나연은 진심으로 화가 난 얼굴로 태양에게 윽박질렀지만 고작 그 경고가 태양에게 먹힐 리 만무했다.

"내가 이걸 지우지 않으면 선생님의 위기에 내가 일조한 셈이 되는데, 어쩔까요?"

태양의 얼굴에 심술이 가득 묻어 있었다. 빙글빙글 웃으면서도 속엔 가시덤불로 가득 차 있는 것 같은 녀석이 장난을 가장한 성질을 부리는 지금, 나연은 그가 아침부터 계속 자신을 무시하고 있었다는 것을 확인할 수 있었다.

"내놔."

나연이 손을 뻗었다. 자칫 잘못해 학생들 사이에 퍼지기라도 하거나 주임선생이 보기라도 한다면 시말서 한 장 가지고는 수습할 수도 없었다.

이렇게 애타는 나연의 마음을 아는지 모르는지, 알면서도 모르는 척 선생이 학생 손바닥 위에서 놀아나고 있는 상황을 즐기는 것인지. 태양은 한 손을 주머니에 찔러 넣은 채 그녀를 피해 캠코더를 머리 위로 높게 들어 올렸다.

"뺏을 수 있음 뺏어봐요."

"비겁한 거 알고는 있니?"

"보건실에서부터 알았어요, 나 비겁한 거. 선생님이 알려줬잖아요. 그래서 이젠 거리낌 없이 비겁하려고요."

"태양."

장난처럼 시작하더니 이제는 목소리를 카펫처럼 깔아버리는 태양의 모습에 나연의 미간에 주름이 잡혔다. 나연도 조용히 그를 윽박질러 봤지만 태양은 전혀 물러날 생각이 없어 보였다.

"이게 있으면 선생님은 이렇게 바싹 다가오네요?"

"그래서, 재미있니?"

"단 한 번도 누군가 다가온 적 없었으니까 재미있어요."

순순히 인정하고 나오는 태양의 말에 나연이 헛웃음만 들이켜자 태양은 숨겨왔던 본래의 의도를 불쑥 꺼냈다.

"이런 약점이라도 있어야 선생님이 날 건드리지 않을 것 같아서요."

"건드려? 널?"

"쉬는 시간에 저 부르지 마세요. 점심시간에도 부르지 마요. 무슨 생각으로 날 부르는지 모르는 거 아니에요. 꼰대들 특징이야 훤하죠. 선생님은 초임이니 더할 테고. 잔소리로밖에 설명되지 않는 설교, 안 듣겠다는 말입니다."

이 녀석, 오래전부터 이런 식이었던 걸까?

태양의 말에 나연의 눈이 순식간에 진지해졌다. 차분하게 가라앉은 맑은 눈이 어린아이답지 않으면서도 아주 어린아이처럼 행동하는 태양을 살폈다.

"학생도 선생 말 더럽게 안 들어 처먹는데 선생이라고 학생 말 고분고분 들어줄 것 같니?"

나연의 목소리가 보다 강경해졌다. 그 목소리에 태양은 당황했지만 애써 티를 내지 않았다. 나연은 그저 그런 그의 앞에서 눈으로 말하고 있었다.

너, 이제까지 이런 식이었구나. 어디서 못된 버릇만 배워서 그걸 이용해 교육을 해야 할 선생들까지 좌지우지하고.

하지만 나연은 그가 원하는 대로 순순히 움직여 줄 생각이 없었다. 그건 든든한 배경이 있어서도 아니었고, 학연과 지연으로 맺어진 인맥이 탄탄해서도 아니었다. 다만 한 가지, 어릴 적부터 비뚤어진 세상을 보는 녀석을 다독이고 싶은 마음이었다.

그러기 위해서는 희생이 필요했다. 희생은 그녀를 충분히 위협하고 있는 캠코더 영상이었다.

"네가 찍은 그거, 내 약점 못 돼. 퍼뜨리고 싶음 퍼뜨려. 뭘 하든 네 자유야."

"괜찮겠어요?"

"주변 확인 못하고 멋대로 지른 내 잘못이야. 내 잘못이니 내가 책임져야지."

"무슨 생각으로 이러는 건데요?"

"이런 보잘것없는 것과 내 신념을 교환할 생각 따윈 하지 말라는 말이야. 교육은 내 신념이거든. 내 눈에는 네가 가시밭길로 걸어가는 게 눈에 보이는데 그걸 무시하라는 거잖아. 불안하게 흔들리는 너희들의 굳건한 이정표가 되어주는 게 내 직업인데 그걸 하지 말라는 거잖아. 그건 할 수 없어. 네가 대단한 집 자제든, 아니면 네가 회장님 그 자체든 안 되는 건 안 되는 거야."

"그럼 그냥 이정표 해요. 내가 무시하고 갈 테니까 이정표처럼 서 있으라고요, 그 자리에."

"어떡하니, 그럼 나 이정표 아닌가 보다. 내비게이션쯤으로 해둘까?"

"내비게이션은 끄면 그만이죠."

한 치의 물러섬도 없는 팽팽한 기 싸움이 계속되던 가운데 교내 방송을 알리는 종소리가 울렸다. 아무 말 없이 서로를 노려보는 두 사람 뒤로 주임선생의 목소리가 분명한 방송이 흘러나왔다.

[3학년 5반 태양, 빨리 교무실로 오도록. 3학년 5반 태양, 교무실로 오도록! 지금 당장!]

그 목소리에 나연은 방송을 듣기 무섭게 불만스러운 얼굴을 하고 비딱하게 선 태양을 돌아보며 중얼거렸다.

"미안한데 아무래도 내비게이션은 당분간 꺼지기 힘들 것 같다. 끄고 싶으면 제대로 된 종료버튼부터 찾도록 해."

그렇게 말을 한 나연은 옥상 입구로 향하는 자신의 뒤를 따를 생각도 없이 멍청하게 서 있는 태양을 향해 윽박질렀다.

"뭐 해, 안 따라와?"

교무실로 강제 소환이 된 직후 태양의 얼굴은 그 어느 때보다도 냉랭했고, 그런 태양을 곁에서 지켜보는 나연의 얼굴도 가히 좋지만은 않았다.

"왜 대답을 안 해? 네가 팬 거 맞냐고 묻잖아!"

"이 선생님, 진정 좀 하시고……."

"내가 진정하게 생겼습니까? 첫 등교 하자마자 이렇게 사고를 치잖습니까. 학교가 제집 앞 편의점이라도 되는 것마냥 들락날락 거리는 것도 어이가 없을 지경인데 이제는 문제까지 일으킵니다. 룰도 없어, 생각도 없어, 의지도 없어. 이런 아이를 우리가 언제까지 맡아야 하는 겁니까?"

"주임선생님."

"어디 입이 있으면 말해보세요, 맹 선생. 그쪽 반 아이 아닙니까. 시말서 아직 안 썼죠? 시말서에 적어야 할 최소한의 이유가 두 가지가 되었으니 퍽 쉬워졌겠습니다, 그래."

이 정도쯤이면 가히 노총각 히스테리라고 불릴 만하다. 그가 과하게 성질을 부리는 이 모습은 며칠 전 본 소개팅에서 퇴짜를 맞았다는 소문이 사실이라는 것에 튼튼한 뒷받침이 되어주고 있었다.

그건 둘째 치고서라도 이 주임은 자신이 맡은 3학년 아이들에 온갖 신경을 곤두세우고 있었다. 몇 번의 실수로 교감선생님에게 수차례 경고를 받은바, 까딱 잘못하다가는 다른 곳으로 발령받아 갈지도 모른다는 협박에 잔뜩 예민해져 있었다.

하지만 그렇다고 이 상황이 용서가 되는 것은 아니었다. 다른 사람들은 몰라도 적어도 나연만큼은 용납할 수 없었다.

"말씀이 좀 과하시네요."

"내 말의 어디가 어떻게 과합니까? 말씀해 보세요. 안 그래도 옆 학교 학부모들 극성으로 소문났는데 하필이면 그 학생들을 건드릴 건 뭡니까? 그나마 다행인 건 학교에서 항의 전화 걸려온 걸로 끝났다는 겁니다. 피해자 학생들이 억울하다고 그쪽 선생들에게 토로한 모양이던데, 어쨌든 그 학생들도 잘못한 게 있으니 각자 학교에서 처벌하기로 했어요. 그러니 망정이지 학부모들 알고, 항의 전화 걸려오고, 교육청까지 신고 들어가면……. 어휴. 태양, 너도 반박하려거든 해봐. 4교시, 뒤뜰에서 땡땡이를 치고 있었지? 그러다 옆 학교 학생들과 시비가 붙어서 그 아이들을 죽일 것처럼 팼어. 들어보니 아주 무지막지하게 팬 모양이더라. 딱 죽지 않을 만큼 팼던데, 어디 어떤 점을 내가 오해하고 있는지 들어나 볼까?"

학생을 끌고 와서는 다짜고짜 문책. 길을 걷다 뒤통수를 맞는 격이 분명할 이 상황에서 감정 컨트롤이 쉽지 않은 아이들이 감정적으로 대들 것은 불 보듯 빤한 일이었다. 하지만 나연의 우려와는 달리 태양은 침착했다. 나연보다도, 또 이 주임보다도.

"오해 아닙니다."

"뭐?"

"결과가 중요하신 모양인데 결과는 그래요. 오해하신 부분 없습니다."

"이봐요, 맹 선생. 내가 뭐라고 했……."

태양의 발언에 힘을 입은 이 주임이 보다 당당해진 얼굴로 나연을 향해 큰소리를 치는 순간, 나연은 자신이 초임 교사이고 더불어 군기가 잡혀도 모자랄 상황이라는 것을 까맣게 잊어버린 채 이 주임의 말허리를 뚝 끊어버렸다.

"무슨 사정이 있었겠지요. 주임선생님도 방금 말씀하셨잖아요?

피해자 학생들도 잘한 게 없어서 각자 처벌하기로 결론 내렸다고."

"뭐요?"

"사정이오. 제가 오늘 커피를 마시다가 하필이면 바지에 쏟고, 그래서 하는 수 없이 원피스를 빌려 입었어야 하는 것과 같은 맥락의 사정이오. 주임선생님께서 그리 중요하게 생각하지 않으시는 과정 말입니다."

"맹 선생."

"이 아이에게도 있었을 거라고요. 발단이 있으니 전개가 있을 테고, 그랬으니 결과가 그렇게 비극적이었겠죠. 하물며 종이 한 장이 찢어져도 어떻게 찢어졌는지, 그 이유가 있을진대 주임선생님께서는 아이를 앞에 두고 결과만 가지고 야단을 하시니 아이가 말을 할 수가 있나요?"

단호한 어조로 말한 나연이 곁에 멀거니 서 있는 태양에게로 고개를 돌렸다. 날카로운 그녀의 시선이 태양의 얼굴 구석구석을 살폈다. 그리고는 바지춤에 껴놓은 셔츠 자락을 빼내 들췄다.

"지금 뭐 하는 겁니까, 맹 선생?"

나연의 돌발적인 행동에 놀란 태양이 말을 꺼내기도 전, 이 주임이 경악한 얼굴로 나연을 채근했다. 하지만 나연은 멈출 생각이 없는 듯 셔츠를 뒤져 태양의 맨살을 드러냈다. 그리고는 여기저기 훑어보더니 그의 허리와 옆구리를 이 주임 앞에 내보였다.

"여기 있네요, 타박상. 시퍼렇게 멍든 거 보이세요? 찢긴 상처에 피딱지, 보이세요?"

"그거…… 그 아이들이 한 거냐?"

"보이는 것만 보려고 하지 마세요, 이 선생님. 보이지 않는 곳에도 상처가 있을 수 있잖아요, 이렇게. 그런데 왜 물어보려는 노력도 않으시고 그렇게 몰아붙이세요. 여기!"

나연이 손을 뻗어 태양의 볼을 움켜잡았다. 그에 놀란 태양이 두 눈을 휘둥그레 떴지만 나연은 멈출 생각을 하지 않았다.

"입가, 찢어졌어요. 광대뼈 부근, 불그스름하네요."

"참…… 대단하네, 맹 선생. 그렇게 안 봤는데 말이야."

"제 반 아이니까요. 제 학생이니까요."

나연이 겁도 없이 이 주임과 매서운 시선을 교환하고 있을 때즈음, 팽팽한 긴장감이 가녀린 여학생의 목소리에 의해 툭 끊어지고 말았다.

"저기……."

여학생의 등장에 세 사람 모두의 시선이 소리가 난 곳으로 돌아갔다.

"누구?"

"3학년 9반 나민아라고 합니다."

"무슨 일이지, 이 시각에?"

이 시각이라고 함은 학생이라면 한창 수업 중이어야 할 시각이라는 뜻이었다. 평소 학생들 사이에서 '개 주임' 내지 '미친개'라고 불리는 이 주임이 매섭게 눈을 치켜떴음에도 자신을 소개한 민아는 낭랑한 목소리로 교무실에 봄바람을 불러일으켰다.

"방송 듣고 왔어요. 사실 제가 증인이라면 증인이거든요. 저기 저 남자애, 증인이요."

"알리바이라도 대주려고?"

이 주임의 심드렁한 물음에 민아는 생긋 웃으며 또박또박한 목소리로 제법 똑 소리 나게 이 주임의 말을 반박했다.

"알리바이는 범죄가 일어났을 때 피해자나 피의자가 범행 현장 이외의 장소에 있었다는 것을 말하는 거죠. 그런 의미에서 알리바이는 아닙니다. 저 애, 현장에 있었거든요. 폭행도 제 눈으로 직접 목격했고요."

"그럼 목격자네. 어디 목격자의 진술 한번 들어보지."

민아의 등장에 이 사건이 어디로 어떻게 흘러갈지 갈피를 잡을 수 없게 됐다. 나연이 심각해진 얼굴로 민아를 바라보는데 민아는 걱정이라고는 티끌만치도 없는 얼굴로 낭랑하게 말했다.

"그 사건이 정당할 수밖에 없었다는 걸 말하려고 온 거예요, 저."

"폭력이 정당화될 수 있다고 생각하니?"

사건을 지켜보고 있던 다른 선생님 한 명이 불쑥 끼어들자 민아는 주눅 한 번 들지 않고 명랑하게 대답했다.

"정당화까진 못 되더라도 정당방위는 되지 않을까요?"

그렇게 답한 민아는 눈살을 찌푸리는 태양과 눈을 맞췄다. 그리고는 걱정 말라는 듯 한쪽 눈을 찡긋거리며 미소 지었다.

그녀의 윙크는 두 사람이 함께 있었던 사건 현장에서의 대화를 떠올리게 하기에 충분했다.

"하루 만에 네 이야기로 학년 전체가 들썩이더라. 태양, 맞지? 설마 나이 들어 보이게 오빠라고 불러주길 원하진 않을 테니까 말 놓을게. 난 나민아야. 아까는 고마웠어."

"고마워할 필요 없어. 널 위해서가 아니라 널 빌미로 한 싸움이니까."

"이유가 뭐든, 내 입장에서는 고마워. 빚 졌다. 이 빚은 꼭 갚을게."

"의미 두지 마. 다시 볼 일 없을 테니까."

"사람 일, 그렇게 장담하지 마. 난 너 계속 보고 싶어질 것 같거든."

싸운 것도 맞았고, 정당방위도 맞았다. 그건 4교시를 알리는 종소리가 울렸을 무렵, 수업과 맹렬한 나연을 피해 도망친 뒤뜰에서 있었던 일이었다. 민아를 보겠다고 무단으로 침입하던 타 학교 학생들이 종종 있었는데 그들 역시 그런 부류 중 하나였다.

이 주임에게 제대로 걸렸지만 무사히 빠져나온 데에는 민아의 공이 컸다.

"하아."

태양을 데리고 교무실을 빠져나오기 무섭게 한숨을 내쉰 나연은 뾰족해진 눈으로 태양을 바라봤다. 아무 죄가 없다는 듯 천진난만한 얼굴을 하고 있는 녀석이 얄미웠지만 지금 화를 낸다면 또 어른답지 못하게 '화풀이' 정도로 생각할 것이 분명했기에 나연은 화를 꾹 참았다.

뒤뜰 창을 바라보고 선 나연의 속은 부글부글 끓고 있는데 철없는 어린 학생들은 이 상황이 마냥 연둣빛인가 보다. 골치 아픈 일이 있어도 웃음으로 넘겨 버릴 수 있는 청춘인지 선생이 버티고 선 와중에도 녀석들은 그들만의 세상에서 반짝거리고 있었다.

민아가 태양을 향해 상큼하게 웃어 보였다.

"봐봐. 우리, 또 볼 일이 있었잖아."

"……."

"나중에 또 보자, 태양."

원체 스스럼없는 성격인지, 민아는 오래된 친구마냥 태양의 어깨를 툭툭 두드리더니 나연에게 꾸벅 인사를 하고는 총총걸음으로 사라졌다.

민아가 사라지고 나서야 나연은 몸을 돌렸다. 속에 압축되어 들어찬 한숨을 쏟아낸 다음에야 마음이 한풀 진정이 됐지만, 속엣것을 몽땅 털어버리지 못한 까닭에 말투는 뾰족해졌다.

"이런 걸 썸 탄다, 라고들 하지?"

"무슨 말이 하고 싶은 겁니까?"

"네가 지금 여유롭게 썸 탈 군번이냐, 라고 우회적으로 눈치 주는 거잖아."

진지한 나연의 말에 태양이 눈살을 찌푸렸다. 하지만 그가 눈을 찌푸린다고 한들 그가 학생이고 나연이 선생이라는 관계는 변하지 않았다. 그 관계가 변하지 않는 이상, 나연은 해야 할 말을 해야 했다.

"땡땡이치려고 뒤뜰로 갔는데 마침 다른 학교 학생들에게 둘러싸여 있는 여학생을 보다, 차마 지나칠 수 없어 여학생을 구해주고자 타 학교 학생들을 때려눕히다. 빰빠라빰! 슈퍼 히어로 내지는 백마 탄 왕자님 등극. 멋져, 축하해."

"비꼬지 마세요."

"비꼬는 걸로 들려? 이번에는 잘 들었네."

나연이 냉랭하게 웃었다.

"왜, 옳은 일을 했다고 칭찬이라도 할 줄 알았니?"

"설마요. 내가 잡은 약점 때문에 내 편을 들어준 거라면······."

"약점? 그게 내 약점이 될 수 있을 거라고 생각하니? 아까 말했잖아, 퍼뜨리려면 퍼뜨리라고."

"진심이에요?"

"그래. 그게 널 지도하는 대가라면 그렇게 비싼 편도 아니겠다."

나연의 강경한 태도에 태양의 고개가 비뚜름해졌다. 그의 가슴께에 와 닿는 조막만 한 여자가 대체 무슨 생각을 하고 있는 건지 가늠이라도 하는 듯했다. 하지만 여기서 중요한 것은 나연이 하고 있는 생각이 아니었다. 포커스는 지금, 폭력 사건에 휩싸인 태양과 그 팩트여야만 했다.

"무슨 이유가 되었든 폭력은 안 돼."

"정당방위였는데도요?"

"내 눈에는 왜 정당방위를 가장해 네 스트레스를 푼 것처럼 보일까?"

나연의 말에 태양은 딱히 할 말을 찾지 못했다. 이유는 간단했다. 나연의 짐작이 맞았으니까.

"꿀 드시고 벙어리가 되셨나, 노(No) 답은 긍정의 표시겠지?"

"묵비권 행사 중입니다."

"학교에서 묵비권을 행사하면 큰 손해를 볼 수 있지. 예를 들면 네가 묵비권을 행사한 지금, 앞으로 한 달간 교내봉사를 하게 됐다는 것 정도쯤?"

"하아?"

"그리고 손 내밀어."

"손은 또 왜요."

"왜일까? 맞혀봐. 1번, 악수 한 번 하려고. 2번, 영웅이 된 기념으로다 선물을 주려고. 3번, 손금 한 번 보려고."

"1번도 좋고, 2번도 좋고, 3번이면 더 좋고."

태양은 퍽 능글맞은 얼굴로 웃었다. 하지만 위화감이 들 정도로 그 웃음은 음험했다. 웃지 않는 두 눈은 위험하게 번뜩거리고 있었다. 나연을 자신의 시선에 가둬놓았던 태양이 장난이라도 치듯 중얼거렸다.

"왜, 선생님 말대로 썸 타고 싶은 남녀가 자연스럽게 손잡을 수 있는 방법이 그거라면서요. 손금, 봐드릴까요?"

"넌 내가 선생으로도 안 보이지?"

"설마요. 아까부터 선생님이라고 꼬박꼬박 호칭 써드렸는데요."

세상 모든 것 중 단 하나도 재미있지 않은 녀석. 세상의 수많은 것들 중 무엇 하나 그의 관심을 끄는 게 없어 지루한 녀석. 그런 녀석은 두려울 것 하나 없다는 얼굴로 빈정거렸다. 그 속을 읽어버린 나연은 그 몰래 으득 이를 갈며 입을 열었다.

"정답은 숨겨진 4번, 사심 없는 체벌. 대부분의 객관식 문제는 사지선다지, 아마? 손 내밀어!"

휘몰아치는 태풍에는 파도도 함께 거세지는 법이었다.

"선생님이 때리는 건 폭력 아니에요? 아까 어떤 선생님이 그러던데. 폭력이 정당화될 수 있느냐고."

"내가 때리는 건 사랑의 매지. 폭력이 아닌 체벌."

"무슨 논리가 그래요?"

"네가 맞아봐야 다른 사람이 어떻게 아픈지도 알 것 아냐? 힘이 세다고 무조건적으로 우위에 서려는 네 태도가 나쁜 거야."

"선생님은 권력을 휘두르시고요."

"배경을 권력 삼아 휘두르는 너는 되고, 공권력을 휘두르는 나는 안 되고? 피차 논리적이지 못한 건 마찬가지니까 그냥 우리 쉽게 가자. 덧붙이자면 내가 휘두를 사랑의 매는 내 손바닥이다. 널 때리는 대신 나도 함께 맞는 거야. 동고동락. 너랑 같이 아플 생각이다, 이 선생님."

깔끔하게 다섯 대. 들고 온 회초리가 없으니 대신 나연의 손바닥이 매가 됐다.

"원하든 원하지 않았든 너는 내 책임하에 있고, 네가 그런 일을 벌인 이상 내게도 책임이 있으니 우리 둘, 동시에 벌받는 거야. 의의 없지?"

철썩, 철썩, 철썩─!

자그만 키에 자그만 손. 작은 손에 달린 길고 예쁜 손가락이 의외였고, 그 손이 생각보다 매서웠다는 사실이 또 의외였다. 그렇게 때리면 손가락이 부러지진 않을까 사뭇 걱정이 되는 와중에도 그녀는 매질에 진심을 다했고, 덕분에 남은 것이라고는 벌받는 학생보다 심하게 빨개진 나연의 손이었다.

태양의 시선이 그녀의 손에 꽂혔다. 그는 그녀의 손에 눈길을 준 채 입을 열었다.

"그럼 저도 문제 하나 낼게요. 선생님이 날 도와준 이유에 대해서요. 선생님이 내 편에 서준 이유. 1번, 내가 쥔 약점이 신경 쓰여서. 2번, 날 동정해서. 3번, 문제아를 선도하고 말리라는 일종의 로망 때문에."

줄줄이 읊어대던 태양이 순간 말을 멈췄다. 그리고 그 앞에 서서 그의 말을 듣고 있던 나연의 시선이 그의 것과 한 번에 맞물렸다. 말로 형용하기 힘든 묘한 기류가 그의 눈을 타고 전달된 순간, 태양이 입을 열었다.

"4번, 내가 마음이 쓰여서."

태양이 내민 마지막 보기에 나연은 입을 다문 채 녀석을 바라봤다. 몇 초가 흘렀을까, 영원히 흐르지 않을 것 같던 시간은 흘렀고 나연은 입을 열었다.

"……오지선다인가 보다. 정답은 숨겨진 5번. 오늘 하루 날 들들 볶아댄 이 주임에게 한 번쯤 정당하게 대들어보고 싶어서야. 덕분에 스트레스 해소했다. 가라, 그만."

남자아이가 진지하게 나올 때가 가장 두렵다. 더군다나 그것이 사람을 쥐고 흔들기 쉬운 감정이 섞여 있을 때엔 더욱 그랬다. 저돌적으로 나오는 태양의 모습이 잠시 당황한 나연이 할 수 있는 것이라고는 외면, 또는 무시 정도였다. 하지만 태양은 그렇게 녹록히 나연을 놔줄 생각이 없는 듯했다.

"그럼!"

소리를 높인 채 말을 잇는 태양의 목소리에 그를 등지고 한 걸음 내딛은 나연의 걸음이 멈췄다.

"그럼 쉽게 OX 퀴즈 하나만 내고 갈게요. 나는 맹나연이라는 사람을 알고 있다."

"알겠지, 오늘 꽤 많은 에피소드가 있었으니까."

나연은 고개를 살짝 돌려 심드렁하게 대답했다. 그 대답이 영

성에 안 찼는지 태양은 빠른 걸음으로 단번에 나연을 따라잡아 그녀의 앞에 버티고 섰다.

"그렇게 쉽게 결론 내버리면 재미없으니까 다시 내죠. 선생님이 말한 것처럼 쉽게, 설명으로 갈게요."

녀석의 의도가 무엇일까, 나연은 반짝거리는 눈빛을 헤아리고자 애를 썼다. 하지만 알 수가 없었다. 어째서 밋밋했던 녀석의 눈동자에 반가움이 서렸는지, 왜 생기가 도는지.

궁금증에 나연이 미간을 잔뜩 좁혔을 무렵, 태양이 위험이 도사리는 두 눈을 빛내며 말했다.

"태양은 오늘 등교하기 전부터 맹나연을 알고 있었다. 오, 엑스?"

03 그날의 기억

학교에서 20분 거리에 위치한 아파트는 2개월 전부터 태양이 드문드문 찾아왔던 곳이었다. 그의 눈이 익숙하게 14층을 세었다. 캄캄하게 불이 꺼진 창을 확인한 후에야 태양은 고철의 우편함이 줄지어 세워진 곳으로 이어진 계단에 오도카니 앉아 밖을 바라봤다. 금방이라도 눈이 올 것처럼 싸늘한 기온을 피해 아파트 안으로 들어오긴 했지만 얇은 유리문은 그 추위를 완벽하게 차단해 주지 못했다.

추위에 몸이 바삭바삭하게 얼어버릴 때 즈음, 오매불망 기다리던 상대가 모습을 드러냈다. 돌계단을 내려와 현관 계단을 올라온 나연이 유리문을 열었다. 휑한 바람에 나연의 향기가 묻어 있었다.

안으로 들어온 나연은 곧장 우편함으로 다가왔다.

"센서등은 아직도 안 고친 모양…… 엄마야!"

1401호 우편함에 들어 있을 우편물을 찾아 손을 집어넣던 순간, 어두컴컴한 계단에 앉아 있는 덩치 큰 누군가를 발견한 나연이 새된 비명을 삼켰다. 들고 있던 우편물이 후드득 바닥으로 떨어지자 어둠 속 그 생물체는 꿈틀거리며 그녀가 떨어뜨린 우편물을 주워주었다.

"엄마 아닌데요."

"알아. 어쩐 일이야?"

나연은 어둠 속 생물체가 태양이라는 것을 깨닫고는 놀란 가슴을 쓸어 내렸다. 그녀는 태양이 내민 우편물을 가로채듯 받아 넣고는 두려움이 채 가시지 않은 얼굴로 물었다.

"여기 사니?"

"아뇨."

"그럼 날 기다렸니?"

"추운 날씨를 피해 어느 아파트 현관으로 들어왔는데 우연히 선생님이 들어왔다고 하면, 거짓말 티가 너무 심하게 나죠?"

어둠 속에서 태양의 까만 두 눈이 별처럼 반짝거렸다. 그 순간 나연은 눈앞의 이 소년이 무섭다고 잠시, 아주 짧게 생각해 버렸다.

'언젠가 이 눈을 본 적이 있는 것도 같은데.'

나연이 자신의 시선을 슬그머니 회피하는 것을 지켜보고 있던 태양이 나지막이 말했다.

"퇴근이 늦네요."

"우리 집은 어떻게 알았어?"

"왔었으니까."

"뭐?"

태양의 발언이 위험했다. 그랬기에 고개를 치켜든 나연의 두 눈은 두려움으로 일렁거리고 있었다. 그것을 확인한 태양은 방금 전과는 사뭇 다른 목소리로 중얼거렸다.

"선생님이 이사 오기 전까지 여기, 내가 살던 집이거든요. 놓고 간 게 생각나서 들렀어요."

태양의 말에 나연이 의심을 지우지 않은 눈으로 그를 바라봤다.

대체 이 녀석, 무슨 꿍꿍이인 거야?

처음 등교했을 때의 모습과 지금의 모습이 사뭇 다른 까닭에 나연은 녀석과 자신의 공통분모 또는 관계성을 찾으려고 노력했다. 하지만 그 어떤 연관성도 찾지 못한 지금, 그녀는 친근하게 다가오는 태양의 모습이 이질적으로 느껴졌다.

"……놓고 간 게 뭔데? 말해주면 찾아서 가지고 올게. 여기서 기다려."

분명하게 선이 그어졌다. 나연은 선 안에, 태양은 선 밖. 태양은 그 선명한 선을 보며 어떻게 할까, 잠시 고민했다.

"선생님도 놓고 간 게 있어요. 교환해야 하지 않을까요?"

"내가 놓고 간 거?"

"옷이요. 커피 묻은 옷."

태양이 들고 있던 쇼핑백을 흔들어 보였다. 그제야 보건실에 두고 왔던 옷이 떠오른 나연이 손을 뻗었다. 하지만 바로 격정적으로 뻗었던 손을 슬그머니 접었다. 태양과 함께 있으면 때때로 그를 조련하는 것이 아니라 자신이 조련당하는 것처럼 느껴졌기 때문이다.

그래, 교양인은 행동이 아니라 말로 하는 거지. 말로 설득시켜야 진정한 의미의 교육이지.

"다시 보건실로 가봤는데도 없더라니, 네가 가져간 거였어?"

"보건실에 갔는데 없었으면 당연히 날 의심했어야죠."

"했어. 하고 난 다음에 찾았는데 네가 없었고. 방송 못 들었니? 바로 했는데."

"못 들었어요. 들었어도 못 들은 거고."

졸졸 따르는 품새가 강아지라도 되는 것 같다고 생각했는데, 아니다. 다가오더라도 꼭 거리를 두는 고양이다. 자신은 만져도 되지만 남은 자신을 만지면 안 되는, 그런 고양이다.

"선생님이 선녀라도 돼요? 옷을 흘리고 도망가요, 왜?"

"이리 줘."

"싫은데요?"

"너……."

"이 옷 내가 감추고 있으면 내 옆에 붙어 있으려나."

"태양."

나연이 경고하듯 그의 이름을 불렀다. 그러자 태양은 장난스러운 태도를 접어 한 발 물러나서는 쓸데없는 고집을 피웠다.

"제가 놓고 간 거 주시면, 그럼 그때 드릴게요."

"그러니까 그게 뭐냐니까?"

"선생님 집에 올라가면 안 돼요?"

"될 것 같니?"

그 순간, 두 사람의 팽팽한 싸움을 순식간에 느슨하게 만드는 소리가 들려왔다.

꼬르르륵—

참 이상도 하지. 그토록 단단했던 마음이 생리현상 한 번에 물 렁해지고 말았다. 긴장으로 엄격해졌던 나연의 표정이 순식간에 누그러졌다.

"밥, 안 먹었어?"

나연의 물음에 이번에는 태양이 그녀를 외면했다. 머쓱한 얼굴 을 한 그가 긴 다리로 바닥을 툭툭 치는 모습에 나연은 문득 눈앞 의 아이를 귀엽다고 느꼈다.

그래, 덩치가 제아무리 크다고 해도 정신은 덜 여문 학생이야. 아직 어린아이라고.

그런 생각이 들자 더 이상 태양이 무섭게 느껴지지 않았다. 하 지만 그보다 중요한 것이 있었다. 흘러가는 분위기로 봐서 태양은 지금 그녀가 두고 온 옷과 자신이 가져가야 할 무언가를 핑계 삼 고 있다는 것이었다.

무슨 심각한 일이라도 있는 걸까?

이게 이 아이가 보내는 일종의 S.O.S 신호인데 내가 간과하고 지나가는 건 아닐까?

"무슨 일이니? 너, 여기 두고 간 것 없지?"

나연의 목소리가 조금 심각해지자 태양의 목소리도 함께 낮아 졌다.

"나, 기억 안 나요?"

"기억해. 태양. 3학년 5반."

"그거 말고. 나, 정말 기억 안 나요?"

태양의 물음에 나연의 미간이 다시금 좁아졌다. 그럼에도 불구하고 태양은 자꾸 꿈속 어딘가의 이야기를 꺼냈다. 그것이 사실일지라도 나연에게만큼은 누군가의 꿈처럼 와 닿지 않는 말이었다.

"난 당신이 기억났는데. 뭐, 애초에 잊은 적도 없었지만."

"당신? 너 미쳤지? 돌았지? 이젠 하늘같이 높고 은혜로운 선생님에게……."

"나한테 겁도 없이 소리칠 때 멈칫했고, 옥상에서 고래고래 소리를 지르는데 설마 했고, 내 편 들어줄 때 아, 이 사람이 맞구나. 확신했어요."

"그게 무슨 말이야?"

"무슨 말이긴요. 선생님이 궁금해서 나를 몇 번이고 호출하는 이유. 즉, 내가 2개월이나 학교에 나가지 않은 이유를, 선생님은 이미 알고 있다는 말이에요."

그 말에 나연이 태양을 쳐다봤다. 궁금증이 가득 서린 그녀의 눈빛에야 비로소 만족한다는 얼굴을 한 태양은 그녀의 궁금증을 쉽게 풀어줄 생각이 없다는 투로 미소 지었다.

"그러니까 들어가게 해줘요. 나, 놓고 간 것 있다니까요."

고분고분 순한 양의 탈을 쓰고 있던 악마였다는 것을, 그때는 까맣게 모르고 있었다.

"그게 너였단 말이야?"

배곯는 아이를 위해 일단 라면부터 끓인 나연은 태양이 한 젓가락 뜨기 무섭게 손바닥으로 탁자를 내려쳤다.

"쿨럭, 쿨럭쿨럭―"

급하게 한 젓가락 입에 쑤셔 넣었던 태양이 마른기침을 토해냈다.

"아, 더럽게."

"놀라게 한 게 누군데!"

나연은 타박을 하면서도 식탁 귀퉁이에 놓여 있던 상자에서 티슈 몇 장을 뽑아 태양에게 건네주었다. 태양은 아무렇지 않게 티슈를 받아 입가를 닦고는 의아하다는 듯이 물었다.

"몰랐어요?"

"몰랐으니까 이렇게 놀라는 거겠지?"

"알고 데려온 줄 알았는데."

"내가 널 데려온 이유는 더도 말고 덜도 말고 딱 세 가지야. 하나, 내가 놓고 온 옷을 돌려받기 위해. 둘, 맞서봤자 말을 안 들어먹으니 이번에는 회유책을 써보기 위해. 셋⋯⋯!"

"셋, 내가 너무 잘생겨서?"

태양의 말에 나연은 부드럽게 풀어졌던 눈가에 바싹 힘을 주었다.

껍질을 벗겨서 속 안에 스물아홉 살 남자가 있는지 열아홉 살 꼬마가 있는지 알아봐야 할 정도라니까.

나연은 태양의 이마에 검지와 엄지를 튕겨 꿀밤을 먹였다.

"코알라냐? 오냐오냐 했더니 아주 제대로 기어오르고 있어. 셋, 거지의 삼 요소를 가지고 있는 어린 양 한 마리를 그냥 지나치기 힘들어서다."

"거지의⋯⋯. 뭐요?"

"춥고, 배고프고, 졸리고. 삼 요소 맞지, 뭘. 빼앗아가기 전에 얼렁 흡입하는 게 좋을 거다."

나연은 야무지게 말아 쥔 주먹을 흔들어 보이며 태양을 협박했다. 물론 태양은 나연 몰래 피식 웃어버렸지만 말이다.

"그래서, 다시 정리하자면 네가 2개월 전 내가 주웠던 그 녀석이란 말이지?"

"녀석이라뇨, 학생한테."

"피투성이 된 얼굴을 하고 놀이터에 쓰러져 있던 걸 주워놨더니 멀쩡해져서는 감히 반항을 하네?"

그랬다. 태양, 녀석이 나연을 아는 척하는 이유. 그것은 2개월 전의 일을 기억해 냈기 때문이다.

'바람인 줄 알았더니 태양이었구만.'

나연은 뜻 모를 눈빛을 한 채로 라면을 흡입 중인 태양의 얼굴을 빤히 바라보았다.

2개월 전, 집 근처에서 발견된 유기묘의 형상을 한 남자는 얼굴을 알아볼 수 없을 정도로 피투성이가 되어 있었다. 눈이며 뺨이며 입술이며 피칠갑을 한 채로 퉁퉁 부어 있던 것은 기본이요, 어디 한 군데 뼈가 부러지기라도 한 건지 고꾸라진 채로 일어날 기미를 보이지 않았다. 녀석을 주워 가까운 슈퍼 앞 평상에 내려놓은 나연은 곧장 전화를 하려고 핸드폰을 들었었다.

"119에 해야 하나, 112로 해야 하나."

"으으……."

"어머, 정신 들어요? 이봐요, 이름이 뭐예요? 집은, 주소는 기억해요?"

"전화……."

"전화기 빌려줘요?"

"전화…… 하지 마!"

"뭐?"

"119나 112로 전화하지…… 말라고!"

"그럼 나보고 어쩌라고?"

"그냥…… 가던 길, 가."

엉망진창이 된 채로 손톱부터 세우고 덤벼드는 녀석 때문에 나연의 이마에 주름이 생겼다.

"나 참, 성질 부릴 기운은 있나 보네. 죽지는 않겠다."

길 가던 사람 앞에 쓰러져 있어서 무섭게 만든 게 누군데.

도와주려니까 괜히 성질 부려서 사람 기분 나쁘게 만들기나 하고.

"하여간 요즘 세상에 아무나 막 도와주고 오지랖을 떨면 안 된다니까. 도와주고도 욕을 먹어요."

나연이 밉지 않게 입을 비쭉거리고는 신음 하나 흘리지 않은 채 늘어져 있는 남자를 흘겨봤다.

놔두라니 놔둘 수밖에.

도와주고 뺨 맞고 싶은 생각은 추호도 없는 나연은 그래도 사람들 지나다니는 골목에 놔둔 것만으로도 용하다, 스스로를 다독이며 무시하고 지나갔다. 그러다 문득 말 지지리 안 듣고 사고만 치고 다니던 남동생 얼굴이 방금 전 남자의 모습 위로 스쳐 지나갔다.

"딱 그 나이 또래 같던데."

나연은 고민에 휩싸인 얼굴로 발을 동동 굴렀다. 성질내는 남자에게 퉤, 침 뱉는 마음으로 무시하고 지나쳐 언덕배기만 조금 올라가면 금방 집에 다다를 텐데 또 그러자니 내일부터 출근해 아이들을 가르쳐야 할 맹나연 선생님의 교육적 철학과 인성이 양심을 쿡쿡 찌른다.

'이대로 가다간 불면증에 시달리다 기미 잔뜩 낀 얼굴로 학생들을 맞이할 게 뻔하지.'

집에 가려던 걸음을 멈춘 채 뒤통수를 벅벅 긁은 나연은 평소 인사를 하고 다니던 슈퍼 아줌마에게 일말의 메시지를 남기자며 안으로 들어갔다.

"아줌마, 여기 앞에 남자 하나 데려다 놨거든요? 좀 다쳐서 그런데 잠깐 있어도 되죠?"

"다쳤어? 어디를 얼마나……. 어머, 나연 씨. 좀 곤란해. 무슨 문제 생길 만한 일이 있는 거 아니야? 차라리 신고를 해."

"아뇨. 저기……."

죽지 말고 살아 있으라는 배려에서 시작한 일이었건만 난감한 기색이 역력한 슈퍼 아줌마의 얼굴을 보니 일이 복잡해질 것 같다는 예감이 들었다.

나연은 예상외로 일이 꼬이자 당황하고 말았다. 밝은 곳에서 보니 남자의 모습이 심상치 않았고, 또 그런 남자가 슈퍼 입구에 널브러져 있다는 사실에 주인이 탐탁지 않은 티를 팍팍 냈기 때문이었다.

'하지 말래도 그냥 신고를 할걸.'

나연은 뒤늦은 후회를 하며 난감함에 머리만 긁어댔다. 이럴 때엔 인정에 기대는 수밖에 없다는 생각에 온갖 애교와 아양을 떠는 얼굴로 몸을 배배 꼬았다.

"신고는 하지 마시고요."

"이렇게나 다쳤는데?"

"아는 애라 괜찮아요. 약국에 잠깐 갔다가 다시 올게요. 그때까지만 이해해 주세요."

"아이 참, 곤란한데. 그럼 빨리 다녀와."

"네에."

"10분 안에 안 오면 나, 신고할 거야?"

"에이, 아줌마. 박하시다. 15분 정도는 기다려 주세요."

손을 싹싹 비벼 아줌마의 마음을 조금 누그러뜨린 뒤, 나연은 평상에 데려다 눕혀 놓은 남자를 발로 툭툭 쳤다.

"어이, 너. 네가 원하는 대로 신고는 안 했어. 대신 내가 너 신원 보증 섰으니까 여기서 꼼짝하지 말고 딱 기다려. 문제 일으키면 죽을 줄 알아. 뭐, 문제 일으킬 만한 힘도 못 쓰겠다만."

"꺼…… 져."

"입만 살아서는."

그래, 저런 놈 한두 번 본 게 아니다. 처음에야 두렵지만 지금은 두려울쏘냐. 내일이면 저렇게 덩치 산만 하고 시커먼 놈들 몇백 명은 수두룩하게 볼 텐데. 내가 고등학교 선생님이다, 이 말이야!

나연은 바쁘게 약국으로 걸음을 옮기며 불안하게 중얼거렸다.

"칼에 찔렸다던가, 범죄자라던가, 살인마, 뭐 그런 건 아니겠지? 아, 진짜. 미쳐, 내가."

나연은 짧은 단발머리를 휘날리며 잽싸게 약국으로 향했다. 뛰는 것을 싫어하던 나연이 죽자고 뛴 덕분에 남자는 신고를 면했고, 나연은 골칫덩이를 떠안았다.

그때 그 일의 서막을 떠올린 나연은 한숨을 폭 내쉬며 흉터 하나 없이 매끈한 태양의 얼굴을 샅샅이 훑어 내렸다.

"그 골치가 이 골치였구만."

턱을 괴고 앉아 지금 어쩌자고 이런 상황까지 오게 됐는지 생각하고 있던 나연이 고개를 벌떡 들었다.

"잠깐, 그럼 여기 살았다는 말은⋯⋯."

"당연히 거짓말이죠. 바보, 그걸 믿어요? 이제 보니 순진해서 사람 쉽게 믿겠어요. 조심해요, 사기당할지도 모르니까."

하! 이 쪼그만 게 진짜? 세상 무서운 줄 모르고 막 그냥, 확 그냥, 여기저기 막 그냥.

나연은 차마 욕은 하지 못한 채 입술만 움찔거리다가 포기했다는 투로 중얼거렸다.

"두고 간 게 있다는 말도 거짓말이겠구나."

"그 말은 진짠데."

"그럼 밥 먹고 얼렁 찾아서 혹 가버려."

나연이 귀찮다는 투로 손을 휘휘 젓자 태양이 눈앞에서 흔들거리는 손을 홱 잡아챘다. 그의 커다란 손이 자신의 손을 감싸 쥐자 나연은 두 눈을 동그랗게 뜨고 태양을 바라봤다.

태양의 손은 무척 컸고, 생각보다 차가웠고, 거칠었다. 이질적인 촉감에 정신이 든 나연이 손에 힘을 주었다. 세게 털어내도 털리지 않자 나연이 눈에 힘을 주고 태양을 바라봤다.

"뭐 하자는 거야?"

"그러지 말라고요."

"뭘?"

"가버리라고 휘휘, 손 젓지 마요. 상처받아요."

그 말이 퍽 진지했기에 나연은 묘한 얼굴을 하고 그를 바라봤다. 성숙한 어른 같다가도 어느 순간 버림받은 아이의 얼굴을 한 녀석이 무척이나 낯설고 묘했다.

나연이 난감한 얼굴로 손을 빼내자 태양은 이번엔 순순히 그녀의 손을 놓아주었다. 서로 마주친 눈빛이 어색했기에 불편한 침묵이 흘렀지만, 곧 태양이 거둬들였다.

"선생님 덕분에 두 번, 목숨 건졌네요."

"너는 두 번이나 날 위기에 봉착하게 만들었고."

나연은 퉁명스럽게 말하면서 자리에서 일어나 태양이 깨끗하게 비운 냄비를 싱크대에 내려놓았다. 냄비를 물에 담가놓고는 냉장고에서 찬 보리차를 꺼내 태양에게 한 컵 밀어주었다. 태양은 그녀가 내미는 보리차를 멀거니 바라보고 있다가 불쑥 질문을 던졌다.

"그날 날 왜 구해준 거예요?"

"사람이 사람을 돕는 데 이유가 필요해?"

"어느 정도는."

"은근히 말이 짧다? 게다가 소녀 취향이시기까지 하고."

나연의 말에 태양이 무슨 의미냐는 듯 눈썹을 치켜떴다. 불량스럽기 짝이 없는 눈짓에 나연은 그의 주름진 이마를 쿡 찌르며 대답했다.

"모든 일에 의미 부여하지 말란 얘기야."

"원인과 결과를 알고 싶은 거죠, 의미 부여가 아니라."

"그래, 그럼. 그러는 넌?"

"뭐가요?"

"넌 왜 그런 모습으로 그렇게 있었는데? 원인이 있었으니 그런 결과가 있었을 것 아니야."

"……."

"신고도 안 했고, 살려줬고, 머물게 해줬고, 담임이고, 또 도와 줬고, 이젠 먹여주기까지 했어. 이 정도 이유면 알려줘도 되지 싶은데."

나연의 물음에 태양이 처음 봤을 때와 마찬가지로 냉랭해졌다. 온기가 스며들었던 눈빛이 급속히 냉각되었고, 흔들리던 동공에는 금세 새까만 어둠이 가득 들어찼다. 하지만 첫 만남과 달랐던 점 한 가지는 그가 더 이상 무시를 하지 않는다는 것이었다.

"위로 누나가 한 명 있어요. 아래로는 동생이 하나 있죠."

"둘째들은 눈치가 빨라서 제법 영악하게 세상 사는 법을 터득 하던데."

나연의 말에 태양이 무슨 뜻이냐는 투로 시선을 던졌다. 그러자 나연은 변명이라도 하듯 조금 슬프게 중얼거렸다.

"아아, 나도 둘째거든."

왜 자신이 둘째라는 가족 사항을 말하면서 눈빛이 슬펐는지 태양은 의아해했지만 그리 오래 신경 쓰지 않고 제 사정을 말했다.

"누나랑 나랑 동생이랑, 다 친모가 달라요."

폭탄 발언에 나연은 할 말을 잃은 채 멍하니 태양을 바라봤다.

그런 이야기를 하는데도 불구하고 표정 하나 변하지 않은 그는 자신이 아닌 다른 누군가의 이야기를 하듯 덤덤했고 낯설었다.

"누나는 그럭저럭 감정 죽이고 사는 데에 익숙한 것 같고, 동생은 막내라 아직 철이 없어서 뱉 꼴리는 대로 하고 살아요."

"넌?"

"난 용납 못하고 절찬리 반항 중이죠. 막장 드라마에선 그나마 이런 피해자는 두 명쯤에서 합의 보죠. 이건 막장보다 더해서 세 명이나 있어요. 아버지 얼굴은 꼴도 보기 싫어서 밖으로 나도는 중이에요. 외가 집안이 나름 탄탄해서 비빌 언덕은 되어주고 있고요."

"……."

"아무래도 내가 장남이니 보기 좋게 고등학교 졸업시켜 유학이라도 보낼 참인가 본데, 순순히 그럴 마음 전혀 없고요."

"반항한답시고 네 인생 네가 망치는 중이다?"

나연의 관심이 태양, 그 자체에 꽂혔다. 반항을 위해 자신을 내다 버리는 그 무모함이 안타깝고도 안쓰러워 절로 걱정이 잔소리처럼 튀어나왔다.

"너 내 수업 좀 제대로 들어야겠다. 고등학생씩이나 돼서 뭐가 자신에게 이득이고 손해인지, 가장 기초적인 계산도 못하는 걸 보니. 한 번 사는 인생인데 손익분기점은 넘기고 살아야지."

나연의 말에 태양의 입매가 차가워졌다. 그는 고개를 기울인 채 나연의 얼굴을 민망할 정도로 바라보더니 한마디 툭 내뱉었다.

"이제 보니 선생님 맞네요."

"뭐?"

"그냥 어른이야. 계산하고, 재고, 따지길 좋아하는."

그 말에 나연은 한마디 반박도 할 수 없었다. 그의 입술을 타고 나온 '어른'이라는 단어에 이렇게 뒤통수를 맞은 기분이 될 줄은 꿈에도 몰랐다.

태양은 시니컬한 말투로 빈정거렸다.

"우리 집 장녀가 그런 계산은 또 잘하지. 아마 선생님이 좋아할 만한 제자가 되어줄 수 있을 텐데, 아쉽네요."

"너 자신을 생각하라는 말이야."

"충분히 생각 중이에요. 하고 싶은 걸 찾는 중이기도 하고."

"어떤 식으로 어떻게? 사람이 좋은 대학에 가기 위해서만 공부하는 게 아니야. 공부를 해서 더 많은 걸 알면 그만큼 선택의 폭이 넓어지기 때문이야. 모르고 지나갈 수 있었던 걸 알게 되면 그만큼 네가 하고 싶은 것을 찾을 기회도 많아지니까. 덧붙여 말하자면 내가 언급한 손익분기점은 막대한 부와 재산을 건설하라는 뜻이 아니었어. 네 스스로 중요하게 여기는 가치를 따라 네 인생에 이득을 주며 살아가라는 거지."

똑 부러지는 나연의 말을 듣는 척 마는 척하던 태양은 탁자 아래로 무언가를 만지작거렸다. 달칵, 소리가 들리더니 문제의 캠코더가 또다시 등장했다.

지이이잉—

녹화되는 소리와 함께 얄밉기 짝이 없는 내레이션이 흘렀다.

"제목, 설교하는 꼰대."

"너!"

"자기가 남에게 설교할 때 어떤 표정인지 모르죠? 되게 못생겼는데 누가 보리사자 어쩌고, 그러는 거야?"

들으라는 건지, 듣지 말라는 건지. 태양은 혼잣말로 투덜거리며 캠코더 프레임 속 나연과 눈을 맞췄다. 그 모습이 우스웠던 나연은 픽 웃음을 터뜨리고는 빨간 불이 켜진 캠코더를 응시하며 말했다.

"양 맞구나, 너."

"그건 또 무슨 생뚱맞은……."

"태양인 줄 알았는데 메에에, 길 잃은 어린 양이라고, 너."

나연의 말에 이번에는 태양이 할 말을 잃은 채 프레임에서 벗어난 현실 속 그녀를 바라봤다. 태양이 자신을 똑바로 바라보자 나연은 탄식과도 같은 목소리로 중얼거렸다.

"길도 잃고, 겁도 많고. 너, 생각보다 시시하다."

사내아이를 자극하려는 그녀의 의도는 제대로 먹혀 들어갔다. 장난기로 번들거리던 그의 얼굴이 진지해졌기에 나연은 그것만으로도 큰 수확이라 생각했다.

"한 장면만 찍으려 하지 말고, 네가 찍은 그림들로 더 큰 그림을 만들어봐. 그럼 더 크고 넓은 세계가 보일 테고, 그럼 지금 네가 있는 이 세계가 얼마나 작고 고리타분한 어항 속의 세계인지 알 수 있을 테니까."

그녀의 말을 가만히 듣고 있던 태양이 열었던 캠코더의 프레임을 닫으며 자리에서 일어났다.

"그만 가야겠다. 배도 부르고 춥지도 않고. 삼 요소 중 두 가지가 없어졌으니 어디 가다 거지 같다는 소리는 안 들을 테고. 선생님도 내게 동정표 던질 이유가 없어졌고. 설교하는 것도 재미없고."

나연은 일어나는 그를 물끄러미 바라보며 지금이라도 빼앗아 바닥에 던져 흔적조차 남지 않게 부숴 버리고 싶은 캠코더를 노려 보며 경고했다.

"가는 길에 나 찍은 영상이나 지워. 시시하긴 해도 비겁하진 말 자고. 오케이?"

"생각은 해볼게요."

주섬주섬 집에 갈 채비를 하는 태양을 따라 나연이 무거운 엉덩 이를 일으키자 태양은 불쑥 무언가가 생각이 났는지 고개를 돌려 그녀를 바라봤다.

"참, 아까 그 질문. 은근히 말 돌린 거, 나 다 알고 있어요."

"무슨 질문?"

"선생님이 날 도와준 이유, 분명히 있는데 말 안 하잖아요."

그의 말에 나연이 입을 꾹 닫아버렸다. 맞는 말이기도 했고, 따 로 힌트를 주고 싶지 않았기도 했기 때문이다. 태양은 그녀의 마 음을 이해한다는 듯 제법 어른스러운 투로 말을 이었다.

"말하기 싫어하니까 지금은 그냥 가는데 다시 궁금해지면 알아 낼 거예요."

예고를 사뿐하게 날리고 운동화에 발을 끼우는 그의 등을 멀거 니 바라보고 있다가 나연이 번뜩 정신이 들었는지 그를 불러 세웠 다.

"어이, 소년. 두고 간 것, 안 찾아?"

"찾아도 못 가져가는 거라서요."

"그러니까 그게 뭔데?"

"알면 다쳐요."

태양은 등을 돌린 채 손만 휘휘 흔들었다.

시끼, 본 건 있어서 똥 폼만 잡고.

"어이, 병아리."

나연이 다시금 태양을 불렀다. 그 호칭이 남자의 자존심을 건드 렸는지 이번에는 태양이 고개를 돌렸다. 그리고는 제법 새침한 얼 굴로 뾰로통하게 대답했다.

"병아리는 초딩한테나 쓰는 말이죠."

"오케이, 그럼 닭둘기."

"닭…… 도 아니고 닭둘기?"

"닭이라고 하기엔 미성숙하고 비둘기라고 하기엔 덜 평화적이 거든, 너. 어쨌든, 너! 교내봉사 잊지 마라."

"구체적으로 알려주지도 않고선. 결정되면 말해요."

"맹랑한 소년이네?"

"청년에 가깝죠."

"됐고. 결정됐어. 한 달 동안 넌 내가 부르면 오고, 까라면 까는 거야."

"차라리 화장실 청소나 잡초 뽑기를 시키세요."

"그건 내가 시켜서 성실히 말 들을 애들한테나 시키는 거고. 넌 열외야. 불성실해서 내가 맨투맨으로 교내봉사시켜야겠다."

팔짱을 낀 채 현관 벽에 기대 선 나연이 물러나지 않겠다는 투 로 말하자 태양은 양손을 주머니에 쑤셔 넣은 채 그녀를 물끄러미 바라봤다.

배경에도 안 쫄아, 덩치에도 안 쫄아, 협박에도 안 쫄아. 사람이 뭐 이래? 나 참.

그렇게 생각하는 태양의 입가가 금방이라도 미소를 지을 것처럼 씰룩거렸다.

"노예계약 버금가는 것 같아 섬뜩하기까지 하네요."

"너만 할까."

"선생님 맞아요? 선생이 뭐 이래."

"학생은 뭐 그러냐? 무슨 학생이 2년을 케케묵었어."

"그렇게 말하지 말아요. 나도 상처받아요."

"상처라도 받음 다행이다. 스크래치도 안 나게 무덤덤한 것보다는 나아. 게다가 지금 네 상태가 심각하다는 것쯤은 알고 있다는 증거이기도 하고. 가라, 멀리까진 못 나간다."

"바라지도 않았습니다."

태양은 담백하게 대꾸하고는 긴 다리를 휘적거리며 현관을 가로질러 문을 열었다. 그때까지도 나연은 팔짱을 낀 채 벽에 기대서 있었다.

태양은 문을 닫기 직전, 한마디를 남긴 채 집을 쏙 빠져나갔다.

"쌤! 라면 맛있었어요."

그가 이 집에 두고 간 것이 무엇인지는 알 길이 없었지만, 한 가지 이득이 있었다면 사고뭉치의 중심에 숨겨져 있던 진심을 발견한 일이었다.

아스팔트가 하얗게 얼은 밤, 나연은 창가에 붙어 서서 얇은 교복에 목도리만 대충 두른 채 유유히 아파트 단지를 빠져나가는 태양의 모습을 지켜봤다.

04 남기고 간 것

한 번 얼굴을 보이고 몇 개월 잠수 타는 패턴을 가지고 있던 태양이 변했다. 첫 등교 이후 꼬박꼬박 등교해 교실 한구석을 지키고 있는 덕분에 반 아이들은 은근히 숨이 막힐 지경이었다.

"안 나오다가 왜 저러는 거야?"

"아, 몰라. 오빠라고 불러야 해?"

"야, 다 들려. 소문에 의하면 걸리면 짤 없대. 등교하자마자 옆에 한국고 애들 때려 눕혔다잖아."

"아니, 예전처럼 수업 땡땡이나 까지 왜 교실에 붙어 있는 거야?"

아이들의 수군거림 따위 들리거나 들리지 않거나, 태양에게는 중요 관심사가 아니었다. 말이 얼마나 가볍고, 빠르고, 쉽게 변질되는지 오래전부터 알고 있던 그는 말보다 행동에 집중하는 편이었다.

문제는 요 며칠 태양에게 꾸준한 관심을 지속적으로 주고 있는 민아였다.

"태양, 면회!"

쉬는 시간마다 찾아와 뒷문, 앞문 할 것 없이 똑똑 두드리며 손을 흔드는 그녀의 모습에 반은 난리도 아니었다. 태양에게 겁도 없이 말을 거는 사람이 그녀 하나였기 때문이기도 했지만 그녀가 전교를 망라한 퀸카라는 사실 때문이기도 했다. 더욱 희한한 광경은 천 리 밖에서부터 버선발로 뛰어나가 맞이해도 모자랄 태양이 민아의 등장에 온갖 인상을 찌푸리며 짜증을 낸다는 점이었다.

"내가 학교를 꼬박꼬박 나오니 느슨해 보이지? 그만하고 가라."

"협박하는 거야?"

"넌 내가 널 귀찮아하는 게 좋냐? 즐기냐?"

태양이 거칠게 으르렁거려도 민아는 여느 학생들처럼 겁을 먹는 일이 없었다. 배짱이 좋은 건지, 원래 겁이 없는 것인지는 몰라도 그녀는 생긋 웃으며 태양의 옆에 찰싹 달라붙었다.

"그러게, 밥 산다니까?"

"안 사도 된다니까."

자신을 매몰차게 뿌리치는 태양의 태도에 민아가 입술을 비죽거리며 투덜거렸다.

"나 같으면 귀찮아서라도 밥 한 끼 같이 하고 말겠다."

"네가 퍽이나 말겠다. 밥 먹고 나면 커피 한 잔이라도 사라고 들러붙을 거 아냐."

"너, 짧은 시간에 날 단번에 파악했다?"

여느 남자들은 껌뻑 죽을 무적의 윙크 기술에도 태양은 무덤덤한 눈을 껌뻑거렸다. 되레 '어디서 교태' 냐는 눈빛을 건네며 검지로 그녀의 이마를 밀어 멀찌감치 떨어뜨렸다.

"여자라고 내가 안 때릴 줄 알지?"

"너, 못 때려."

"그럼 계속 시험해 봐. 내가 하나 못하나. 귀찮다는 사람 졸졸 쫓아다니는 거 스토커나 하는 짓이지. 스토커한테는 남녀 구분 없이 정당방위를 할 수밖에 없고."

태양이 불끈 쥔 주먹을 손바닥에 툭툭 치며 위협적인 태도를 보였다. 한다면 하는 놈이 태양이었고, 가차 없는 놈이 또 태양이었다. 그 점을 눈치 빠르게 간파한 민아가 주춤하며 뒤로 물러선 찰나, 방송이 전교에 울려 퍼졌다.

[태양. 3학년 5반, 태양. 조속히 교무실로 달려와 맹나연 선생님의 부름을 받을 것. 다시 한 번 방송한다. 태양, 태애양……]

태양이 쉬는 꼴은 보지 못하는 나연의 목소리였다. 공권력을 사용해 이번에는 또 어떤 일을 시킬지, 생각만 해도 가슴이 답답해지는 탓에 태양은 깊은 한숨을 내쉬었다.

"하아."

"너, 보리사자한테 약점이라도 잡혔어?"

천장에 붙은 스피커를 물끄러미 바라보고 있던 민아가 불쑥 물었다.

"뭐?"

"이름 닮겠다. 듣는 나도 지겨운데 소환당해야 하는 너는 오죽할까 싶어서 말이야. 1교시 시작 전, 점심시간, 방과 후. 하루에 세

번씩 부르는 것 같은데 나 같으면 방송하는 거 듣기 싫어서라도 미리 보리사자 앞에 소환해 있겠다."

"방송하라고 안 가는 거야."

"뭐?"

예상치 못한 태양의 대답에 잘 다듬은 민아의 눈썹이 꿈틀거렸다.

"이름을 제대로 불러준 사람이 없어서 이렇게 이름 닮는 거, 나쁘지 않아. 맹 선생 얼굴 보는 것도 나쁘지 않은데 보리사자가 너무 이 카드를 자주 써먹는 게 흠이라는 거지."

"뭐?"

"불러도 너무 부른단 말이야, 쓸데없는 일로."

태양은 길게 기지개를 켜더니 이내 긴 다리를 휘적거리며 복도를 가로질렀다. 어떤 인사도 없이 사라져 버리는 태양의 등 뒤로 민아가 뾰로통한 목소리로 소리쳤다.

"너, 즐거워 보인다?"

"그래? 교내봉사 하면 우리 맹 선생, 마음이 약해서 매번 밥을 사주거든. 공짜 밥이 그렇게 맛난 줄은 몰랐네, 나는."

대답이라고 하기에는 묘하게 조금씩 어긋났기에 민아의 얼굴이 못마땅하게 찌푸려졌다.

교내봉사를 너무 쉽게 생각했다. 요 며칠 가벼운 심부름만 시켰던 나연을 쉽게 본 것인지도 몰랐다. 하지만 지금 태양은 자신이 얼마나 교내봉사를 간과했는지, 양손에 빨간 고무장갑을 끼고 나서야 깨달았다. 신임 교사라고 위에서 온갖 잡다한 일은 다 나연에게 미루는 모양인지, 그녀는 다른 선생들에게 받은 스트레스를 태양에게 푸는 것처럼 보였다.

"화장실 청소 담당이 땡땡이를 쳤다. 공석이 된 그 자리를 네가 메워야겠다. 남자 화장실 청소할 사람이 너밖에 없네? 다 하고 나면 연극부실로 검사받으러 와. 안 그래도 연극부 고문 맡을 사람이 없다고 해서 내가 맡게 되는 바람에 머리가 아픈데 너까지 일을 보태니, 그래?"

한마디의 명령만을 남긴 채 나연이 유유히 사라지고 난 자리에는 양동이와 솔, 고무장갑만이 남아 있을 뿐이었다.

하는 수 없이 장갑을 착용한 채 네 번째 화장실 변기를 닦았을 무렵, 한 학생이 급한 용무를 처리하고자 급하게 화장실을 찾았다. 태양은 인상을 뻑뻑 쓰며 무섭게 화장실 문을 걷어찼다. 나오려던 것도 다시 들어가게 만드는 위압감에 학생은 떨떠름한 얼굴을 하고 화장실을 빠져나갔고, 그 이후로 소문이 났는지 3학년 남자 화장실엔 그 누구도 얼씬하지 않았다.

"아, 어떤 새끼가 화장실 청소를 땡땡이 쳤어! 어떤 놈인지 넌 내일 인생 제대로 조져 준다."

소리를 버럭 지른 태양이 들고 있던 솔을 양동이 속에 던져 버렸다. 고무장갑도 벗어 양동이에 걸쳐 두고는 짜증이 가득한 얼굴을 하고 화장실을 빠져나왔다.

"하아."

연극부실 앞에 다다른 태양의 입에서 긴 한숨이 흘러나왔다. 태양은 차가워진 손을 주머니에 쑤셔 넣고는 여자아이들의 웃음소리가 흘러나오는 부실 문에 노크를 했다.

똑똑똑—

"들어와!"

한껏 격양된 나연의 목소리가 낭랑하게 들려왔다. 나연의 말에 조심스럽게 연극부실 문을 연 태양은 눈앞에 드러난 상황에 그대로 멈춰 서고 말았다.

"이얍! 어떠냐, 이 옷. 멋지지?"

연극부라기보다 코스프레부에 가깝다는 생각이 들 정도로 부실 안에는 온갖 복장으로 가득했다. 런웨이 뒤의 스튜디오를 연상케 할 정도로 그득히 쌓인 상자에는 별별 복장들로 가득했다.

연극을 위해 주문한 의상과 창고에서 찾은 의상들을 정리하던 도중에 벌어진 패션쇼인지, 나연은 학생들 틈에 섞여 세일러복을 입은 채 뛰어다니고 있었다.

"어떤 연기든 최선을 다해서. 어떤 대사든 혼을 실어서! 너를, 용서하지 않겠다!"

뽀롱뽀롱, 뽀로로롱—

나연이 들고 있는 요술봉이 반짝거리며 요상한 소리를 만들어 냈다. 그러자 나연을 둘러싸고 있던 토끼도, 공주도, 슈퍼맨도 함께 박장대소를 했다.

그 광경을 가만히 바라보고 있던 태양은 살포시 문을 닫고 나가 버렸다. 그 모습에 나연은 힘차게 들어 올렸던 요술봉으로 머리를 긁적거리며 입맛을 다셨다.

"저렇게 나가면 내가 뭐가 돼. 그치?"

나연은 흥이 깨져 버렸다는 투로 입고 있던 전사복을 탈복하기 시작했다.

　연극부실에서 나온 태양이 간 곳은 바로 옆, 텅 빈 소강당이었
다. 연극부실과 연결이 되어 있는 그곳은 연극 무대로도 사용되는
곳이었다. 간이의자 하나를 편 태양은 등받이에 턱을 대고 거꾸로
앉았다. 분명 나연은 태양이 있는 곳을 어렵지 않게 알아챌 것이
분명했다.

　반쯤 열린 문틈 사이로 여학생들의 왁자지껄한 소리가 들려왔
다.

　"미쳤나 봐. 저렇게 입고 쪽팔리지도 않나."

　처음에는 누구를 향해 던진 돌직구인지 알지 못했다. 그랬기에
태양은 소리가 난 곳으로 무의식중에 고개만 돌렸을 뿐이었다.

　"왜, 저번에도 원피스로 갈아입고 수업했잖아. 새로 부임한 주
제에 완전 깝치고 다녀. 졸라 짜증."

　"남자들한테 인기가 없으니까 남학생이라도 하나 꼬시려나 보
지. 놔둬라."

　"세일러 맹이래. 미친 거 아니야?"

　다음에 이어진 말에야 비로소 여학생들이 도마 위에 올려놓은
주제가 맹나연이라는 것을 알아챘다. 그 소리에 태양은 눈살을 찌
푸린 채 자리에서 일어나 앉아 있던 의자를 발로 세게 걷어찼다.
철제 의자는 요란한 소리를 내며 소강당을 벗어났고, 그의 완벽한
조준에 열린 문틈 사이로 정확히 골인했다.

　와당탕탕탕―!

　소강당을 빠져나간 의자는 곧장 복도로 미끄러졌고, 그 소리에

놀란 여학생 세 명은 토끼 눈을 한 채 바닥에 널브러진 의자를 바라봤다.

여학생들이 놀라 그 자리에 그대로 멈춰 있을 때, 태양이 반쯤 열려 있던 소강당 문을 열어젖히며 불쑥 모습을 드러냈다. 각종 소문에 휩싸여 있는 태양을 모르는 사람은 아무도 없었고, 그랬기에 여학생들은 굳은 어깨를 움찔 떨었다.

"요즘 너무 얌전하게 있었던 것 같단 말이야."

여학생들의 얼굴을 한 번씩 노려본 태양은 목을 꺾고, 손목을 꺾어 우두둑 소리를 내며 그들을 위협했다. '닥쳐'라는 극명한 메시지가 돋보이는 눈빛에 여학생들이 슬금슬금 뒷걸음질치자 태양은 넘어져 있는 애꿎은 의자를 다시 한 번 발로 차면서 중얼거렸다.

"이건 왜 여기 자빠져서 지랄이야?"

지가 찼으니까 거기 떨어져 있지, 라는 여학생들의 눈빛을 살포시 무시한 태양이 다시금 행동 개시에 나서려는 찰나, 타이밍 좋게 나연이 등장했다. 나연은 힘주고 선 태양의 무릎 뒤쪽을 가격해 무릎이 꺾이게 만든 뒤, 녀석의 귓불을 야무지게 움켜잡았다.

"요, 요, 요 앙큼한 게. 고새를 못 참고 또 일을 치네. 귀가하는 여학생들 겁주지 말고 따라와."

"뭐, 암것도 모르면서 맨날 설교지. 무지(無知)도 죕니다."

"내가 하고픈 말이다."

나연은 태양의 귀를 놓아주고는 앞장서 3학년 남자 화장실로 향했다. 세 번의 도돌이표 끝에야 비로소 깨끗해진 화장실을 둘러본 나연은 싱긋 웃으며 합격점을 매겼다. 하지만 태양은 아까부터 배배 꼬인 어린아이처럼 투덜거리고 있었다.

"장난해요? 어린아이도 아니고 그게 뭐야, 유치하게."

"참 인생 빡빡하게 사네. 사람이 유치할 때도 있고, 웃길 때도 있고, 시시각각 다르니까 그게 인생사는 재미고, 뭐 그런 거지."

"그렇게 멍 때리고 있으니까 저 기집애들이……!"

"기집애들이, 뭐?"

순진무구하게 되묻는 나연의 얼굴을 힐끔 바라 본 태양이 한숨을 푹 내쉬며 화장실 밖에 등을 기대고 섰다.

"됐으니까 검사나 해요."

"했어. 이제 집에 가도 좋아, 태양."

"그럼 이만……."

"스톱."

합격을 알리기 무섭게 자리를 뜨려는 태양의 태도에 나연이 녀석의 뒷덜미를 급하게 잡았다.

"밥 먹고 가."

"됐어요."

"되긴, 뭘. 할 말도 있으니까 듣고 가고."

밥보다 그녀가 할 말에 구미가 당긴 건지, 덜미 잡힌 고양이처럼 바르작거리던 태양이 순순한 태도로 나연의 뒤를 따랐다.

두 사람이 함께한 곳은 소강당이었다. 네가 언제 이런 무대에 올라서 보겠냐며 무대 위에 의자 두 개를 펼친 나연은 버티는 태양을 끌어다 앉혔다.

"오버야, 진짜."

있는 대로 싫은 티를 내면서도 하라는 대로 하는 태양의 모습이 재미있어 나연은 터지려는 웃음을 꾹 참고 그의 맞은편에 앉았다. 그리고는 검은 비닐 봉투에서 김밥 두 줄과 바나나우유 하나를 건 넸다.

"이건 또……."

"밥. 맛있겠지? 은혜로운 선생느님이 코딱지만 한 월급을 쪼개 베푸시는 온정이니 감사히 먹도록 하거라."

"그러게, 그냥 간다니까."

"사놨는데 어쩌냐. 연극반 아그들한테는 김밥 세 줄로는 명함 도 못 내밀고, 난 세 줄 몽땅은 못 먹는데. 난 한 줄이면 충분하거 든."

나연은 봉투에서 본인 몫의 한 줄을 꺼내 흔들어 보이며 웃었 다. 태양은 그런 그녀를 바라보며 인상을 썼다.

"그래서, 나는 쓰레기 처리반인 겁니까?"

"어허, 말하는 것 좀 보소."

"그럼, 나한테만 주는 겁니까?"

"그렇지. 너한테만 주는 김밥이지. 그러니 영광스럽게 먹어."

"이거 편애네, 그럼. 연극반 애들은 불쌍해서 어쩝니까?"

"괜찮아. 걔네는 피자 시켜줬거든."

은박지를 까서 그 안에 든 김밥 한 알을 급하게 입에 문 나연의 심드렁한 대답에 태양이 인상을 팍 쓰고는 풀지 않은 은박지를 비 닐 봉투 속에 팩 던졌다.

"나 안 먹어."

"뭐?"

"편애, 맞네. 나도 피자!"

"아, 진짜. 그냥 먹어. 편식하지 말고."

학생에겐 바나나우유를 주고, 자기만 커피우유를 먹는 나연을 못마땅하게 바라본 태양은 한숨을 푹 내쉬고는 하는 수 없이 김밥을 집어 들었다. 배고프니 하는 수 없었다.

아무 말 없이 김밥을 우적우적 입안에 쑤셔 넣는 태양의 모습을 가만히 바라보고 있던 나연이 조용히 중얼거렸다.

"세탁까지 말끔히 해놨더라."

스쳐 지나가는 듯한 평이한 어조에 입안에 김밥을 문 태양이 씹는 것도 잊어버렸는지 물끄러미 나연을 바라봤다. 며칠 전 태양이 들고 온 쇼핑백 속의 옷에 얼룩이 사라져 있다는 것을 언급하는 나연의 표정은 평이했지만 그렇다고 완전히 태연하지는 않았다. 그도 그럴 것이 확인한지는 꽤 시간이 지났지만 이제야 생각이 났다는 투로 말하는 그녀의 표정에는 고마움이 미열과도 같이 서려 있었기 때문이다.

태양은 순간 그녀가 어색해졌다. 자신의 배려에 나연이 일말의 감동을 했다는 사실이 더없이 낯간지럽고 쑥스러웠기에 그 분위기를 이겨내지 못한 태양은 장난스럽게 중얼거렸다.

"제가 매너 하나는 죽이긴 하죠. 얼굴도 잘생겼는데 매너도 죽여. 난리났네."

태양의 말에 나연이 밉지 않게 그를 흘기며 작은 웃음을 알알이 터뜨렸다. 거칠고 정돈되지 못해 힘들 것이라고 생각했던 나연의 예상을 단번에 뒤엎어 버리는, 그런 녀석이었다. 태양은.

나연의 웃음이 분위기를 부드럽게 완화시켰다. 그녀의 웃음에 동화되기라도 했는지 태양의 표정 역시 따뜻해졌다. 경계가 풀린 어린아이 같은 얼굴에 나연의 긴장도 풀어지고 말았다. 그러자 태양이 그 틈을 비집고 들어왔다.

"쌤이랑 있음 사소한 거 하나하나가 좋아져요."

고백과도 같은 달콤한 그 말에 태양을 바라보고 있던 나연의 눈빛이 속절없이 흔들렸다. 이렇게 불쑥 속내를 말할 아이가 아니라고 생각했기에 긴장을 풀고 만 탓이다.

나연은 흔들리는 눈빛을 숨기고자 시선을 피했다. 마음이 흔들리는 순간 심장을 꿰뚫을 것 같은 태양의 곧은 눈빛을 받아내기에는 나연은 내공이 부족했다.

"사소한 거?"

나연이 시선을 피해도 태양은 꼿꼿하게 그녀를 바라봤다. 그녀의 사소한 심경 변화 하나하나가 지금 그에게는 놓치기 싫은 것들이었다.

나연의 광대 부근에 불그스름하게 물이 들자, 태양은 자신의 솔직한 말이 그녀를 변하게 한다는 것을 어렵지 않게 터득했다. 그리고 그는 배운 것을 응용하는 법을 알았다.

"이렇게 마주 앉아 밥 먹는 거. 대화도 되고, 밥맛도 느껴지고."

태양의 말에 이번에는 나연의 귀 끝이 발갛게 변했다. 그 모습에 태양의 시선이 꽂혔다. 체하기라도 한 것처럼 속이 더부룩해졌고, 또 동시에 사랑스러워졌다. 그녀를 향해 멋대로 나가려는 손에 힘주어 주먹을 쥐었다.

그 순간, 나연이 물었다.

"집에선 이렇게 안 먹니?"

"마주 앉아 먹은 적이 언제였는지 가물가물해요. 일단 지금 있는 엄마는 남동생인 태풍의 친엄마기도 하고요. 가뭄에 콩 나듯 가족끼리 모여 식사하는 날엔 난 늘 체해요. 다들 다른 얘기 하거든. 아버진 회사, 어머니는 주식, 누나는 침묵, 태풍인 쇼핑. 난 닥치고 밥만 먹어요. 그래서 밥이 무슨 맛인지, 밥인지 모래인지, 어디로 들어가는지도 모르고 먹어요. 그렇게 먹고 체할 바에야 혼자 먹는 게 낫죠."

"……계획이라면 꽤 성공적이야. 모성애 자극, 제대로 됐어."

나연의 대답에 태양이 피식 웃으며 중얼거렸다.

"모성애, 별론데."

그 말에 나연의 고개가 들렸다. 나연의 눈빛을 바라본 태양이 덧붙였다.

"그런 눈도 별로고."

"무슨 눈?"

"남동생을 보는 듯한 눈. 동정을 하는 듯한 눈. 크리스마스 시즌 불우이웃에게 성금하는 듯한 눈. 나, 선생님한테 불우이웃이에요?"

비꼬는 듯한 태양의 말에 나연은 입술을 잘근 깨문 채 고개를 돌렸다. 자신이 가르쳐야 할 학생이자 자신보다 나이 어린 녀석에게 감정을 통째로 노출시키고 있다는 사실이 힘들었다.

내가 잘못 생각한 걸까?

녀석에게 손을 내밀지 말았어야 하는 걸까?

다른 어른들처럼, 보다 살기 쉽고 안정적인 방법을 택했어야 할까?

나연은 혼란스러운 눈빛으로 무대 바닥을 바라보다가 이마로 쏟아져 내리는 머리카락을 쓸어 올렸다. 그러자 그녀의 동그란 이마가 드러났다. 그녀의 손짓 하나하나에 장막처럼 드리워졌던 머리카락이 이리저리 춤을 추며 가렸던 속살을 슬그머니 내비쳤다. 태양의 시선이 드러나는 피부에 맞닿아 달라붙었다.

"어떻게 네가 불우이웃이 될 수 있겠어. 네 수준에 맞춘다면 내가 네게 불우이웃이 되겠지."

"쿨럭쿨럭."

때 맞춰 나연이 마른기침을 했다. 계절의 변화와 건조한 실내 공기가 그녀의 기관지를 마르게 한 모양이었다. 아침부터 줄곧 이어지던 잦은 기침을 눈치채고 있었던 태양이 지금까지의 모든 주제들을 뒤로 미룬 채 물었다.

"약은, 먹었어요?"

"뭔 놈의 약?"

"트렌디하네. 감기가 유행이라고 또 따라 걸리려고. 그래 봤자 팔팔한 여고생들 못 따라가니까 그냥 이번 유행은 무시하죠?"

"병 주고 약 주지? 원래 학기 초반에는 그래. 넋 놓고 쉬다가 순식간에 와글와글 거리니까 컨디션이 좀 안 좋아져. 그중에도 네가 가장 큰 비중을 차지한다는 건 알고 있지? 너만 고분고분 말 잘 들으면 해결될 일이야."

나연이 선생님의 얼굴을 되찾았다. 그녀의 또랑또랑한 눈빛 속에 태양은 학생 이외, 그 무엇도 아니었다. 그랬기에 태양은 선생님일 적의 나연이 싫었다. 선생님의 얼굴을 한 그녀가 싫었다.

"그런 의미에서 교내봉사 제2탄. 연극부 홍보 영상은 어떻게 제작해야 할까요?"

처음부터 그를 끌어다 앉힌 의도를 파악한 순간, 태양은 심드렁한 얼굴을 하고 있다 자리를 박차고 일어났다.

"지식인에게 물어보세요."

"태양신의 대답, 캠코더가 필요해."

나연이 덥석 태양의 손을 잡았다. 손끝에 와 닿는 온기가 아니었다면 당장 소강당을 벗어나고도 남았다고 생각하며, 태양은 못 이기는 척 자리에 슬그머니 앉았다.

"할 말이 있다던 게 이거예요?"

"밥도 먹었겠다, 신나게 찍어볼까?"

"겨우 김밥에 바나나우유 하나 가지고 날 낚았어요?"

"꽤 싸게 낚았지?"

눈까지 찡긋거리는 나연의 얼굴을 잡아 못난이 인형처럼 일그러뜨리고 싶다는 충동에 휩싸인 태양은 선생님에게 손을 대는 대신 이를 바드득 갈았다. 물론 그런다고 해도 태양은 결국 목줄 채워진 순한 양처럼 나연의 손에 이끌려 연극부로 끌려갔지만 말이다.

'연극부 홍보 영상 제작 담당, 태양'이라는 소개와 함께 부실 한구석을 차지하고 앉은 태양 덕에 분위기가 살얼음판이었다. 하지만 그를 데리고 온 나연은 정작 그 사실을 모르는 모양이었다. '선생님이 데리고 온 건 시베리안 허스키로 착각한 늑대랍니다'라고 일러주고 싶은 부원들은 누가 먼저 말 한마디 꺼내지 못한 채 눈치만 봤다.

태양은 그러거나 말거나, 캠코더를 꺼내 몇 번 만지작거리다가는 끝날 때까지 버티지 못하고 벌떡 일어났다.

"어디 가, 너."

매의 눈을 가진 나연을 피해 갈 수는 없는 일. 부실을 나가려다 입구에서 딱 걸리고 만 태양은 귀찮아졌다는 투로 짜증스럽게 대꾸했다.

"오늘 분량은 다 찍었어요."

"설렁설렁 하는 거 아니야?"

"지금 저 못 가게 하면 시간외 수당 얹어주셔야 해요. 김밥에 바나나우유 가지고는 더 못 버텨요."

그 말에 나연은 할 말을 잃은 채 태양을 바라봤다. 이 정도 버텼으면 그래도 애를 썼다고 생각했기에 더 이상 잡지 않을 생각이었다. 그런 나연의 마음을 읽은 건지, 태양도 웃으며 여유롭게 부실을 나섰다.

"쥐꼬리만큼의 교사 월급 가지고는 저 부리기 힘들죠? 솔깃하게 제안할 거리가 딱히 없는 것 같으니 그만 갑니다."

그렇게 퉁명스러운 말만 던지고 나간 태양이 교무실 책상 위에 남긴 약봉지를 발견한 것은 그로부터 30분 후. '트렌드 따라가지 마요. 티코가 그랜저 따라가다 엔진 터진대요.' 라고 투박하게 쓰인 흰 봉투 안에는 쌍화탕 한 병과 일반 감기약이 함께 들어 있었다.

"뱁새가 황새 따라가다 가랑이 찢어진다는 말을, 참."

나연은 기쁜 마음을 숨기고자 시큰해진 코끝을 검지로 문지르고는 하얀 봉투를 집어 들었다. 작열하는 태양과는 사뭇 다른 녀석이었지만, 그래도 허허벌판에 내리쬐는 햇볕처럼 은근하게 따스한 녀석의 마음이 느껴지는 순간이었다.

❖

칼바람이 부는 슈퍼 앞 평상에는 태양이 있었다. 코가 새빨개진 채로 잔뜩 몸을 움츠린 녀석은 콧물을 훌쩍거리며 멍하니 아파트 숲을 바라보고 있었다.

"으, 춥다."

태양은 손목시계를 힐끔 확인한 다음, 아무래도 안 되겠던지 양손에 가득 든 호빵을 한입 베어 물었다.

"이 나가겠다. 얼어서 엄청 딱딱하네."

추위를 견디지 못하고 질겨진 호빵을 한입 베어 문 태양은 씹고 있던 덩어리를 뱉어버리고는 호빵에서 관심을 돌렸다. 견디지 못할 추위에 발을 구르며 어딘가를 바라보고 있던 태양은 슈퍼 앞 아파트 14층에 불이 환하게 들어오는 것을 확인한 다음에야 자리에서 일어났다.

"시간이 몇 시야?"

쯧쯧, 몇 번 혀를 찬 그는 손으로 팔을 문지른 다음 다시 환하게 켜진 집을 물끄러미 바라봤다. 14층 그곳에 마음을 두고 온 탓에 야심한 밤에도 몇 번이고 그 안부를 확인하게 됐다.

"약은 먹었나 몰라. 그러다 내일 아파서 픽 쓰러지진 않을라나."

나연의 얼굴을 떠올리는 것만으로도 가슴이 따뜻해졌다. 그 거센 바람과 추위 속에서도 나연의 집에 두고 온 마음 하나만은 따뜻했기에 그것으로 위로 삼은 태양은 천천히 그 아파트 단지를 빠져나왔다.

아무리 위협해도 다가오고, 그 어떤 짓을 해도 쪼르르 달려와 훈계를 하는. 처음으로 그를 혼낸 사람, 처음으로 그에게 먼저 다가와 손을 내민 사람, 겉으로가 아니라 진심으로 자신을 걱정해 주는 사람. 나연이 바로 그런 사람이었다. 그리고 태양은 그런 선생님이…… 마냥 좋기만 했다.

다음날, 말이 씨가 되어 무럭무럭 자라는 기이한 현상이 일어나고야 말았다.

"맹 선생님이 감기로 하루 쉬시게 되었다. 고로, 오늘은 내가 담임선생님 대신 들어올 거다. 청소 및 야자, 땡땡이는 있을 수 없다는 걸 명심 또 명심하도록. 한 번의 땡땡이로 인생 매우 고달파질 수 있다. 알았나?"

홈룸 시간에 맞춰 들어온 이 주임의 말에 아이들은 하나같이 맥 빠지는 소리로 대응했다. 단 한 사람, 이 주임의 반 협박이 통하지 않는 태양만 제외하고.

"내가 이럴 줄 알았지."

장갑은 액세서리요, 패딩은 학교 교복이라 여기며 그 흔한 목도리 하나 없이 다니는 맹 선생을 떠올린 태양이 고개를 절레절레 저었다. 돌을 씹어 먹어도 멀쩡한 나이는 지났고, 맨 다리를 드러내 놓고 겨울을 지내기엔 뼈마디가 시린 증상이 나타나는 것은 당연지사였다. 그러니 체력 하나를 무기 삼아 여기저기 들쑤시고 다니던 나연이 아프지 않을 수가 없었다.

"그렇게 기침을 해대더니."

태양은 이 주임의 협박 따위 가뿐하게 무시해 버리고는 1교시가 시작하기도 전, 곧장 학교를 무단이탈했다. 나연과 마주친 이래 처음으로 무단행위를 한 태양이 향한 곳은 당연히 나연의 집이었다.

딩동—

제법 퉁명스러운 말투와는 달리 급하게 언덕을 내달려 나연의 집까지 고작 10분 만에 달려온 그는 턱까지 차오르는 숨을 헐떡이며 초인종을 눌렀다.

딩동— 딩동딩동—

아무리 눌러도 안에서 대답이 없자 태양은 아예 문을 부숴 버리기라도 할 것 같은 기세로 현관문을 두드렸다.

쾅쾅쾅— 쾅쾅쾅!

다행히 문이 부서지기 전 나연이 나왔다.

"누구⋯⋯."

그녀가 금방이라도 쓰러질 것 같은 얼굴을 하고 비틀거리며 현관문을 열자 '노예'라고 대답하려던 태양은 험악해진 얼굴을 하고 나연을 다그칠 준비를 했다. 하지만 태양이 말 한마디 내뱉기도 전, 기운을 차리지 못하는 나연은 한 마리 나비처럼 태양의 품으로 쓰러졌다.

앞으로 기우는 몸을 일으켜 세우지 못한 나연은 그대로 태양의 어깨에 기대었고, 미처 준비하지 못하고 있던 태양은 한 손에는 문고리를, 다른 한 손은 벽을 짚은 채 나연을 받고 말았다.

문고리를 쥔 손에 바짝 힘이 들어갔다.

쿵쿵— 쿵쿵—

정신을 잃고 만 그녀에게 들리지 않을 심장 고동이 거세어졌다.

이건 분명 급한 달리기 때문이야. 아직 진정되지 않은 탓에, 숨이 너무 가빠서, 너무 심하게 뛰어서…….

이유는 많았지만 그렇다고 정답은 없었다.

나연의 겨드랑이 사이에 걸린 자신의 양팔에 단단히 힘을 준 태양은 주먹을 쥔 채 한동안 그 자리에 서 있었다.

"내가 누구일 줄 알고 확인도 안 하고 문을 여는 거야, 이 사람은?"

차마 나연에게 말하지 못한 마음이 불퉁스럽게 튀어나왔지만 그 와중에도 온몸의 맥박은 요란스럽게 날뛰고 있었다.

05 바람처럼, 너

　사건 발생일은 태양이 나연의 집을 다녀간 뒤로 근 일주일 정도라고 할 수 있었다. 나연의 태양 회피 사건은 무척 은밀하고 은근하게 이루어졌기 때문에 주변 사람들에게는 확실하게 튀지 않았지만 당사자 본인에게는 뼈가 아릴 정도로 느껴졌다.

　"왜 피해요?"

　분에 못 이긴 태양이 딱 일주일이 되던 날 아침, 나연을 찾아 교무실까지 쫓아오는 사태가 발생하고 말았다.

　"그게 무슨 말이니?"

　"피하잖아요, 나."

　"내가? 왜?"

　"그거야 나도 모르죠. 뭣 때문인지 감이 대충 오기도 하고, 내심 내 예상이 맞으면 좋겠다고 생각하기도 하는데 일방적으로 거부

당하는 건 영 기분이 나빠서요."

태양은 일주일 내내 참아서인지 욕구불만을 풀어내지 못한 얼굴로 험하게 으르렁거렸다. 어디로 튈지 모를 녀석이기도 했고, 함께 덩치가 위압적이기도 했기에 내심 나연은 두려움에 쿵쾅대는 가슴을 안고 있었다.

"네 착각…… 아니고?"

"나한테 책임을 전가하는 거예요?"

태양은 직구를 던졌다. 그리고 그 말이 정확했기에 나연은 뒤통수를 세게 얻어맞은 것마냥 멍한 얼굴을 한 채 대답하는 것마저 잊어버렸다.

태양은 그녀가 쉴 여유도 주지 않고 거세게 타격을 했다.

"선생님이 자꾸 날 소녀로 만드네요. 선생님은 멀쩡히 평소와 같은데 괜히 나 혼자 의미 부여해서 동동거리는 것처럼."

태양의 말에 나연은 입을 꼭 다물어 버렸다. 태양이 의미 부여를 하는 게 아니라 나연이 도망치는 것이었기에, 태양이 미리 짐작해 오버하는 것이 아니었기에.

나연의 침묵은 일종의 인정과 같다는 것을 알고 있던 태양은 매서운 눈빛으로 그녀를 바라보다가 이내 한숨 섞인 말을 중얼거렸다.

"나보다 쌤이 더 비겁하네요, 이제 보니. 시시하기까지 하고. 재미없다, 정말."

콰앙―!

태양은 옆 책상을 발로 차고는 나연에게서 등을 돌렸다. 마침 교무실로 출근하던 지안이 놀라 그녀의 곁을 스치고 밖으로 나가는 태양을 흘겨봤다.

"쟨 아침부터 왜 성질이야? 어휴, 놀라라. 괜찮아요, 맹 선생?"

"……네."

"전혀 안 괜찮은 얼굴인데?"

지안은 책상에 가방을 올려놓으며 파리하게 질린 나연의 얼굴을 재차 확인했다. 그러는 와중에도 나연은 깊어진 눈빛을 하고 일주일 전, 태양이 집으로 찾아왔을 때의 일을 떠올렸다.

"내가 누구일 줄 알고 확인도 안 하고 문을 여는 거야, 이 사람은?"

문을 열기 무섭게 쓰러진 나연을 그대로 안아 안으로 데리고 들어온 태양은 블라인드가 쳐져 캄캄한 방 안을 둘러보았다. 자그마한 원룸, 평소에는 소파로 이용하는 접이식 침대에 그녀를 눕힌 태양은 곁에 자리를 잡고 앉아 땀에 젖은 그녀의 얼굴을 물끄러미 바라봤다.

"선생님이 이러고 있으면 돼요? 선생님이 안 오니까 내가 학교에 있을 이유가 없잖아."

나연이 마음에 들어온 이후, 하지 말라는 일들을 가뿐히 끝내버린 그다. 타고 다니던 오토바이는 쇠사슬로 봉인해 창고에 박아 뒀고, 여기저기서 들쑤셔도 폭력 행사는 하지 않았다. 가출 아닌 가출을 했던 그는 집으로 돌아가 집에서 학교까지 통학을 했고, 학교에도 꼬박꼬박 출석해 수업을 들었다.

나연의 설득력 있는 말에 마음이 움직인 까닭이기도 했고, 나연의 웃는 얼굴을 1초라도 더 보고 싶은 마음이기도 했다.

그는 땀에 젖어 이마에 달라붙은 머리카락을 떼어주기 위해 손을 뻗었다가 잠시 머뭇거렸다.

"내가 학교에 가는 이유를 아나 몰라."

다 선생님을 보기 위해서인데.

"내가 숙제를 하는 이유는 또 아나 몰라."

다 당신에게 고백하기 위해서인데.

두고 온 마음이 그리도 움직이질 않아서, 놓고 온 자리에 들러붙어 꼼짝도 하지 않는 덕분에 나는 어제고, 오늘이고 늘 같은 하루를 사는데…….

그때였다. 침대에 누워 있던 나연이 신음과 함께 몸을 뒤척였다. 누워 있는 것만으로도 몸이 불편하고 아픈지 몸을 동그랗게만 그녀는 앓는 소리를 내고 있었다.

"으음."

"정신이 들어요?"

태양은 나연의 이마로 뻗었던 손을 황급히 거둬들였다.

"으음, 네가 왜 여기…….""

"나, 알아보겠어요?"

"태양, 너……. 수업할 시간 아니야? 밤인가, 벌써?"

나연은 눈을 찌푸린 채 눈앞의 태양을 바라보며 중얼거렸다. 채 1년도 되지 않은 병아리 선생 주제에 아픈 와중에도 학생 챙기기 급급하다.

수업 따위, 뭐 그리 대단하다고.

태양은 자신을 걱정하는 나연을 보며 그녀를 걱정했다. 그녀의 등에 쿠션을 받쳐 줘서 일어나 앉기 편하게 만들어준 그는 멋대로 옷장을 뒤져 편해 보이는 옷을 꺼내 그녀 곁에 놓아주었다.

"일어날 수 있으면 일단 옷부터 갈아입어요. 먹을 건 있어요?"

"음, 나 그냥…… 누워 있을래. 넌 어서 가."

"얼굴만 봤다 하면 가래. 뭘 자꾸 가래? 혼자 거동도 불편하면서."

"거동……. 그렇게 말하니까 나 되게 늙은 것 같아."

나연이 킥킥거리며 웃자 태양의 눈빛이 평소보다 더욱 짙어졌다. 긴장과 경계가 풀려 선생이라는 직함을 벗어 던진 그녀는 이웃집 누나 같기도 했고, 옆 반에 있을 여학생 같기도 했다.

그런 그녀가 무척이나…….

태양은 고개를 저었다. 그리고는 잠과 약, 통증에 한데 취해 정신의 끈을 놓고 있는 나연의 머리 위에 차가운 수건을 올려주고는 근처 슈퍼에서 사온 죽을 전자레인지에 돌렸다.

"조금만 시간이 더 있었다면 죽 전문점에서 제대로 된 걸 사올 텐데, 급하게 오느라. 그냥 이걸로 좀 참아요."

"뭘 사오고 그래. 이제 됐어. 나 혼자 할 수 있으니까 그만……."

"가란 말 좀 그만해요! 냉장고 안에 먹을 것 하나도 없고, 밥통엔 밥도 없어. 혼자 뭘 어떻게 한다고 그래요? 제대로 먹고, 약 먹은 다음에 푹 자야 내일 학교를 오던지, 설교를 하던지 할 거 아니야!"

태양은 소리를 질러 나연을 꼼짝달싹하지 못하게 만들고는 전자레인지에서 데워진 죽을 꺼내 나연의 앞에 대령했다. 죽과 스푼, 약과 물. 조촐하고 투박했지만 마음은 그득 담겨 있었다.

나연은 성질을 부리는 태양의 모습에 놀랐는지 동그란 토끼 눈으로 그를 바라보다가 이내 그렁그렁 눈물을 흘렸다.

"왜…… 왜 소리를 지르고 그래?"

아프면 마음도 약해진다더니, 태양의 고함에 지금까지 참고 눌러 온 것들이 단번에 터진 모양이었다. 어린아이처럼 투정을 부리는 나연의 모습에 살짝 당황하고 만 태양은 머뭇거리며 손을 뻗어 그녀의 뺨을 타고 흘러내리는 동그란 눈물을 닦아냈다.

"미안해요. 그냥, 속상해서."

"아니야, 미안. 나도 내가 지금 왜 이러는지 모르겠다."

"일단 죽 식기 전에 좀 먹어요."

나연은 이번만큼은 고분고분 말을 들었다. 죽 절반을 비우고 나서야 진통제가 섞인 감기약을 먹은 그녀는 두툼한 이불 속으로 몸을 숨겼다. 몸살이 같이 온 모양인지 그녀는 이불이 피부에 스치는 것조차 아파했다. 그런 그녀가 안쓰러워, 또 자신이 해줄 수 있는 것이라고는 그저 미지근해진 수건을 갈아주는 것밖에 없어서 태양의 목소리는 보다 다정해졌다.

"몽롱해요?"

"감기약에 취한 모양이야, 아무래도. 쿨럭쿨럭. 이제 진짜 됐어. 하루 푹 자면 되니까 그만 가."

"또."

"미안하니까 그러지."

"다친 날 무작정 데려와 치료해 준 사람은 선생님이에요. 난 그 빚을 갚는 것뿐이고. 빚지고는 못 사는 성격이라고, 내가."

태양의 말에 나연이 입을 다문 채 눈만 끔뻑거렸다. 진통제 효과가 슬슬 나타나는 건지 겨우 뜬 그녀의 눈빛이 흐릿했다.

"몽롱하다는 걸 보니 정상적인 생각이 불가능하겠네."

혼잣말을 중얼거린 태양이 짓궂게 물었다.

"날 왜 구해줬어요?"

감정을 자제하지 못하는 걸 보니 이 순간에 진심이 튀어나올 수도 있겠다 싶어 일말의 꼼수를 강행한 태양이었다. 하지만 뛰는 태양 위에 나는 나연이 있었다.

"네가 뭘 두고 갔는지 말해주면."

"에이, 아직 멀쩡하네."

태양이 투덜거리며 나연의 옆, 바닥에 엉덩이를 붙이고 앉았다. 스르륵 눈을 감는 나연의 모습을 바라본 그는 그녀가 고르게 숨을 내쉬는 것을 확인한 뒤에야 내보이지 못했던 마음 한 자락을 내보였다.

"마음이요, 마음. 나 자체를 두고 간 것 같아요. 내가 자꾸 여기 머물러."

물론 잠이 든 나연이 태양의 고백을 들었을 리 만무했다. 나연의 입에서는 작은 신음 소리만이 맴돌았다.

"으음."

아주 잠깐 그녀의 속눈썹이 파르르 떨린 것도 같았다. 하지만 태양은 별다른 말을 걸지 않은 채 조용히 일어나 그녀의 집을 빠져나왔다. 마음을 부딪치고 깨뜨리는 법밖에 알지 못하는 태양은 자신의 서툰 고백보다 나연의 몸이 더 중요하다는 것을 잘 알고 있었다.

그때의 일을 떠올린 나연의 눈이 혼란으로 흔들렸다. 눈을 감고 있을 적 입술 바로 위에서 느껴졌던 차가운 냉기, 입술 위로 잠깐 닿았다 떨어졌던 단단한 손끝. 그것은 학생의 것이 아닌, 남자의 것이었다.

"마음이요, 마음. 나 자체를 두고 간 것 같아요. 내가 자꾸 여기 머물러."

태양의 마음이 자신에게 향하고 있음을 알게 된 지금, 그 마음이 그저 사제 간의 정으로 치부하기에는 너무 깊어져 있다는 것을 깨달은 지금, 그녀가 할 수 있는 것이라고는 단 한 가지. 그 아이와의 거리를 두는 것뿐이었다.

그것이 태양을 위해서도, 나연을 위해서도 옳은 일이었고 맞는 결정이었다.

참을 수 없는 답답함에 나연에게 몇 마디 쏘아붙인 다음 태양은 뒤뜰로 갔다. 마음을 전한 것이 이렇게 억울할 일이었냐며 하소연을 했지만 그 자체가 비굴했기에 풀릴 수 없는 답답함은 곱절이 되어 있었다.

마음이 상대를 다그친다고 끌려오는 것도 아니고. 한심하다, 태양.

그는 뒤뜰 담벼락에 기댄 채 캠코더를 만지작거리고 있었다. 생동감 넘치던 나연의 모습이 생생히 담긴 곳은 머릿속과 캠코더, 단둘뿐이었다.

[그래, 하늘에 떠서 고고하게 빛나는 너, 태양! 너! 모든 것의 사단은 다 너 때문이잖아. 하필이면 내 반에 배정 받아가지고는 왜 이렇게 말썽이야? 네가 뭔데, 그렇게 잘났어? 오라면 오고 까라면 깔 것이지 말 더럽게 안 들어 처먹어요!]

[제목, 설교하는 꼰대. 자기가 남에게 설교할 때 어떤 표정인지 모르죠? 되게 못생겼는데 누가 보리사자 어쩌고, 그러는 거야?]

[부끄러워하지 말고 당당하게 대사를 치자고. 안면몰수, 맹 배우!]

아무것도 없는 하늘, 텅 빈 학교, 꽃이 다 지고 만 수풀, 나뭇잎이 하나도 남지 않은 나무. 세상의 허무만을 담던 태양의 캠코더에 나연이 가득했다. 아무런 사심 없이 웃어주고, 손을 내밀어주던 그녀가 기억보다 더 선명히 살아 숨 쉬고 있었다.

예전의 모습들을 돌려보던 태양의 눈빛이 깊어졌다. 그리움을 담은 그의 눈은 일말의 후회도 안고 있었다.

이렇게까지 피하는 걸 보면 아무래도 그때 내가 한 말을 들은 모양인데……. 이렇게 될 줄 알았다면 차라리 말하지 말 것을.

마음을 꼭꼭 감춘 채 평생 곁에 있을 수 있다면 그렇게 할 것을.

한창 청승을 떨고 있는데 손안에 들려 있던 캠코더가 누군가에 의해 쑤욱 빠져나갔다.

"이게 뭐야?"

낭랑한 목소리의 주인공은 민아였다. 그녀는 트레이드마크와 같은 긴 생머리를 휘날리며 캠코더를 등 뒤로 숨기고는 생긋 웃었다.

"무슨 짓이야?"

"웬 캠코더?"

"내놔."

"정색하기는. 뭐 재미있는 거라도 있어?"

캠코더에 무엇이 담겨 있든 민아의 관심은 태양의 시선을 자신에게 빼앗아 오는 것뿐이었다. 하지만 태양의 리액션이 영 마음에 안 들었는지 민아가 입술을 부루퉁하게 내밀고는 등 뒤로 감춘 캠코더로 관심을 돌렸다. 그 순간, 태양이 민아의 손목을 잡았다. 민아는 반사적으로 손에 힘을 주고 버텼다.

"내놔."

"할 말이 그것밖에 없어? 너무하다, 진짜. 난 아침 안 먹었을까봐 우유랑 빵 사왔는데."

"그렇게 하라고 한 적 없잖아."

태양의 매정한 대답에 민아가 마음이 상했는지 뾰로통한 얼굴로 슬금슬금 뒷걸음질쳤다. 자신보다 등 뒤에 숨긴 캠코더를 더 중요하게 여기는 태양임을 알았기에 그의 관심을 끌기 위해서는 그리 호락호락하지 않게 캠코더를 건네줘서는 안 된다는 육감에서였다.

호리호리한 민아가 캠코더를 숨긴 채 담벼락에 바싹 붙자 태양이 그녀의 등 뒤로 손을 구겨 넣었다.

"뭘 이렇게까지 정색해, 자존심 상하게."

진심으로 화를 내는 태양의 태도에 민아는 입술을 잘근 깨물고 태양을 올려다보고는 그의 손에 캠코더를 쥐여준 순간이었다.

"수업 종 친 지 꽤 됐는데 거기 누구야?"

누군가의 목소리에 담벼락에 붙어 서 있던 두 사람의 몸이 뻣뻣해졌다. 들켜도 마땅한 시간이 아니었고, 들켜도 괜찮을 포즈가 아니었기 때문이다. 설상가상, 골목을 돌아 나타난 사람은 다름 아닌 나연이었다. 학교 내에서 평판이 그리 빡빡한 편이 아닌 나연인지라 민아는 안심했지만 반대로 태양의 얼굴은 사색이 되고 말았다.

상대가 나연인 것도 서러운데 옆에 있는 민아는 뭐가 그리 불만이었던지 다짜고짜 태양에게 팔짱을 끼고는 다정한 척을 했다. 문제는 뒤에 이어진 발언이었다.

"쌤, 우리 사귀어요! 오늘부터 1일. 축하해 주세요!"

당황스러운 민아의 폭탄 발언에 태양이 정색을 하며 그녀를 밀쳐 냈다. 좋은 말이 나올 리 없었다.

"야, 너 미쳤어?"

"천 일이고 만 일이고 오래오래 갈 거예요!"

민아의 낭랑한 목소리에 나연은 당황하는 기색도 없이 웃으며 손을 흔들어줬다.

"잘 어울린다. 축하해. 하지만 연애는 쉬는 시간에, 점심시간에, 또 방과 후에. 아무리 좋아 죽어도 수업은 들어가야 하지 않겠니?"

"들어가려고요. 쬐끔 늦은 거예요. 땡땡이 칠 의도는 없었어요."

"그럼 어서 들어가!"

나연이 협박이라도 하듯 들고 있던 몽둥이를 휘둘러 보이며 사라졌고, 민아는 까르르 웃으며 나연의 뒤통수에 대고 손을 흔들어 댔다.

나연이 시야에서 사라지고 난 다음, 태양은 넉살 좋은 얼굴을 하고 있는 민아를 매섭게 노려봤다.

"죽을래?"

태양이 윽박을 지르자 민아는 웃음기 사라진 얼굴을 하고 낮은 목소리로 조곤거렸다.

"나도 조금 신경질이 나서 그랬어."

"일방적으로 네 마음 강요하는 거, 불편해."

태양은 더없이 냉정하게 대답했다. 하지만 이상하게도 자신의 진심을 토해낸 것뿐이었건만 가슴 한구석이 찌르르 아파왔다. 순간 민아가 불쌍해졌기 때문이다. 눈앞의 그녀가 꼭 자신과 닮아 있었기 때문이다.

민아는 억울하다는 얼굴로 태양에게 서운한 마음을 토로했다. 오늘 아침 태양이 나연에게 했던 것처럼.

"일방적인 내 마음에 너는 진심으로 대해준 적 있어? 내가 어떤 심경으로 오는 건지, 알아보려고 한 적은 있니?"

태양은 할 말을 찾지 못했다. 자신이 나연을 향해 하고 싶었던 말이었기에.

"넌 그냥 내 마음이 귀찮고 성가셔서 도망치는 거잖아."

두 눈을 똑바로 바라보며 말하는 민아의 두 눈과 마주할 수가 없었던 태양은 아무 말도 하지 못한 채 시선을 피하고 말았다.

도망. 그가 그렇게 비겁하다고 생각했던 그것을 자신이 하고 있었다, 지금 이 순간.

"사람 마음에 대한 예의는 조금이라도 지켜주지 그랬어. 그럼 나도 심술 덜 부렸을 텐데."

그렇게 말한 민아는 태양에게서 미련 없이 몸을 돌렸다. 요즘 아이들답게 감정에 솔직하고 뒤끝 없이 쿨한 태도였다.

문 너머로 사라지는 민아를 바라보고 있던 태양은 다시 눈을 번 뜩이며 2층 어딘가를 바라봤다. 그리고는 단숨에 실내로 뛰어 들 어갔다.

1층 뒤뜰로 간 것은 복도를 걷다 무심코 내다본 곳에 펼쳐진 광 경 탓이었다. 안 그래도 태양에게 그렇게 대답을 하고 나서 마음 이 영 불편했던 나연은 뒤뜰에서 묘한 분위기를 연출하고 있던 태 양과 민아의 모습을 보는 순간, 자신도 모르게 뒤뜰로 향하고 말 았다. 대외적인 변명을 하나 보태자면 '땡땡이 치고 있는 학생들 을 그냥 지나치지 못한 선생의 설교' 정도 되겠다. 하지만 그게 사 실이라기보다 변명에 가까운 지금, 나연은 새삼 깨닫고 만 자신의 마음에 좌절과 절망의 수순을 밟고 있었다.

'유치해, 정말.'

2층 보건실로 향하다 말고 화장실에 들러 차가운 물로 손을 씻 었다.

"정신 차리자, 맹나연 선생. 너는 선생이고 걔는……. 하!"

말하다 보니 웃긴다. 언젠가 유행했던 드라마의 유명한 대사를 이렇게 따라 할 거라고는 생각한 적 없었기 때문이다.

너는 학생이고, 나는 선생이야.

그렇기에 둘 사이에 그어진 선명한 금. 넘을 수 없을 정도로 선명해야만 하는 금. 넘어서는 안 된다고 정해진 타부(Taboo).

'그런데 이렇게나 흔들릴 줄은 몰랐어.'

나연은 고개를 흔들었다. 사회에 나가지 않아 아직은 미숙할 태양을 생각한다면 그녀가 먼저 이성적으로 대처하는 것이 맞았다. 어릴 때엔 불쑥 감정적이 될 수 있다. 감정이 원하는 대로 하는 것이 본인 스스로에게 떳떳한 것이고, 솔직해야 아름다운 것이라고 쉽게 판단할 수 있는 나이였다.

하지만 세상은 아니다. 감정이 어떻든, 그 얼마나 진실했든 눈에 보이는 것으로 판단한다. 지금 나연과 태양의 관계는 너무나도 명확히 선생과 제자 사이였고, 그 룰이 어그러졌을 때 생겨날 사회적 파장이 어떨지는 불 보듯 빤한 일이었다.

'아니다. 이건 정말 아니다.'

깊어지기 전에 잠깐 아프고 마는 것이 앞으로 서로를 위해 좋다. 선택의 폭이 좁은 이 길에서 나연이 정할 방법은 단 하나였다.

"그래, 됐어. 이걸로 된 거야. 사자도 제 새끼는 벼랑에서 떨어뜨린다고 했어. 내가 이렇게 머뭇거리는 건 그 짧은 사이에 들어버린 정 때문이고, 이 정을 단호하게 끊어내지 못한다면 분명……힘들어져."

그렇게 다짐한 지 채 5분도 되지 않아 나연은 누군가의 완력에 의해 불도 켜지 않은 컴컴한 소강당 안으로 끌려 들어갔다.

"윽!"

단말마의 비명을 남긴 채 그녀가 사라진 자리에는 그녀가 품에 안고 있던 교과서만 나뒹굴었다.

누군가에게 붙잡힌 팔이 시큰거렸다. 자석처럼 소강당 안으로 빨려 들어갈 때의 당황과 놀람이 한풀 꺾이고 난 다음에야 그 통증을 느꼈다.

"하아, 하아."

심하게 놀란 탓에 가빠진 호흡만큼은 채 숨길 수가 없었기에 나연은 가슴을 들썩거린 채 자신을 벽에 가둔 남자를 올려다봤다. 커다란 창이 커튼에 가려져 있고, 불까지 꺼져 있는 상태라 눈앞의 상대마저도 보기 힘들었지만 나연은 알았다. 향기와, 행동과, 몸짓과, 숨결만으로 눈앞의 그 사람이 태양이라는 것을.

그 사실을 아는 순간, 다른 의미로 심장박동이 거세어졌다. 그에게 잡힌 손끝이 가늘게 떨려왔고, 그 떨림은 이내 온몸의 세포를 점령했다.

그녀는 그저 부디 그가 그녀의 떨림만큼은 알아차리지 못하길 기도하는 수밖에는 방법이 없었다.

"진심이에요, 그 말?"

태양의 음성이 가느다랗게 떨리고 있었다. 치밀어 오르는 분노를 참지 못한 목소리는 수많은 감정을 내포하고 있었는데 그중에서도 슬픔이 매우 짙었다. 그 아련한 느낌이 방금 전 마음을 독하게 먹었던 나연을 연하게 희석시켰다.

"……그 말이라니?"

"방금 전에…… 축하한다며, 잘 어울린다면서 한 말."

"내가 무슨 말을 해주길 바라는데. 또래끼리 어울리는 게 귀엽고, 그래서 잘 어울린다고 했어. 처음 연애를 시작한다니 축하해 준 거고. 뭐가 잘못된 건가?"

한숨과 짜증이 섞인 나연의 말투에 태양이 서글프게 중얼거렸다. 그 마음이 맑고 뾰족해 너무나 아프게 다가왔기에 나연은 두 눈을 질끈 감고 말았다.

"……알잖아요, 내 마음."

몰라. 네 마음이 어떤 건지 난 몰라. 알아도 모르고, 말해도 몰라. 그러니 말하지 마. 그 감정, 그냥 품고 있지 말로 자아내서 입으로 토해내지 마. 그렇게 되면 우리…… 그대로 끝이니까.

"나, 쌤이 좋아서, 당신한테 오해받고 싶지도 않고, 태연하게 축하받고 싶지도 않고, 다른 여자애와 어울린다는 말 듣기도 싫어요. 내가 가장 집중하고 있는 상대가 당신이라는 걸 왜 모르는 겁니까?"

말했다.

말해 버렸다.

눈을 감은 나연의 속눈썹이 파르르 떨렸다. 나연은 감은 눈에 힘을 주고 있다가는 느릿하게 눈을 떴다. 차분하게 가라앉은 까만 눈망울이 어둠 속에서 반짝거렸다.

"나한테 집중하지 말고 공부에 집중을 해."

나연이 코앞에 다가와 있는 태양의 가슴을 힘주어 밀었다. 하지만 이 당돌하고 겁 없는 녀석은 무슨 생각인지, 밀려 나가는 태도조차 보이지 않은 채 그녀에게 바싹 몸을 붙였다.

"떨어져. 이런 모습, 누가 보기라도 하면 어쩌려고 넌……."

"편애해 줘요."

"……뭐?"

"나, 편애해 달라고요. 나만 편애해 달라고요."

계속되는 태양의 속삭임이 귓가를 간질였다. 순간 온몸에 소름이 돋아났다. 느껴서는 안 될 짜릿함마저 느낀 것 같다.

나연은 금방이라도 주저앉을 것처럼 후들거리는 다리에 힘을 주었다. 그리고는 터져 버릴 것 같은 심장박동을 숨기려고 애를 쓰며 어금니를 꽉 깨물었다. 그러지 않고서는 이 상황을 버텨낼 수가 없었다.

"내가 널 원하게 되면 그건 범죄야."

"왜요? 난 이미 법적으로 성인인데."

"법적으로 학생이기도 하지, 고등학생."

"학교를 때려치우면 간단한 문제네."

"교복만 벗으면 성인이 되는 건가? 그것참 쉬운 방법이다?"

"당신을 가질 수만 있다면 뭐든 할 수 있을 것 같거든요, 나."

"누가 네 것은 되어준대?"

나연의 대구에 태양은 생각을 고르기라도 하는 듯 잠시 말을 멈추고 나연을 바라봤다. 어떻게 해도 휘어지지 않고, 무슨 짓을 해도 틈을 보이지 않는 나연이 뜻대로 되지 않아 불쑥 울분이 솟구쳤는지도 몰랐다.

"그건 두고 보면 알겠죠."

태양은 경고라도 하듯 중얼거렸다, 건방지게.

"말장난하자는 거야? 말장난하듯이 네 일방적인 마음에도 대구해 줘야 하니? 유치해."

"이제부터 유치해지려고요, 선생님."

"그만 못해?"

나연이 참지 못하고 태양을 힘주어 밀었다. 아주 잠깐 밀려나는 듯하다가 다시 자석처럼 다가온 태양은 고개를 숙여 그녀의 귓가에 조용히 속삭였다.

"유치해지면 조금이라도 흔들리려나?"

"태양!"

말려봤지만 말릴 수 있는 찰나는 이미 지나고 없었다.

"나한테 흔들려라. 흔들렸음 좋겠다."

태양의 간절한 바람이 나연의 목덜미 근처에서 애처롭게 맴돌고 있었다.

06 영역 표시

한 달 내내 교내봉사를 부르짖던 나연은 며칠 동안 방송도 하지 않았고, 그랬기에 연극부 홍보 영상 제작도 제자리걸음일 수밖에 없었다. 결국 학교에서 태양이 할 수 있는 것이라고는 조용히 책상을 지키는 일밖에는 없었다.

무작정 치솟는 감정을 퍼내고 난 다음, 또다시 후회를 하고 만 태양은 그렇게 책상에 앉아 오매불망 자신을 찾는 방송이 나오기를 기다렸다. 수업 내내 나연의 눈치를 보고 분위기를 파악하려고도 했지만 평소와 다름없이 구는 나연의 모습이 멋대로 가진 기대에 바람이 빠지는 중이기도 했고 말이다.

그렇게 수업이 끝날 때까지 방송에서 나연의 목소리가 나오는 일은 없었다. 역시 태양을 찾는 사람도 없었다.

그만하고 가야 하나, 빈 교실을 지키고 앉아 잠시 생각할 무렵.

복도에서 머리 굵은 사내아이들의 희희덕대는 목소리가 들려왔다.

"맹 선생, 어제 세일러복 입었다더라. 옆 반 여자애들, 그거 가지고 난리났어. 너 혹시 봤냐?"

"아까비. 그걸 못 봤네. 맹 선생 각선미, 꽤 볼만한데."

"다리는 무지하게 예쁘잖아. 가끔 누드톤 정장 입고 올 때 아주, 으아! 멀리서 보면 다 벗은 것 같아서 착각한다니까."

"병신. 너 변태냐? 하긴 근데 살색 스타킹 신고 오면 죽여주긴 하지. 각선미도 제대로 보이고."

아무도 없는 줄 알고 마음껏 떠드는 모양인데, 이걸 어쩌나. 태양이 교실에 남아 있었다. 그리고 못 들었으면 못 들었지 듣고도 가만히 있을 그가 아니었기에 책상을 박차고 일어났다.

어떤 새끼들이!

태양이 복도로 나갔을 때엔 선생을 상대로 음담패설을 거리끼지 않았던 아이들이 보이지 않았다. 남학생들에게는 천만다행인 일이었다.

태양은 인상을 팍 쓰고는 주변을 두리번거리다가 핸드폰을 꺼내 어딘가로 전화를 걸었다.

"아, 윤 비서님. 저 태양입니다. 부탁이 있는데요."

즐거워야 하는 퇴근길. 나연은 추위에 몸을 부르르 떨며 자그마한 경차에 갇혀 있었다. 블루투스 핸즈프리를 귀에 꽂은 그녀는 핸드폰 볼륨을 최대한으로 낮추고 핸들에 뺨을 댔다. 타자마자 히터를 빵빵하게 틀어놨지만 하루 종일 얼어붙어 있던 차는 쉽게 따뜻해질 기미를 보이지 않고 있었다.

"응, 엄마."

—얘, 학교는 잘 다니고 있니? 연락이 없어, 왜?

"바쁘니까 그렇지 뭐."

—그러니까 새 학기 시작되기 전에 집에 좀 들르라니까.

"신경 쓸 게 많아서."

나연이 힘없이 중얼거리자 딸의 목소리에 실린 감정을 기가 막히게 캐치해 낸 엄마, 김 여사가 불안한 목소리로 딸의 안부를 물었다.

—잘 먹고, 잘 자고, 잘 가르치고 있지? 별문제 없고?

"음, 그렇지."

—대답이 시원찮은데? 무슨 문제라도 생긴 거니?

"아니야, 엄마는 무슨."

—내가 매일 뉴스고 신문이고, 교직에 몸담고 있는 사람들에 대한 기사만 나면 네가 떠올라서 마음이 불편해. 불안하기도 하고.

에이, 엄마는 참, 하고 나연이 웃어넘기자 김 여사는 걱정이 가득한 목소리로 다시 안부를 물었다.

—춥진 않니?

"뭐, 겨울이 나한테만 추운가. 다른 사람 모두 공평하게 춥지."

안 그래도 지금의 상황을 견디기 힘들었던 나연은 엄마의 다정한 목소리에 울컥해 괜히 퉁명스러우면서도 덤덤하게 대답했다. 그렇지 않고서는 눈물을 쏟아내며 투정부릴 것만 같았다.

안 그래도 딸이 막 사회에 발을 내디딘 탓에 물가에 내놓은 아이 보듯 불안해하는 엄마인데 더 큰 걱정을 안겨주고 싶진 않았다.

—단벌 숙녀로 살지 말고 새 옷도 좀 사고, 예쁘게 관리도 잘하고. 아무리 외모가 전부는 아니라고 해도 어느 정도는 중요해. 네 직업이 아이들과 부딪히는 건데 선생이 꼬질꼬질하게 하고 다니면 밉보여. 그리고 남들 보여주라는 게 아니야. 네 스스로, 잘 정돈하고 꾸미면서 살라는 말이야.

"무슨. 단벌 아니야. 얌전한 옷 몇 개는 있어. 그리고 내가 얼마나 예쁘게 하고 다니는데. 남학생들이 나보고 뭐라는 줄 알아? 제일고 수학 여신."

—으휴, 그러지 말고 새 학기도 됐는데 하나 사 입어. 사라고 한 지가 언젠데 아직도. 너, 백화점 근처엔 가지도 않았지?

"갈 틈이 어디 있나, 뭐. 내 옷을 들먹이는 걸 보니 김 여사, 생일에 옷 한 벌 갖고 싶구나?"

—얘, 난 됐다. 좀 따뜻한 걸로 하나 사 입어. 안 그래도 요즘 부쩍 추워졌는데 패딩은 아니더라도 좀 두툼한 걸로 입고 다녀야 감기 안 걸리지.

"안 그래도 한차례 했수."

—거 봐. 당장 가서 하나 사 입어. 엄마가 하나 사줄게.

"못 보던 사이에 우리 김 여사, 부자 되셨나 보네? 백화점엘 가라고 하고."

—평소에 못해주니까 신경 쓰여서 그렇지. 엄마, 비상금 좀 모았어. 그러니까 부담 가지지 말고 가.

김 여사와의 짧지 않은 전화를 끊은 나연은 깊은 한숨을 내쉬었다. 엄마에게 떳떳하게 괜찮다고 말할 수 없었던 이유에 태양이 연관되어 있다는 것을 다시 한 번 되새기게 됐기 때문이다.

"후."

나연은 고개를 휘휘 젓고는 가장 가까이에 있는 LH백화점으로 차를 몰았다. 주차를 하고 곧장 2층 여성복 매장으로 향한 그녀는 코트를 둘러보기 시작했다.

"손님, 도와드릴까요?"

마침 직원이 다가오자 나연은 나열된 코트를 살펴보며 물었다.

"5, 60대 어른들이 좋아할 만한 디자인이 뭐가 있을까요?"

"아, 어머니 선물 찾으시나 봐요?"

"네, 그런데 좀 까다로우셔서 클래식하면서도 트렌디하고, 고급스러우면서도 젊은 느낌의 코트를 원하세요."

나연의 말에 직원이 짧게 웃으며 수많은 코트 중 한 제품을 골라 잘 보이도록 걸어주었다.

"요즘은 이런 소재와 디자인의 제품이 인기예요. 젊은 층부터 나이가 있으신 분들까지 소화하실 수 있으세요."

"좀 투박하지 않아요?"

"혹한의 지역에서도 따뜻하게 지낼 수 있도록 만들어진 옷이라 인기가 많죠. 없어서 못 팔 지경이에요. 하루 매출 7억이고요, 요즘 유행하는 제품이라 다들 사가지 못해 안달이죠."

직원의 말을 들으며 골똘히 제품을 보고 있던 나연은 가격을 듣고서 헉, 짧은 탄성을 내질렀다.

"일종의 등골 브레이컨가 부다."

"네?"

직원이 두 눈을 동그랗게 뜨며 되묻자 나연은 아차, 하는 얼굴로 고개를 저었다. 그리고는 모자에 빙 둘러 박힌 털을 매만지며 물었다.

"이거, 진짜 동물 털이에요?"

"네, 100프로 코요테 털이랍니다."

"그럼 됐어요."

"네? 다른 분들은 진짜 털을 찾지 못해 혈안이신데……."

"가죽제품을 아예 안 쓴다거나 고기를 한 점도 먹지 않는 건 거짓말 같으니 최소한이라도 실생활에 꼭 필요하지 않은 털이나 모피 제품만큼은 쓰지 말자는 주의라서요. 학교에서도 생명존중사상을 입에 달고 사는 중이기도 하고."

"네?"

"잘 봤어요. 감사합니다."

고개를 꾸벅 숙이고 돌아선 나연은 어마어마한 가격에 몰래 가슴을 쓸어내렸다.

누군가는 한 시간에 5,210원도 보장받지 못하고 사는데, 또 어떤 누군가는 200배가 훨씬 넘는 코트를 사 입는다. 그 아이러니에 혀를 내두른 나연은 '없어서 못 판다'는 코트의 디자인을 다시 떠올렸다. 돌이켜 보면 학교에서 이 코트를 입고 다니는 몇몇 학생을 본 것도 같다.

"나라고 비싸고 좋은 거 안 하고 싶나. 다 하고 싶지. 돈 없어서 못 사는 거기도 하지만 내 신념은 돈보다 더 값지다, 위로하면서라도 살아야지."

나연은 조금은 허탈하고 약간은 씁쓸하게 웃으며 영 익숙해지지 않는 호화스러운 백화점으로부터 발길을 돌렸다. 내려가는 엘리베이터가 있는 반대편으로 걸음을 옮기는데 문득 나연의 시선에 여성복 코너에서 발견할 가능성이 없는 녀석이 들어왔다.

"어라, 저……. 쟨 여기서 뭘 하는 거야?"

태양이었다. 이왕이면 마주치고 싶지 않은데 녀석의 행동이 심상치 않았기에 나연은 날카로운 눈으로 태양을 바라봤다.

"어, 어어?"

나연의 얼굴이 심각해졌다. 그 상대가 태양이라서가 아니라 태양이 자신의 학생이었고, 그 학생이 도둑질을 시도한다는 것에 충격을 받아서였다.

언젠가 읽었던 도둑질에 관한 기사가 떠올랐다. 한 셀러브리티에 관한 기사였는데 그들은 자신이 가진 것에 관계없이 무언가를 훔치는 데에서 희열을 느낀다고 했다. 병적 도벽, 그것은 애정결핍과 우울증이 복합적으로 찾아오는 사람에게서 표출되는 행동의 예이기도 했다.

"설마……."

태양의 뒤로 시큐리티가 버티고 있는 것이 보였다. 그런데도 불구하고 녀석은 여성 정장을 들더니 계산도 하지 않고 그대로 밖으로 빠져나오는 것이 아닌가.

"미쳤어, 미쳤어!"

나연이 중얼거리며 재빨리 태양의 곁으로 다가갔다. 불쑥 다가와 자신의 팔을 붙잡은 사람이 나연임을 알아챈 태양은 두 눈을 동그랗게 뜨고는 반가운 어조로 입을 열었다.

"어, 선생······."

하지만 태양의 말이 끝나기도 전 나연은 그의 팔을 잡아끌며 조용히 속삭였다.

"조용히 하고 빨리 내려놔."

"네?"

"그거, 안 내려놓니?"

나연이 주변을 살피며 속사포로 중얼거렸다. 아직 몇 발자국 걷지 않았으니 계산대를 찾고 있었다는 말로 변명할 수가 있었다. 일단 녀석이 문제를 일으키지 않게 한 뒤, 백화점을 빠져나가면 제대로 야단을 칠 생각으로 나연은 중얼거렸다.

"빨리 내려놓고 따라와."

"어딜요?"

"어디든."

"선생님 집에 간다고 하면 가고요."

"알았으니까, 얼른! 말 안 들을래? 설교는 나중에 하겠어."

"근데 나, 이거 가져갈 건데."

"계산은 했니?"

"아뇨."

"계산을 하지 않은 자, 물건을 가져갈 권리가 없다. 내려놔."

나연의 단호한 말에야 비로소 지금 상황이 어떤 오해를 불러일으켰는지 깨달은 태양이 어깨를 으쓱거렸다. 그가 어깨 너머 시큐리티를 바라보자 태양의 뒤를 지키고 있던 두 사람이 가까이 다가와 태양이 아닌 나연의 팔을 덥석 붙잡았다.

"왜, 왜요?"

당연히 태양을 저지할 줄로만 알았던 탓에 나연은 놀라 말을 더 듬거리며 자신을 붙잡은 두 사람을 번갈아 바라보았다.

❖

나연의 집 탁자 위에 따뜻한 레몬티 두 잔이 놓였다. 꿀이 듬뿍 들어 달콤하면서 새콤한 레몬티를 한 모금 마시며 자리에 앉은 나연은 아직도 분이 풀리지 않는다는 표정으로 눈앞의 태양을 흘겨 봤다.

"보디가드면 그렇다고 말을 할 것이지."

"애초에 오해한 건 선생님인데?"

천진난만한 얼굴로 태연히 대꾸하는 태양이 얄밉기 그지없었기에 나연은 입술을 비틀었다.

그래, 오해한 건 자신이니 딱히 할 말은 없다. 하지만 평범한 인생을 살아온 나연이 대단한 집안 자제의 행동 패턴을 예상할 수 있을 리 만무했다. 선생님들을 통해 태양의 집안에 대해 들었을 뿐이지 평소 의식을 한 적은 없었기 때문에 더더욱 그랬을지도 몰랐다.

복잡한 얼굴을 한 나연을 가만 바라보고 있던 태양은 양손으로 잔을 감싸고 앉아 조용히 중얼거렸다.

"그런데 난 좋다. 아무렇지 않게 말 걸어주네, 이젠."

태양의 중얼거림에 나연이 조금은 무안해져서는 앞으로 쏟아져 내리는 머리를 귀에 꽂았다. 태양의 시선은 곧이곧대로 그녀의 움직임을 따라 움직였다.

두 사람의 주제로 되돌아가기 싫었던 나연은 잠시 뜸을 들이고 있다가 이내 주제를 회피했다.

"그렇게까지 집이 좋았을 줄은 몰랐어."

"좋을 게 뭐 있나?"

"백화점, 너희 집안 거라며."

"계열사 중 하나죠. 태풍 어머니가 그 계열사 사장이세요. 곧 우리 누나도 그 대열에 합류할 예정이고."

태양의 말을 가만히 듣고 있던 나연이 흐음, 소리를 내며 레몬 티를 입에 머금었다. 굽힌 다리를 끌어안고 앉아 잠시 침묵을 지키고 있던 나연은 덤덤하게 중얼거렸다.

"이상한 나라의 앨리스가 이런 기분이었을지 싶다."

"뭐가요?"

"뉴스에서나 접할 수 있는 일을 눈앞에서 보고 들으니까 말이야. 그것도 반 학생에게서. 아무렇지도 않게."

"모두 같지만 다른 세상에서 살고 있으니까. 그 다른 세상은 누구에게나 이상한 나라일 수 있죠. 나에겐 선생님이 있는 곳이 이상한 나라처럼 느껴지니까."

"이열, 뭔가 철학적이다?"

나연의 말에 태양이 피식 웃더니 자리에서 벌떡 일어났다. 그 모습에 나연도 함께 자리에서 일어났다.

"이만 가려고?"

보던 중 반가운 행동에 나연이 반색을 표하며 일어나자 그게 마음에 썩 들지 않았던지 태양은 비뚜름하게 서서 나연을 내려다봤다.

"아무래도 안 되겠다. 이번에는 어른스럽게 이쯤에서 물러나 주려고 했는데 너무 기뻐하는 걸 보니 그러기 싫다."

"어이, 태양."

"쌤이 봐도 난 아직 어린애죠? 그래서 그런가 봐. 셀프컨트롤(Self—control)이 안 되네."

"야."

"어른이 학생한테 화내서야 쓰겠어요?"

"말이나 못하면."

나연이 어이없다는 듯 픽 웃으며 자리에 주저앉았다.

"쌤이랑 있음 사소한 거 하나하나가 좋아져요. 이렇게 마주 앉아 밥 먹는 거. 대화도 되고, 밥맛도 느껴지고."

분명 그때 태양이 그렇게 마음을 털어놨기 때문이다. 그녀가 이렇게 태양에게 무르게 구는 것은.

하지만 오늘만. 딱 지금만.

나연은 자신에게 과분한 욕심을 부렸다. 안쓰러워 안타까운 태양은 그저 함께 대화하는 것만으로도 기쁘단다. 나연은 그런 학생에게 5분 정도의 시간은 할애할 수 있었다. 두 눈 딱 감고.

문제는 그런 그녀의 배려를 무시한 채 멋대로 옷장을 여는 태양에게 있었다.

"이햐, 이런 촌스러운 정장을 깔별로 사는 사람도 있구나."

"멋대로 열지 마. 어째 너는 매너까지 쌈 싸 먹었니?"

나연이 급하게 다가가 옷장을 가렸지만 그녀보다 배는 큰 태양

을 막기에는 역부족이었다. 녀석은 뭐가 그리 당당한지 미안하다
는 기색 하나 없이 옷걸이에 걸려 있는 옷들을 뒤적거렸다.

"완전 내 취향 아닌데."

"네 취향에 부합하라고 산 옷 아니야."

나연이 성질을 부리며 태양을 밀치자 그는 순순히 한 걸음 밀려
나서는 자신이 가져온 쇼핑백을 들어 올렸다. 그는 쇼핑백 안에서
여성복 매장에서 '새 엄마의 허락'을 받고 가져온 정장 한 벌을 꺼
냈다. 그리고는 그 까만 바지 정장과 까만 스타킹을 그녀의 옷장
속에 걸어놓았다.

"뭐 하는 짓이야?"

"너무 신경 쓰지 마세요."

"멋대로 만지는 거 싫어해."

"지나가던 개가 오줌 한 번 갈겼다고 생각하세요."

"뭐?"

평소 상식적이었던 태양이 오늘따라 이상했다. 제멋대로 구는
녀석의 행동에 있는 대로 화가 난 나연은 금방이라도 터질 것같이
붉어진 얼굴로 그를 노려봤다. 그런다고 온순히 말을 들을 태양이
아니었다. 그는 평소보다 심술궂은 얼굴을 하고 비릿하게 웃었다.
완벽히 썩은 웃음, 썩소였다.

"선생님한테 알리는 꼴이 되었지만, 지금 영역 표시하는 중이
거든요."

"너!"

나연이 참지 못하고 손을 들어 올린 순간, 그 손은 너무나도 쉽
게 태양에게 잡히고 말았다. 당황한 나연이 두 눈을 동그랗게 뜨

며 물었다.

"뭐 하는 거니?"

태양은 그녀를 잡은 손에 힘을 주고는 그녀를 벽으로 밀어붙였다. 고등학교 남학생의 힘은 대단해서 마음먹고 덤빈다면 속수무책으로 당하고 말 것이라는 생각이 들었다. 성인 남성에 버금가는 그 힘에 밀린 나연은 채집된 한 마리 나비처럼 힘없이 벽에 고정되어 있었다. 고정시키는 핀은 태양의 손이었다.

"순순히 맞을 생각 없어요. 여긴 학교가 아니잖아."

"야!"

"무서워요, 내가?"

양팔이 단단히 붙잡혔다. 학생의 손아귀 아래서 꼼짝달싹하지 못하는 현 상황도 썩 유쾌하지만은 않은데 이 녀석은 나연이 선생의 위엄을 잃게 만들었다.

그래, 무섭다. 겁도 없이 성큼성큼 다가오는 이 남자아이가 처음으로 두렵게 느껴졌다. 성큼성큼 거리를 좁히더니 이제는 마음속까지 침범하고 들어오는 이 아이가, 진심으로 무섭다.

나연은 찢어질 정도로 아랫입술을 깨문 채 태양을 바라봤다. 자신에게 지지 않으려는 듯 부릅뜬 두 눈이 붉게 충혈되어 있었다.

"그렇게 고함을 지를 정도로?"

나연과 반대로 태양은 여유로웠다. 건방질 정도로 저돌적이었고, 또 오만했다. 나연에게 향하는 마음이 확실하면 확실할수록, 그는 더욱 완고해졌다.

"난 그냥 학생이라면서요. 남동생 같고 그렇다면서."

"그건……"

"학생을 무서워하면 돼요, 선생님이? 그럼 학생들, 맘이 아프지."

태양이 귀엽게 말하며 고개를 까닥거렸다. 목소리는 나른해져 있었지만 나연을 바라보는 눈빛만큼은 예리했고, 열정적이었다.

그 속에 숨어 있는 진심이 그토록 뜨겁다는 것을 알고 있었기에 나연은 더욱 두려웠다. 제멋대로 다가오는 이 녀석이. 밀어내도 비집고 들어오는 이 녀석이…….

나연의 눈빛 속에서 그 마음을 읽은 것일까, 태양은 자신만만해진 얼굴로 되물었다.

"그런데 무섭죠? 내가 진심으로 나오니까."

그렇게 묻는 그의 목소리가 진지하게 가라앉았다. 그렇게 말한 그는 나직한 목소리로 말을 이어나갔다.

"학생이라는 명함 하나만 믿기에는 요즘 애들, 머리도 굵고 덩치도 커요. 그런데 개념 및 참을성 등은 그에 반비례하죠. 그럼 어떻게 해야 할 것 같아요?"

"너, 지금 나 가르치니?"

"그럼 안 돼요? 선생님, 자격증 있다고 재는 거예요?"

"재긴 누가 뭘 잰다고."

민망함에 나연이 투덜거리며 고개를 돌리자 태양은 한 손으로 그녀의 턱을 잡아 고정시키고는 눈을 맞췄다. 이번에는 걱정이 한 아름 들어찬 눈빛이 그녀를 맞이했다.

"그러니까 제발 자각 좀 하고 다니시라고요. 요즘 애들, 선생님 생각처럼 만만하지 않아요. 한 번 머리 돌면 앞에 보이는 것 없다고요. 특히나 선생님 같은 사람은……."

"나는 자격이 없다고 생각해?"

"선생님은 자신을 너무 몰라요."

한숨 섞인 목소리로 중얼거리는 태양의 두 눈이 도발적으로 빛났다.

"예를 들어 지금, 어린 남학생을 보고 무서우면서 무섭지 않은 척할 때. 혹은 남학생이라는 이유만으로 너무 마음 놓고 있을 때. 내 눈에, 다른 남자 새끼들 눈에 어떻게 보이는 줄 알아요?"

오늘 익명의 남학생들의 입으로 들은 말이 귀에 생생했던 태양은 그 말을 기억해 내는 것만으로도 바드득 이가 갈렸다.

"한 번 건드려 보고 싶다."

녀석들의 머릿속에 그런 상상을 하도록 여지를 불어넣은 맹나연에게 분노의 화살이 돌아갔다. 애꿎은 화풀이라는 것을 누구보다 잘 알고 있는 태양이 이렇게까지 충격 요법을 쓰는 데에는 '만에 하나'라는 가정이 들어가 있었다.

나 같은 새끼도 머릿속으로 수십 번은 더 당신을 괴롭히는데. 수백 번은 더 끌어안았는데. 수천 번은 더 입을 맞췄는데!

이런 나도 개새끼지만 다른 새끼가 그런 상상을 하는 건 죽어도 못 참겠어서!

"그런 마음이 들게 만든, 선생님이 잘못이에요."

"그런 걸 착각이라고 해. 남자들은 자신이 오해한 걸 가지고 착각하게 만든 건 여자들이라고 애먼 사람에게 책임을 전가하지. 왜 자신의 판단력이 흐렸기 때문이라고 생각하지 않는 걸까? 그런 걸 보고 소녀 감성이라고 하는 거야. 내가 말했지? 의미 부여."

"말 참……."

"남자들의 성적 판타지에 현실을 끌어들이지 마. 알지? 지금 이 상황, 도를 넘어도 한참은 넘었다는 거. 이 정도로 끝내줄 때 그만 건방 떨고……!"

나연의 말이 끝나기 전, 태양이 다시 나연의 턱을 잡아 고정시켰다. 이전보다 더욱 위험하게 녀석은 다가왔다. 숨결이 고스란히 느껴질 정도로 거리를 좁혀서는 사람을 긴장하게 만들었다.

"지금."

속삭이는 그의 목소리가 잔뜩 갈라져 있었다. 쉰 목소리가 그토록 애절할 줄은 꿈에도 몰랐다.

"지금, 내가 느끼는 게 나 혼자만의 감정이에요?"

"……."

아니라고 대답한다면 금방이라도 울어버릴 것만 같아서.

나연은 대답 없이 태양의 눈을 피했다.

"이런 순간이라고. 한 번 건드려 보고 싶다, 하는 순간이."

"그 말, 성희롱에 가깝다는 거 알고는 있니?"

"다른 누군가는 고백이라고 하죠."

태양이 슬프게 중얼거렸다.

"바라만 봐야 하는 사람을 볼 때, 그 사람에 대한 마음이 짙어져 갈 때, 깊어지고 깊어지다 이제는 참을 수 없는 지경이 됐을 때, 알고는 있는데 뜻대로 되지 않을 때, 머리랑 가슴이 분리된 것만 같을 때. 그럴 때 하는 고백이요. 하도 참아서 멋대로 입 밖으로 나와 버리는 것이기도 하고, 말이라도 꺼내지 않으면 죽어버릴 것 같아서 나 살자고 하는 것이기도 하고. 고백 같지도 않게 들리는 이거, 누군가에게는 장난을 가장한 진심이라는 거…… 정말 몰라요?"

안다. 알지만 모른다.

계속 몰라야만 하는 나연의 심정을 알고 있는 태양의 가슴이 문드러졌다.

차라리 손을 내밀지 말지.

차라리 마음 써주는 짓 하지 말지.

아예 다른 선생들처럼 그렇게 무시하지.

내 마음에 들어오는 일 따위…… 하지 말지.

"그냥 쉽게 건드릴 수 있었으면 진작 그렇게 했어요. 남학생들의 짓궂은 장난을 가장해서, 내 나이 또래 녀석들이 충동적으로 저지르고 보는 장난처럼 그렇게 넘어갈 수도 있었다고. 그런데 내가 건드려 보고 싶다, 그렇게밖에 말할 수밖에 없는 이 마음은……."

태양의 손에 잡혀 있던 나연의 손이 자유로워졌다. 그런데도 참 이상하지. 자유로워졌는데도 나연은 움직일 수가 없었다. 방금 전보다 더한 속박이 그녀를 사로잡은 것처럼 꼼짝할 수가 없었다.

"건드릴 수도 없고, 건드리기도 아까운 그런 사람을 눈앞에 뒀을 때. 그 사람이 바로…… 당신일 때."

태양의 커다란 손이 나연의 양 볼을 감쌌다. 파들파들 떨고 있는 것은 당신만이 아니라는 것을 태양이 증명해 줬다. 몇 번이고 몇 번이고 소중함이 담뿍 담긴 손길로 나연의 뺨을 쓰다듬던 태양의 코끝이 나연의 코끝을 간질인 순간, 입술 위로 그의 호흡이 느껴졌다.

"흐읍!"

나연이 숨을 멈췄다. 그를 밀어내야 했다. 쫓아내야 했다. 그런데 이 망할 놈의 몸은 물을 잔뜩 먹은 솜처럼 움직일 생각을 하지 않았다.

무서워서일까, 아니면 무서움을 가장하고서라도 이 순간을 버텨내고 싶어서일까.

나연은 스스로에게 솔직해질 수 없었다. 솔직해지고 난 다음을 감당할 자신이 없었다.

그 마음을 알았을까. 태양은 그녀의 입술로 향하던 노선을 바꾸어 나연의 손목에 입을 맞췄다.

"읏!"

맥이 뛰는 자리. 지금 이 순간만큼은 태양의 행동에 의해 미친 듯이 뛰어대는 맥박이 있는 곳. 그곳만큼은 온전히 소유하고 싶었다.

"그만해! 너, 미쳤어. 그만하라고! 태양, 너……! 그만…… 읙!"

금방이라도 울음을 터뜨릴 것처럼 소리 지르며 태양의 어깨를 잡아 뜯던 나연은 얼마 지나지 않아 조용해졌다. 태양의 입술이 그토록 간절했기에, 그 마음이 피부를 타고 와 닿았기에.

당신은 내 마음의 주인입니다.

당신은 누구에게도 못 갑니다.

태양의 간절한 메시지는 그렇게 그녀에게 흔적이 되어 새겨졌다.

그새 포기를 한 걸까 싶어 태양은 자신의 흔적이 남은 그녀의 손목을 문지르며 자리에서 일어났다.

"내가 당신을 조금은 흔들리게는 해요?"

태양의 질문에 나연은 넋이 나간 얼굴로, 보다 단호해진 얼굴로 대꾸했다.

"흔들 거리도 못 돼, 넌."

"흔들지는 못하더라도 수선스럽긴 해요?"

마음이 부산스럽다. 마음 가득 우거진 수풀이 거센 바람에 웅성거린다. 나연은 그것이 태양에게 피어나는 마음이라는 것을 알았다. 그리고 그것을 뿌리째 뽑아내야 한다는 것 역시 알았다.

하지만 일말의 희망을 버리지 못한 길 잃은 양 한 마리는 나연의 미세한 반응을 놓칠 생각이 없었다.

"지금, 나한테 흔들리죠?"

태양의 물음에 나연이 고개를 돌렸다. 하지만 그렇게 회피하는 나연은 곧 태양의 손에 잡히고 말았다. 턱이 단단하게 잡히자 나연의 시선이 태양에게 향했다. 그리고 그녀의 동공이 흔들리는 것을 본 태양은 그 어느 때보다도 기쁜 얼굴로 수줍게 중얼거렸다.

"흔들리고 있구나, 당신."

그건 사실이었기에 부정할 수는 없었다. 나연은 부정하는 대신 불도저처럼 밀고 들어오는 태양을 세차게 밀어냈다. 그렇게 태양을 밀어낸 나연은 벼랑 끝에 몰린 사람처럼 절박하게 마지막 방법을 쓰기로 했다.

"저번에 왜 널 도와줬냐고 물었지? 그 답, 지금 해줄게."

잔인할 수도 있을 말을 육감적으로 느낀 모양이다. 태양은 움찔하더니 한 발 뒤로 물러났다.

"안 들을래요."

"듣고 싶다며. 궁금하다며. 말해준다고! 사실 널 도와준 이유는……."

그 말을 들으며 태양은 두 눈을 감았다. 거절보다도 아픈 그녀의 말에 심장이 처음으로 찢겨 나갔다. 나뭇가지를 때리는 매서운 북풍처럼 모진 손길에 밖으로 쫓겨난 태양은 가슴을 움켜쥔 채 한동안 아파했다.

태양에겐 잔인하기만 한 11월의 어느 날이었다.

07 지우다

그날 이후, 계속 태양이 책상을 지키고 있었던 것은 어쩌면 기적적인 일일 수 있었다. 등교 거부를 할지도 모른다는 생각에 마음을 졸였던 나연은 출근하고 나서야 빈 책상이 하나도 없다는 사실에 안도했다.

문제가 하나 있다면 녀석이 책상에 코를 박고 고개를 들 생각조차 하지 않고 있다는 것이었지만 그래도 졸업할 마음은 있는 건가 싶어 다행이었다.

나연의 걱정을 아는지 모르는지, 그녀의 얼굴을 볼 생각조차 하지 않은 채 고개를 파묻고 있던 태양은 그녀를 보는 대신 의미 없이 펼쳐 놓은 교과서에 덧없이 낙서만 하고 있었다.

보리사자도 한 번 그려보고, 의미 없이 글도 써봤다.

선생님, 선생님, 선생님…….

이름을 썼다 지웠다. 흔적이 남지 않을 때까지 지웠지만 오래가지 못해 또 썼다 지우고, 또 썼다 지웠다.

그렇게 얼마나 지났는지 모른다. 언제 수업종이 쳤는지, 어떤 수업이고 무슨 선생님이 들어와 강의를 하는지 태양은 알지 못했다. 그저 멍하니 책 사이에 끼워둔 자그마한 사진만을 노려보고 있었다. 그때였다.

콰앙—

누군가 몽둥이로 태양의 책상을 내려쳤다. 그에 상념에서 깨어난 태양이 부스스한 얼굴로 고개를 들었다. 눈앞에는 사진 속 인물이 실물이 되어 서 있었다.

"번호는 모를 수 있어. 그런데 이름까지 모르는 건 말이 안 되지, 태양?"

그제야 태양은 나연이 29번을 부르다 지쳐 태양의 이름을 몇 번이나 호명했다는 것을 깨달았다.

"나가서 풀어."

"모르는데요."

"수능이 코앞인데 모른다는 말이 나와?"

"수업을 안 나왔으니까."

"자랑이지?"

나연이 팔짱을 끼고 태양을 내려다봤다. 그럼에도 이 녀석, 참 이상하다. 분명 잘못한 것은 태양인데 나연을 바라보는 눈빛에 한 점의 흔들림이 없었다. 그리고 나연은 그 눈빛을 마주할 때면 늘 불편한 마음에 먼저 시선을 회피하게 됐다.

지금도 그랬다.

"대체 수업 시간에 뭘 그렇게 열심히……."

당황하는 모습을 수많은 아이들 앞에서 보일 수 없었던 그녀는 화제를 엉망진창인 교과서로 돌렸다. 그리고 그 안에 꽂혀 있는 자신의 사진과 글들을 확인한 그녀는 심장이 덜컥해서는 곧장 교과서를 태양에게서 빼앗았다.

"영어가 그렇게 좋은 모양이야? 수학 시간에도 영어 교과서를 펴고 있는 걸 보면. 쉬는 시간에 찾으러 와."

딩동댕동—

때맞춰 수업 끝을 알리는 종이 치자 나연은 태양의 교과서를 겨드랑이 사이에 끼고는 교탁으로 돌아갔다.

"그럼 나머지 수업 잘하고, 이상."

나연의 말에 아이들이 복창했다. 감사합니다.

그 말을 듣고 밖으로 나가려던 나연은 미닫이문을 열고 나가려다 말고 자리에 멈춰 서서 맨 끝자리에 비뚜름한 자세로 앉아 있는 남자아이를 가리켰다.

"태양, 교무실로 따라와."

교무실에 도착하자마자 책상에 교과서를 내려놓은 나연은 가슴을 쓸어내리며 자리에 주저앉았다.

"얘는 대체 무슨 깡으로……."

한숨을 내쉰 나연은 주변에 선생님들이 각기 바쁜 것을 확인한 후에야 몰래 교과서를 열었다. 그리고는 그 사이에 꽂힌 사진을 빼 바로 코앞에 있던 다이어리 속으로 집어넣었다.

"대체 이런 사진은 언제……."

중얼거리던 나연은 언젠가 태양이 집에 왔을 때 캠코더를 돌렸던 일이 떠올랐다. 자신이 봐도 참 못생겼다 싶은 얼굴이었다. 제목은 설교하는 꼰대.

나연은 그때를 떠올리고는 피식 웃었다. 그리고는 엉망인 교과서로 눈을 돌렸다. 그리고 난 다음에야 나연의 눈빛이 깊어졌다.

선생님, 선생님, 선생님…….

그렇게 적힌 글자들을 보았기 때문이다. 그러고 나자 나연의 마음에 그 말들이 적혔다. 그래서 그녀는 오늘도, 내일도, 마음속에 새겨진 그 얼굴을 지우고, 지우고, 또 지웠다.

"미쳤구나, 맹나연. 제대로 미쳤어."

나연은 엄지와 검지로 눈가를 문지르고는 금방이라도 울음을 터뜨릴 것 같은 얼굴을 책상에 묻어버렸다.

대체 그 녀석이 뭐라고. 너란 녀석이 대체 뭔데!

대체 무엇이 문제기에…… 이렇게 마음이 아플까, 이유를 모르겠다.

"하아."

낮게 한숨을 내쉰 나연이 고개를 들어 태양의 교과서를 뒤적거렸다. 그러다 맨 앞에 대충 끼워져 있는 유인물을 꺼냈다.

[수능 대비 문제 : 영어]

Q. 다음 글의 요지로 가장 적절한 것은?

In our efforts to be the good child, the uncomplaining employee, or the cooperative patient, many of us fall into the trap of trying to please people by going along with whatever they want us to do. At times, we lose track of our own boundaries and needs, and the cost of this could be our life, both symbolically and literally. When we are unable to set healthy limits, it causes distress in our relationships. But when we learn to say no to what we don' feel like doing in order to say yes to our true self, we feel empowered, and our relationships with others improve. So don' be afraid to say no. Try to catch yourself in the moment and use your true voice to say what you really want to say.]

　처음에는 맹한 눈으로 그 유인물을 훑었다. 그러다 문득 예문에 동그라미가 빽빽이 쳐져 있다는 것을 알아챘다. 역시, 처음에는 그 동그라미가 중요한 단어에 쳐져 있는 줄로만 알았다. 하지만 알고 보니 동그라미들은 알파벳 하나하나에 쳐져 있었다. 딱히 패턴이 있다고 생각하지 않았다.

　"엄청 심심했구만."

　그렇게 중얼거린 나연이 문제를 쭉 읽어 내렸다. 그리고는 오지선다로 주어진 내용들까지 읽었다.

　[① 난관을 극복할 때 성취감이 생긴다.
　② 항상 타인의 입장을 먼저 고려해야 한다.
　③ 자신이 원하지 않는 일은 거절할 필요가 있다.
　④ 자신의 의견을 고집하면 대인관계가 악화된다.
　⑤ 제안을 승낙하기 전에는 그 의도를 파악해야 한다.]

"정답은…… 3번인데 녀석은 2번에 엄청나게 동그라미를 쳐놨
고. 이 녀석 큰일인데. 이래서 수능을 어떻게 봐."

그렇게 중얼거린 나연이 쿡쿡 웃다가 동그라미 친 알파벳을 순
서대로 읽어 내려갔다. 그 순간, 나연의 웃음이 멎었다.

[MAENG NA YEON, I LOVE YOU.]

문제 속에 숨겨져 있던 것은 숨겨도, 숨겨도 튀어나오는 태양의
진심.

[② 항상 타인의 입장을 먼저 고려해야 한다.]

정답이 아닌 2번은 나연을 생각해야 한다는 태양의 그 저린 마
음이자 그 다짐.
그것을 알아버린 나연의 몸이 책상 위로 무너져 내렸다.
태양을 알아갈수록 나연의 마음도 모래성처럼 힘없이 무너져
내렸다.

나연이 태양을 만난 것은 3교시 쉬는 시간 무렵이었다. 복도에
서 무심히 스쳐 지나가는 녀석을 잡은 나연은 평소와 다름없는 모
습을 가장했다.

"교과서 왜 안 찾으러 와?"

하지만 나연이 노력하면 노력할수록 태양은 더욱 거세게 그녀를 밀어냈다.

"필요 없어요. 내가 처음부터 교과서 보던 놈도 아니고."

엇나가는 녀석의 말을 듣는 나연의 안색이 눈에 띄게 안쓰러워졌지만 태양은 애써 그녀를 눈에 담지 않았다. 그렇게 나연을 밀어내는 태양의 머릿속에는 얼마 전 그녀가 했던 말이 송곳처럼 박혀 있었다.

"저번에 왜 널 도와줬냐고 물었지? 그 답, 지금 해줄게."

"안 들을래요."

"듣고 싶다며. 궁금하다며. 말해준다고! 널 도와준 이유. 네 또래야, 내 남동생이."

"내가 남동생 같단 이야긴 벌써 오래전부터······."

"네 또래일 적에 죽었어."

"······!"

"뭐가 그렇게 힘들었는지 반항하고 방황하다가 사고로 죽었어. 난 그랬던 그 아이를 도와줄 수가 없었어. 오히려 외면했지."

"지금 그 말을 믿으라는 거예요? 날 밀어내는 이유로, 동생까지 이용하는 겁니까?"

"믿든 믿지 않든, 네 선택이야. 하지만 그게 내가 선생이 된 이유라는 건 부정할 수 없어. 난 내 남동생의 영향으로 선생이 됐고, 올해는 내가 선생이 된 첫 해고, 처음 부임해 담임을 맡았는데 한 학기 내내 보이질 않던 학생이 등교했고, 그 등교한 아이가 너고, 그래서 네가······

꼭 그 아이 같아. 그 아이에게 해주지 못한 것들을 해주라면서 누군가 꼭 내게 보낸 것만 같아. 그래서 자꾸 눈길이 가고 손을 내밀게 돼. 난 내 동생에게 그렇게 해주지 못했거든. 그렇게 흔들리는 녀석 주변에는 녀석을 잡아줄 만한 사람이 단 한 명도 없었거든."

"……잔인하다, 정말. 안 된다는 것보다 더 잔인해. 그래요, 그럼. 이제 정말 확실하게 떨어져 나가줄게요. 그게 소원인 것 같은데 선생님 소원을 이뤄줄 수 있는 게 나밖에 없는 것 같으니 그 소원, 내가 이뤄준다고."

모진 풍파에도 뜯겨 나가지 않던 살점이 말 한마디에 짓이겨졌던 그날, 태양은 나연을 지웠다. 지워야만 했다.

"졸업이 코앞이야. 수능 보고, 제대로 졸업해야지."

나연의 말에 상념에서 깨어난 태양이 어두운 눈으로 나연을 바라봤다. 상대가 불편하든 아니든 설교 하나는 짱짱하게 해대는 여자다, 정말.

"수능 볼 실력 안 되는 거, 선생님이 더 잘 알잖아요. 어차피 수업 일수 부족한 것도 다 알아요. 알면서 왜 하래요, 나한테. 확인 사살하는 거예요?"

잔인하게.

"내가 윗선에 잘 말해볼 거야. 몇 번 꿇었으니 이번만큼은 안 돼. 이대로 한 번 더 꿇으면 너, 네 인생의 가장 소중한 시간들을 속수무책으로 놓치는 거야. 일단 성실하게 변화한 모습을 보이고, 이번 기말고사 잘 봐. 무슨 일이든 마음 하나로는 안 되는 법이야. 그 마음을 증명할 수 있어야 하고, 증명이 되는 건 눈에 보여야 하는 법이지. 이를테면 점수와 출석일수 같은.”

“마음을 증명할 수 있는 거라……. 고작 점수로 마음을 증명할 수 있다고 누가 그래요?”

“사회가 그래.”

“나조차 알기 힘든 그 마음을 숫자로 표현한다니, 참 간단하네. 수학선생이라 그런가? 마음 주고 빼앗는 것도 덧셈 뺄셈처럼 단순하고.”

그렇게 말한 태양이 등을 돌렸다. 나연을 스쳐 지나가려던 그는 뒤도 돌아보지 않고 그녀를 향해 냉랭하게 말했다.

“붙잡지 마요, 평생 붙잡아줄 거 아니면. 지금 붙잡으면 나도 무슨 짓을 할지 모르니까.”

그 말에 그를 잡으려고 손을 뻗었던 나연은 그를 잡지도 못한 채 차가워진 손을 슬그머니 거두고 말았다.

그 순간, 아주 짧게 든 생각은 어른이란 비겁하다는 것. 산산이 부서지더라도 온몸을 다해 부딪치는 태양의 순수한 영혼 앞에서 맹나연이라는 어른은 그저 겁쟁이일 뿐이라는 것.

나연은 태양의 순수함에 자신이 물들어 버릴 것 같아 덜컥 겁이 나고 말았다. 그 순수함이 묻는 순간, 자신이 가진 모든 것을 내던지고 말 것만 같아서 더욱 무서워졌다.

점심시간이 끝난 뒤의 나른한 5교시, 태양은 보건실로 몰래 숨어들었다. 잠시 자리를 비운 건지 깐깐하게 구는 보건선생은 보이지 않았다. 다행이라 생각하며 보다 편안한 마음으로 소독약 냄새가 만연한 그곳을 만끽하는 데 살랑 부는 바람에 흔들린 천 너머로 스타킹에 감싸인 발 두 개가 눈에 보였다.

난로가 앞에 있는 첫 번째 침대는 낮잠을 즐기기 좋은 명당이었기에 태양은 아쉬운 마음에 입맛을 다셨다. 그냥 가야겠다 싶어 몸을 돌리려는데 이불 밖으로 나온 발이 꼬물거리는 것이 눈에 들어왔다. 문득 태양은 그 발의 주인이 나연일지도 모른다는 다소 엉뚱한 생각을 하며 침대 맡, 보건선생의 회전의자에 자리를 잡고 앉았다.

"쿡."

삐거덕 하고 태양의 무게가 실리는 소리가 제법 크게 났다. 명당도 빼앗겼고 선생 옆에서 땡땡이를 칠 수도 없었기에 다른 곳을 물색해야 했지만 난로라도 조금 쬐고 가겠다는 핑계를 대는 중이었다. 물론 스타킹에 감싸인 발의 주인을 확인하는 것이 목적이었지만.

태양이 조심스러운 손길로 슬라이드로 된 천을 걷었다. 그의 손길에 촤르륵, 소리가 나며 천이 머리맡으로 모이자 발의 주인이 모습을 드러냈다.

역시! 태양이 짧게 신음했다. 아기 같은 얼굴을 하고 잠들어 있는 사람은 다름 아닌 나연이었기 때문이다. 태양 때문에 밤새 고민을 하느라 숙면을 하지 못했던 그녀는 수업이 없는 5교시를 빌어 까무룩 낮잠을 자는 중이었다.

나연의 얼굴을 확인한 태양이 반사적으로 자리에서 일어났다. 하지만 그녀가 깊이 잠들어 있는 모습에 그는 나가려던 걸음을 멈추고 다시 회전의자에 조심스럽게 앉았다.

'이럴 때가 아니면 내가 언제 이 사람 얼굴을 이렇게 가까이서

볼 수 있을까.'

아주 조금, 욕심을 부려보고 싶었다.

아무도 없는 보건실, 두 사람만의 시간이 생겼다. 그래도 멈춘 것 같은 시간의 틈바구니 속에서 태양은 나연의 얼굴을 물끄러미 바라보았다.

"나한테 선생님은 감히 손댈 수도 없는 사람인데……."

조용한 공간에 덜 익은 소년의 낮은 목소리가 나연을 간질였다.

"손대려고 해서 미안해요. 내 생애 처음으로 욕심을 부린 게 당신인데, 욕심을 부리는 게 당신을 곤란하게 하는 꼴이 돼서……."

내 마음이, 내 사랑이…… 누구에게도 닿은 적 없고 나눈 적도 없던 이 감정이 부담밖에 될 수 없다는 사실이 얼마나 아픈 것인지를, 태양은 스무 살의 나이에야 비로소 깨달았다.

섧고, 아리고, 설익은 스무 살의 사랑은 넘칠 정도로 크고 감당할 수 없을 정도로 복받쳤기에 비극일 수밖에 없었다.

태양의 떨리는 손이 나연의 얼굴선을 따라 움직였다. 차마 그녀의 피부에 닿지 못하는 그 손은 이마에서 콧등으로, 그러다 입술까지 천천히 유영해 나갔다. 그림이라도 그리듯, 붓 터치보다도 섬세하게, 태양은 그렇게 나연을 마음속에 그려 넣었다. 그러다 그녀의 입술 위에서 손이 멈췄다. 태양의 숨도 멈췄다.

"선생님."

나연은 대답이 없었다.

"맹나연."

고요 속에 평화롭게, 나연은 잠들어 있었다.

"남자가 아니라는데, 학생일 뿐이라는데, 이미 세상에 없는 남동생과 같은 존재라는 말을 들었는데, 선생님이 자꾸 밀어내도 난 당신이 좋다. 어쩌지?"

고백을 듣지 않아도 되고, 답을 하지 않아도 되는 시간 속의 나연의 얼굴은 평화로웠다. 그 평화를 산산조각 내고 싶을 정도로.

"이유도 모르겠고, 이해도 안 되고, 숫자처럼 명확하게 설명도 되지 않는데…… 그런 감정이 사랑이라잖아."

태양이 서글프게 중얼거렸다.

"그럼 그런 난, 선생님을 사랑하나 보다."

그렇게 말하는 태양의 눈에 눈물이 한가득 차오르기 시작했다. 터질 것 같은 이 마음이 처음이라 어떻게 견뎌야 하는지, 방법을 알지 못하는 아이의 서툰 발악이었다.

"어떡하지? 어떡해요? 선생님은 학생의 이정표라면서. 내 내비게이션이 되어준다며. 그럼 내 마음의 이정표부터 알려줘 봐요. 포기해도 포기해지지 않는 이 마음을 어떻게 하면 떨쳐 낼 수 있는지…… 그 방법부터 선생님이 알려줘요."

물기로 촉촉한 태양의 목소리가 잔뜩 갈라졌다. 그 순간, 나연의 감고 있던 두 눈이 파르르 떨린 것 같았다. 그 모습을 가만히 지켜보고 있던 태양이 조심스럽게 물었다.

"선생님, 지금 안 자죠?"

"……."

"깨어 있죠, 지금?"

의심은 확신이 되었다. 아주 미세한 근육의 움직임에 의해.

"계속 이렇게 자는 척 누워 있으면 나, 무슨 짓을 할지도 몰라요."

태양이 심술 가득한 목소리로 중얼거렸음에도 나연은 일어날 기미조차 보이지 않았다. 속으로는 무척 애가 탈 것이 분명한데도 타이밍을 잡지 못하고 누워 있는 그녀가 안쓰러워 보였지만 그뿐이었다.

"당신한테 키스할지도 모르는데?"

태양의 말에도 나연은 눈을 감은 채 정자세로 누워 있었다. 그 모습을 나긋한 시선으로 바라보고 있던 태양이 자리에서 일어나 그녀에게로 가까이 다가갔다. 그리고는 침대 머리맡에 엉덩이를 걸치고 앉았다.

"계속 그렇게 깨지 마라, 선생님."

그 순간, 태양의 입술이 나연에게 닿았다.

"잠들어 있는 선생님 입술을 내가 멋대로 훔친 것뿐이에요. 그러니까 당신은 아무 잘못이 없는 거야. 난 당신의 현실에서는 존재하지 말아야 할 악몽이니까."

그녀의 분홍빛 입술 위에서 중얼거린 태양은 다시 한 번 그 입술을 겹쳤다. 살갗과 살갗이 마주 닿는 물컹한 느낌뿐이었지만 왜 그리도 눈물이 나던지, 태양은 고통스러운 얼굴로 그녀에게서 입술을 떼어냈다.

그 순간이었다. 두 사람 사이 여운이 감돌고 있는 무렵, 태양이 뒤를 돌아봤다. 누군가의 인기척이 그의 신경을 거슬렀기 때문이다.

"무슨 소리를 들은 것 같은데."

고개를 갸웃거린 태양은 밀어놨던 천으로 그녀의 침대를 닫아주고는 몸을 돌렸다. 미세하게 열려 있는 문이 그를 거슬리게 만

들었지만, 보건실에 두 사람이 아닌 다른 누군가 있었다는 증거는 잡을 수가 없었다.

태양이 보건실을 나가는 소리가 났다. 조심스럽게 문을 닫은지라 그리 큰 소리가 난 것도 아니었는데 감겨 있던 나연의 눈꺼풀은 가늘게 떨렸다. 눈꺼풀을 파르르 떨며 눈을 뜬 나연은 방금 전 일을 기억하기라도 하는지 입술을 잘근 깨물었다. 난감하다는 얼굴을 한 채 누워 있던 그녀는 촉촉이 젖은 눈으로 추운 겨울에도 청명한 하늘 어딘가를 바라봤다. 마음도 그렇게 청명했으면, 하고 바라면서.

사단이 일어난 것은 그 다음날 아침이었다.

"이게 대체 무슨 일이란 말입니까? 맹나연 선생, 어디 변명이라도 한 번 해보세요."

"무슨 일인가요? 대체 뭐가……."

"대체 뭐가? 그렇게 한가한 소리나 하고 있을 땝니까?"

출근하자마자 교감에게 호출을 당해 다짜고짜 폭탄 세례를 맞은 나연은 얼떨떨한 얼굴을 하고 있었다. 영문을 모르는 그녀의 표정에 곁에 모여 있던 선생들 중 가까운 친분을 유지했던 지안이 작게 속삭여 주었다.

"학교에 소문이 났대."

"소문요?"

"자기랑 한 학생에 대해서."

그 말이 무슨 뜻인지 몰라 잠시 멍하니 서 있는데 그런 나연의 곁에 있던 이 주임이 '초임 교사가 그렇게 나대더니 쌤통이다' 라는 표정으로 정황을 이야기했다.

"학생들 사이에서는 파다하게 퍼진 모양이더군요. 대체 처신을 어떻게 했기에 젊은 신임 교사가 남학생과 말하기도 민망한 스캔들이 난단 말입니까?"

"민망한…… 스캔들이요?"

아니라고만은 할 수 없는 일이었기에 심장이 덜컹, 바닥으로 떨어졌다.

"한 학생이 봤답니다. 두 사람이 보건실에서 키……. 크흠, 말하기도 민망하군요."

교감의 말에 곁에 있던 이 주임이 쏜살같이 바통을 받아 쥐었다.

"키스요. 아니, 뭘 어떻게 해야 학생과 키스했다는 루머가 퍼지는 겁니까? 길을 가다 부딪친 겁니까, 아니면 뛰다 넘어진 겁니까? 대체 어떤 실수를 해야 그런 장면을 연출해서 학생이 오해하게 되느냐고요. 나 참, 소문도 학생들의 입을 통해서 퍼졌어요. 지금 학부모들 원성이 자자합니다. 요즘 사제지간 문제가 유독 도드라진 것 아시죠? 폭력 문제, 성 문제, 온갖 부도덕한 행위들이 사회에 나오고 있더군요. 덕분에 우리 학교에도 몇 통의 전화가 걸려왔습니다. 기자들이 벌써 취재하려고 몰려들고 있다고요. 이 사태를 어떻게 책임지실 겁니까, 맹나연 선생!"

딩동댕동—

교감선생의 고함이 민망할 정도로 타이밍 좋게 수업 시작을 알리는 종이 쳤다. 종소리에 잠시 호흡을 가다듬은 교감선생은 씩씩 대다가 한 소리를 하고 다시 자리로 되돌아갔다.

"맹나연 선생의 대답에 따라 어떤 조치를 취할지 결정하도록 하죠. 일단 수업 들어가시고 수업 끝나면 문제 학생과 함께 다시 오세요. 교장실로요."

그렇게 나연은 1교시 수업을 들어갔다. 다행히 당장의 문초는 피했지만 앞으로 어떻게 하면 좋을지가 막막했다. 더군다나 하필 이면 오늘따라 1교시 수업이 본인 반이었다.

교실 앞에 서서 망설이다가 조심스럽게 문을 연 그녀는 아이들 의 싸늘하고도 호기심 많은 시선에 주눅이 들어버렸다.

"홈룸 시간에 못 들어왔네. 자, 그건 건너뛰고 수업부터 하자. 페이지 142쪽……."

나연이 용기 내어 입을 열자 아이들은 기다렸다는 듯 수군대기 시작했다. 누구는 대놓고 경멸의 시선을 보내기도 했다.

"헐, 대박. 수업 들어왔네?"

"무슨 깡이야?"

"어떤 남자애랑 그렇고 그런 사이라며."

"그 남자애, 태양이라는 소문이 있던데?"

"대박. 자기보다 훨 어린 학생하고 연애했다고? 것도 학교에 서? 미쳤나 봐."

그때였다.

우당탕탕탕—!

맨 뒷자리에 앉아 있던 태양이 책상을 거세게 발로 차며 자리를 박차고 일어났다. 그 소리에 놀란 사람들이 두 눈을 동그랗게 뜨고 태양을 응시하자 그는 험악한 얼굴을 한 채 주변을 둘러보다 한마디를 내뱉고 교실을 빠져나갔다.

"시팔, 안 그래도 이상한 소문 때문에 기분 잡쳤는데."

나연을 노려보고 나가는 태양의 태도에 반 내의 소문은 어느 정도 진화가 된 것 같았다.

"아닌가 본데?"

"그럼 누군데?"

"이상한 애가 이상한 소문 흘린 거 아니야?"

다행이었다. 그리고 또 감사했다. 하마터면 자리에 주저앉을 뻔했는데 태양 덕분에 그런 형편없는 모습만큼은 면했다고 생각하며 나연은 손에 쥔 교과서를 더욱 힘껏 움켜쥐었다.

"다들, 조용히 하고 교과서 펴. 142쪽!"

그래, 나는 선생이다. 아이들을 가르쳐야 하는 선생.

그 사실 하나에 모든 신경을 집중시킨 나연은 어금니를 꽉 깨물고 수업을 진행했다.

3교시에서 4교시 사이 잠시 짬이 났다. 쉬는 시간이니 평소라면 교무실 책상에 앉아 수업 내용을 다시 확인했을 텐데 지금은 그곳이 가시방석이라 차마 가지 못하고 주변만 배회했다.

"남이 하면 불륜이고 내가 하면 로맨스라는데 이게 딱 그 짝이지 뭐야."

한숨을 푹 내쉰 나연은 몽롱한 눈빛을 하고 주변을 둘러봤다. 어제와 같은 학교가 분명한데 지금 이곳에서 자신은 확실히 이방인처럼 느껴졌다. 어떻게 시간이 지나갔는지도 모르겠다. 중요한 건 정신을 잃지 않고자 발버둥을 쳤다는 것, 그리고 원하는 건 빨리 이 피곤하고 정신없는 하루가 지나길 바란다는 점.

그때였다. 불이 꺼진 어두운 복도 끝 어딘가에서 누군가의 손이 불쑥 나타나 나연의 팔을 잡아당겼다. 나연은 반항할 틈도 없이 곧장 어딘가로 끌려갔다. 언젠가의 상황과 매우 비슷했기에 묘한 기시감을 느낄 수 있었다.

나연은 단단히 잠긴 소강당 안으로 끌려 들어가기 무섭게 소리를 쳤다.

"너 미쳤어?"

"선생님이 그렇게 소리치면 돼요? 밖에 다 들릴 텐데."

"무모해, 무모하다고! 지금 우리가 이렇게 같이 있는 모습을 들키기라도 한다면……."

말을 이으려던 나연은 환하게 미소 짓고 있는 태양의 표정에 더할 말을 찾지 못했다. 나연이 가느다란 한숨을 내쉬자 태양은 손에 걸고 있던 열쇠를 뱅뱅 돌려 보이며 개구진 소년처럼 웃었다.

"걱정은 마요. 열쇠는 내가 가지고 있거든."

"누가 보기라도 했음 어쩌려고."

"그럼 뭐, 보라지."

"태양!"

"조용히 해요, 누가 들어."

"누가 봐. 보면 우리 둘 다 끝이야."

"혼자였음 슬플 텐데 둘이라 따뜻하네."

"넌 정말……."

"난 지금, 학교에서 우리 둘이 함께 있는 게 너무 좋은데."

태양의 속삭임에 지금 이 모든 상황이 일종의 장난처럼 느껴졌다. 오히려 다행이다. 이렇게 아무렇지 않게 말해주는 사람이 있어서.

나연은 보다 가벼워진 얼굴로 중얼거렸다.

"일단 이 일부터 수습해야겠지."

"어떻게?"

"내가 그만둬야지."

"……뭐요?"

"내가 교직을 떠난다고."

나연의 결정이 태양에게는 충격으로 다가온 모양이다. 태양은 나연의 가느다란 어깨를 잡아 쥐고 으르렁거렸다.

"내 짝사랑일 뿐이었잖아요. 그런데 왜 선생님이 떠나요."

"내 책임도 있으니까."

"당신한텐 책임 없어요. 있다면 일방적으로 선생님을 짝사랑하고 내 마음을 강요한 나한테 있죠."

"그렇게 쉬울 줄 알았니? 이런 사단이 날 줄 모르고 그렇게 밀어붙인 거야? 그래서 네가 어린아이라는 거야. 넌 아무것도 몰라. 이 사회가 얼마나 정글과도 같은지, 마음 하나로 해결되는 일은 하나도 없는지. 어쨌든 난 이 사단에 대해 책임을 져야 하고, 선생인 내가 질 수 있는 책임이란 교직을 떠나는 것뿐이야. 그 정도로, 네 마음의 무게는 내게 부담스러울 정도로 무거웠어. 그리고……."

말을 하다 잠시 멈춘 나연은 한숨을 내쉰 뒤에야 누그러진 목소리로 아프게 속삭였다.

"네가 아무리 그렇게 말해도 내가 떳떳하지 않거든. 그래서 그래."

"……그게 무슨?"

"내겐 아무 일도 아니었다, 그저 학생일 뿐이다, 녀석이 장난을 쳤다……. 태연하게, 떳떳하게 말할 자신이 없어."

"그 말은……."

태양의 두 눈이 동그래졌다. 다리를 굽히고 나연과 시선을 마주치고는 믿기지 않는다는 듯 말했다.

"당신……."

"설명하게 하지 마. 이 정도도 난 힘겹고 구차하니까."

나연은 부끄러움과 수치심이 차례로 오가는 얼굴을 돌리고는 고인 눈물을 숨겼다. 그 모습에 태양은 웃었다.

"그거면 됐어요."

"뭐?"

"그거면 돼, 나한테는."

그렇게 말한 태양은 잡고 있던 나연의 어깨를 놓고 한 발자국 뒤로 물러났다.

"걱정하지 마요. 당신을 완벽히 지킬 힘은 없어도 최소한 산산 조각 부서지지 않게는 할 수 있으니까."

그 고백이 마지막이었다.

08 재회— 그의 시선

　다른 사람들은 쉽게 접근하기 힘든 이사장실 가운데에 태양이 있었다. 금방이라도 눈물을 쏟을 것 같은 얼굴을 한 태양은 책상 앞에 서서 동아줄을 잡는 시선으로 이사장을 바라보고 있었다.

　"……도와주세요."

　금방이라도 사그라질 것 같은 목소리로 처음으로 할아버지에게 매달렸다.

　"도와주세요, 할아버지."

　그 말에야 비로소 서류만 들여다보고 있던 이사장이 고개를 들었다.

　"이제야 세상이 네 뜻대로 되지 않는다는 걸 안 게냐?"

　"누군가를 지켜주고 싶은데 제 힘으로는 불가능해요. 그러니 할아버지가 도와주세요."

"네가 내 손자라는 이유만으로 뭐든 도와줄 거라는 생각을 한 건 아니지?"

"조건이 있으시겠죠."

"뭐든 할 테냐?"

"뭐든 하겠습니다."

이사장을 바라보는 태양의 두 눈이 눈물로 번들거렸다. 손자의 그런 모습은 처음이었기에 이사장은 코에 걸치고 있던 안경을 벗고는 턱을 괬다.

"그렇게 채찍질을 하고 회유를 할 때엔 꿈쩍도 하지 않다가 대체 무슨 심경의 변화인 게냐?"

"담임 선생님이 있어요, 맹나연이라고. 지금 그 선생님이 곤경에 처했습니다. 저 때문에요. 그 선생님이 무사히 학교를 다닐 수 있게 해주세요. 원하는 건 그것 하나뿐입니다."

태양의 말에 이사장의 눈이 매섭게 빛났다. 손자 녀석의 심중을 파악하려는 눈빛이었다.

"선생이라……. 내가 싫다면?"

"할아버지까지 큰 태풍에 휘말리게 되실 겁니다. 할아버지와 저 사이에는 핏줄이 그닥 효력이 없는 모양이지만 세상 사람들은 좀 다르지 않겠어요? 할아버지의 핏줄인 손자가 선생님에게 손을 댔다는 기사가 전국으로 퍼져 나가기 전에 손을 써주셔야 할 겁니다."

"손을 댄 거냐, 선생에게?"

"설마요."

"그럼?"

"제가 좋아합니다, 그 선생님을."

"원래대로 나이가 들었다면 하나의 하자 없을 네 사랑이 지금의 너에게는 벽이 꽤 높을 테구나. 덕분에 빠르게 앞으로 전진해야겠다는 생각을 했을 테지."

"도와주세요."

누굴 닮은 건지, 회유를 하다 먹히지 않을 것 같으니 협박까지 일삼는 모습에 이사장은 처음으로 웃음을 터뜨렸다.

처음으로 간절한 것이 생겼으니 그것을 지키기 위해 변화가 시작될 테지. 그 선생에겐 안된 일이지만 손자를 위해서는 좋은 일이다.

이사장은 고개를 끄덕이고는 깍지를 꼈다. 손자 앞에서도 이사장은 사업적 기질을 버리지 못했다.

"도와주마. 대신 조건이 있다. 넌 오늘 당장 본가로 들어가라. 들어가서 계속 수업을 받게 될 거다. 목표는 내년까지 검정고시를 패스하고 수능을 본 뒤 대학에 합격하는 거다. 대학에 합격한 뒤엔 3년 안에 졸업을 하거라. 어차피 무릎 십자인대가 파열된 탓에 군대가 면제됐지? 고등학교 오래 다닌 건 군대를 다녔다손 치자. 그러니 죽자사자 공부해서 내가 원하는 대학에 입학해 죽자고 졸업하거라. 틈틈이 내 일도 도와야 할 게다. 그렇게 5년이다. 5년 내내 내 곁에 붙어 일을 배워라. 졸업하고 난 다음에도 마찬가지다. 어때, 할 수 있겠냐?"

"합니다. 못해도 하겠습니다. 그러니 오늘 당장 선생님에 대한 조치부터 내려주세요."

그렇게 말한 태양의 눈에서 눈물방울이 뚝 떨어졌다. 겨우 찾아낸 자신의 쉼터에서 떠나야만 한다는 생각에 자꾸 발걸음이 떨어지지 않았다. 하지만 그 쉼터를 5년 후에 다시 찾아낼 수 있다면 지금의 이별은 잠깐의 아픔에 불과했다. 하지만…… 그 이별에 가슴이 무너지는 탓에 자꾸만 자꾸만 뒤를 돌아보게 된다. 모질게 먹었던 마음이 자꾸 무뎌진다. 맹나연이라는 사람 하나 때문에.

그 모습을 지켜보고 있던 이사장은 좀 더 단단해진 태양을 기대하며 조용히 읊조렸다.

"난 굿이나 보고 떡이나 먹은 격이로구나. 네놈이 파랗게 질린 얼굴로 이렇게 내 앞에 와 도움을 청하는 걸 보니 말이다."

이사장의 결정이 떨어졌다. 태양은 퇴학 조치, 맹나연 선생은 시말서와 함께 자숙. 하루 만에 나온 그 결정에 사람들은 어떻게 윗선까지 보고가 들어갔으며 왜 그렇게 나연에게만큼은 후한 결정이 내려졌는지 믿지 못했다.

"책임을 묻지는 않겠지만 이게 그냥 묻는 거지 인정하고 넘어가는 건 아니라는 걸 알아둬요."

교감선생의 날카로운 반응에 그저 고개를 숙인 나연은 손에 쥔 사직서를 서랍 속에 고이 묻어두게 되었다. 그 모습에 옆 책상을 쓰는 지안이 다가와 그녀의 어깨를 두드려 줬다.

"수고했어, 맹 선생. 자기를 단단히 다지는 계기가 될 거야. 앞으로 이런저런 험한 꼴 다 겪을 텐데…… 기운 내. 누군 사직서 내고 싶지 않아서 안 내니. 다들 먹고살려고 더러운 꼴 참아가며 일하는 거지. 교사의 명예와 위엄은 실추된 지 오래고, 학생들과 학부모들 등쌀에 이리저리 휩쓸리는 처지가 됐지만 어쩌니. 목구멍이 포도청인데. 나도 서랍 속에 사직서 넣어뒀어. 하지만 그게 전부야. 그러니 맹 선생도 꾹 참아. 참는 법밖에는 방법이 없다?"

지안의 말에 고개를 숙인 그녀는 손으로 얼굴을 문지르고는 뜨끈한 이마를 짚었다.

오늘 하루 얼마나 숨죽여 지냈는지 알 수가 없었다. 수업을 마친 뒤에 사직서를 내겠다는 마음을 먹고 있었는데 하필이면 자신의 반의 새싹이 꽃도 피우지 못한 채 싹둑 잘려 나갔다.

내가 더 완고했어야 하는데.

내가 더 독했어야 하는데…….

속수무책으로 떨리고 만 이 마음에 대한 책임을 지고 물러나려고 했었는데, 하필이면 녀석이 모든 책임을 지고 떨어져 나갔다.

이 사실을 어떻게 받아들여야 할까?

이런 마음으로 죽 학생들을 가르쳐야 하는 걸까?

어떻게…… 어떻게!

나연은 복잡한 얼굴을 하고 책꽂이에 꽂아두었던 태양의 교과서를 조심스럽게 꺼냈다. 그 순간, 교과서에서 꼬깃꼬깃 접은 쪽지가 톡 떨어졌다.

[사야 할 책 : 옥상의 중심에서 사랑을 외치다.]

"이게 뭐……."

나연의 미간이 좁아진 순간, 뇌리를 스치고 지나가는 생각 하나에 나연은 자리를 박차고 일어났다.

"맹 선생, 퇴근 안 해?"

"곧 해요. 먼저 가세요."

목도리까지 두른 지안에게 고개를 꾸벅 숙여 보인 나연은 빠른 속도로 옥상으로 향했다.

날이 추웠다. 꽁꽁 언 옥상 문을 힘겹게 열면서도 두근거리는 마음을 감출 길이 없었다. 미안하고 또 미안한 녀석이 벌써 간 건 아닌가 싶어 급하게 주변을 두리번거렸다. 아마 육감적으로 지금 이 순간이 마지막이라고 느낀 탓이었다.

"태양!"

옥상에 쌓아둔 책상 더미에 앉아 자신이 책상이라도 된 듯 보호색을 띠고 있는 태양을 이제는 어렵지 않게 찾을 수 있었다. 태양은 빨개진 코를 비비며 바닥으로 폴짝 뛰어내렸다.

"아아, 왔네."

"이 쪽지 뭐야?"

"못 보면 내가 한 도박은 완전 실패하는 건데, 이번엔 성공이네. 우리, 꽤 통하나 봐요."

히죽 웃은 태양은 나연이 흔들고 있는 쪽지를 다시 한 번 읽은 뒤 대답했다.

"옥상에서 보자고 하고 싶은데 혹 선생님이 아닌 다른 누가 보기라도 하면 큰일이니까. 패러디 죽이죠?"

"그렇게 웃을 일이니?"

"그럼 울까? 신파처럼."

태양의 물음에 나연이 입술을 잘근 깨무는 것으로 대답을 대신했다. 금방이라도 울 것 같은 그녀의 표정에 태양은 나직이 한숨을 내쉬었다. 며칠 내내 울고 싶은 것을 참는 모습만 봐와서 그런지 마음이 영 개운치 않았다.

"안 그래도 쓰린 속, 울면 더 진창이 될 게 뻔하잖아. 운다고 속 시원해질 일 아니고, 해결될 일도 아니니까. 그러니까 우리 마지막은 쿨하게 웃으면서 인사하죠."

"네가…… 그런 거니?"

"배경 좀 이용했어요. 처음으로 내 배경에 감사하는 날이었네요. 이런 날이 올 줄은 몰랐는데."

"태양."

"맘껏 불러요. 오늘이 지나면 부를 수도 없을 테고, 불러도 못 들을 테니까."

덤덤하고 가벼운 그의 모습이 눈이 시릴 듯 아팠다. 그에게 남은 것이라고는 허무, 그 한 가지뿐인 것 같아 그 속을 가득 채워주고 싶었던 나연은 망연자실한 얼굴을 손바닥 밑으로 숨겼다.

널 채워주고 싶었는데 오히려 내가 독이 될 줄이야.

그런 그녀의 마음을 알아차린 것일까, 태양은 부드러운 미소를 지으며 얼굴을 가린 그녀의 손을 붙잡아 얼굴에서 떼어냈다. 일 초, 이 초 흘러가는 시간이 아까우니 조금이라도 더 그녀의 모습을 망막에 새겨야만 했다.

"오늘부로 퇴학합니다. 선생님이 원하는 모습으로 졸업하지 못해서 미안하네."

"난……."

"미안해하라는 뜻 아니에요, 난 이제 학생이 아니라는 말을 하는 거지."

태양의 말에 나연이 고개를 들어 그를 바라봤다. 붉게 충혈된 나연의 눈동자가 가늘게 떨렸다. 태양은 그런 그녀의 얼굴을 뚫어져라 바라보며 조곤조곤 말했다.

"선생님도 날 지키고 싶었고, 나도 선생님을 지키고 싶었어. 그럼 된 거 아닌가? 선생님은 아닐지라도 나는 그래요. 그 마음이면 됐다고, 아직은."

"아직은?"

"나도 조만간 어른이 되겠죠. 그럼 마음 가지고는 부족하다고 생각할지도 몰라요."

그 말이 왜 이렇게 슬프게 들리는 걸까.

녀석에게 줄 수 있는 게 단 한 가지도 없다는 사실에 나연은 자신의 무력함을 느꼈다. 정해진 룰이라는 것, 사회라는 것, 그것들을 깨고 일탈을 하고 싶다는 충동이 드는 탓에 나연은 철이 덜 든 자신을 탓했다.

태양은 그런 나연의 마음을 모두 이해한다는 듯 조금 더 밝은 목소리로 말했다.

"오글거리긴 하지만 딱 우리 관계에 맞는 노래 가사 한 번 인용해 볼까요?"

태양의 말에 나연이 무슨 뜻이냐는 듯 눈을 크게 떴다. 그러자 그는 짓궂은 소년처럼 씩 웃었다.

"누나라는 말은 내가 싫고, 그냥 너라고 부를게. 너는 내 여자니까."

그 말에 훗, 나연이 웃었다. 이제야 겨우 그 웃음을 본 태양은 다행이라는 듯 경직된 어깨를 풀었다.

"이제야 좀 웃네. 그런데 그렇게 막 웃지 마요, 다른 놈들 앞에선."

"앗!"

태양이 나연의 손목을 잡아 벽 쪽으로 밀치자, 그녀가 뒷걸음질 치며 짧게 탄성을 질렀다.

"대신 학생들 앞에서는 누드톤 원피스도 입지 말고, 살색 스타킹도 신지 말고, 신경 써주지도 말고, 손 내밀지도 말고. 사회가 정해놓은 선을 넘을 뻔한 건 나 하나로만 해요."

그렇게 말한 태양의 눈이 어둠으로 일렁거렸다. 그 눈빛에 담긴 것은 한 여자를 마음에 품은 남자의 짙은 욕망이었다. 그것을 어렵지 않게 간파한 나연이 몸을 비틀었지만 태양은 순순히 그녀를 놓아주지 않았다.

"이제 당신 학생도 아니니까 선생 핑계를 대려거든 그러지 마요."

그렇게 속삭인 태양은 그대로 나연의 입에 입술을 맞대었다. 이번에는 그녀가 기억할 수 있게 제대로 맞췄다. 그녀의 아랫입술을 길게 빨아들인 그는 가쁜 숨을 몰아쉬며 나연의 이마에 이마를 맞대고 중얼거렸다.

"이 키스."

그렇게 말하는 태양의 목소리가 속수무책으로 떨렸다. 그는 고개를 돌려 다시 한 번 그녀에게 입을 맞추고는 빠르게 속삭였다.

"잊지 마요, 이 마음도!"

태양은 나연의 손을 잡아끌어 자신의 가슴을 짚게 했다.

"잊지 마요."

나연은 가쁜 숨을 몰아쉬며 가까스로 태양의 옷깃을 붙잡고 서 있었다. 태양은 그런 그녀의 이마에 가만히 키스를 한 뒤 그녀의 머리를 끌어안았다. 이별의 순간에서 눈물만큼은 보이고 싶지 않았다.

"선생님이 말하는 어른이 돼서 돌아오면 그땐 놔주지 않을 생각입니다. 그러니까 제대로 기억하고 있어요. 나중에 와서 물어볼 테니 이 질문에 대한 답도 준비해 놓고."

그 말에 나연이 고개를 들자 그녀의 이마 위로 뜨거운 눈물 한 방울이 또로로 흘러내렸다. 그리고 태양은 한마디 말을 남긴 채 사라졌다.

"맹나연은 태양이 좋다. 오, 엑스."

그렇게 태양은 그녀의 모습이 가득 담긴 캠코더를 남긴 채 뒤도 돌아보지 않고 떠났다. 나연은 옥상에서 태양이 교정을 떠나는 모습을 끝까지 지켜보다가는 가만히 눈을 감았다.

"옷을 입은 모습도 못 보여줬네."

그렇게 중얼거린 나연은 태양의 뒷모습에 대고 동그라미를 그렸다. 차마 그의 앞에서는 내보이지 못한 진심이었다.

5년 후.

술집이 왁자지껄했다. 카페에서 한차례 친구들을 만나 홍역을 치른 나연은 홀로 술집에 왔다가 그 외로움을 참지 못하고 가장 친한 친구 진래를 불러냈다. 어린 나이에 결혼해 남편과 한 번의 이혼 후 재혼을 한 그녀는 보다 성숙해진 얼굴을 하고 술집에 나타났다.

"혼자 뭔 청승이야?"

건조하기 짝이 없는 친구의 말투에 이미 반병을 마신 나연은 발갛게 물든 얼굴을 하고 고개를 들었다.

"왔어?"

"웃지 마, 미우니까."

"에이, 너까지 미워하면 어떡해."

"그러게, 왜 한미주 그년을 만나? 좋은 말 못 들을 것 뻔하면서."

오면서 나연의 정황을 다 들은 진래는 툴툴거리며 나연 대신 성을 냈다. 그런 친구가 고마웠기에 나연은 조금은 풀어진 얼굴을 하고 진래의 잔에 술을 따랐다.

"좀 너무하지 않냐, 울 언니? 어떻게 그걸 남들한테 다 말해. 그게 언니 맞아?"

"수연 언니가 내 언니였음 얼굴 안 보고 살았을 거야. 그런데 또 한편으로는 그 마음이 이해도 돼. 이 방법, 저 방법 다 써보다 안 되니 오죽하면 그런 생각까지 했을까 싶어."

"그럼 난. 다 안 된다는데 혼자 우기는 난 어떨 것 같은데?"

"알아, 알지. 아는데…… 너도 알잖아, 힘들다는 거. 아니까 한 번 더 억지 써보는 거잖아."

"맞다. 네 말이 맞아."

나연은 술을 입안 가득 털어 넣고는 그 쓴맛에 얼굴을 구겼다. 유독 술이 약한 그녀였지만 오늘만큼은 취하지가 않았다.

"남들이 안 된다고 하니까 억지로라도 그 남자를 가지고 싶다는 이상한 소유욕이 발동한 것도 같고, 그러다 보니 이젠 내가 하는 게 사랑이 맞나 싶기도 하고. 아, 거지 같아서 다 때려치우고 싶네."

"고등학교 선생님이 그런 단어 나열을 하면 쓰나."

진래는 고개를 절레절레 저으며 오징어다리 하나를 질겅 물고는 한숨을 내쉬었다. 그러다 문득 '고등학교'라는 단어에 연상이 되었는지 오래전의 기억을 끄집어냈다.

"참, 그러고 보니 그 아인 연락하고 있니?"

"그 아이라니?"

"왜, 예전에 너 좋다던. 사제 간의 아슬아슬하던 줄다리기! 난 그 이야기 듣고 말이다, 내 애를 학교에 보내기 무서워졌다."

"야!"

"여자로서는 두근거렸지만 학부모로선 좀 그래, 얘."

눈을 흘기는 진래의 모습에 나연은 입술을 잔뜩 내밀고 투덜거렸다. 아들이라고는 겨우 15개월 된 아기 하나면서.

안 그래도 나연에게는 상처처럼 자리 잡은 일이었기에 나연은 다시 술 한 모금을 입에 머금고 나서야 대답할 수 있었다.

"몰라. 이제는 기억조차 희미해진 이야기를 왜 꺼내니?"

"하긴, 맹나연이 많이 삐치긴 했지. 5년 정도 됐나? 연락 한 번도 안 왔지?"

"그 이야긴 하기 싫어. 다 잊었어. 얼굴도 가물가물해."

거짓말이다. 잊은 것도 아니고, 기억도 선명하다. 얼굴이야 보고 싶을 때마다 기억 속에서 먼지를 털어내느라 미화가 되고, 또 미화가 되어 이제는 현실과 많이 달라졌겠지만…… 어쨌든 아직도 사랑스럽고 아픈 녀석이었다.

"녀석이 빨리 돌아왔더라면 어쩌면 맹나연 선생, 이렇게 힘든 연애를 하지 않아도 됐을 텐데. 그치?"

그치.

녀석이 곁에 있었더라면, 하고 바랐던 게 어디 한두 번이었던가.

"어쩌면 난 평생 어려운 연애만 하도록 설정되어 있는지도 몰라. 그렇지 않고서야 평범하고 평탄한 연애 한 번 못해볼 리가 없잖아."

"네 눈에 평범해 보이는 연애도 당사자들에게는 순탄치 못한 법이야. 남들 눈에 별거 아닌 것 같은 감정도 당사자들에게는 절실하듯이. 네가 더 잘 알잖아? 어머, 전화 왔다."

"누군데?"

"울 남편. 망할 현시후. 내가 어디 나가는 꼴을 못 보지."

"애정 행각인 거 다 안다. 그냥 전화 받아."

"후훗, 미안. 어, 자기야."

저런 사랑이 하고 싶었다. 누구에게나 찾아오는 평범한 연애가 하고 싶었다. 누군가에게 사랑받고, 그 사람에게 사랑을 주고 싶었던 것뿐이다. 하지만 이제는 서로 마음이 맞는 두 남녀가 사랑하는 것도 기적적인 일인데 부모의 마음에까지 들려면 얼마나 더 기적을 일으켜야 하는 것인지, 세상 모든 남녀의 행복이 꼭 동화

속 한 장면처럼만 보였다.

전화를 받던 진래가 핸드폰을 끊더니 미안하다는 얼굴로 나연에게 말을 걸었다.

"어떡하니, 나 집에 가봐야겠어. 우리 아기가 깼나 봐. 울고불고 난리도 아니래."

"그래, 그만 가. 늦은 시간에 불러내서 미안하다."

"너도 그만하고 나와. 내가 집까지 태워다 줄게."

"됐어. 술은 다 끝내고 갈래."

"하여간."

"사준이 부르면 되니까 그냥 가."

"걔는 잘 지내지?"

"깨 볶는 중이다."

"언제 함 같이 보자. 그럼 먼저 간다? 쏘리!"

진래는 나연의 술값을 계산하고 난 뒤 몇 번이고 미안하다는 인사와 함께 술집을 빠져나갔다. 그러다 입구에서 한 남자와 부딪친 진래는 미안하단 말과 함께 고개를 꾸뻑 숙인 뒤 술집에서 자취를 감췄다.

남자는 술집으로 들어오다 한 여자와 어깨를 부딪쳤다. 미안하다고 사과를 하는 여자에게 괜찮다며 마주 고개를 숙인 그는 술집에 들어오기 무섭게 주변을 두리번거렸다.

「어디야? —준 선배.」

누군가의 문자에 '말해준 곳에 왔다'고 답신을 보낸 그는 다시 주변을 두리번거렸다. 혼자 왔냐는 종업원의 말에 일행이 있다고 가볍게 대꾸한 그는 어렵지 않게 구석에 앉아 있는 한 여자를 발견할 수 있었다.

"아, 마셔도 안 취하네. 기분 정말 더러운데 취하지를 않네, 정말."

남자는 혼잣말을 중얼거리는 여자를 한눈에 알아봤다. 구석진 술집에 홀로 자리를 잡고 앉아 술을 들이붓고 있는 여자는 제정신이 아닌 것처럼 보였다. 그녀는 혼자 가만히 앉아 있다가는 분이 영 풀리지 않는지 핸드폰을 들어 어딘가로 전화를 걸었다. 그리고는 억울하다는 목소리로 고함을 질렀다.

"야, 김사준! 너 좀 말해봐. 내가 그렇게 잘못한 거야? 내가 나쁜 짓을 저지른 것도 아니고, 그 사람이 뭘 잘못한 것도 아니잖아. 우리, 범죄를 저지르는 게 아니라 그냥 사랑하는 거잖아! 그런데 그게 그렇게 잘못된 거야? 나랑 그 사람이 만나는 게 그렇게 잘못된 일이냐고!"

그렇게 소리 지른 여자의 눈에서 눈물이 뚝뚝 떨어졌다. 그가 아닌 다른 남자를 떠올리며 우는 여자에게는 딱히 동정이 가지 않았기에 남자는 팔짱을 낀 채 기둥에 기댔다. 취해서 그런지, 여자는 남자의 존재를 알아차리지 못한 채 전화에 집중하고 있었다.

"나, 마지막으로 발악하는 거야. 그 사람 놓지 않으려고 애를 써도 그 사람이 자꾸 멀어져만 가. 잡으려고 애를 쓰는데 잡히지 않는 그 사람을 보내야 한다는 걸 아는데…… 그게 안 돼."

조금씩 여자의 몸이 무너져 내렸다. 당사자는 자신이 취했다는 사실을 모르는 모양이었다. 비틀거리던 여자가 탁자에 **뺨**을 붙이고 중얼거렸다.

"그놈의 걱정. 그놈의 가족. 그놈의 참견. 정말 지긋지긋하다. 정말 미치겠다."

그 말을 끝으로 전화기는 여자의 손에서 떨어져 나갔다. 남자가 움직인 것도 그때였다.

"어이쿠."

쓰러지는 여자를 받은 남자의 입에서 탄성이 터져 나오자 그 소리를 들은 수화기 속 주인공이 목소리를 높였다. 남자는 전화기를 들어 귓가에 가져다 댔다.

─당신, 누구야?

사준이 묻자 남자는 한숨을 푹 내쉰 뒤 대답했다.

"접니다, 태양."

─아아, 너였어? 정말 간 거야?

사준에게 전화를 했다가 나연이 혼자 술집에 있다는 정보를 받고는 곧장 그가 알려준 술집으로 온 태양이었다.

"왔으니 걱정하지 마시라고요, 선배."

─집 주소는…….

"알고 있어요."

─알아? 어떻게?

"아는데, 그리로 데려가진 않을 겁니다."

─그럼? 야! 그럼 어쩌겠다고!

"얌전히 돌려보낼 테니 걱정하지 마세요."

물론 '내일 아침'이라는 단어는 쏙 **뺐**다. 나연을 그녀 혼자 살

던 오피스텔에 데려다 주고만 나올 생각이라는 것 역시 언급하지
않았다.

"보리사자. 어이, 맹나연 선생님! 정신 차려요!"

쌈빡하게 전화를 끊은 태양은 인사불성인 나연에게 관심을 돌
렸다. 태양이 부르자 나연이 눈을 끔뻑대더니 히죽 웃으며 태양에
게 달라붙었다.

"어? 나 여기 있는 줄 어떻게 알았어요?"

그녀가 찾는 사람이 자신이 아니라는 것쯤은 확실히 알고 있는
태양의 얼굴이 무참하게 구겨졌다.

"나, 너무 힘들어요. 당신은 왜 나보다 먼저 그 여자를 만나
서…… 나보다 먼저 그 사람을 사랑해서…… 날 이렇게 힘들게 만
들어요."

눈물을 참지 못하는 그녀의 모습에 태양은 아픈 목소리로 중얼
거렸다.

"당신의 이런 모습을 보고 싶었던 게 아닌데, 나는."

다음날 2시 반, 명림호텔 1층 커피숍.

나연은 구석에 예약된 테이블에 앉아 멍하니 창밖을 바라보고
있었다.

"맹나연 씨?"

그런 나연의 머리 위로 굵직하고 깊은 남자의 목소리가 들려왔
다. 그제야 그녀는 눈을 굴려 창에 비친 남자의 실루엣을 보았다.

"네."

남자는 가볍게 웃으며 그녀의 맞은편에 자리를 잡고 앉았다.

"우리, 오늘 뭘 하러 나온 건지 아세요?"

"네."

"그런데 나연 씨는 벌받는 학생 같네요. 나, 그런 꼰대 아니에요."

목소리는 덤덤했지만 그가 내뱉는 말이 개구졌다. 그 묘한 갭에 나연의 고개가 비로소 들렸다. 하지만 슬픔이 찬 그녀의 눈동자는 눈앞의 남자를 제대로 비추지 못하고 있었다. 그 모습을 잠시 바라보고 있던 남자가 고개를 기울이더니 조용히 속삭였다.

"그런 말 하고 싶죠?"

"아니에요."

"그래요? 난 나연 씨에게 그렇게 말하고 싶은데."

남자의 말에 나연의 눈동자에 비로소 그가 비추어졌다. 자신을 똑바로 쳐다보는 나연의 눈빛에 한순간 어둠이 걷힌 것을 확인한 남자는 흥미로운 얼굴을 하고 물었다. 나연의 시선이 남자의 얼굴을 찬찬히 더듬어 내려가기 시작하면서 그녀의 눈동자에 긴가민가한 의심이 서렸다는 것 역시 그의 흥미를 자극했다.

"좋아하는 사람 있죠?"

"네."

"그런데 이 자리가 어떤 자리인 줄 알고도 나온 겁니까?"

"미안합니다. 사정이 있어서요. 안 그래도 지금 그 이야기를 꺼내려고 했어요."

"그럼 안 되겠네요. 난 누가 나 편애해 주는 걸 좋아하거든요."

나연의 미간이 좁혀졌다. 만나고 처음으로 그녀의 관심이 오로지 남자에게 향한 순간이었다. 나연은 익숙하게 다가왔던 그의 얼굴을 뚫어져라 바라보며 처음부터 하고 싶었던 질문을 조심스럽게 꺼냈다.

"그런데 우리, 어디서 만난 적이 있지 않나요?"

"그거, 남자들이 자주 쓰는 작업 멘트라는 거 알아요?"

"장난하는 거 아니에요. 사실 그쪽이……."

"당신이 아는 누군가와 많이 닮았겠죠?"

"내 첫 제자와 많이 닮았어요. 마음이 가던 녀석이었는데…… 시간이 흐른 탓인지 녀석의 얼굴이 기억 속에서 흐릿하네요."

기억 속 누군가를 더듬는 나연의 눈이 찌푸려졌다. 오래된 기억을 낡은 상자에서 꺼내 먼지를 탈탈 털어봤지만 빛바랜 기억은 남자의 얼굴을 선명하게 그리지 못했다.

"첫 제자에 마음까지 가던 녀석이었으면 좀 더 확실히 기억해 줘야죠. 그 제자가 들으면 섭섭하겠네."

"긴가민가하는 중이에요. 녀석이라고 확신하기에는 분위기가 너무 달라졌고, 녀석이 아니라고 하기에는 너무 닮아서. 확신하고 덤벼들었다가 실례를 범할 수도 있으니 주의하는 중이고."

그렇게 답한 나연의 두 눈이 집요하게 남자의 얼굴을 추적했다. 말끔하게 세운 머리카락, 굵은 눈썹, 작지만 반항적인 눈매, 매끈한 콧날, 두툼한 입술과 남성스러운 턱.

설마…….

"그러고 보니 이름도 제대로 못 들었네요."

"이제야 내가 궁금해진 겁니까? 그런데 어쩌죠? 미안하다는 말만 하고 사라질 사람에게 이름을 가르쳐 줄 마음은 없습니다. 이름을 알게 되면 그걸로 인연이 되는 건데 당신은 나와 인연을 맺어갈 생각, 있습니까?"

그의 목소리가 진지했기에 나연은 섣불리 대답을 하지 못했다. 잠시 그의 깊은 눈과 시선을 맞추고 있는데 테이블 위에 두었던 핸드폰이 요란하게 진동했다. 나연의 시선이 핸드폰 액정으로 향했다.

「그 사람」

계속해서 울려대는 휴대폰을 향해 나연이 손을 뻗는 순간, 앞에 있던 남자가 휴대폰을 집은 그녀의 손을 맞잡았다. 그리고는 그대로 자신에게 끌어 당겨 그녀의 손목을 확인했다.

"자국은 쉽게 지워져 버리네."

혼잣말을 하듯 속삭인 그가 엄지로 그녀의 손목을 지그시 문질렀다. 은밀하고도 친근한 남자의 행동에 나연의 몸이 뻣뻣하게 굳은 순간, 그가 그녀의 맥박이 뛰는 자리를 향해 고개를 숙였다. 그의 입술이 닿으려는 찰나, 그가 그대로 멈췄다. 입술이 닿기 직전에야 비로소 부릅뜬 그의 눈빛이 나연의 커다랗게 뜬 눈과 허공에서 마주쳤다.

"키스, 잊지 말라고 했을 텐데."

그가 읊조렸다. 나직한 목소리와 더운 입김이 그녀의 손목을 간질였다.

"잊지 말라고 한 건 키스뿐만이 아니었죠, 분명히?"

확인하듯 묻는 그의 말이 화살처럼 빠르게 나연의 귓가를 관통한 순간, 그녀는 언젠가 자신을 향해 외쳤던 소년의 목소리를 기억해 냈다.

"당신이 말하는 어른이 돼서 돌아오면 그땐 놔주지 않을 생각입니다. 그러니까 제대로 기억하고 있어요!"

기억이 제대로 났다. 이름과는 다르게 위태롭고 아슬아슬하기만 했던 녀석이. 태양을 향해 제멋대로 날갯짓했다가 튀는 불통을 맞고 추락해야만 했던, 그 이카루스 같던 청년이.

녀석이 맞았다!

"이제야 기억이 난 모양이네."

학교라는 틀 안에 갇혀 집안이라는 거대한 짐을 진 채 사납게 으르렁대던 맹수와도 같던 녀석은 지금 자신의 감정을 다스릴 줄 아는 성인 남자가 되어 있었다. 겉으로 드러나지 않는 사나움이 도사리는 가운데 남자는 자신만큼 안전한 사람이 없다는 얼굴로 그녀를 꾀어대고 있었다.

"너……."

"조금 더 놀리고 싶었는데, 너무 답답해서 그만하려고."

불안했던 눈빛은 단단하고 안정적이었으며, 설익었다고 생각했던 몸집은 다부지고 탄탄해져 있었다. 그보다 더 놀라웠던 사실은 그가 풍기는 아우라가 범상치 않았다는 것이다. 어두우면서도 위태롭지 않았고, 산뜻하면서도 농염했다.

"다시 만나서 반가워요, 맹나연 선생님."

인사를 하듯 나연의 손목에 입술을 문지른 남자가 한 마리 맹수가 되는 순간, 그녀는 자신도 모르게 가볍게 몸을 떨었다.

"태양입니다, 선생님."

"너……."

"많이 변했죠? 선 자리에 나올 정도로 많이 컸고요."

태양은 웃었다. 5년간의 유예기간을 모두 마친 뒤에야 홀가분한 모습으로 그렇게 나연의 눈앞에 나타났다. 그랬기에 나연은 잠시 고민했다. 눈물이라도 흘리면서 5년 만에 나타난 녀석에게 욕이라도 퍼부어야 하나, 아니면 철저하게 외면당한 5년이 서글퍼서 모르는 척하는 태도를 고수해야 하나.

고민하는데 태양이 먼저 입을 뗐다.

"조금 아쉽긴 하네. 그래도 우리가 영 아무렇지 않던 사이는 아니었는데 한 번에 알아보지도 못하고. 감정이 퇴색되어 버릴 정도로 5년이라는 세월이 무색하긴 하구나."

"그 말을…… 네가 하니?"

나연의 물음에 태양은 예전과 다른 분위기로 느긋하게 대답했다.

"바빴어요, 그동안. 졸업도 해야 했고, 대학도 가야 했고, 세상을 알아야 했고, 그래서 어른이 되어야 했으니까."

"무슨 일을 해?"

"할아버지를 돕고 있어요. 이사장 대리, 쯤 될까요?"

그 말에 나연은 다시 침묵을 지켰다. 둥지를 떠난 새가 혼자 날갯짓을 하고 새 둥지를 만들었다. 그 모습에 대견하기도 하고, 서운하기도 하고. 만감이 교차했다. 더군다나 그 새가…… 나연의 마음속에 둥지를 튼 적도 있었으니까.

둥지를 떠난 새가 물었다.

"행복해요, 지금?"

나연은 쉽게 대답할 수 없었다. 그러자 태양이 순간 진지해진 얼굴을 하고 위험하게 속삭였다.

"행복하다면 됐고, 그게 아니라면 내가 뺏고."

"뭘 빼앗아?"

"당신, 맹나연."

그 말에 나연은 숨을 급하게 들이마셨다. 떠나가고 연락 한 번 없던 사람이 누군데 이제 와 이러는 이유가 뭔지, 그 속내가 궁금하면서도 서글펐다.

"이제는 별다른 제약도 없으니 마구마구 그 속에 들어가도 되잖아요, 그쵸?"

나연은 고개를 흔들었다. 안 된다고, 말을 하고 싶었지만 왜인지 목소리가 나오질 않았다.

"마구 흔들거라고요, 당신."

"태양."

"그러니 흔들리기 싫으면 다리에 단단히 힘주고 서 있어요. 당신이 아주 조금이라도 틈을 보이는 순간, 난 놓치지 않고 그 틈을 파고들 거거든."

09 오늘

찻잔 부딪히는 소리만이 들리는 카페 안, 나연은 찻잔으로 붉어지려는 얼굴을 감췄다. 그렇게 사라질 땐 언제고 더 설레는 모습으로 나타난 태양이 낯설었다. 타이밍도 기가 막힐 정도로 좋지 않았다. 재회를 하게 된 자리치고 결혼이 전제라는 사실 역시 그녀를 불편하게 했다.

"처음부터 나인 줄 알고 있었던 거야?"

"어디서부터가 처음인지 모르겠네요."

"선보러 나오기 전."

심이 굵게 박힌 나연의 목소리에 잠시 그녀를 진지하게 바라보던 태양은 가볍게 웃으며 손사래를 쳤다.

"에이, 드라마 너무 많이 보셨다. 설마 내가 5년 내내 당신만 그리고 있다가 우연을 가장해 짜잔, 하고 나타났을까. 그럼 미친놈

내지 스토커지."

"그, 그렇지?"

"이름을 들었을 때 당신을 떠올리긴 했어요. 어쨌든 당신은 내 첫사랑이니까."

말투가 변해 있었다. 달라진 것은 비단 외모만이 아니라는 사실에 나연은 이상하게 헛헛함을 느꼈다.

"당신이라……."

"불쾌하면 맹 선생으로 고쳐 불러주고요."

"건방지긴."

나연이 입술을 비틀었다.

건방진 건 하나도 안 변했네. 당돌한데다 자신감까지 그득해서 이젠 더 힘들 것 같고.

"많이 변했네, 생각보다 많이."

"생각을 하긴 했어요?"

"단 한 번도 널 떠올린 적 없다고 생각하니?"

나연의 도전적인 눈빛이 되살아났다. 아주 오래전, 태양이 반했던 그 모습이 다시 살아나자 태양의 입가에도 미소가 감돌았다.

"떠올린 적 있어요?"

"있어. 있는데 그 짧은 기억만 가지고 버티기엔 5년이라는 시간이 꽤 길지?"

5년 후에 이렇게 나타날 거였다면 그전에 미리 힌트라도 주고 떠나지, 멋대로 사라졌다가 멋대로 돌아와서는 마음을 강요하는 게 마음에 들지 않는다는 메시지를 우회적으로 표현하고 있는 나연이었다. 그런데도 태양은 꿈쩍도 하지 않았다. 분명 나연이 말하고자 하는 바를 눈치챘을 게 뻔한데도 그는 뻔뻔한 얼굴을 하고 있었다. 그 얼굴이 예쁘기까지 해 더욱 얄미웠다.

"참 이상해요, 쌤. 어릴 적엔 쌤이 시크하기도 하고, 쿨하기도 하고, 참 강해 보여서 멋졌거든요. 그런데 내가 크고 보니 다르게 보이네. 귀엽기도 하고, 예쁘기도 하고, 참 여린 사람이고. 내가 변한 겁니까, 아님 선생님이 변한 겁니까? 뭐, 뭐든 좋습니다. 난 어떤 쪽이든 당신이 좋으니까."

"후회할 거야."

"내 마음을요?"

"5년 전부터 지금까지 지켜온 네 마음을 확신하고 있잖아. 내가 어떤 사람인지도 모르고."

그렇게 말한 나연은 들썩이는 가슴을 잠재우며 태양을 똑바로 바라봤다.

"5년이 길더라. 사랑도, 사람도 변할 정도로. 3년은 강산도 변하게 할 시간이야. 그런데 5년이야. 네가 변한 것처럼 나도 그래."

"강산은 변하지만 본질은 변하지 않죠."

쿵! 심장이 떨어져 내렸다. 오래전부터 느꼈지만 속이 깊은 이 아이는 언제나 대화를 할 때마다 허를 찌르고 들어온다. 그게 너무나 예리하고 정확해서 때로는 어른인 자신이 놀라 반박할 말을 찾지 못할 정도였다.

태양의 말에 일말의 희망이 보였다. 판도라의 상자를 열어버린 지금, 그 바닥에 남은 희망은 태양이라는 이름으로 변해 있는 듯했다. 하지만 태양은 이미 지나가 버린 한때의 추억이다. 인생 한 페이지에 예쁘게 수놓아져 있는 그것을 다시 현실로 불러내 진창을 만들고 싶진 않았다. 어쨌든 나연이 느끼는 지금의 인생 자체는 진흙탕이었으니까.

태양을, 반짝반짝 빛이 나는 이 예쁜 청년을 끌어들일 수가 없었다.

때맞춰 방금 전 끊겼던 전화가 다시 울리기 시작했다. 탁자 위에서 지이잉, 소리를 내며 흔들리는 핸드폰 액정에는 「그 남자」라는 세 글자가 떠올라 있었다.

받아야 하나, 잠시 고민을 하는데 그 모습을 지켜보던 태양이 말을 건넸다.

"내가 볼 때 선생님은 그 사람 옆에서 행복해질 수 없을 것 같아요."

"네가 뭘 안다고."

"찍어 먹어봐야 똥인지 된장인지 구분하는 건 아니잖아요."

"너 정말……!"

"내 옆에 있어요. 그럼 적어도 선생님이 본인의 매력을 잃어버리진 않게 해줄 수 있으니까."

예전부터 그랬다. 태양은 상대가 듣고 싶어 하는 말을 하는 재주가 있었다. 그리고 그 말이 진심이라는 것을 알기에 더욱 마음이 홀리고 만다는 것 역시 그의 장점이었다.

"자기 자신을 되찾으라고. 5년 전에 당신은 반짝반짝 빛이 났는데 지금의 당신은 그렇지 않잖아. 신파는 선생님한테 안 어울려요. 나한테 와요. 사랑을 로맨틱 코미디로 바꿔줄 테니까."

나연은 절망이 가득한 얼굴로 두 눈을 질끈 감았다.

하필 이제야 나타나서!

"건방진 소리 마. 지레짐작해서 판단할 생각도 하지 말고."

"사랑하는 사람이 있다면서요. 지금 전화하는 그 사람, 아니에요?"

"맞아."

"어떤 사람입니까?"

"같은 학교 선생님."

"사랑하는 사람을 설명하는데 할 말이 고작 같은 학교 교사라는 것밖에 없어요?"

태양의 예리한 질문에 나연이 입술을 살포시 깨물었다. 허점을 완벽하게 찔린 얼굴로 멍하니 앉아 있는데 태양이 다시금 질문을 했다.

"결혼할 겁니까?"

"……그래."

"그래요?"

태양은 여유로운 태도를 고수하며 날카로운 표정으로 나연의 표정을 살펴보았다. 자신 없는 대답과 가늘게 경련하는 입가는 태양에게 확신을 주었다.

"결혼할 사람이 있는데도 선 자리에 나왔다는 건 집안 누군가의 협박 내지 압박을 견디지 못하고 나왔다는 거네요? 그 말은, 집안에서 환영받지 못하고 있다는 뜻이고."

"태양."

"그래도 나오질 말았어야지, 그 사랑이 그렇게 대단했다면."

그 말에 나연은 입술을 잘근 깨물고 고개를 돌렸다. 단번에 속을 간파당하기라도 한 것 같았기에 차마 태양의 눈을 똑바로 바라볼 수가 없었다. 눈을 마주하면 마음이 읽힐 것 같았으니까.

"이거, 드라마 아니잖아요. 부모의 압박을 견디지 못해 나와서는 사랑하는 사람 있다고 이야기하는, 그런 건 좀 예의가 아니지 않나? 물론 선생님은 그 사실을 알고 있는 사람이고. 아무것도 모르는 상대를 피해자로 만들지 않기 위해서는 선생님이 먼저 가족들과 담판을 짓고 나왔어야 해요, 정말 이 선 자리에 뜻이 없었다면."

구구절절, 태양의 말이 옳다.

"선생님도 내심 당신과 그 사람의 관계가 그리 오래 지속되지 못할 것 같다고 생각하는 것 아닙니까? 그러니 이 자리에 나왔겠죠."

"난 거절하려고 나온 거야."

"정말?"

고개를 갸웃거린 태양의 모습이 퍽 깜찍했다.

"날 거절할 수 있겠어요? 그러진 못할 텐데."

그런 태양의 말에 가슴이 떨렸다는 것은 비밀이었다. 나연은 퉁명스러운 얼굴 너머로 그 마음을 숨기며 입술을 비틀었다.

"무슨 근거 없는 자신감이야?"

"그동안 노력했거든, 당신 곁으로 오기 위해서. 이런 자신감이 생길 정도로 죽어라 노력했거든요, 나. 시간을 들여 한 노력이니 배신하진 않겠죠."

노력이라는 두 글자가 나연의 마음에 와 박혔다. 그와 동시에 5년 전 이사장이 내렸던 결정이 오버랩됐다. 태양은 퇴학 조치, 맹나연 선생은 시말서와 함께 자숙.

"책임을 묻지는 않겠지만, 이게 그냥 묻는 거지 인정하고 넘어가는 건 아니라는 걸 알아둬요."

이 주임의 매서운 목소리가 아직까지 귓전을 때리고 있었다. 그제야 나연은 할아버지의 일을 돕고 있다는 태양의 말을 떠올렸다.

"바빴어요, 그동안. 졸업도 해야 했고, 대학도 가야 했고, 세상을 알아야 했고, 그래서 어른이 되어야 했으니까."
"무슨 일을 해?"
"할아버지를 돕고 있어요. 이사장 대리, 쯤 될까요?"

나연을 돕기 위해, 나연에게 그 후한 결정이 내려지기 위해 태양은 무슨 거래를 한 걸까. 무엇을 포기하고, 어떤 것을 희생한 걸까. 문득 그런 생각이 들었다. 그리고 나연은 어쨌든 태양이 포기해야 했던 것들이 분명 컸을 것이라는 생각이 들었다.

자신을 위해 한 남자가 무언가를 포기하고 결단을 내렸다는 것을 알게 되었을 때, 나연은 마음 한쪽이 따뜻해지는 것을 느꼈다. 오래전 느꼈던 괜한 서운함과 그것들이 소복이 쌓였던 시간들에 아파했던 것들이 눈처럼 사르르 녹아내렸다.

"오늘은 그만 일어나죠. 누군가 당신을 애타게 찾고 있는 것 같은데."

계속해서 울려대는 핸드폰이 거슬렸던지 태양이 자리에서 일어날 채비를 했다. 덕분에 깊어진 눈빛으로 예전을 떠올렸던 나연의 얼굴에서 추억이 지워졌다.

현실로 되돌아온 나연이 겉옷과 가방을 챙기며 입을 열었다.

"어쩌다 우리 언니가 제안한 선 자리에 네가 등장했는지는 모르겠지만, 걱정 마. 잘 말해둘게."

"뭘요?"

"깊은 의미 두지 말라는 뜻이야. 그냥, 오늘은 길 가다 우연히 은사님과 마주쳤다고 생각해."

나연의 말에 자리에서 일어나려던 태양이 다시 의자에 주저앉았다.

"참 재미있는 사람이네, 맹 선생님은."

"뭐?"

"예전이야 내가 학생 신분이었으니 선생님 말에 꼼짝 못했겠지만 지금은 사정이 좀 달라지지 않았나요? 학생한테 하는 듯한 명령, 이제 안 통해요."

태양의 두 눈이 진지했다. 한 번 얼굴을 보고 반가움에 인사를 한 뒤 헤어지는, 그런 시시한 만남 따위 생각한 적 없다는 투의 심각한 모습이었기에 나연은 덜컥 겁이 났다. 녀석이 진지해지면 얼마나 무서운지 알고 있었으니까. 그가 진지해질 때, 자신이 얼마나 쉽게 무너질 수 있는지 경험한 적이 있었으니까.

"덧붙이자면, 선 자리라는 거 알고 나왔어요. 오랜만에 하는 재회에 곁들이는 서프라이즈로 이 자리를 사용했다는 거 아니라는 말입니다. 결혼, 염두에 두고 나왔어요."

"미쳤구나, 너."

"왜 미친 짓이지, 이게? 성인 남녀가 만나 결혼을 전제하에 사귀는 일이 미친 짓인가?"

"이게 처음부터 제대로 차근차근 시작된 일이라면 미친 짓이 아니겠지."

"뭐든 정해진 수순이란 건 없어요. 정해진 수순대로 밟지 않으면 그게 다 미친 짓이 되는 건가?"

"정해진 건 없지. 하지만 일에도 순서가 있는 법이야. 세상이 왜 그런 순서를 정해뒀다고 생각해? 가장 실패 확률이 적은 일이니까, 그게 맞으니까 그렇게 정해둔 거야."

"이건 일이 아니에요. 내가 일하자는 거 아니잖아. 난 당신이랑 연애하고 싶다고. 연애하자고, 우리. 결혼은 그 후의 일이고."

"난……."

무슨 말이라도 해야 했다. 그러지 않는다면 태양의 말이 다 옳다는 것을 인정하게 되는 것이니까. 하지만 나연은 무슨 말을 해야 할지, 마땅한 답을 찾지 못했다. 태양은 그런 그녀를 이해한다는 듯 누그러진 목소리로 다독였다.

"생각해 봐요, 천천히. 그리고 어떤 일이 당신에게 가장 좋을지 생각이 나면 말해줘요. 주변 상황이나 일의 순서나 사회적인 룰은 중요한 게 아니에요. 그런 건 생각하지 말고 당신이 원하는 대로, 마음이 시키는 대로 해요. 가끔은 그래도 돼요."

더 이상은 안 되겠다 싶어 나연이 자리에서 벌떡 일어났다. 이대로 시간을 지체했다가는 태양이 계속 마음속으로 밀고 들어올 것 같다는 느낌 때문이었다.

이번에는 태양도 그녀를 잡지 않았다.

"차는 가지고 왔어요?"

"아니."

"이 추운데 차는 왜 두고 다녀요?"

"차 가지고 오는 게 더 힘들어. 오늘은 좀 걷고 싶기도 했고."

"데려다 줄까요?"

"아니, 그냥 걸어갈래."

"그래요, 그럼."

태양은 코트를 입은 멀끔한 얼굴을 하고 고개를 까닥해 인사를 건넸다. 그리고는 뒤도 돌아보지 않은 채 호텔을 빠져나갔다. 나연은 그런 그의 뒷모습을 지켜보고 있다가는 이내 고개를 돌렸다.

바람이 차가웠다. 스카프를 단단히 여미고 거리를 걸으며 나연은 부재중 전화가 떠 있는 핸드폰을 가만히 바라봤다. 예전 같으면 반갑게 받았을 그 전화가 오늘따라 왜 이리도 손이 가질 않는지, 그 이유를 모르겠다.

싱숭생숭한 마음을 안고 전화기를 들었다.

―네.

굵은 남자의 목소리에 나연이 한숨을 내쉰 다음에야 입을 열었다.

"전화했죠? 미안해요, 나와 있어서."

―괜찮아. 그보다, 할 말이 있어요.

'그보다'라는 말이 왜 이렇게 가시처럼 가슴에 콕 박히는지. 명목상 애인으로 불리는 나연이 어디서 무얼 하는지, 왜 전화를 받을 수 없었는지에는 관심이 없는 말투였다.

어른스러운 걸까, 아니면 무심한 걸까?

그랬기에 나연은 한 번도 부리지 않던 심술을 부렸다.

"선봤어요, 지금."

―…….

"선보느라 전화를 받을 수가 없었어요."

―……그래요?

"할 말이 그것뿐이에요?"

―내가 무슨 말을 할 수 있겠어요. 그럴 만한 사정이 있었겠죠.

이해심이 바다처럼 넓은 남자의 말에 나연이 입술을 잘근 깨물었다. 바쁘게 걷던 걸음은 멈춘 지 오래였다.

―내가 말했죠? 난 당신이 어떤 결정을 내려도 이해할 거라고.

"내가 바란 건 그런 이해가 아니잖아요."

―내가 맹 선생한테 해줄 수 있는 게 이런 것밖엔 없네요.

"이 선생님!"

―알다시피 나, 결혼에 한 번 실패했어요. 그래서 새로운 관계를 시작하는 게 두려웠어요. 물론 맹 선생 덕분에 또 다른 감정을 가질 수 있었고, 새로운 관계를 구축해 나갈 수 있었지만……. 전부인이 있고, 내 아이가 있어요. 그 사실은 변하지가 않아요.

"이해…… 한다고 했잖아요."

―이해만으로는 힘든 부분이라서 내가 그걸 맹 선생에게 강요하는 것 같아 힘드네. 아이가 고작 두 살이라 내가 신경을 안 쓸 수가 없고, 전부인과 연락을 안 할 수가 없는 상황이라. 그럴 때마다 맹 선생이 신경 쓰이는 건 사실이고, 그래서 계속 미안하고.

조곤조곤한 그의 목소리에 나연은 두 눈을 질끈 감아버렸다.

처음부터 당신은 이별을 염두에 두고 있었다. 모르던 건 아니었다. 내가 누군가에게 그랬던 것처럼 당신에게도 사정이라는 게 있을 테니까.

이해는 가지만 마음이 아픈 것은 어쩔 수 없었다. 마음껏 욕심내고, 양껏 사랑하고 싶지만 그가 마음처럼 전부가 되어주지 못하는 관계는 나연에게 서럽기만 했다.

"전화, 왜 했어요?"

—아, 해야 할 말이 있어요.

"하세요."

—……얼마간 전부인을 만나게 될 것 같아요. 아이가 아파서 병원에 가 있거든요.

말하고 싶었다. 그 사람은 당신 말고 다른 사람이 없는 거냐고. 하지만 결혼 한 번 해본 적 없는 나연이기에 서로 사랑으로 맺어졌다 헤어진 사이의 두 사람이 어떤 미묘하고 복잡한 감정으로 얽혀 있는지 몰랐다. 모르니 함부로 말을 뱉을 수 없었다.

—싫다면…….

"괜찮아요."

—맹 선생.

"괜찮아요. 일단, 그렇게 알고 있을게요. 아이가 빨리 낫길 바랄게요. 우리 일은, 그다음에 이야기해요."

간신히 울지 않고 버텼다. 서러웠지만 참았다. 그렇게 참는 것이 그 사람을 위해, 또 자신을 위해 잘한 일이라고 생각했다. 이런 것이 어른의 관계라고 여겼다.

통화를 끊자마자 참았던 눈물이 쏟아져 나왔다. 나연은 이를 앙다문 채로 완두콩 같은 눈물을 후드득 흘렸다. 불끈 쥔 두 주먹은 나연이 포기할 수 없는 자존심과 같았다.

그때였다. 나연의 곁을 스쳐 지나가던 까만 세단이 멈췄다. 운전석에서 내린 사람은 다름 아닌 태양이었다. 그냥 스쳐 지나가려다 참지 못하고 내린 태양은 화가 난 얼굴을 한 채 나연을 향해 성큼성큼 다가왔다. 그리고는 그녀의 팔목을 잡았다.

"앗!"

부지불식간에 다가와 강하게 손을 잡아 쥔 남자의 등장에 놀란 것은 단 한순간이었다. 눈물로 얼룩진 얼굴을 한 채 그 남자가 태양임을 확인한 나연은 그에게 잡힌 손을 빼내고자 손목을 비틀었다.

"잠깐, 태양!"

하지만 태양에게 자비란 없었다. 그는 단 한 번도 본 적 없던 표정을 한 채 무지막지한 힘으로 나연을 끌고 갔다. 그리고는 곧장 조수석에 밀어 넣었다.

"태양!"

나연의 고함을 끝으로 문은 닫혔다.

차 안은 고요했다. 덕분에 태양의 거친 손놀림이 도드라지게 느껴졌다. 한참 동안 헐떡거리던 나연은 진정이 됐는지 차분해진 모습으로 창밖을 바라보고 있었다. 하지만 여전히 무언가 불안했던지 계속해서 엄지손톱을 괴롭히고 있었다. 덕분에 그녀의 엄지손톱은 큐티클이 엉망이 된 채로 울퉁불퉁한 표면이 되어 있었다. 그 모습을 흘끗 본 태양은 오른손을 뻗어 그녀의 손을 잡아 쥐었다.

"……무슨 짓이야?"

"그만 뜯으라고, 정신 사나우니까."

"말이 짧다?"

"그런 걸 일일이 따질 정신은 있고?"

태양의 물음에 나연은 발갛게 상기된 얼굴로 태양을 노려봤다.

"창피해서 그런다. 내가 지켜왔던 위엄이 단숨에 무너진 것 같아서 쪽팔려서."

"위엄은 무슨."

"야."

"그러게. 후지게 왜 다른 남자 때문에 길거리에서 울어? 신파하지 말라니까 왜 굳이 그런 길을 선택하냐고, 왜!"

다시 생각해도 화가 나는지, 태양은 이를 갈며 나연에게 윽박질렀다. 성난 그 목소리가 왜 정겹게만 들리는지, 나연은 슬픔이 가신 얼굴로 웃었다.

"그 사람 때문에 운 거 아니야."

"그럼?"

"내 사랑이 너무 가여워서."

태양의 고함을 듣고서야 알았다. '당신을 사랑하는 내 마음을 받아주는 것만으로도 나는 충분해요'라고 했던 자신의 진심이 틀렸다는 것을. 말을 그렇게 했을 뿐이지 그에 상응하는 메아리를 듣고 싶었다. 다른 누군가와 같이 함께 사랑을 하고 싶었다.

"그 사람 아이가 아픈가 봐. 그래서 전부인과 함께 병원에 있어야 한다더라고. 충분히 이해해. 그럴 수 있어. 그런데도 좀 슬프더라. 그 사람에게 전부인이 있고, 아이가 있고, 추억이 있고, 그래서 내가 아무리 발버둥을 쳐도 내 전부가 될 수 없다는 사실이 아팠어."

"하지 말죠?"

"응?"

"무슨 생각인진 모르겠는데 난 그런 넋두리는 들을 생각 없어요. 남들에게 자기 이야기하는 유형들을 보면 자기 합리화 아니면 불행을 자랑하는 것 같으니까. 자신이 선택한 사랑이고 그에 따른 결과면 조용히 수용해야죠."

"사람은 누군가의 위로가 필요할 때가 있어. 시시비비를 따지는 게 아니라 그냥 다 덮어두고 네가 힘들었구나, 아팠구나, 그렇게 다독여 주는 손길을 원할 때가 있다고."

"당신이 지금 그런가 보죠?"

"……그래."

"그런데 왜 나야."

태양이 투덜거렸다. 자조적인 목소리가 나연에게 서운함을 토로했다.

"나한테 왜 그런 위로를 원하냐고."

그 말에 나연이 낮게 폭 웃고는 자조적으로 읊조렸다.

"지금…… 내 주변엔 손을 내밀어줄 만한 사람이 단 한 명도 없거든."

"그거 되게 반칙인 거 알아요?"

"너도 예전에 반칙 썼잖아. 모성애 반칙. 그거 지금 갚는 거야."

나연이 장난스럽게 웃어 보이자 태양은 표정의 변화 없이 그녀를 바라보며 중얼거렸다.

"사랑이라는 말 쓰지 마요, 듣기 괴로우니까."

"아무리 노력해도 안 되는 일이라는 게 있다는 걸 깨닫는 중이라 나도 괴로워."

"나 참, 연애하자고 했지 누가 동고동락하재?"

태양이 고개를 절레절레 저으며 다시 차를 출발시켰다. 핸들을 잡고 백미러를 확인하는 그 모습을 지켜보고 있던 나연이 어쩔 수 없다는 듯 고개를 절레절레 저었다. 아닌 척, 태연한 척을 해봐도 태양을 바라보는 눈빛과 얼굴 위로 스며드는 흐뭇한 미소는 어떻게 감출 수가 없었다.

"아까는 미처 말을 못했는데…… 반갑다, 태양."

그녀의 말에 태양의 어깨가 단단하게 경직됐다. 잔뜩 굳은 어깨가 무엇을 의미하는지, 나연은 알지도 못한 채 말을 이었다.

"이렇게 멋지게 성장해서 나타나니 선생님은 무척 뿌듯하다."

"선생이라."

핸들을 쥐고 있던 태양이 한숨을 푹 내쉬었다.

"우린 꼭 도돌이표 같다."

"음?"

"크면 좀 달라질 줄 알았더니."

"뭐?"

"뭐, 이제 시작이니까. 그죠?"

태양은 알아들을 수 없는 말을 지껄이더니 이내 상큼한 미소로 얼버무렸다. 그 모습을 지켜보고 있던 나연은 더 이상 묻지 않은 채 창 너머를 바라봤다.

집 앞에 도착하자마자 나연은 전투 태세를 갖췄다. 자취방에서 집으로 소환이 된 지 한 달. 나연은 언젠가부터 집에 들어가는 것이 매우 불편해져 있었다.

"선은 잘 봤어? 어땠어?"

집에 발을 내딛기 무섭게 폭풍 질문 세례가 쏟아졌다.

"언니는 집에 안 가?"

"지금 막 온 거야."

"사준이가 뭐라고 안 해?"

"사준이가 뭐니, 형부라고 부르지."

"어릴 적부터 친구야. 어떻게 갑자기 결혼했다고 형부라고 불러, 징그럽게?"

나연의 대답에 수연이 단서라도 하나 찾을 듯 그녀의 얼굴을 샅샅이 훑어봤다. 추궁을 하려는 듯한 수연의 눈빛이 나연을 짜증스럽게 만들었다. 수연이 은근한 목소리로 비아냥거렸다.

"너, 은근히 말 돌린다?"

그 말에 나연은 수연을 뚫어져라 노려보다 고개를 팩 돌렸다.

"나 피곤해."

그 뒤로 수연이 무슨 말을 하려고 했지만 나연은 더 이상 어떤 말도 듣고 싶지 않다는 투로 부엌에 들려 생수 한 병을 챙긴 뒤 곧장 방으로 직행했다. 수연은 무관심과 괄시에도 지치지 않는지 나연을 쫓아 방까지 들어왔다. 수연이 문을 닫는 소리를 듣고 난 뒤에야 나연은 어깨에 메고 있던 핸드백을 침대 위에 던져 버리고는 매섭게 수연을 노려봤다.

"선본 건 어땠어? 의외로 괜찮았지?"

모든 것을 알고 있다는 얼굴을 한 수연이 뺀질뺀질하게 웃었다. 그 얼굴을 할퀴고 싶다는 생각을 하며 나연은 어금니를 꽉 깨물었다.

"다 알고 있던 거야?"

"뭘?"

"언니, 걔 내가 가르쳤던 제자야!"

"그런데 뭐가 어때서? 예전에 좋은 감정이 있었다면 더 운명적인 만남이었을 텐데."

"언니!"

나연이 고함을 빽 질렀다. 그러자 수연은 눈 하나 깜짝하지 않고 대답했다.

"만나봐. 어리지, 잘생겼지, 집안도 좋지, 직업도 괜찮지. 요즘 여자들이 원하는 남자상이잖아? 걔가 제자든, 나이가 어리든, 뭐든. 난 널 전폭적으로 지지해 줄 생각이야."

"언니!"

"내가 그렇게까지 생각할 정도야. 다른 사람들은 다 돼, 그 사람만 빼고. 그 정도로 나나 엄마, 아빠는 네가 그 사람과의 관계만큼은 끝내길 바란다는 말이야."

나연은 침대에 주저앉으며 깊은 한숨을 내쉬었다. 피곤했다, 아주 지독하게.

"대단하다. 정말 대단해. 내가 언니 연애사에 참견한 적 있었어? 없었잖아."

"그러게 말이다. 내가 이 나이에 네 연애사에 참견하고 있을 줄이야. 그 정도로 지금 네 상태는 온 가족의 관심의 대상이라는 거야."

수연 역시 피곤하다는 투로 한숨을 내뱉고는 나연의 곁에 자리를 잡고 앉았다.

잠시 침묵을 지키고 있던 나연이 입을 열었다.

"어떻게 알았어?"

"뭘?"

"태양."

나연의 물음에 수연은 입을 다물고 있다가 못 이기는 척 대답을 꺼냈다.

"사준이 후배야."

"후배? 언제부터?"

"사준이 제대한 뒤부터."

"3년 내내 알고 지냈단 말이야?"

이렇게 가까이에 있었다. 가까운 곳에서 맴돌고 있었다. 그런데도 우연을 가장해 만나는 적이 없었다. 한 번 마주치기라도 했다면 덜 서운했을 텐데. 그 생각에 나연은 왈칵 눈물을 흘릴 것만 같았다.

"심지어 내 반 학생이었다는 사실도 알고 있다는 거지?"

"우연…… 이었어."

"하지만 알고 있었다는 거잖아. 언니도, 사준이도, 태양도."

나연은 허탈한 얼굴로 오늘 만난 태양을 다시 떠올렸다.

"에이, 드라마 너무 많이 보셨다. 설마 내가 5년 내내 당신만 그리고 있다가 우연을 가장해 짜잔, 하고 나타났을까. 그럼 미친놈 내지 스토커지."

그 말을 할 때의 태양의 얼굴을 다시금 떠올려 봤다. 웃고는 있지만 어색했던 말투였고, 목소리도 조금 떨렸던 것 같다. 그 모습을 되새긴 나연의 얼굴에 연한, 하지만 씁쓸한 미소가 감돌았다. 하지만 그 모습을 보지 못한 수연은 혹시 동생이 오해라도 할까 싶어 다급히 변명을 이었다.

"사정이 있었어. 그래서 나도 말하고 싶었지만 말할 수가 없었어."

"그랬겠지."

나연은 오래전 태양과 염문설이 온 학교를 떠돌았던 때를 떠올렸다. 시말서 한 장과 자숙, 꽤 오랫동안의 잔소리 같은 솜방망이 처벌이 전부였던 그때.

"정말이야."

"알아. 알 것 같아."

알 것 같으니 가슴이 아픈 거겠지.

참, 짠한 녀석. 짠한…… 남자.

나연을 편하게 만들어주기 위해 태양이 포기해야 했던 것들. 그것이 뭔지는 모르지만 대가를 꽤 크게 치렀을 것이 분명했다.

다시 만나게 된다면 어떤 얼굴을 해야 할지 모르겠다. 꽤 많은 사실을 알아버린 지금, 나연은 '은사님'의 얼굴을 유지하기 힘들게 분명했다. 그랬기에 속으로 바랐다. 그와의 만남이 조금만 늦게 이루어지면 좋겠다고.

하지만 그 바람은 이루어지지 않았다. 다음날, 나연은 학교에 출근하기 무섭게 이사장 대리로 왔다는 태양을 마주쳤기 때문이다. 두 사람이 함께 있었던 그 학교 교정에서.

무려 5년 만의 일이었다.

10 이별후애

　'이사장실에서 볼까요, 맹나연 선생' 이라는 말 한마디의 파급력은 컸다. 선생이라는 권력을 남용하던 나연은 그 말 한마디에 꼼짝없이 이사장실에 멀거니 서 있어야 했기 때문이다. 이사장실에 들어와서도 나연은 이사장실 책상 의자에 당당히 앉아 있는 태양의 모습을 믿을 수가 없어 눈을 몇 번이고 꿈뻑거려야만 했다.

　"어제 봤는데 오늘 또 보네요? 우연이다."

　태양이 넉살 좋게 웃었고, 나연은 미간을 찌푸렸다. 가죽 의자에 편안하게 기대 앉아 있는 태양의 얼굴은 여유로웠고, 약하긴 했지만 나름대로의 카타르시스까지 느끼고 있는 듯했다. 그 점이 나연의 속을 더욱 시끄럽게 했다.

　"우연?"

　"운명인가?"

"어떻게……. 어제까지만 해도 우리 학교 이사장님은……."

"우리 외조부셨죠."

"그런데?"

"얼마 전부터 외조부께서 건강이 안 좋으셔서 병원을 다니세요. 이번 입원은 조금 길어지실 예정이고. 그러니 예전부터 빡세게 훈련시킨 대리가 짜잔, 하고 등장할 차례죠. 나에게 들인 세월과 노력과 시간이 있으니 지금이 써먹을 기회거든요. 물론 난 시험을 치르는 중이지만."

연극부 일로 아침부터 분주하게 오가는지라 교무실 회의에 참석하지 못한 탓에 상황에 대해 자세히 들을 겨를 없었던 나연이었다. 그녀는 모두가 알고 있는 사실을 지금 전해 들으며 낯선 눈빛으로 태양을 바라보았다.

"한마디로 간단하게, 오늘부터 외조부께서 퇴원하시는 그날까지 내가 이사장의 권한을 위임받았다는 뜻입니다, 맹나연 선생."

태양의 말에 꼴깍, 멋대로 목울대가 침을 삼켜 버렸다. 덕분에 조용한 공간에 꼴깍대는 소리가 커다랗게 울렸다. 맹나연, 갑과 을의 관계 변화에 제대로 긴장 탔다고 소문내는 꼴이었다.

태양은 못 들은 척 태도를 유지하며 싱긋 웃었다.

"일부러 뺐어요, '님'이라는 마지막 존칭은."

"알아…… 요."

"시간이라는 게 이래서 참 무서운 것 같아요. 뭐든 변하게 만드니까."

"본질은 변하지 않는다면서…… 요."

태양이 강조하는 바가 무엇인지 잘 알고 있는 나연은 입에 잘

붙지 않는 존칭을 애써 붙였다. 이렇게 두 사람 사이, 관계의 변화가 생겼다. 태양이 나연보다 높은 자리로 움직임에 따라 생긴 결과였다.

아이가 아니었다. 학생도 아니었다. 눈앞의 태양은 한 사람의 남자였고, 또 나연보다 높은 위치에 있는 사람이었다.

나연은 그 사실을 새삼 실감했고, 그것을 노렸던 태양의 의도는 성공했다.

"권력도 참 무섭죠? 사람을 변하게 만드니까. 그래서 그런가, 정말 맛이 들리면 멋대로 남용할 것 같아요. 무섭네, 정말."

조곤조곤 속삭이는 태양의 목소리에 나연이 가늘게 몸을 떨었다. 아무리 지위가 달라졌다고는 해도 한순간에 태도를 바꾸기는 힘들었기에 나연은 입술을 잘근잘근 깨물며 그의 앞에 서 있었다.

그 모습을 지켜보고 있던 태양이 한 손을 뻗어 소파를 가리켰다.

"이야기가 길어질 것 같으니 앉아요. 차라도 한잔할래요?"

태양이 자리에서 일어났다. 몸에 잘 맞는 슈트를 입은 그는 한눈에 보아도 멋스러웠고 단정했다. 책상 앞 소파로 나연을 안내한 태양은 커피잔에 티백을 담아 가지고 왔다.

"드세요. 레몬진저팁니다."

"아!"

"티백으로 허니레몬티는 구하기 힘들더라고요."

그렇게 말한 태양은 소파 중앙으로 가 앉더니 이내 차를 마셨다. 그 움직임 하나하나가 오래전 태양의 모습과는 사뭇 다르게 느껴졌기에 나연은 기억 속 녀석의 흔적을 발견하고자 눈을 열심히 움직였다.

"그럼 맹나연 선생."

달칵—

태양이 찻잔을 내려놓는 소리가 크게 들렸다. 그 소리에 나연은 어린 태양의 흔적을 찾으려던 움직임을 멈추고 지금의 태양을 바라봤다.

"다른 선생님들과는 이야기를 해봤지만 맹 선생님과는 이렇게 처음 보네요. 간단히 자기소개부터 해보실래요?"

"자기소개?"

"아니면 내 물음에 답하는 편이 더 편하겠어요?"

자리가 사람을 만든다는 말이 딱 맞다. 아, 태양은 예외일지 모른다. 오래전부터 늘 당당했고 오만했으니까. 그렇다면 사람에 들어갈 단어는 태양이 아니라 나연이겠다. 자리에 올라앉은 태양 앞에서 자신감을 잃고 주눅이 든 건 사실이니까. 이렇게 비겁해진 것은 5년 동안 사회를 배웠고 세상을 배웠기 때문이라고 소심한 변명을 덧붙일 수 있겠다.

"뭐가 궁금하신 건지는 모르겠지만 까라면 까야죠. 물어보세요."

"대답할 겁니까?"

"네, 그게 편하겠네요."

"그럼 묻는 말에 대답하세요. 묵비권은 권장하지 않겠습니다."

윗사람이 까라면 까는 것. 그래야 손해를 보지 않는다. 갑을 향한 을의 사소한 반항은 계란으로 바위를 치는 격이었고, 그에 따른 결과는 고작 바위가 약간 더러워지는 것뿐이었다. 온몸을 내던져 산산이 부서진 계란에 비하면 참 소박한 결과였다.

　그것을 배웠다, 나연은.

　"5년 동안 잘 지냈어요?"

　"네, 잘 지냈습니다."

　"5년 동안 나타나지 않은 학생 때문에 속 썩은 적, 있으시고 요?"

　"네, 있습니다."

　"한 번이라도 찾아볼 생각은 해본 적은 있으십니까?"

　"생각은 했습니다. 어디서부터 어떻게 찾아야 할지 감이 안 잡 혀서 그렇지."

　"접점을 찾아볼 생각은 안 해봤습니까?"

　"객관적인 눈으로 볼 때 나는 한 학교의 선생이고, 그쪽은 일개 자퇴한 학생인데 내가 어떤 빌미로 당신을 찾습니까? 당신이 수습 해 놓은 것들을 다 망칠 생각이 아니라면 잠자코 있을 수밖에."

　"난 당신에게 그렇게 중요한 사람은 아니었나 봅니다."

　태양의 도발에 나연은 입술을 잘근 깨물었다.

　중요한 사람이었다면 무슨 수를 써서도, 본인 스스로가 어떻게 되더라도 나를 찾았겠지.

　그의 눈빛이 그렇게 말을 하고 있었기에 나연은 아무래도 안 되 겠다는 듯 한숨을 내뱉고는 입을 열었다. 저도 모르게 퍽 사나운 목소리가 튀어나왔다.

　"그럼 나도 좀 묻자, 궁금한 게 많은데."

　그 말에 태양이 눈썹을 꿈틀거렸다. 앞뒤 가리지 않고 대뜸 말 을 놓는 나연은 오래전 그녀의 모습으로 되돌아와 있는 듯했다.

"이사장 대리 말고, 너. 내 학생이었던 태양한테 묻는 거야. 왜 5년이야?"

"설명을 덧붙여야겠는데?"

"왜 5년 만에 나타난 거냐고. 그전에 나타났어도 되잖아? 얼굴만이라도 보여줬어도 되잖아. 3년 내내 소행성마냥 곁을 맴돌았어도 단 한 번도…… 내 앞에 나타난 적 없잖아."

그 말에 태양이 씁쓸하게 웃었다.

"3년 내내 소행성 노릇 한 건 또 어떻게 알았대?"

"모를 줄 알았어, 그럼?"

"언제 알았어요?"

"어제."

"아아."

그래서 당신, 이렇게 화가 난 거구나.

잔뜩 골이 난 나연의 태도가 이제야 이해가 된다는 듯 태양이 알 수 없는 감탄사를 내뱉자 나연이 뾰족한 말투로 질문을 재촉했다.

"말 돌리지 말고 대답부터."

"유예기간이 끝났거든요."

"뭐?"

"5년간의 유예기간이라는 게 있었어요. 그리고 당신 앞에 나타난 적 있어요. 당신이 기억하지 못해서 그렇지."

"대체 언제?"

태양은 친절할 생각이 없었다. 그는 그녀의 말에 대한 대답을 덧붙이는 대신 자신의 5년간을 회상했다.

"바빴어요, 머릿속으로 당신을 떠올리는 시간조차 욕심일 정도로."

"그랬겠지……. 5년 만에 이사장 대리라는 직함을 달고 내 앞에 나타날 정도면."

"5년 만에 고등학교와 대학교를 모두 졸업해야 했죠. 할아버지가 원하는 대로 움직여야 했어요. 아주 잠깐이라도 당신을 만날 수 있었다면 더욱 힘이 됐겠지만…… 그조차 허용되지 않았으니까."

씁쓸한 그 목소리에 나연도 함께 감상에 젖었다. 이해를 못하는 것은 아니었다. 그저, 여자로서의 욕심에 서운해지는 것뿐이었다. 그녀의 표정을 가만 바라보고 있던 태양이 분위기를 바꿨다.

"내가 나타났으면, 왜요? 당신에게 아무것도 해줄 수 있는 게 없는데."

"내가…… 무언가를 바랐다고 생각해? 네게 원하는 건 아무것도 없었어. 그저……."

그저 곁에 있으면 좋겠다는 생각뿐이었지.

나연은 그 말은 아꼈다. 변하지 않는 마음이란 없고, 그래서 지켜내지 못했던 마음이었기에 후회한다 한들 달라질 것이 없었다. 하지만 한 가지 중요한 것, 그것은 5년 전의 마음은 그대로 남아 있다는 것이었다.

"맹나연 선생님, 제가 준 캠코더 아직도 갖고 계세요?"

"……버렸습니다."

"아쉽네. 그래도 괜찮아요, 내가 증인이니까."

"뭘 말이에요?"

"맹 선생님의 과거. 5년 전 한 학생과의 염문설로 곤란에 처한 적 있으시죠?"

"무슨 말이 하고 싶은 거야?"

나연의 물음에 태양은 그녀를 뚫어져라 바라보고 있다가 씩 웃었다.

"약점을 잡긴 했는데 그 약점을 빌미로 교내봉사를 시킨다고 하루 종일 방송을 하게 된다면…… 좀 무리가 있죠? 사람들 이목도 생각해야 하니까."

"이목을 생각하는 분이신 줄 몰랐네요."

"나는 생각하지 않지만 내가 그런 식으로 행동하면 맹 선생이 불편하지 않을까 해서 한 말인데. 그렇게 해줄까요?"

"아, 아닙니다."

"교내봉사는 좀 그러니까 뭐 하나 정합시다."

그 말에 나연이 눈살을 찌푸렸다. 무슨 의미냐는 무언의 물음에 태양은 넉살 좋게 선택할 권리를 주었다.

"세미나라던가 회의라던가. 아님 프로젝트도 좋고. 인원은 우리 둘로 제한할 수 있는 거. 장소는 사람들 많은 넓은 공간 말고 테두리 속에 우리 둘만 들어갈 수 있는 곳으로."

"이런 게 권력 남용이죠?"

"감투 써보니 좋더라고. 내게 함부로 하는 사람도 없고, 내가 하고 싶은 대로 하고, 누군가를 지킬 수도 있고."

그렇게 대답한 태양의 얼굴에서 웃음기가 사라졌다. 그리고 잠시 틈을 준 태양이 다시 입을 열었다.

"또 이렇게 맹나연 선생도 눈앞에 있고."

힘들이지 않고 당신이 내 앞에 서 있다는 것, 그게 가장 마음에 들어.

따갑기까지 한 태양의 노골적인 시선을 피하지 않고 서 있던 나연은 한참 동안 그를 바라보다가 싫다는 티를 내며 고개를 돌렸다. 싫은 것보다 한낮의 작열하는 햇볕처럼 내리쬐는 그의 눈빛이 부담스러웠고, 또 견디기 힘들었다고 하는 편이 맞았다.

"함부로 그런 말 하지 마."

"왜요? 설레요?"

태양의 짓궂은 물음에 나연이 다시 고개를 돌려 태양을 바라봤다. 다시 마주친 눈빛 속에는 이글거리는 불꽃이 타오르고 있었다. 태양을 삼킬 것처럼 뜨거웠다.

"그래, 설레. 마침표가 아니라 말줄임표로 끝났잖아, 5년 전에. 시작 한 번 해보지 못한 관계였는데 이제는 네가 떳떳한 모습으로, 더 멋지게 나타나서 떨려. 설레."

"좋네, 그런 말."

태양이 입가에 매력적인 주름을 잡으며 웃었다. 하지만 나연은 곧장 그 기쁨을 산산조각 냈다.

"그런데 그건 내 마음이 약해져 있기 때문인 것 같아. 누구든 내 연애가 잘 풀리지 않는 상황에서 나 좋다고 하는 남자가 나타나면 끌리는 법이잖아?"

이어진 그녀의 말에 태양의 얼굴이 딱딱하게 굳었다. 나연은 여기서 멈출 생각이 없는지 뒤이어 말했다.

"왜 신파 하냐고 했지? 마음이 내 뜻대로 되지 않아서 그래. 누군가와의 관계가 내 생각처럼 쉽지만은 않아서 잘해보려고 아등

바둥하다 보니 이렇게 되더라. 가치관도 다르고, 세계도 다르고, 겪어온 삶도 다른 두 남녀가 온전히 순탄한 연애를 한다는 게 쉽지 않으니까. 마음은 깊어졌는데 두 사람의 관계가 끝을 향해 달리고 있다는 사실을 알았을 때, 로맨틱 코미디가 될 것 같니? 남에게는 냉정할 수 있지만 자신에게는 한없이 물러지는 게 사람이야. 나도 그런 사람 중 하나고. 머릿속으로 아무리 쿨하게 대처하는 나 자신을 상상해도 마음이 그렇게 되질 않고, 넌 그런 날 목격한 거야. 내가 구질구질하게 보인대도 어쩔 수 없어. 사랑 앞에 쿨하지 못하거든, 나."

"그래서 그 힘든 관계를 쭉 이어가시겠다?"

"잇든 끊든, 네가 상관할 바 아니라는 거야."

허공에서 마주친 두 사람의 눈빛은 흡사 불붙은 도화선처럼 폭발 직전까지 타닥대며 타들어갔다. 한참 태양의 눈을 마주 보던 나연이 조용히 속삭였다.

"덧붙이자면 내가 그 사람과 헤어져도…… 네게는 안 가. 못 가."

"왜죠?"

"넌 날 반짝반짝 빛나고 당당한 사람이라고 생각하잖아."

그 사실이 슬펐다. 누군가의 가슴에 담긴 별이 될 수 있다는 사실이 기쁘면서도 한편으로는 씁쓸했다. 본인이 그 기대에 못 미칠 사람이라는, 불완전한 인간이라는 사실을 알고 있었기 때문이다.

나연은 말을 덧붙였다.

"누군가를 사랑하게 되면 내 못난 모습이 보일까 전전긍긍하게 되잖아? 멋진 모습만 보고 싶어 하는 네게 내가 어떻게 내 못난 모습을 보일 수야 있겠어?"

그렇게 말한 나연은 씁쓸하게 중얼거렸다.

"추억은 추억일 때가 찬란하고 예쁜 법이야."

예쁠 때, 추억이라고 부를 수 있을 때 그만두는 편이 서로를 위해 좋지 않을까 하는 생각이었다. 누군가의 첫사랑이 되어버린 추억 속 여선생은 현재 '자신'마저 잃을 정도로 강한 폭풍에 휩쓸려다니는 중이었고, 그랬기에 태양을 차선책으로 만들고 싶지 않았다. 폭풍 속 동아줄처럼 사용할 수가 없었다.

하지만 태양의 생각은 다른 모양이었다.

"글쎄. 난 당신을 추억으로 만들어 버린 기억이 없어서."

태양의 말에 나연이 미간을 찌푸리자 그는 자신이 내뱉은 말을 설명이라도 하듯 말을 덧붙였다.

"당신은 내 안에서 언제나 현재진행형이었다고."

그 말에 나연의 마음이 쿠웅, 내려앉았다.

"망가져 봐요. 아무도 모르는 당신의 망가지는 모습이라면 그런 모습마저도 예쁘게 보일 테니까. 내 앞에서만이라면, 난 좋다고."

밀어내도 밀려나지 않고, 넘어뜨려도 넘어지지 않는 녀석이 나연의 마음속에서 되살아났다. 5년 동안 다른 많은 것들이 변했지만 나연이 그토록 찾고 싶었던 '학생 태양'은 그런 형태로 '어른 태양'에게 남아 있었다. 그게 태양이 말하던 본질이었다.

"어떻게 하면…… 그렇게 한결같을 수 있는 거니?"

탄식과도 같은 나연의 질문에 태양은 오랫동안 그 대답을 준비해 온 사람처럼 운을 떼었다.

"세상에 수많은 여자들 중 단 한 사람만이 나에게 빛으로 다가왔을 때. 그 빛이 누군가를 구원했을 때. 구원이라는 게 거창하게 들릴 수 있겠지만 일종의 인명 구조와도 같은 거죠. 나 혼자 어쩌지 못할 늪에 빠져 허우적거리다 목까지 차올라 모든 걸 포기하고 있을 때, 당신이 다가와 내 손을 잡았으니까. 난 그 손밖에는 모르고, 그 손 덕분에 살았으니까. 그래서 그 손을 놓치고 싶지 않아 안달을 하는 건데, 그게 그렇게 이상해 보이나?"

태양이 다정하게 웃었다.

"내 목표는 예전이나 지금이나 단 하나였어요."

그렇게 말한 태양은 나연을 지그시 바라봤다.

"당신, 맹나연."

이번에는 귓가에 생생히 들렸다, 심장이 떨어지는 소리가.

태양의 마음이 지독할 정도로 올곧아서. 그 사랑이 숨 막힐 정도로 깊어서. 나연은 처음으로 누군가의 감정에 질식할 수 있다는 것을 경험했다. 그리고 그 질식이 얼마나 달콤할 수 있는 것인지, 누군가의 절대적인 사랑을 받는 것이 얼마나 행복할 수 있는 것인지를 깨달았다.

한 가지 더. 나연이 하고 있는 연애는 사랑이 아니라는 것 역시 깨달았다. 친구들 앞에서 당당히 말할 수 없던 이유를 이제야 찾을 수 있었다. 사랑을 받는다는 확신이 나연에게는 없었다.

나연이 이 선생을 볼 수 있었던 것은 오후 수업 때였다. 점심시간이 끝난 뒤에야 출근을 한 이 선생은 인사를 할 틈도 없이 새로 온 이사장 대리와 교감선생님을 만나느라 정신이 없었다. 그 뒤로는 수업 준비로 얼굴 볼 시간도 없었기에 나연은 방과 후에야 그를 만날 수 있었다. 그것도 그녀가 뒤뜰에서 보자는 문자를 보냈기 때문이다.

뒤뜰에 아무도 없다는 것을 확인하고 나서야 블록 위에 엉덩이를 대고 앉은 나연은 한 손으로 이마를 문질렀다.

언젠가부터 느끼고 있었다, 그의 마음이 전부인으로 인해 복잡해지고 있다는 사실을.

"아이는 영원히 끊어낼 수 없는 끈이야. 미혼인 네겐 그 남자가 아이를 핑계 삼아 전부인을 만난다고 생각할 수 있겠지. 억울할 거야. 아이 핑계 대지 말라고, 전부인과도 연락을 끊으라고 하고 싶겠지. 그런데 그게 쉬울 것 같아? 아이에 관해서 진심으로 고민하고 이야기할 수 있는 상대는 서로밖에 없는데? 네가 감내해야 하는 부분들이 그런 것들이야. 그렇게 무거운 것들."

"결혼이라는 게 그렇게 쉽다고 생각해? 부부간의 일은 둘만이 안다고 했어. 사랑하던 두 사람이 헤어지게 된 계기가 무엇일지 단 한 가지로 가늠하기 힘들겠지만, 네가 상상도 할 수 없는 수많은 감정들이 오갔을 거야. 그건 지금도 오가고 있을 거고. 서로 나쁘게 헤어진 게 아니라며, 그 두 사람. 그렇다면 지금도 얼마나 많은 감정을 안고 있겠어?"

엄마와, 언니와, 친구와 했던 대화가 떠올랐다. 누구보다 진지하게 나연의 이야기를 들어주었던 그들은 누구보다 아파하며 나연을 걱정했다.

엄마와 언니가 했던 이야기를 떠올린 나연의 눈빛이 깊어졌다.

그의 감정이 복잡해지기 시작한 시점을 기억한다. 아이가 건강이 나빠졌다는 이야기를 처음 들었을 때였다. 아이 때문에 전부인과 자주 만나며 많은 이야기를 했던 것 같다.

누구에게나 그렇듯 대화란 쌓여 있던 응어리들을 푸는 힘이 있다. 그것이 따뜻하면 따뜻할수록 이해의 폭도 넓어지게 마련이다. 그리고 그 두 사람은 그런 대화를 한 모양이었다.

"내가 살아보니 그래. 좋아한다는 감정이 수만 가지 갈래로 뻗어 있어. 때로는 이성 간의 사랑보다 가족이 더 중요하다고 느껴지기도 해. 죽고 못 살겠다던 사랑이 금세 꺼져 버릴 때도 있고, 숱한 일에 시달리다 보면 사랑, 그까짓 게 뭐 대수냐 싶어. 잔소리라고 듣지 말고 너보다 몇 년 미리 살아본 인생 선배로서 네게 조언을 해주는 거라고 생각해, 나연아. 언닌, 정말 네가 걱정이 된다."

"네가 그렇게 우는 걸 봤는데 나라고 마음이 좋겠니? 누구보다 네 행복을 바라는 사람 중 하나야, 나는. 네가 가족이 아닌 남이었다면 진심 어린 조언만 해주고 끝났겠지. 하지만 네가 가족이라, 핏줄이라, 더 방법이 거칠어지고 강압적이 돼. 미안해. 미안하다, 나연아."

가족과의 대화를 떠올린 나연은 눈을 감은 채 손가락으로 미간을 문질렀다. 그때였다. 멀리서 인기척이 났다. 벽 뒤로 배꼼 고개를 내밀어 이 선생임을 확인한 나연은 자리에서 일어났다.

"오래 기다렸어요?"

"아뇨, 방금 왔어요."

"미안해요, 반 정리가 늦어져서."

"이왕이면 더 조용한 곳에 가서 이야기를 하고 싶었는데 오늘 바쁘다고 하셔서요."

"내일모레는 시간이 괜찮은데."

"오늘 꼭 봐야 해요."

나연의 담담한 목소리에 이 선생이 묘한 표정으로 그녀를 바라봤다. 나연이 무슨 말을 하려는지 짐작한 표정이었다. 나연은 깊이 심호흡을 했다. 마지막으로 떨리는 숨결을 내뱉었을 때, 그녀는 한결 맑아진 눈으로 이 선생을 바라보았다.

"내가 좋아한다고, 졸라서 시작한 관계니까 내가 끝낼게요."

"맹 선생."

이별을 고하는 것이 무척 힘들 거라고 생각했는데 막상 그 출발선에 서니 담담해졌다. 이 선생은 놀란 얼굴을 하고 한동안 나연을 바라보다가 이해한다는 듯 고개를 숙였다.

"미안해요, 이런 말을 맹 선생이 하게 만들어서."

"이 선생님은 늘 이별을 준비해 놓고 있던 사람이니까."

"늘 생각했습니다, 내가 맹 선생에게 어울리는 사람인지. 난 결혼도 이미 한 번 했었고, 아이도 있고. 그런 나와 소문이 나면 맹 선생이 힘들어지니까 무척 조심했습니다."

"알아요. 우리가 앞으로 어떻게 될지 모르니까, 그 불확실한 미래를 생각하신 거."

"맹 선생은 밝고 재미있는 사람이라 무척 끌렸습니다. 이런 사람과 함께 산다면, 하고 미래를 생각했던 적도 있습니다. 하지만 늘 당신을 원하는 건 내 욕심이었고, 당신은 내게 과분한 사람이고. 이렇게 말하는 거, 어떻게 보면 뻔하고 고리타분한 변명 같겠지만 그렇게 느꼈습니다. 진심으로. 당신에게 내가 끌리면 끌릴수록 어린 아들이 계속 눈에 밟혔고요."

사과뿐인 관계.

나연은 늘 연인과 다투고 싶었다. 사소한 일로, 아주 작은 꼬투리로 큰 소리를 내며 거리에서든 어디에서든, 실컷 다투고 싶었다. 소리 내어 웃고, 울고, 싸우고, 화해하고…… 지금의 두 사람 사이에서는 전혀 찾아볼 수 없던 그런 것들이 부러웠다.

아아, 그러고 나니 조금 더 명확해진다. 지금까지 내가 원했던 것은 이 선생 그 자체가 아니라 사랑이었다는 것이. 태양에게 주었던 마음 한 자락을 채 접지 못하고, 그를 기다리는 내내 부풀었던 그 오갈 데 없는 마음을 내내 품은 채.

"이 선생님 원망, 많이 했어요. 그래서 지금은 괜찮아요. 욕 많이 했거든요, 혼자. 나도, 키울 때마다 힘들어지는 사랑은 싫어요. 나 말고 다른 누군가가 들어찬 남자도 싫어요. 가족을 아프게 하는 사랑도 싫고요, 내 자신을 신파로 몰고 가는 사랑도 싫어요. 다른 누군가와 로맨틱 코미디, 통통 튀고 발랄하고 상큼한 그런 거. 지나가던 누군가가 보고 기분 좋게 미소 지을 수 있는 그런 사랑, 하고 싶어요. 누군가의 마음속에 온전히 나 하나만으로 가득 차는 사랑이 하고 싶어요. 미안합니다, 이 모든 상황 다 이해한다고 한 건 난데…… 알고 보니 이해를 못하고 있었어요. 이해가 안 됩니다."

누군가를 보고 부러워하고 비교하면 안 됐는데, 이 선생과 만나는 내내 나연은 그랬다. 그러니 끝내는 게 맞겠지.

서로에게 마지막 인사를 하고 반대 길로 돌아섰다. 이 선생이 멀어지는 발자국 소리를 들으며 나연은 방금 전 이 선생을 기다리던 블록 위에 털썩 주저앉았다. 그때였다. 손목을 잡아끄는 강한 힘에 의해 나연은 고개를 들었다.

"울고 있을 줄 알았는데."

걱정스러운 목소리, 태양이었다.

"언제부터 보고 있었던 거야?"

"훔쳐본 건 아닙니다. 우연히 1층 복도를 걸어가고 있던 것뿐이지."

빠르게 변명을 한 태양은 잡고 있던 나연의 손을 놓고 그녀의 곁에 자리를 잡았다.

"괜찮아요?"

"괜찮지, 그럼. 세상 사람 누구나 한 번쯤은 겪는 이별인데 나라고 뭐 별수 있나."

"대담하게 말하네?"

"이별을 선택한 건 내 의지였으니까."

나연은 하늘을 멀거니 바라보며 깊은 숨을 내뱉었다. 그 모습에 태양이 고개를 절레절레 저었다.

"그렇게 말 안 해도 되는데."

"뭐?"

"세상의 어떤 이별 중에 안 아픈 이별이 있겠어요? 다 아프고 다 힘들지. 나도 그랬는데, 뭐."

태양이 손을 들어 그녀의 머리를 쓰다듬었다.

"그래도 참 잘했어요, 우리 맹 선생."

그 손길에 마음이 안정되었지만, 나연은 속내를 감추며 그의 손길을 뿌리쳤다.

"뭐야, 어린애 다독거리듯이."

"마음 전부를 다해 당신을 사랑하는 남자를 만나도 행복할 수 있을지 미지수인데 반편이 같은 마음을 가지고 있는 남자를 만나기엔 당신이 너무 아까워. 담담히 이별을 맞이하는 게 성숙한 사람의 자세라고 설교하려거들랑 하지 말아요. 난 사랑한다면 어떻게 해서든 헤어지지 않는 것이 정석이라고 믿는 인간이니까."

태양의 흔들림 없는 발언에 그를 지켜보고 있던 나연은 맥이 빠진다는 듯 허탈하게 웃었다. 어릴 적, 그녀 역시 믿어 의심치 않던 '사랑의 정석'이기도 했기에 그 시절을 기억해 낸 나연의 얼굴이 느슨하게 풀어졌다.

"후후, 네 말이 맞다."

"이사장 대리에게 막 어린애 취급하고 그러는데 오늘만은 참는다, 내가."

태양이 까칠하게 눈을 흘긴 뒤 조심스럽게 그녀의 손을 붙잡았다. 선생님들이나 학생들이 볼지도 모르는 곳에서 왜 이러냐며 잡힌 손을 흔들어보았지만 쉽게 빠지지 않자 나연은 포기하고 얌전히 손을 내렸다. 그러자 태양은 작게 웃으며 그녀를 위한 조언을 아끼지 않았다.

"당신의 행복을 위해 내가 물러나줄게요, 라고 말하는 남자는 만나지 마요. 그거 다 개소리야."

"뭐야, 그게."

"남자는 남자가 잘 알아요. 그냥 마음이 없는 거야. 이기적인 거지. 남자가 정말 사랑을 하잖아요? 그럼 이렇게 그냥 보내지 않아,

나처럼……."

　나처럼 죽자 사자 당신을 쫓아다니지.

　나처럼…… 5년이 지났는데도 그때의 기억과 마음이 어제 일처럼 선명해서 당신에게 매달리지.

　이렇게 매달리는 내 자신을 볼 때, 서럽기도 하고 억울하기도 하지만 그게 내 맘대로 어찌 되지가 않아서. 매달리지도 않으면 내가 죽을 것 같아서 내 의지와는 상관없이 당신을 잡게 된다고.

　태양은 말을 아끼고 입을 꾹 다물고 있다가 화제를 돌렸다.

　"그 사람, 언제부터 어떻게 좋았던 겁니까?"

　"질문이 좀 그래."

　나연이 난감해하며 고개를 돌렸다. 그런 나연의 동공이 바람 앞의 등불처럼 힘을 잃고 흔들렸다.

　그 사람이 좋았던 순간, 그리고 그 이유를 떠올릴 수 있는 것을 보니 이거, 사랑이 맞았나 싶다. 사랑은 원래 오는 순간을 기억할 새도 없이 스며들고, 그래서 가랑비에 젖듯 온몸이 젖어버리는 것이라고 하지 않던가.

　"비 오던 날, 우산을 같이 쓴 적이 있었어."

　나연이 입을 열어 한마디를 꺼내자 덩그러니 앉아 침묵을 지키고 있던 태양이 고개를 돌렸다.

　"어깨 한쪽이 다 젖은 채로 내 쪽을 향해 우산을 기울여 주던 모습을 봤어."

　"에계, 겨우 그걸로?"

　많이 힘들었던 날이었다. 태양, 네가 자꾸 떠올라서.

　나연은 알 수 없는 눈빛으로 태양을 가만히 지켜보다가 고개를 돌렸다.

그날, 주룩주룩 내리는 빗속에서 그 사람도 그렇게 말했다. 현실적으로 불가능한 만남을 억지로 끌고 있어봤자 서로에게 도움이 되지 않는 것을 잘 안다고. 그래서 보내줬는데 자꾸 떠오른다고. 현실과 타협하지 말 것을 그랬나, 후회가 된다고.

"그러게. 고작 그런 걸로 넘어갔네, 내가. 쉬운 여자인가 봐."

"쉽기는. 내가 아는 맹나연은 절대 쉬운 여자가 아니었어. 어려우면 어려웠지. 쉬웠으면 나같이 멋진 남자의 대시에 벌써 넘어왔겠지."

태양의 넉살스러운 답에 나연이 키득키득 웃으며 한 손으로 얼굴을 가렸다. 눈가를 가리고 잠시 있던 그녀는 마음이 진정이 되었는지 그를 밉지 않게 흘겨봤다.

"넌 뭐든 아는 사람처럼 말한다?"

"제3자의 눈으로 보면 발견할 수 있는 것들이 꽤 많거든."

"이젠 대놓고 말도 까고?"

"교내에서 이사장 대리에게 말을 까는 맹 선생도 있는데 나라고 못할쏘냐?"

"잘났다."

나연이 작게 웃었다. 웃는 와중에 눈꼬리에 눈물이 살짝 맺혔지만 그건 태양에게는 비밀이었다.

"위로하지 마. 평생 받을 위로, 적금 들어놓은 게 있어서 그거 타 쓰면 된다."

"위로하게 만들지를 마요, 나도 짜증나니까."

"짜증 내지 마, 주름 생겨."

"쯧."

태양은 이 상황이 전부 마음에 들지 않는다는 투로 혀를 차고는 자리에서 일어났다.

"일어나요. 찬 데 오래 앉아 있으면 안 좋아."

태양이 나연을 바라보자 그녀는 손을 살래살래 저었다.

"난 조금만 더 있다가 갈게."

"날씨가 차요. 그만 일어나요."

태양이 나연의 팔을 잡아 자리에서 일으켰다. 그때를 맞춰 멀리서 학생들의 왁자지껄한 소리가 들려왔다. 그 소리에 민감하게 반응한 나연이 빠르게 태양을 밀쳐 냈다. 하지만 태양은 다시 그녀의 팔을 움켜쥐고는 그녀를 자리에서 일으켰다.

"이제 우리, 이런 장면을 들켰다고 해서 변명을 하거나 죄책감을 가져야 할 나이는 아니라고. 방금 전까지도 손을 잡고 있었으면서 새삼 그런다."

그 말에 나연은 놀란 가슴을 들썩거리며 자신을 잡고 있는 태양을 바라봤다. 코앞까지 바싹 다가온 그의 얼굴을 바라보며, 나연은 누군가에게 들키면 오해의 여지가 충분히 있을 자세를 걱정하며 그를 밀어냈다.

"아깐…… 아무도 없었잖아. 그리고 그럴 나이는 지났지만 지금은 또 사내의 룰이라는 게 있으니까. 이사장님과 소문이 났봤자 서로에게 득 될 건 없다고 보는데?"

나연의 말에 태양은 그녀의 팔을 잡은 손에 힘을 주어 그녀를 더욱 가까이 잡아당겼다. 그리고는 조용히 속삭였다.

"왜 당신은 늘 나에게만 엄격해요?"

태양의 물음에 나연은 입을 다문 채 그를 바라봤다. 한참 서로를 바라보다 태양은 그녀를 순순히 놓아주며 화제를 돌렸다.

"오늘 저녁 회식, 올 거죠?"

나연이 대답을 하지 않자 태양이 말을 이었다.

"꼭 와요. 내가 처음으로 사회에 인정받는 걸 축하하는 자리니까. 누구보다 당신이 봐줘야지."

"이사장님의 명령과도 같은 건가요?"

"네, 맞습니다."

"그렇다면…… 가야겠네요. 윗선에 찍히고 싶진 않으니까."

나연은 보일 듯 말 듯한 미소를 지으며 태양을 바라봤다.

11 Kiss

'태양을 피하려다 교감을 밟고 말았다'는 현재 나연의 상황을 잘 표현해 줄 수 있는 신개념 구절이라고 할 수 있었다. 나연은 '거머리'라는 별명을 가지고 있는 교감 곁에 앉아 하염없이 술잔을 비워내고 있었다. '거머리'라는 별명 앞에는 '술이 들어가면'이라는 수식어가 붙는다. 술이 들어가면 옆에 있는 선생에게 거머리처럼 달라붙어 주(酒)입식 교육에 힘을 쏟는 교감은 모든 선생들 사이에서 기피의 대상 중 하나였다.

그 광경을 지켜보는 태양의 시선이 가히 고울 리 없었다. 하지만 그 눈빛 속에 '쌤통이다'라는 메시지가 담겨 있는 것을, 나연은 술잔을 비우면서 알아냈다.

그러게, 그냥 내 옆에 앉지. 그럼 그런 곤란은 당하지 않았을 텐데.

명백히 그 메시지가 눈빛 속에 들어 있었다.

아, 젠장.

분위기가 조금 무르익었을 무렵, 분위기 메이커 화학 담당 김 선생이 소주병에 숟가락을 꽂았다.

"오늘 새 이사장님이 오셨는데 한 말씀 하셔야죠."

"이사장 대리죠, 엄격히 말하면."

김 선생의 눈이 하트로 변하는 모습을 엄연한 외모 차별이라고 느꼈는지 평소 김 선생과 앙숙을 자처하는 국어 담당 윤 선생이 못마땅하게 중얼거렸다. 물론 여선생들의 눈에는 '이사장 옆 오징어 외계인'으로밖에 보이지 않는 윤 선생의 소신 있는 발언은 순순히 받아들여지지 않았다.

"그게 그거죠. 어쨌든 새로 오셨고, 오래 보고 싶은 얼굴인 건 확실하니까요?"

"여선생님들이 그러신 거겠죠?"

"어머, 들켰다!"

"세월 좋아졌다고 해도 사내연애는 엄격히 불가합니다. 그러니 젊은 이사장님이 오셨다고 어떻게 한 번 해볼 생각들은 마세요."

"농담도 심하시다! 우린 안구 정화 되는 것만으로도 행복합니다. 솔직히 이 선생님이 울 학교 미남 쌤이시잖아요. 그런데 이사장님은 이 선생님을 능가하신다."

"이 선생님은 임자가 있으셨으니까. 그런데 이사장님은 미혼에 젊기까지 하니까…… 당연히 이사장님 승!"

고래 싸움에 애꿎은 이 선생이 도마 위에 올려졌다. 구석에 앉아 묵묵히 술잔을 비워내고 있던 이 선생은 순식간에 사람들의 관심이 자신에게 쏠리는 것을 느끼며 마른 헛기침을 토했다. 그러는 와중 나연과 시선이 마주쳤지만 두 사람은 어색하게 눈을 돌렸다. 물론 태양은 그 장면을 봤고, 뒤이어 이 선생의 걱정스러운 시선이 나연에게 이어지는 것까지 목격했다.

언제나 목격자는 불편하다. 남들은 모르는 사실까지 알게 되니까. 그 사실 앞에서 정직해야 할지, 비겁해야 할지 스스로 결정해야 하니까.

지금 이 순간, 태양은 비겁해지기로 했다. 어차피 끝난 인연, 괜한 미련으로 질질 끌어봐야 소용없다는 스스로의 판단에서였다.

태양이 자리에서 일어났다. 슈트에 감싸인 매끈하고 긴 다리가 드러나자 그의 신장이 공개됐다. 그 모습을 바라보는 여선생들은 소리를 지르고 난리도 아니었다. 남선생들의 따가운 시선이 이어지는 가운데 태양은 고개를 숙였다.

"태양입니다. 이사장 대리로 근무하게 됐습니다. 어린놈이 낙하산 타고 내려온 건 맞지만 불시착했다고는 생각되지 않게 열심히 할 생각입니다. 일단 일을 배우는 입장에서 여러모로 선생님들의 도움과 조언이 필요할 것이라 생각합니다. 현재는 이사장님의 손과 발, 그리고 귀가 되어드리는 것뿐이지만 그래도 미래를 바라보며 발전해 나가고 싶습니다. 그러니 잘 부탁드립니다. 참, 오늘 회식은 제가 쏘겠습니다. 돼지고기 말고 소고기로 마음껏 드시기 바랍니다."

소고기의 힘은 위대했다. 여선생에 이어 남선생들도 환호를 시작했다. 태양이 짧은 인사말을 끝으로 자리에 앉자 곁에 앉아 있던 윤 선생이 구김살 퍼진 환한 얼굴로 술병을 내밀었다.

"자, 이사장님. 한 잔 하시죠."

"아, 감사합니다."

"아직 어려서 사회생활을 모를 줄 알았는데 내 착각이었네. 젊어서 그런지 화끈하게 잘하시네."

맑은 술이 잔 안에 가득 채워지는 것을 바라보고 있던 태양의 시선이 교감 옆의 나연에게로 향했다. 나연은 필사적으로 거부를 하고 있었다. 한 방울의 술이 들어가는 순간, 그대로 쓰러지고 말 자신의 몸 상태를 잘 알고 있기 때문이었다.

"아, 교감선생님. 잠시만요."

"맹 선생, 그만 빼고 이리 와서 한 잔 더 쭉 해."

"잠깐만요. 화장실, 화장실만 다녀올게요."

교감선생님의 성화에 못 이겨 또 한 잔을 연거푸 마신 나연이 비틀거리며 자리에서 일어났다. 다시 오거든 옆자리로 꼭 앉으라는 교감에게 몇 번이고 확답을 한 뒤에야 풀려난 나연은 온전치 않은 걸음걸이로 방을 빠져나가고 있었다.

나연을 향한 태양의 시선을 따라간 윤 선생은 한숨을 푹 내쉬며 고개를 절레절레 저었다.

"오늘 하루 죽어나네요, 맹 선생. 어휴, 어떻게 하면 좋아? 하필이면 맹 선생, 교감선생님 옆에 앉아서."

"평소에도…… 저렇습니까?"

"평소에는 안 그렇죠, 회식 때만. 술만 들어가시면 저러세요, 교감선생님. 옆에 앉은 사람은 거의 끝까지 내달리다 결국 쓰러진다고 봐야죠. 그래서 다들 회식 때 교감쌤 옆자리는 피하는데 왜 하필이면 맹 선생이……."

"앉을 자리가 없었겠죠, 아마."

"네? 많았는데. 이 선생 옆자리, 이사장님 옆자리. 다 비어 있었잖아요."

앉을 수 없는 자리만 다 남아서……. 그나마 선택한 것이 교감 선생님 옆자리였네.

태양이 한숨을 내쉬며 자리에서 일어나려는데 멀찌감치 앉아 있던 이 선생이 슬그머니 자리에서 일어나는 것이 보였다.

"어머, 이 선생님. 어디 가세요?"

"이만 병원엘 들어가 봐야 합니다."

"아, 맞다. 아들이 아프다고 했죠?"

"네."

"어서 가보세요. 교감쌤한테 잡히면 어쩔 도리가 없으니까 몰래 가세요. 나중에 제가 사람들한테 잘 설명할게요."

"그럼, 먼저 일어나겠습니다."

이 선생 옆에 앉아 있던 지안이 고개를 까닥하고는 사람 좋은 미소를 지어 보였다. 그 모습을 지켜보고 있던 태양의 미간에 주름이 깊게 잡혔다. 이 선생이 빠져나가는 모습에서 뭔가 석연치 않음을 느꼈기 때문이다.

'선수를 빼앗겼군.'

쳇, 짧게 혀를 찬 태양이 굽혔던 무릎에 힘을 주고 일어나자 곁에 앉아 있던 윤 선생이 다급하게 그를 붙잡았다.

"어딜 가십니까?"

"화장실엘 좀."

"그렇게 말씀하시고 어디 사라지시는 건 아니죠?"

"사라지더라도 걱정하지 마십시오. 카드, 맡겨놓겠습니다."

태양의 확답에 윤 선생이 민망한 얼굴을 한 채 뒤통수를 벅벅 문질렀다.

"어휴, 제가 그런 것 때문에 이사장님을 잡나요?"

넉살스러운 그의 대답에 태양은 보일 듯 말 듯한 웃음을 짓고는 방을 빠져나갔다. 그런 그의 뒤로 윤 선생은 멋쩍게 혼잣말을 중얼거렸다.

"어린놈이 눈치 하나는 엄청 빠르네. 이거 무서워서, 원."

화장실 칸막이에 들어서기 무섭게 속을 비워내기 시작한 나연은 한참 동안 변기와 씨름을 해야만 했다. 소주 다섯 잔을 넘어가면서 숫자를 세는 것을 포기했던 그녀는 자신이 술을 마신 건지, 술이 자신을 삼킨 건지 모를 정도가 되어 있었다.

"하아, 하아."

속 안의 것을 모두 게워낸 다음에서야 자리에서 일어날 수 있었던 나연은 금방이라도 쓰러질 것 같은 몸을 이끌고 세면대로 다가갔다. 금방이라도 쓰러질 것 같은 모습이었지만 그녀는 가까스로 물로 입안을 헹구고 거울로 자신의 모습이 흐트러지진 않았는지 확인까지 했다.

"아, 죽겠네."

허공을 향해 중얼거린 나연은 몸이 자꾸 기우는 것을 억지로 참아내며 화장실 밖으로 나가다 결국엔 기우뚱, 자리에 쓰러지고 말았다. 정신은 멀쩡하다고 자신하는 나연이었지만 정신과 달리 다리에는 몸을 지탱할 힘이 없었다.

나연이 바닥으로 곤두박질치기 전, 다행히 누군가의 품에 안착했다. 이 선생이었다. 그는 화장실 앞에서 나연을 계속 기다린 듯했다. 하지만 그것을 모르는 나연은 상대의 얼굴도 확인하지 못한 채 고개를 숙였다.

"어이쿠, 죄송합니다아."

"괜찮아요?"

"네에, 괜찮습니다아."

꼬인 발음으로 대답한 나연이 고개를 푹 숙여 인사를 했다. 그녀를 놓아주려다 그녀가 비틀거리는 것을 본 이 선생은 다시 나연의 어깨를 잡아 세웠다.

"맹 선생, 정신 차려요."

"누구……."

"이대로 다시 들어갈 수 있겠어요? 그럼 교감선생님한테 잡혀서 또 마시게 될……."

자신을 잡아준 사람이 이 선생이라는 것을 확인한 나연의 얼굴이 순식간에 싸늘해졌다.

"참견하지 마세요!"

평정심을 잃은 나연이 고함을 질렀다. 이성마저 차단시킨 알코올의 힘 때문인지 그녀의 고함은 보다 뾰족했다.

"참견하지 마시라고요. 이젠 아무 사이도 아니잖아요."

"나도 그러고 싶습니다."

"그죠? 그러니 편안하게 해드릴게요. 내가 원할 땐 해주지도 않더니 왜 이제야 이래요? 그냥 무시하세요."

"어떻게 무시합니까? 이렇게 취해서 힘들어하는데."

"그냥 지나가던 취객이라고 생각하심 되죠. 평소에 이 선생님, 취한 여자를 가장 싫어하신다고 하셨잖아요? 저도 그런 여자 중 하나라고, 그렇게 생각하심 돼요. 그리고…… 취해서 힘든 게 마음이 힘든 것보다 나으니까."

나연의 말에 그녀를 붙들고 있던 이 선생의 손이 느슨해졌다. 그에게서 힘이 빠지는 것을 느끼며 나연은 애써 쾌활하게 억지웃음을 터뜨렸다.

"아, 이별하고 꼬장 부리는 여자는 안 되려고 했는데……. 킥킥, 이거야 원, 완전 진상녀 됐는데요? 어딜 가나 술이 문제라니까요. 하여간 울 교감쌤, 날 취하게 만든 거 평생 후회하실 겁니다."

나연이 손을 휘휘 저으며 벽을 짚었다. 본인 스스로는 자각하지 못하는 듯했지만 타인이 보기에는 금방이라도 쓰러질 것처럼 휘청거렸다. 그랬기에 넋을 놓고 있던 이 선생은 다시 마음을 추스르고 나연을 단단히 붙잡았다.

"안 되겠네. 저랑 같이 나갑시다. 병원 가기 전에 집에 내려줄게요."

"이거 놓으세요!"

나연이 거세게 이 선생을 뿌리쳤다.

"한 번 끊어진 인연, 다시 묶는다고 원래대로 돌아가는 것도 아니고……. 힘든 것 피차 똑같으니까 차라리 한 번에 아프고 마는 게 나아요. 그러니 나중에 더 힘들어지게 하지 마시고 그냥 가세요."

"어떻게 그냥 갑니까? 취해서 제 몸 하나 가누지 못하는 여자를 두고 그냥 가라고요? 오지랖 넓어 미안합니다만, 나 그렇게 못합니다. 내 이기심이라고 욕해도 좋아요. 내가 관여하는 게 싫다면 맹 선생 말대로 지나가다 취객 한 명 도왔다고 칩시다. 내가 데려다 주는 게 싫다면 택시 잡아줄게요. 그거 타고 가요, 집에."

이 선생이 나연을 제대로 일으켜 세웠다. 하지만 싫다고 거절해야 할 당사자는 말도 제대로 나오지 않는지 반쯤은 정신이 나간 상태로 몸을 흔들어대고 있었다. 그런 상태의 나연을 확인한 이 선생이 그녀를 데리고 밖으로 나가려고 몸을 돌린 순간, 그는 벽에 비스듬히 기댄 채 그들을 지켜보고 있던 태양과 마주쳤다.

"아무래도 격하게 욕 한 번 뱉어줘야 할 상황 같은데."

태양이 한쪽 입꼬리를 올린 채 중얼거리자 이 선생은 놀란 얼굴을 하고 자리에서 멈춰 섰다.

"이사장님?"

이 선생의 부름에야 태양은 기댔던 몸을 일으켜 세우고 그의 앞에 제대로 섰다. 태양의 시선이 이 선생이 부축하고 있는 나연에게로 향했다.

"욕해야 할 상황인데 주인공 여자가 영 정신을 못 차리죠? 욕은 어떻게 대리 못 부르나? 나 욕 무진장 잘하는데. 평생 살아오면서 칭찬받은 거라고는 욕할 때밖에 없었거든요. 무척 창의적이고 기발한데다 맛깔스럽다고."

"어쩐…… 일이십니까?"

"내가 오해할 상황, 맞죠?"

"……아닙니다."

"사내연애 금지, 방금 전에 교감선생님이 쩌렁쩌렁하게 발표하시던데. 못 들으셨어요?"

"그런 것 아닙니다."

"정말요?"

"네."

이 선생의 대답에 태양의 얼굴에서 웃음이 단번에 사라졌다.

"아쉽네."

아까부터 묘한 표정으로 알아듣기 힘든 말을 뱉어내는 태양의 태도에 이 선생은 도무지 이해할 수 없다는 표정을 했다.

"네?"

"맹나연 선생, 비겁한 거 무진장 싫어하는데. 좋아했던 이 선생이 비겁하다는 걸 알면 상처받겠다."

태양의 말에야 비로소 이 선생의 눈이 커다래졌다.

"나중에 수습을 하더라도 오늘만큼은 사실대로 말하지 그랬어요? 그랬다면 아주 조금은 이 여자에게 위로가 됐을지도 모르는데."

"두 분, 혹시 전부터 알던 사이입니까?"

"그건 이 선생님이 궁금해하실 부분이 아니고."

그렇게 말한 태양은 매서워진 눈매로 이 선생을 꼼꼼히 훑어보며 말을 보태었다.

"어쨌든 내 신조는 무슨 일이 있어도 내 마음에는 비겁해지지 말자는 겁니다. 그건 어릴 때부터 지금까지 늘 한결같던 거거든요."

"때론, 비겁해질 수밖에 없는 상황이라는 것도 존재하는 법이죠."

"상황이란 건 없습니다, 그건 변명일 뿐이지. 이 선생님은 그냥 자기 마음에 진 겁니다. 그건 곧 맹 선생에 대한 감정이 확고하지 못했다는 거죠."

태양의 말에 이 선생은 입을 꾹 다문 채 고요한 눈빛으로 그를 바라봤다. 태양의 말에 허를 찔리기도 했거니와 반대로 뭘 그리 많이 알아 멋대로 해석하나 싶기도 해서였다.

그 마음을 읽기라도 한 것일까. 태양이 입을 열었다.

"어린놈의 자식이 뭘 안다고 그렇게 지껄이냐, 그렇게 생각하시죠?"

"아닙니다. 경험이 나이와 비례한다고 생각하진 않거든요."

"자기 마음에 진 이 선생님을 비난하는 건 아닙니다. 솔직해진다는 게 생각보다 어려운데다 부모는 늘 자식 앞에서 약자일 수밖에 없다고 생각하니까. 그런 점에서 이 선생님은 마음을 희생한 거겠죠."

그 점은 무척이나 높게 평가한다. 자식을 위해 나의 인생까지 희생하고 싶지 않아 하는 부모들이 많아지는 추세에 누구보다 진지하게 아들을 생각하는 이 선생의 마음이 느껴졌기 때문이다.

거기서 짧게 말을 끝낸 태양이 다시 희미한 미소를 머금었다.

"아, 바쁜 분을 앞에 두고 내가 말이 너무 많았죠? 서론이 길었는데 본론은 하납니다. 넘겨주시죠, 맹나연 선생."

"넘겨주고 말고, 실랑이를 벌이는 게 우스운 것 아닙니까?"

톡 쏘는 게 매서운 맛이 있는 남자였다, 이 선생은. 본성이 생각보다 유순하지만은 않을 거라는 생각을 하며 태양은 다시 협박 모드로 돌아섰다.

"그럼 우습지 않게 말하죠. 맹 선생 귀가는 안전할 겁니다, 내가 책임질 거니까."

"내가 어떻게 이사장님을 신용할 수 있죠?"

"사내연애 금지, 학교 이사장, 두 가지 확실한 신분이 있는데 날 신용하지 않는 게 더 이상하죠? 이사장이 일개 여선생을 집에 데려다 주는 것도 이상하지만 학부형 남선생이 아이 때문에 병원에 가야 한다면서 여선생부터 챙기고 보는 게 더 이상하게 보이지 않겠습니까? 자신과 얽혀 이상한 소문이라도 나면 맹 선생이 곤란해질까 봐 비밀 연애를 해오신 이 선생님."

질 수 없다는 태양의 태도에 결국은 이 선생이 한 발자국 물러났다.

"……먼저 가겠습니다."

이 선생에게서 나연을 인수인계받은 태양은 사람 좋은 미소를 보이며 고개를 까닥였다.

"월요일 출근 때 뵙죠."

그렇게 이 선생을 보내고 난 태양은 뾰로통한 얼굴로 세상모르고 자는 나연을 흘겨봤다.

"어이."

말간 나연의 얼굴이 얄미워 태양은 자는 그녀를 툭 건드렸다.

"으음."

"어이, 맹 씨!"

"으응, 깨우지 마아."

"좋냐? 편하냐? 이 상황에서도 잠은 꿀맛 같냐?"

태양은 퉁퉁 부은 얼굴로 나연을 노려보다가 하는 수 없다는 듯 그녀를 안아 들었다. 하지만 가슴팍에 얼굴을 묻은 나연을 보며 태양은 참지 못하고 투덜거렸다.

"아, 생각할수록 성질나네."

"으음?"

"그래도 이젠 안 돼. 5년 동안 쌓아둬서 그런지 조절이 어렵거든."

고개를 절레절레 저은 태양은 주차된 세단 뒷좌석이 나연을 실은 뒤 그대로 음식점을 빠져나갔다.

세단을 타고 유유히 음식점을 빠져나가는 그들 뒤로 먼저 가겠다고 빠져나왔던 이 선생이 발걸음을 돌렸다. 음식점을 나오기 무섭게 핸드폰을 두고 왔다는 사실을 깨달았기 때문이다.

타들어가는 갈증이 나연을 덮쳤다. 감은 눈두덩이 경련이라도 하듯 파르르 떨리는 것을 느끼며 나연은 힘겹게 상체를 일으켰다.

"으음."

졸음과 숙취가 끈적끈적하게 달라붙은 눈꺼풀은 쉽게 떠지지 않았기에 나연은 몇 번이고 눈을 깜빡거리며 주변을 두리번거렸다. 머리맡의 스탠드만이 짙은 어둠을 밝혀주는 단 하나의 물건이었기에 나연은 그 불빛에 의지해 익숙하게 시각을 확인했다.

"11시밖에 안 됐네. 아휴, 머리 아파."

"물?"

"응, 땡큐."

누군가 불쑥 물컵을 내밀었다는 사실에 위화감을 느끼지도 못

한 채 나연은 물컵을 받아 들어 깨끗하게 비워냈다. 그러고 나서
야 곁에 누군가 있다는 사실에 화들짝 놀라고 말았다.

"억! 네가 왜……?"

"쯧쯧."

"여긴 어디……. 우리 집 맞는데."

"청소 안 하고 살아요? 먼지가 아주, 쿨럭쿨럭."

태양이 보란 듯이 마른기침을 하며 주변을 둘러보았다. 어둠이
집 안을 가려주었기 때문에 딱히 지저분하다는 생각을 해보지 못
한 나연은 멋쩍게 머리를 긁적거렸다.

"아, 이리로 데리고 온 거야?"

"여기에 오겠다고 생난리를 피워서."

"내가?"

"당신이."

"요즘 계속 본가에 가 있느라……. 역시 사람이 살질 않으니 먼
지가 좀 쌓이네."

"취객 데려오는 것만으로도 힘이 드는데 야밤에 청소까지 해야
하다니, 내 신세가 좀 처량하네요."

"청소까지 했어?"

"그러지 않고서는 도저히 누일 수 없는 공간이라서."

"괜히 미안해지게."

"충분히 미안해하시길 바랍니다."

태양의 말에 배시시 웃던 나연이 불쑥 생각이 들었는지 궁금함
에 다시 입을 열었다.

"참, 비밀번호는 어떻게 알았어?"

"당신이 눌렀습니다."

"어머, 옷은……!"

입고 나갔던 옷이 풀어헤쳐진 채 꽤 단출한 복장을 하고 있다는 것을 느지막이 깨달은 나연은 무릎 담요를 어깨에 걸치며 태양을 의심스럽게 바라봤다. 물론 태양은 그런 의심은 사양이라는 투로 시크하게 받아쳤다.

"그것도 당신이 벗었습니다."

"우리 회식하고 있지 않았던가?"

"만취했던 것 기억 안 납니까?"

"아아."

눈치를 보며 짧게 대답한 나연이 목을 문지르자 태양이 자리에서 일어나더니 손을 내밀었다.

"……물 한 잔 더 줘요?"

"아, 그럼 땡큐지."

나연이 자연스럽게 태양에게 컵을 건네주자 먼저 제안을 한 그는 투덜거리며 냉장고로 걸음을 옮겼다.

"사람이 참 뻔뻔해."

"누가 누구한테 할 소릴."

나연도 지지 않고 중얼거렸다. 태양이 건네준 컵을 단숨에 비워버린 그녀는 이제야 살겠다는 얼굴로 탄성을 내지르며 씩 웃었다. 취기가 조금 사라진 얼굴이었기에 그 모습을 지켜보던 태양의 얼굴에선 걱정이 조금이나마 사라졌다.

"그래도 생각보다 빨리 깼네."

"아침까지 계속 자면 옆에 있으려고 했어, 설마?"

"당연하죠."

"뭐어?"

"이 좋은 기회를 놓치면 사람이 아니지. 남자가 아니지!"

"헐."

나연이 어이없다는 투로 태양의 뻔뻔한 낯짝을 바라봤다. 그러더니 이내 바람 빠지는 소리를 내며 웃고는 태양의 어깨를 툭툭 두드렸다.

"어쨌든, 고마워. 하마터면 정신줄 놓은 맹 선생, 온갖 추태 다 부리다가 학교에 찍힐 뻔했다."

"고맙죠?"

태양이 웃었다. 그 눈빛이 수상했기에 나연은 곧장 경계 태세를 갖추었다.

"……왜, 뭘 생각하는데 그런 눈빛이야?"

"세상에 공짜는 없죠."

"공짜는 없어도 봉사는 있다. 봉사했다고 쳐."

"봉사는 불우이웃을 위해 하는 거고."

"나도 알고 보면 소외된 이웃 중 하나야. 나, 우리 학교에서 따 당하거든."

"따요?"

"응. 너무 현실감 없게 예쁘다고."

"하!"

태양의 비웃음과 동시에 핸드폰이 울렸다. 문자가 왔다는 신호음이었다. 나연이 누군가의 문자를 확인하고 회답을 보내는 것을 지켜보며 태양이 중얼거렸다.

"살아났네, 맹 선생. 농담까지 하는 걸 보니까."

"농담인 건 맞는데 대놓고 비웃으니까 기분이 좀 그렇다?"

"미안해요. 내가 좀 대놓고 솔직하잖아."

"그 말이 더 기분 나빠."

그렇게 중얼거린 나연이 자리에서 일어났다. 그리고는 주구장 창 앉아서 갈 생각도 하지 않는 불청객의 팔을 잡아당겼다.

"그만 가. 나 일어났고, 덕분에 조용히 옆에 있으려던 네 계획도 산통 깨진 지 오래야."

"뭘 맨날 가래. 가라고 해도 내가 안 가니까 그렇게 튕겨도 된다 고 생각하지. 나중에 내가 휙 가버리기라도 하면 어쩌려고 그러 나? 후회하게."

"후회해도 내가 하니까 그만 가라고요. 밤 11시가 넘은 시각에 직장 상사랑 내 집에 있었다고 소문나면 끝장이니까."

"누가 소문을 낸다고."

"세상에 비밀은 없지, 아마?"

"하긴. 세상에 비밀은 없다는 걸 오래전에 알았는데 또 망각할 뻔했네."

태양의 말에 나연이 입을 꼭 다물었다. 언젠가 있었던 보건실에 서의 작은 추억을 기억해 냈기 때문이다. 나연이 잠시 우울해지는 모습을 바라보고 있던 태양이 조금은 짓궂게 말했다.

"수고비 줘요."

"돕고 도우며 사는 인생이잖아. 그렇게 물질적이야 해?"

"그럼 수고비가 아니라 날 도와주는 거라고 생각해요."

"내 도움이 필요해? 뭔데?"

"마른 땅에 단비가 필요하다고 할 수 있죠."

"그러니까 그게 뭔데?"

나연이 재촉하자 태양은 씩 웃으며 검지로 제 입술을 톡톡 두드렸다.

"뽀뽀."

그 말에 잠시 자리에 서서 멍청하게 태양을 바라보고 있던 나연이 작은 주먹을 들어 올렸다.

"이게, 정말 보자 보자 하니까⋯⋯!"

딩동—!

그때 현관 벨이 울렸다. 그 소리 덕분에 태양은 맞아 죽을 고비는 피했다. 하지만 두 사람의 시간은 완벽히 방해를 받았다. 차라리 맞아 죽는 것이 더 행복했을 태양의 얼굴에 불만이 가득 들어찼다. 현관 너머에 있는 사람이 누구인지 알았을 때, 그 불만은 더욱 커졌다.

"맹 선생! 납니다, 이 선생."

"어?"

파블로프의 개처럼 나연은 이 선생의 목소리에 충실하게 반응하고 있었다.

"집에 있다고 한 것 같은데⋯⋯. 맹 선생님, 집에 없습니까?"

"아, 있어⋯⋯!"

현관 너머의 이 선생에게 대답을 하며 걸음을 옮기던 나연은 얼마 가지 못해 태양에게 잡히고 말았다.

"가지 마요."

"잠깐만. 방금 전에 집에 있냐고 문자 와서 내가 있다고 대답했단 말이야."

"그래도 가지 마요."

태양의 목소리가 하도 간절해서 나연은 하마터면 그 자리에 그 대로 주저앉을 뻔했다. 뒤이어 들려온 문 두드리는 소리가 아니었 다면 그대로 정신을 놓고 그랬을지 모른다고 생각했다.

쾅쾅쾅—!

"맹 선생, 무슨 일 있어요?"

"아니에……."

정신을 차린 나연이 태양을 뿌리치고 현관 문고리를 잡는 순간, 순식간에 그녀를 따라잡은 태양에 의해 저지당했다.

"너!"

나연이 무슨 짓을 하기도 전, 태양이 그녀를 밀어붙였다.

"수고비 줄 마음이 없으면 그냥 내가 하지, 뭐."

쿠웅—!

나연의 등이 현관문에 부딪히는 소리가 제법 요란하게 들린 순 간, 태양은 그녀의 양팔을 잡아 고정시킨 채 그대로 나연의 입술 을 훔쳤다.

"읍!"

쾅쾅쾅—!

"맹 선생? 안에 있죠? 무슨 일입니까? 무슨 일 있어요?"

현관문이 흔들리자 밖에서 걱정이 된 이 선생이 문을 두드렸다. 나연은 태풍처럼 자신의 입술을 훔치는 태양의 마음에 휩쓸리면 서도 계속해서 그의 가슴을 주먹으로 두드렸다. 아주 잠시 태양이 떨어져 간 찰나, 나연은 조그맣게 대답했다.

"무슨…… 일이세요?"

"아까 핸드폰 찾으러 다시 음식점에 들어갔다가 맹 선생이 음식점에 가방 두고 갔다기에 픽업해 왔습니다. 병원에 들렀다 오느라 좀 늦긴 했지만 필요할 것 같아서 급하게 가져오느라 늦은 시각에도 불구하고 올라왔습니다."

"아……!"

태양은 집요했다. 나연이 이 선생과 대화를 하도록 놔둘 생각이 없었다. 그는 한순간의 숨결도 놓아줄 생각이 없다는 듯 허겁지겁 급하게 그녀의 입술을 삼켰고, 그 격정적인 욕망을 견뎌내지 못한 나연은 태양에게 밀린 채 그대로 현관문에서 미끄러져 주저앉았다.

"맹…… 선생?"

현관 밖에서는 이 선생의 허망한 목소리만 메아리칠 뿐이었다.

"두, 두고 가세요. 제가 지금 나갈 수 없는 상황이라……!"

그 와중에도 태양은 나연의 뺨과 입술, 콧잔등과 목덜미에 자잘한 키스를 남기고 있었다. 그랬기에 온전히 말을 잇지 못한 나연은 숨만 헐떡거릴 수밖에 없었다.

"미안해요!"

"그럼, 두고 갈게요. 몸조리 잘해요."

"네, 연락드릴……!"

연락 따위 할 필요 없다는 듯 태양이 다시 나연의 입을 막았다. 그는 단단한 양팔로 현관문과 땅을 짚은 채 나연을 향해 돌격했다. 현관에서 서로에게 엉키고 얽힌 채 주저앉은 나연은 그의 열정이 하도 거대해서 소화시키지 못한 채 허우적거릴 뿐이었다.

밀고 들어오는 두툼한 혀에 온 입안을 내어주고, 그러고도 모자라 욕심껏 탐하는 태양의 거센 욕망을 받아들이기 힘들어지자 나연은 틈을 타 몸을 틀고는 곧장 태양의 뺨을 내려쳤다.

짜악—!

"미쳤니, 너?"

나연이 급한 숨을 내뱉으며 눈앞의 태양을 노려봤다. 하지만 태양은 지지 않는 눈빛으로 나연을 바라보며 대답했다.

"미안하다는 사과는 하지 않을 겁니다."

"당장 나가!"

"……푹 쉬어요."

한참 서로의 눈만 바라보고 있던 두 사람 중 태양이 먼저 몸을 돌렸다. 그가 현관 밖을 나가자 나연은 재빨리 문을 닫아 잠근 다음 현관문에 기대섰다.

"너 때문에 푹 쉬긴 다 틀렸어."

그렇게 중얼거린 나연은 그대로 자리에 주저앉았다.

"나…… 어떡하지?"

그렇게 말한 나연은 양손으로 얼굴을 감쌌다. 그리고는 떨리는 탄식을 깊게 내쉬었다. 온몸의 맥박들이 자신의 것이 아닌 것처럼 팔딱거리며 뛰어대고 있었다. 전부, 태양을 향해.

12 사랑의 시작

마음을 정돈할 시간은 주말이면 충분했다. 월요일 아침, 새로운 마음가짐으로 태양은 나연에게 전화를 걸었다. 몇 번의 연결음 끝에 상대방이 전화를 받았지만 여전히 잠에 취해 있는 목소리였다.

―으으, 여보…… 세요.

푹 잠긴 목소리가 꼭 나연의 것처럼 느껴지지 않았다. 잔뜩 갈라지기까지 한 허스키한 목소리가 퍽 귀여웠기에 태양은 웃음을 머금고 첫 운을 달콤한 멜로디로 시작했다.

"아침이 오는 소리에 잠에서 깨면…… 출근할 시간이죠?"

―누구…… 야?

"아침 해가 떴습니다. 자리에서 일어나서, 세수하고, 이를 닦고 출근해야죠."

아침을 깨우는 로맨틱한 멜로디나 어린이들을 위한 정형시(定

型詩)나, 결론은 한결같았다. 부지런히 준비해서 출근을 하자! 교감에게 찍혀 시말서를 쓰지 않는 방법은 그뿐이다.

그런데도 막 수면을 방해받은 나연의 머릿속은 캄캄한 암전 상태인 모양이었다.

―아아, 몇 신데, 지금.

"지금 준비해도 빠듯할걸요?"

―태양?

"목소리도 반짝반짝하죠?"

―쓰읍.

"용케 전화도 했다 싶죠?"

―후우.

"스페셜 모닝콜입니다."

누가 봐도 기특한 행동이었지만 잠에 취한 나연은 그 어떤 생각도 하지 못했다. 쉽사리 정신을 차리지 못하는 모습에 이대로라면 얼렁뚱땅 마음을 내보일 수도 있겠다 싶어 태양, 기회를 잡았다.

"일부러 시간을 둔 건데…… 어떡하냐. 마음이 무뎌지긴커녕 더 깊어지네. 그냥 나 잡아요. 내가 생각해도 나 같은 남자 없어."

이번에는 단번에 대답이 튀어나왔다, 야속하게도.

―또 까불지.

"어떻게 해도 당신 눈엔 찧고 까부는 학생으로밖에 보이질 않으니 어떻게 해야 하나? 환생하는 수밖에 없나?"

―……그런 말이 아니잖아.

"아니면?"

―아침부터 이러지 말지? 안 그래도 출근하려면 바쁜데.

부스스한 얼굴로 침대에서 일어나 머리를 긁적거리며 시계를 확인하는 나연의 모습이 눈앞에 생생히 그려졌다. 그랬기에 태양은 아쉬운 마음을 뒤로한 채 미소를 지었다.

"스페셜이라고 했잖아요? 오늘 다시 한 번 확인해야 해서 전화한 겁니다."

—무슨 확인?

"당신이 날 어떻게 생각하는지. 이제 잘 알았으니 됐어요."

담백하게 물러나는 태양의 태도에 나연은 정신이 들었는지 한숨을 내쉬며 허탈하게 중얼거렸다.

—난 가끔 네가 무슨 생각을 하는지 모르겠어.

"열 길 물속은 알아도 한 길 사람 속은 모른다는데 나도 모르는 내 속을 맹 선생님이 어떻게 알겠어."

—그도 그렇다.

"당신이랑은 대화가 잘 통한다니까."

—그것도 맞는 말이고.

"그럼 어서 일어나서 준비해요."

—데리러 온다는 말은 안 해?

"안 합니다. 나 싫다는 사람한테 내가 왜. 나도 존심이 있는데."

—누가 싫댔어?

"그럼 좋은가?"

—또 그 흑백논리.

"회색분자는 내 취향이 아니거든. 뭐든 애매한 건 별로라서."

씩 웃은 뒤 학교에서 보자는 말을 마지막으로 태양은 전화를 끊었다. 그리고는 열어놓았던 창문을 닫으며 주차해 놓은 차 안에서 나연이 있을 집을 물끄러미 올려다보았다.

'5년의 시간이 나에게는 너무나 고통스러웠는데.'

하루하루 이를 꽉 깨물고 버티다 그게 되지 않을 때 몰래 집을 빠져나와 나연에게로 달려왔던 태양이었다. 눈을 감고도 그녀의 집에 찾아올 수 있을 정도로 그렇게 오고 또 왔다. 와서는 거리에 우두커니 서서 불 켜진 창을 한참 동안 바라봤다. 그러면 한동안은 참을 수 있었다.

그녀가 취했을 때 만난 적도 있었다. 밤하늘보다 캄캄했던 골목 어귀에서 비틀거리던 그녀를 잡아 집에 데려다 줬다. 그녀에게 손을 내밀어 잡아주는 것은 쉬웠어도 그녀의 앞에 나타나는 것은 어려웠던 시간 속, 태양의 마음은 한결같이 나연에게로 달려가는 중이었다.

"하지만 남자 문제만큼은 내 뜻대로 되질 않았지."

그렇게 중얼거린 태양은 마지막으로 다시 한 번 나연의 집을 올려다본 다음, 차를 거칠게 출발시켰다.

"밀다 안 되면 당기는 수밖에."

마지막에 이어진 그 한마디는 엔진 소음에 묻혀 사라져 버렸고, 학교를 향해 차를 모는 태양의 입가에는 알 듯 모를 듯한 미소가 걸려 있었다.

그렇게 며칠이 지났다. 모닝콜의 이유가 무색해지리만치 그 후로 단 한 차례도 태양의 얼굴을 볼 기회가 없었던 나연은 오늘에서야 자신이 여태껏 묘한 불안감에 시달려 왔음을 깨달았다.

"아, 드디어 길었던 하루가 끝나는구나!"

마지막 교시 종이 치자 옆자리 지안이 늘어져라 기지개를 켰다. 종이 치기 무섭게 활기를 띠는 교무실 분위기에 교감이 불편한 헛기침을 했지만 들뜬 분위기는 쉽게 가라앉지 않았다.

"올 것 같지 않던 겨울방학도 이렇게 오네요."

나연이 웃으며 대답하자 지안이 불만스러운 얼굴로 투덜거렸다.

"그럼 뭐 해. 애들 수능 보기 전까진 꼼짝없이 출근해야 하는데."

"그래도 좋잖아요. 이제 진짜 겨울이고, 조금 있으면 크리스마스고, 그러다 보면 또 한 해가 가네요."

"크리스마스를 같이 보낼 사람은 있고?"

"아, 참! 오늘 회식이죠?"

"어어? 이거 수상한데. 맹 선생, 은근히 말을 돌린다?"

나연이 미꾸라지처럼 재빨리 주제를 빠져나가자 지안이 의심스러운 눈빛으로 그녀를 바라봤다.

"정말 그 소문이 맞는 거야?"

"네?"

"왜, 맹 선생에게는 숨겨진 애인이 있다."

"소문이 사실이길 바라기는 이번이 또 처음이네요. 숨겨둘 애인이라도 있었음 결혼하라는 말 안 들어도 되고 참 좋을 텐데요."

"정말 아니야?"

"누가 있어요, 있긴."

"난 또. 숨겨뒀다고 해서 사내연애라도 하고 있는 줄 알았지."

"사내연애 금지라면서요."

"그거야 학교 내 규칙이고. 몰래몰래 할 거 다 하는 사람 많지."

그렇게 말한 지안이 나연의 귓가에 사내에서 떠도는 루머들을 한차례 읊고는 조금 높아진 목소리로 말을 이었다.

"이사장 대리와 비밀연애를 꿈꾸던 우리 정 선생도 있고 말야."

"1학년 음악쌤이요?"

"그래. 이사장 대리 등장하기 무섭게 저 남자는 내 남자다, 멋대로 찜해놓더니 온갖 종류의 김칫국은 다 마셔댔잖아."

"그래요? 그런데 왜 과거형이에요?"

"그게 아쉽게 되어버렸지 뭐야? 역시 백마 탄 왕자에게는 내정된 공주가 정해져 있다는 게 현실이지."

"내정된 공주라뇨?"

"몰랐어, 자기? 오늘 소문 쫙 퍼졌잖아. 제일고등학교의 꽃미남 이사장, 내정된 약혼자가 있다! 집안 빵빵한 어디 그룹의 손녀라던데? 보유한 주식만 100억대가 넘고, 외모는 전지현, 두뇌는 김태희, 몸매는 이하늬. 어때, 죽이지?"

지안의 말에 나연의 두 눈이 순식간에 커졌다. 처음 듣는 정보에 당황한 것은 맨 처음이었고, 그다음은 자신의 동요를 어떻게 숨기느냐는 것이었다. 등 뒤로 숨긴 손을 꽉 움켜쥔 나연은 떨어지지 않는 입술로 애써 한마디 내뱉었다.

"뭐, 사람이 꼭 뇌까지 예뻐야 하나? 뭐, 그렇게 다 연예인을 닮았대."

"와, 우리 맹 선생도 은근 질투하는구나? 그럼 그렇지. 이사장 대리는 역시 우리 학교 자타공인 만인의 연인이라니까."

"그런 거 아닙니다."

"뭘 아니야. 솔직히 말이야 그렇지, 5년 전만 해도 핏덩이였잖아?"

지안이 오래전의 기억을 더듬는 눈빛으로 말했다.

"솔직히 이사장 대리라는 직함 때문에 말을 못해서 그렇지, 태양 녀석. 용 됐다. 대리라고 해도 비서나 마찬가지인데 뒤에 버티고 있는 이사장이 외조부니 우리가 꼼짝을 할 수 있나."

그리고 녀석은 용은 될 수 있어도 양반은 될 수 없었다. 그렇게 말하는 지안의 등 뒤로 불쑥 나타난 태양 탓에 지안은 별안간 입을 꼭 다물고 몸을 사려야만 했다. 권력의 힘을 느낄 수 있는 대목이었다.

"다들 수고하셨습니다. 준비가 다 되셨다면 회식 장소로 이동하시지요?"

태양은 지안을 언급하지 않은 채 주변을 둘러보았다. 호명되지 않은 지안은 가슴을 쓸어내릴 수 있었다. 그리고 일주일 만에 태양을 처음 보는 나연은 조용히 그를 불렀다.

"저기, 이사장……."

어수선한 분위기 속, 태양의 시선이 자신에게 향해 있다는 것을 알고 있던 나연이 그를 부르기 무섭게 태양은 그녀의 말을 무시하고 모든 사람의 이목을 집중시켰다.

"그럼 먼저 가 있겠습니다. 가서 뵙겠습니다, 다들."

냉랭하기 짝이 없는 그의 목소리는 나연을 염두에 두고 있다는 여지조차 남기지 않고 있었다. 덕분에 나연은 마음속에 감추어두었던 불안감을 숨기지 못한 채 여과 없이 투영해 냈다.

—일부러 시간을 둔 건데…… 어떡하냐. 마음이 무뎌지긴커녕 더 깊어지네. 그냥 나 잡아요. 내가 생각해도 나 같은 남자 없어.

—어떻게 해도 당신 눈엔 찔고 까부는 학생으로밖에 보이질 않으니 어떻게 해야 하나? 환생하는 수밖에 없나?

—스페셜이라고 했잖아요? 오늘 다시 한 번 확인해야 해서 전화한 겁니다. 당신이 날 어떻게 생각하는지. 이제 잘 알았으니 됐어요.

일주일 전, 태양과의 대화가 떠오르는 이유는 무엇일까?

그는 분명 나연에게 기회를 주었다. 그녀가 그를 잡을 수 있는 기회. 그리고 나연은 평소와 다름없이 그 기회를 날려 버렸다. 대려면 많은 온갖 핑계를 대면서.

"사람이…… 마주치지 않으려고 노력하면 이렇게나 서로 못 볼 수 있구나."

나연이 한숨 섞인 목소리로 중얼거리자 곁에서 부랴부랴 짐을 챙겨 들던 지안이 확 고개를 돌렸다.

"응? 뭐라고 했어, 맹 선생?"

"아, 아니에요."

"휴. 보면 볼수록 아깝다, 그치?"

"네?"

"이사장 대리 말야. 저렇게 멋진 용이 될 줄 누가 알았겠어? 잘 자란 용 하나, 어떤 미녀 하나가 순식간에 낚아채는구나."

그 말에 가슴이 따끔거리기 시작했다. 따끔거렸다는 건 어쩌면 거짓말이다. 헐어버린 위장에 알코올을 들이붓기라도 한 듯 속이 쓰렸다는 것이 정답이다.

"그거, 정말이래요?"

"오늘 소문 쫙 났다니까?"

"소문의 출처가 어딘데요?"

"이사장 대리 본인이지, 당연."

"본인…… 이라고요?"

따끔, 따끔.

도저히 인정하고 싶지 않은 이유 때문에 가슴이 아파왔다. 이 선생에게 느낀 것과는 또 다른 형태로, 그렇게 태양은 나연의 마음속에 가득 찼다. 어쩌면…… 아주 오래전부터 채워져 있었는지도 몰랐다.

회식을 가장한 연말 기념 저녁 식사는 한정식집에서 이루어졌다. 큰 방을 잡아 오순도순 둘러앉은 가운데, 빠질 수 없는 알코올이 한 잔 두 잔 사람들의 목구멍을 축이자 하기 어렵던 이야기도 술술 나왔다. 이야기가 풍성해지는 것은 좋은 일이었지만 하필이면 불똥이 나연의 연애로 튀었다.

시작은 평소 나연을 예의주시하던 이 주임이었다.

"참, 그리고 보니 맹 선생, 이번에 결혼이라도 하려나?"

"네?"

"왜, 요즘 맹 선생 소문이 돌던데. 목하 사내연애 중이라고?"

이 주임의 말에 모여 있던 선생들의 시선이 한데 나연에게 꽂혔다. 태양은 조용히 상황을 지켜봤다.

"무, 무슨 말씀이세요. 그런 거 없어요. 더군다나 우리 학교는 사내연애 금지잖아요?"

"그거야 교감쌤 있으실 때나 나오는 말이고. 지금 담배 태우시러 간 사이에 고백 화끈하게 한 번 해봐. 누군데?"

"없어요, 정말."

나연이 당황한 얼굴로 손사래를 치자 주변에 있던 선생들이 후보를 추리기 시작했다.

"학교 내라고 하면 강 선생, 장 선생, 이 선생, 또 누가 싱글이지?"

"소문에 의하면 상대가 이 선생이라는 말이 있던데."

하필이면 불똥이 또 이 선생에게로 튀었다. 그 덕에 나연과 이 선생은 어색하게 서로를 바라보고는 난감하다는 듯 시선을 피했다. 그러자 두 사람 주변의 사람들이 하나둘씩 말을 보태기 시작했다.

"이 선생님이요? 결혼, 하셨잖아요?"

"아니야. 이 선생, 싱글이야. 그렇지, 이 선생?"

"아아, 이혼했다고 했지?"

"그런데…… 두 살 된 아들이 있지 않아요?"

"맞다, 아들 있다고 했다."

다른 선생님들의 대화에 나연이 난감한 얼굴로 입술을 잘근 깨물었다. 오래전 멋모를 때의 나연이었다면 콧방귀를 뀌며 이 자리를 박차고 나갔을 수도 있고, 왜 멀쩡한 사람들을 엮어대느냐며 불쾌함을 토로했을 수도 있었지만 지금은 그러기 힘들었다. 그만큼 사회의 때가 너무 많이 탔다.

"정말 아무도 없어요. 그만들 하세요."

"왜, 불쾌해? 우리가 너무 주책 맞게 굴었나?"

"아니요. 사실이 아니니까……."

"아니 땐 굴뚝에서 연기가 나는 일이 있던가?"

끈질기게 추궁하는 이 주임은 이때다 싶은 모양이었다. 평소 이 주임이 하는 일에 따박따박 의견을 제시하고 참견을 하는 눈엣가시에게 최소 골탕은 먹일 수 있겠다고 생각한 참이었다.

대답을 하지 않으면 안 될 분위기에서 나연이 침만 꼴깍 삼키고 있을 무렵, 태양이 슬그머니 자리에서 일어났다. 이 선생이 행동을 취하기 바로 직전이었다.

"다들 참 짓궂으시네요."

태양의 난데없는 개입에 사람들이 눈을 동그랗게 떴다.

"비밀 연애를 즐기려고 했는데 다 틀렸네."

그렇게 중얼거린 태양은 나연에게로 가까이 다가와 그녀의 팔을 잡아 일으켰다. 나연의 눈이 더없이 커다래졌음은 당연한 사실이었다.

"무슨……."

"접니다, 맹 선생 애인."

"뭐?"

나연이 미간을 찌푸리자 앉아 있던 모든 사람이 소리를 내질렀다.

"뭐요?"

"저게 무슨 말이야?"

"대박."

수군거리는 많은 사람들을 찬찬히 바라본 태양은 여유 있는 동작으로 나연의 코트와 가방을 집어 들었다.

"저희 약혼한 사이입니다."

"설마…… 오늘 소문이 났던 그 상대가?"

"맹 선생입니다."

태양은 보란 듯이 나연의 손을 움켜쥐고는 싸늘하게 웃었다. 더 이상 질문을 하지 말라는 뜻이었다. 그 싸늘한 표정에 사람들이 숨을 죽인 순간, 태양은 고개를 꾸벅 숙이고는 말했다.

"저희가 괜히 연말 파티 분위기를 망친 것 같으니 이만 퇴장하겠습니다. 미리 인사드리겠습니다. 메리 크리스마스 앤 해피 뉴이어."

태양은 나연을 향해 더없이 다정한 미소를 보이며 그녀를 잡아끌었다.

"가죠?"

나연은 이상하리만치 순순히 태양의 차에 올라탔다. 문을 닫고, 그렇게 단둘만이 남았을 때, 그녀는 조용히 비릿한 웃음을 뿜었다.

"몰랐네, 그렇게 대단한 사이일 줄은."

"비꼬지 마."

"당사자도 모르게 약혼한 사례가 있긴 있나?"

"나라고 좋아서 그런 말 한 줄 알아?"

차 안의 냉기가 순식간에 뜨겁게 달아올랐다. 두 사람은 서로를 죽일 듯이 노려봤고, 이내 나연이 김빠지는 소리를 내며 고개를 돌렸다.

"하긴. 기가 막히는 약혼녀가 순식간에 맹 선생으로 둔갑했는데, 너라고 좋겠니."

"약혼녀 없어."

"무슨 소리야? 내가 여기 멀쩡히 두 눈 뜨고 있는데."

"학교에 도는 소문 때문에 신경 쓰는 거면 그러지 말란 얘기야."

"신경을 누가 써?"

"당신. 누가 봐도 신경 쓰여 미치겠다는 얼굴이잖아, 지금."

태양의 자신만만한 대답에 나연이 다시 그를 노려보았다. 가만히 있어도 미치겠는데 태양이라는 녀석은 미치지 않고는 못 배기게 그녀를 부추긴다. 돌아버릴 것만 같다.

"티 내면서 무시하더니 왜 마음이 바뀌어서 약혼녀 자리에 앉혀주신 거라니?"

"티를 그렇게 많이 냈는데 왜 먼저 연락은 안 하셨는지, 그것부터 말해주면 대답하죠."

"내가 왜 연락을 해야 하는데?"

"그러면서 연락은 왜 기다렸는데?"

"내가…….."

"언제 내 연락을 기다렸냐고? 기다리다 오지 않아서 삐친 얼굴인데, 뭐. 내가 그런 것 하나 모를까 봐?"

태양이 마음에 든다는 얼굴로 기분 좋게 미소 지었다. 그 미소를 바라보며 나연은 바드득 이를 갈았다.

"그래, 그럼. 그렇다 치고, 넌 왜 날 무시하면서 요리조리 피해

다녔는지 말해봐."

"당신이 이렇게 궁금해하잖아."

"뭐?"

"당신의 마음이 어떤지 알고 싶었거든."

"알고 싶으면 물어봐. 괜히 사람 떠보지 말고."

"물어볼 때 순순히 대답해 줬으면 물어봤겠지."

일주일 내내 얼굴 한 번 보여주지 않았다는 게 의도된 것이었고, 그 의도가 나연의 마음을 떠보기 위한 것임을 알아챈 지금 나연은 억울하기도 하고 그가 얄밉기도 했다.

잠시 태양을 바라보고 있던 나연이 묵직해진 목소리로 말을 꺼냈다.

"이런 것 때문이야, 내가 망설이는 게. 넌 내게 생각할 틈을 주지 않고 밀어붙여. 어쩔 도리가 없을 정도로 속수무책 네게 끌려다니는 내가 한심하게 생각이 들 정도로."

"생각할 틈을 주면 달아날 생각밖에 하질 않는데 무슨 틈을 줍니까?"

"……내가 네 생각을 모르는 것처럼 너도 내가 무슨 생각하는지 모르잖아? 모르면서 단언하지 마."

"내 말을 부정한다는 건……."

"나 스스로도 놀랄 만큼, 때론 일탈에 가까운 과감한 생각을 할 때도 많거든."

"날 생각할 때 과감해질 순 없어요?"

"부탁이야?"

"애원입니다."

"괘씸해서라도 싫어."

그리고 아직까지 널 받아들일 용기가 없어. 이대로 널 사랑하고 나면…… 내 자신이 언니가 원하는 대로 움직이는 인형처럼 느껴지잖아. 내 자의로 널 선택한 것 같지 않잖아. 약해진 내 마음을 틈 타 널…… 이용한 것 같잖아.

태양을 바라보던 나연이 급하게 조수석 문을 열려고 잡았다. 그 순간, 태양은 재빠르게 문을 잠가 버렸다. 잠금장치가 작동하는 순간, 나연이 다시 잠금장치에 손을 댔다.

철컥—

철컥철컥—

나연이 문을 열기 위해 손을 뻗자 다시 태양이 저지하고 나섰다. 잠금장치가 열리기 무섭게 바로 닫힌 순간, 태양은 급하게 차를 출발시켜 버렸다. 이게 무슨 짓이냐고 따질 틈도 없이 빈틈없게 생긴 그의 프로필은 앞을 묵묵히 바라보며 말 한마디를 내뱉었다.

"타고 가요. 약혼자 혼자 걸어가는 꼴을 어떻게 봐, 내가?"

"나쁜 자식."

나연이 이를 갈며 으르렁대자 태양은 만족스러운 미소를 지으며 그녀를 흘끔 바라봤다.

"인정해 주니 이젠 대놓고 나쁜 짓 좀 해봐야겠네."

그건 예고이자 경고였다.

❖

크리스마스이브가 찾아왔다. 세상천지가 캐럴과 트리와 장식과 선물과 사랑으로 가득 차는 날, 나연은 혼자 방에 처박혀 있었다. 여기저기서 흘러나오는 캐럴 때문에 나연의 신음 소리는 더욱 처절하게 들리는 효과가 났다.

"아, 진짜……."

몇 번째 화장실을 들락날락거리는 것인지 모르겠다. 연인과 함께 넘치는 사랑을 확인해야 하는 날, 화장실이 웬 말이냐 싶을 정도로 나연은 화장실을 연인 찾듯 찾았다.

"어제 뭘 잘못 먹은 거야, 난? 아, 배 아파 죽겠네."

일단 급하게 집에 있던 소화제부터 목구멍 속으로 털어 넣긴 했는데 영 효과가 없는 모양이었다. 시간이 지날수록 뱃속에 묵직한 무언가가 똬리를 틀기 시작하더니 이내 심각한 통증과 함께 꼬이기 시작했다.

그녀가 고통을 호소하며 몸을 웅크리고 있을 무렵, 현관 벨이 울렸다.

쾅쾅쾅―!

누군가 현관문을 두드리는 소리에야 정신이 들었다. 제정신이 아닌 것처럼 바닥을 기어 현관문을 열자 말끔한 구두 한 쌍이 보였다. 그리고 뒤이어 걱정이 가득한 목소리가 그녀를 감쌌다.

"맹나연! 왜 이래? 왜 이러는 겁니까?"

"으……."

"맹나연 선생님!"

"나, 병원……. 병원 좀……."

식은땀을 흘려대며 지독한 복통을 태양에게 호소하던 것이 나연이 기억하는 마지막이었다.

응급실에서 처방을 받고 약을 탔다. 약봉지와 배를 한 줌 움켜쥐고는 진이 다 빠진 얼굴로 병원 건물을 빠져나왔다. 곁에는 태양이 있었다.

"미련하기는."

좋은 말을 듣지 못할 것을 알고 있었기에 나연은 묵묵히 그 말을 듣고만 있었다.

"아프면 병원을 가야지."

"혼자는 못 가겠는데 어떡해."

"그럼 날 부르던가."

"널 왜 부르니?"

"진짜 고집 더럽게 세네. 그럼 이 선생이라도 부르려고 했나?"

"여기서 그 얘기가 왜 나와?"

나연이 하얗게 질린 얼굴로 발끈 성을 냈다. 그리고는 기운 다 빠져 힘든 얼굴로 한숨을 깊이 내쉬었다.

"안 그래도 아파. 마음을 접었다고는 해도 아직 아프다고, 이별이라는 게. 그런데 넌 뭐가 그렇게 잘났다고 사람을 들쑤시니?"

"나도 아파서 그런다. 참아보려고 했는데 참아지지가 않아서 괜한 화풀이 중이라고요, 지금. 됐어요?"

"오늘만큼은 싸우고 싶지 않아. 그만하자, 우리."

"그래요. 그만합시다."

태양도 오늘만큼은 순순히 입을 다물며 나연을 부축했다. 함께 병원 앞 공원을 가로질러 주차장으로 향하던 도중, 나연의 걸음이 자리에 멈춰 버렸다. 그녀의 걸음이 멈추자 태양도 함께 자리에 멈춰 서서는 그녀의 시선이 향하는 곳을 향해 시선을 주었다.

나연의 눈빛이 향하는 곳, 그곳에는 이 선생이 있었다. 공원 벤치에 누군가와 함께 앉아 있었는데 전부인으로 보이는 여자와 환자복을 입은 아이가 그 주인공이었다. 아이는 파리하게 질린 얼굴로 환하게 웃고 있었고, 그런 아이를 바라보는 부모의 표정 역시 봄날처럼 부드러워져 있었다.

그리고 그런 세 사람을 바라보는 나연의 표정은……

이 선생이 전부인을 가볍게 안아주는 모습에 나연은 할 말을 잃고 말았다. 그리고 태양은 그런 나연의 눈을 가려 자신에게로 끌어당겼다.

"누군가에게는 어려운 이별이 다른 누군가에게는 쉬울 수도 있다는 거, 그래서 그게 상처가 될 수 있다는 거, 저 사람은 모르나 보다."

태양이 나연을 끌어안았다.

"아파하지 마요, 저런 모습 가지고. 그럼 당신만 비참하잖아."

태양의 온기를 느끼며 나연은 힘없이 그의 품에 기댔다.

'내가 무엇에 아파하고 있는 줄 알면 놀랄 텐데, 이 바보.'

나연은 파르르 눈을 떨며 눈을 감았다.

"날 이용해요. 저 남자, 내가 잊게 해줄게요."

이미 잊혀졌다. 이 선생이 전부인과 아이와 함께 있는 장면을 보고도 놀랍거나 상처를 받지 않았다는 사실에 놀란 거다. 자신의 이 간사한 마음에 충격을 받은 거다.

"나, 궁금해요. 당신이 누구랑 뭘 먹는지. 퇴근 후에는 뭘 하는지."

태양의 다정한 그 말이 자꾸 나연의 마음을 녹였다. 태양의 변함없는 빛이 자꾸 그녀를 달콤하게 간질였다. 아픔을 불사하고 온몸으로 부딪치며 다가오는 그의 고백이 나연의 두터웠던 빗장을 풀어냈다.

나연이 젖은 목소리로 속삭였다.

"내가 자꾸 나쁜 년이 돼가. 기대고 싶고, 사랑받고 싶고……. 난!"

"그럼 기대라고! 뭐가 문제야. 나는 그렇게 해서라도 당신을 가지고 싶은데."

언성을 높인 태양이 미안하다는 듯 나연의 뒤통수를 부드럽게 쓰다듬었다. 유리를 다루듯 조심스러운 그 손길에, 그가 사랑을 말하지 않아도 그 마음을 알 수 있을 것 같다는 생각을 해버렸다.

"사랑해요. 오래전부터 계속, 당신을 사랑했어. 사랑해, 내가 날 변화시킬 정도로 당신을. 내가 날 어쩌지 못할 정도로 당신을…… 그렇게 사랑해."

사랑 고백을 듣는데 왜일까, 눈물이 났다.

오래도록 듣지 못했던 고백은 단비처럼 촉촉이 가뭄이 든 마음을 뜨듯하게 적셔주었다. 비로소…… 누군가에게 필요한 존재가 되었다. 비로소 자신을 되찾은 느낌이었기에 그제야 무언가 정답을 찾은 것처럼 느껴졌다.

정답은 없었지만 태양은…… 정답과 다름없었다.

13 사랑

사랑을 고백하는 태양의 목소리가 경건했다. 맑고 투명한 마음 그대로를 내보이듯 목소리는 담담했다. 그 목소리에 왈칵 눈물이 났다. 당신이 나를 사랑하고, 내가 당신을 사랑하는데 머뭇거려야 할 이유가 대체 어디 있을까.

한순간에 모든 고민거리가 녹아버리는 느낌이었다.

"대신 한 가지."

태양의 말에 나연이 고개를 들어 그를 바라봤다. 나연을 담고 있는 그의 두 눈동자는 변하지 않을 절대적인 사랑을 속삭이고 있었다. 그랬기에 나연마저도 절대적일 수 없을 그 무언가를 다시 한 번 믿고 싶어졌다.

"난 당신이 내게 온다면 진짜 연애를 할 겁니다. 성인들의 연애에 19금 딱지 붙여서 이런 짓도 하고, 저런 짓도 하고, 그런 짓도 하고, 무지 야한 짓도 할 거란 말입니다. 마음만 주고받는 그런 연애는 못해요. 난 내 마음 크기만큼 당신을 안고, 품고, 사랑할 겁니다. 그래도 괜찮다면 내 손 잡아요."

나연은 자신의 눈앞에 내밀어진 태양의 손을 물끄러미 바라봤다. 나연의 눈길에 속수무책으로 떨어대는 태양의 마음을 아는지 모르는지, 그녀는 속을 알 수 없는 눈빛을 하고 있었다.

그때였다. 생각지도 못하게 나연이 태양의 손을 잡았다. 빈손에 가득 들어차는 온기를 느끼며 태양이 믿기지 않는다는 표정으로 나연을 바라봤다. 거짓말이라도 되는 것처럼, 꿈이라도 꾸는 것처럼.

그런 태양의 앞에서 나연은 웃어 보였다. 그리고 태양의 손을 힘주어 잡았다.

"잡았어, 네 손."

"……."

"네가 내건 공약, 다 지킬 수는 있는 거지? 날 지켜준다는 허튼 소리 지껄이면서 이런 짓, 저런 짓, 그런 짓 다 안 하기만 해봐. 고소할 거야, 너."

나연이 장난스럽게 말하며 웃자 그런 그녀를 물끄러미 바라보고만 있던 태양이 다급하게 그녀를 끌어안았다. 금방이라도 바스러질 것처럼 가녀린 그녀의 몸을 품 안에 가둔 그가 가느다란 한숨을 내쉬었다.

"하아. 완전 떨렸다."

"왜?"

"뻔뻔함을 가장하긴 했는데 속으론 얼마나 떨었는지 알아요?

당신이 안 잡아줬으면 완전 쪽팔릴 뻔했다, 나."

"네가 떨기도 해?"

"살면서 떨어본 적 별로 없는데 당신 앞에선 늘 떨어요. 몰랐어요, 그거?"

나연의 목덜미에 태양의 뜨거운 입김이 와 닿았다. 그녀는 작게 키득거리며 커다란 덩치의 그를 처음으로 욕심껏 마주 안았다.

"나랑 다르네. 난 새가슴이라 사소한 일에도 가슴이 벌렁거리거든. 그런데 네 앞에선 심하게 두근거려."

"만져 봐도 돼요?"

"죽을래?"

"음흉한 의도가 아니라 정말 가슴이 그렇게 떨리는지, 직접 확인하고 싶어서."

"맞을래?"

"맞는 것도 썩 나쁘진 않겠다. 꿈이 아니라는 걸 실감할 수 있잖아."

"미쳤구나?"

"미칠 정도로 좋다."

환하게 웃는 태양의 얼굴이 무척 아름다웠다. 소년처럼 웃으며 나연을 품에 안은 그는 다시는 그녀를 놓아주지 않겠다는 듯 팔에 힘을 주었다. 숨이 턱 막혔지만 그마저도 사랑스러웠기에, 나연은 그 무게감을 즐기며 조용히 속삭였다.

"너 혼자만의 감정이 아니야."

"뭐요?"

태양이 되묻자 나연은 그의 등 뒤로 손을 올려 그를 끌어안았다. 처음으로 마음껏, 그리고 힘주어서.

"오래전부터 부정해 왔어. 넌 학생이고, 학생이었던 사실을 지울 수 없고, 얼마 전까지 좋아하던 사람이 있었고…… 그랬는데도 난 참 뻔뻔한 여자 같아. 그런데도 네가 좋으니."

"진심…… 입니까?"

"아니라고, 안 된다고, 계속 너만큼은 열외라고…… 혼자 생각했어. 그런데 눈이 널 찾고 있어. 하루에도 몇 번씩 보고 싶어. 자꾸 날 뒤흔드는 너 때문에…… 네 손을 잡고 싶었어. 하지만 그럼 내가 너무 뻔뻔하잖아."

"뻔뻔해도 좋다고 했잖아."

"그래서 뻔뻔한 여자 하기로 마음먹었잖아, 지금."

"너무 늦었다."

"늦다고 생각했을 때가 가장 빠른 때라던데."

태양과 시선을 마주치며 미소를 지은 나연은 발갛게 물드는 얼굴을 태양의 품에 숨기며 중얼거렸다.

"뭐, 그런 거야. 의지는 있어도 여력이 없고, 마음은 있는데 공산(公算)이 없었다고나 할까. 지금까지는 그랬어. 그런데 이제 그랬던 날 바꿔보고 싶어졌어. 너 덕분에."

"오래전의 거칠 것 없었던 맹 선생으로의 회귀입니까?"

"퇴행이라고 말하지 않아 다행이네."

킥킥 웃은 나연이 잠시 뜸을 들이다 말고 입을 열었다.

"누군가로 인해 세상이 밝아질 수 있다는 거, 아니?"

"오래전부터 알고 있었는데 맹나연 선생은 지금에서야 알았나 보지?"

"이런 횃불 같은 자식."

"촛불 보다는 낫네."

태양이 그 어느 때보다도 부드러운 미소를 지으며 나연의 손을 붙잡았다. 도움을 주기 위해 손과 손이 맞잡는 것이 아닌, 의미를 담아 손가락 사이사이를 메워 단단히 잡았다. 이렇게 어렵게 나에게 온 사람, 당신을 절대 놓치지 않겠다는 듯.

"가요, 데려다 줄게."

나연은 놓아줄 생각 없는 단단한 그의 손을 바라보며 순식간에 안정적이 되어버렸다. 길 잃은 아이가 엄마의 손을 붙잡은 그 순간처럼, 나연은 괜한 감격에 매워진 코끝을 슬쩍 비비고 그를 올려다봤다. 보조를 맞춰 함께 걸어주는 그의 존재가 이토록 컸는지 이제야 알게 된 얼굴이었다.

한동안 집 앞에 서 있었다. 묘한 침묵으로 가득 찬 차 안에서 누구 하나 말 한마디 꺼내지 않고 있었다.

"시간이 늦었다."

시계를 확인한 나연이 엔진 소리 들리지 않는 차 안에 울려 퍼졌다. 머뭇거리는 목소리에 침묵을 지키고 있던 태양이 고개를 들었다.

"딱 5분만 더 있어주지."

"5분, 5분 하다가 벌써 50분이 지났어."

"그럼 눈치를 채야지, 이 눈치도 없는 여자야! 추운 날 50분 동안 당신 못 가게 시간만 질질 끌고 있잖아. 그 뜻이 뭐겠어?"

태양의 말에 나연이 눈을 동그랗게 떴다. 그와 헤어지기 싫어 5

분, 5분 하는 말에 엉덩이를 비비며 눈치 없이 앉아 있었다.

그도 그런 줄 알고 있었는데 왜……?

나연의 무언의 물음에 태양은 이런 말 꺼내는 게 쑥스럽다는 얼굴로 웃었다.

"꿈에 그리던 염원이 현실로 이루어진 게 믿기지 않아서 자꾸 시간을 끄는 중이잖아. 나. 예전에 먹었던 레몬티라도 한 잔 주려나 싶어서 기다리는 중이라고."

"아!"

눈치가 없었다. 태양이 그런 생각을 하는 줄은 꿈에도 몰랐던 나연은 잠시 당황한 얼굴을 하고 앉아 있다가 입술을 지그시 깨물었다. 어떻게 할지 고민하는 얼굴이었다.

"안 줄 거예요?"

"글쎄."

"레몬티 한 번 마시기 되게 힘드네. 그렇게 비싼 거였어요?"

"그렇다기보다……."

나연이 망설이는 투로 중얼거렸다.

한 번쯤 튕기려는 것은 아니었다. 그저 태양의 고백을 받아들이던 순간, 자신이 내뱉었던 말이 떠올랐기 때문이다.

"네가 내건 공약, 다 지킬 수는 있는 거지? 날 지켜준다는 허튼소리 지껄이면서 이런 짓, 저런 짓, 그런 짓 다 안 하기만 해봐. 고소할 거야, 너."

아아, 미쳤었나 봐!

그때의 기억이 다시금 떠오르는 순간, 나연은 두 눈을 질끈 감아버렸다.

왜 스스로 감당하지도 못할 공약을 내세운 것일까?

나연은 한 손으로 앞머리를 헤집어놓으며 고민을 하더니 근심 걱정이 채 가시지 못한 애매한 얼굴로 대답을 했다.

"……알았어. 같이 올라가자."

나연은 눈앞에 내밀어진 달콤한 유혹을 뿌리치지 못한 채 불쌍한 강아지 눈빛으로 그녀를 공략하는 태양의 손을 붙잡았다. 붙잡을 수밖에 없었다.

달그락, 달그락—

나연이 사는 원룸 안에는 그릇 씻는 소리만 가득했다. 커다란 머그컵을 꺼내 개수대에서 씻은 뒤 그 안에 꿀을 채워 넣었다. 레몬즙을 짜서 넣은 뒤 끓는 물을 부은 나연은 한동안 부엌에 서서 티스푼만 만지작거리고 서 있었다.

그때, 나연의 뒤로 태양이 다가왔다. 나연의 등 뒤에서 그녀를 껴안은 태양이 그녀의 어깨에 턱을 대고 조용히 물었다.

"다 됐어요?"

나직한 목소리가 귓가에서 들리는 느낌이 미묘했다. 눈에 띄게 흠칫 놀란 나연이 몸을 가볍게 떨자 태양이 장난스러운 눈빛으로 그녀를 바라봤다.

"무슨 생각을 하시는 겁니까, 맹 선생?"

"내, 내가 뭘?"

"무슨 생각을 하기에 얼굴이 그렇게 새빨개지는 거냐고요."

"가, 갑자기 뒤에서 안으니까 그렇지."

"고작 백허그에? 생각보다 순진하네, 맹 선생."

태양이 나연의 어깨에 얼굴을 묻고 키득거렸다. 놀리는 그의 말투에 기분이 나쁘면서도 그가 웃을 때마다 내뿜는 자잘한 숨결에 절로 몸이 긴장되고 만다. 보들보들한 그녀의 살결이 주는 감촉이 좋아 일부러 그러는 것처럼, 그는 그녀의 목덜미에 입술을 파묻고 키득키득 웃었다. 그럴 때마다 도톰한 그의 입술이 문지르는 감촉이 선연하게 느껴졌고, 사이사이의 단단한 치아가 짓누르는 감촉과 더불어 그의 뜨거운 숨결과 촉촉한 타액이 그녀를 더욱 민감하게 만들었다.

그런 나연의 마음을 들킨 걸까, 태양은 나연의 뒤통수를 부드럽게 매만지더니 그녀에게서 한 걸음 물러났다.

"고소당하지 않으려면 바짝 노력해야 되긴 한데 오늘은 안 그럴 테니 걱정 마시고 긴장하지 마요."

태양의 그 말이 왜 서운하게만 들리는 걸까.

고마우면서도 아쉬운 나연은 마음을 들키지 않게 입술을 깨물고는 제법 엄한 얼굴로 그를 바라봤다. 그의 앞에서 선생님이었던 적은 있어도 여자였던 적은 없었던 그녀는 교사에서 여자로의 탈바꿈을 쉽게 할 수가 없었다.

나연은 태양에게 떠넘기듯 머그잔을 건네주었다.

"내가 할 말이야. 다 마시거든 집으로 돌아가."

다소 엄격했던 목소리에 태양이 가만히 한숨을 내쉬었다.

"어떻게 해야 할까?"

"뭘?"

"내 앞에서 맹나연은 늘 선생님이잖아. 이제 공식 연인이 되었는데도 말이지요."

그렇게 말하는 태양은 조금 심술 맞았다. 하지만 그 말이 정확했기에 나연은 제대로 된 반박을 할 수 없었다. 그저 조용히 자신을 변호하는 수밖에는 도리가 없었다.

"오래전부터 성립된 관계였으니 갑자기 변화시킬 수도 없는 노릇이잖아."

"맞는 말이에요."

"그렇게 말하면서 왜 집을 탐색하는 거야?"

"들켰어요?"

"여기저기 돌아다니면서 검사하는데 안 들켰을까."

아까부터 신경이 쓰였던 사실을 말한 나연이 뾰로통한 얼굴로 태양을 바라봤다.

"오늘의 목적이었지, 그게?"

"예리하시네."

"대체 뭐가 궁금한 건데? 처음 오는 집도 아니잖아."

"흔적이라고 해야 하나?"

"흔적?"

"다른 남자의 흔적."

태양의 대답에 나연이 그대로 굳어버렸다. 아무렇지 않은 듯하면서 이 선생을 신경 쓰고 있던 태양의 본심에 자신도 모르게 상처를 받아버린 탓이다.

"혹시나 있을까 봐, 궁금해서."

"……있었으면 어쩔 건데?"

"상처받겠죠."

"나도 받았어, 방금."

나연이 씁쓸하게 중얼거리며 태양을 바라봤다.

"뭘 재차 확인하고 싶은 거야? 이 선생과 내가 어떤 관계였는지가 궁금한 거야? 그걸 확인해서 뭘 어쩌고 싶은데?"

"판도라의 상자라는 걸 처음부터 알고 있었어요. 그리고 인간은 판도라의 상자 앞에서 무척 강한 호기심을 발휘한다는 것도 알았고. 그래서 후회 중입니다, 지금."

태양의 표정은 무척이나 진지했다. 그 모습을 가만히 지켜본 나연은 한숨 섞인 목소리로 중얼거렸다.

"네게…… 미안해라도 하라는 거야?"

"전에 했던 연애를 미안해하는 건 이상하죠. 논리에 안 맞잖아."

"그런데?"

"그런데도 난 왜 당신이 미안해했으면 좋겠냐."

그 말이 가슴에 사무치게 와 닿았다. 그래서 아팠다. 미안하고, 미안한 자신이 슬펐다. 아무래도 오늘은 마음이 무척 약해져 있는 모양이었다. 이렇게 눈물이 날 것 같은 것을 보면.

그런 자신의 모습을 보이기 싫어 고개를 살짝 숙였는데 태양이 떨리는 목소리로 속삭였다.

"아팠거든요, 많이. 쿨한 척, 아무렇지 않은 척하느라 좀 더 많이 아팠어요. 당신이 이 선생한테 아파하고, 사랑하고, 흔들리는 모습을 곁에서 지켜봐야 했으니까. 그렇게 내가 아팠으니까, 당신이 조금이라도 미안해하면 그래도 딱지가 앉을 것 같으니까. 그래서 억지 부리는 거예요, 지금."

"정말 억지다."

귀여운 투정. 그것이 자신을 향한 사랑에서 비롯된 것임을 잘 알고 있는 나연은 기쁘면서도 한편으로는 아팠다. 이 찬란하기만 한 태양이 첫사랑이 아니어서 미안한 기분을 어떻게 설명해야 할지 엄두가 나지 않았다. 태양의 마음에 그림자를 지게 한 것 같아 마음이 무거웠다.

"그만 가."

나연이 덤덤히 태양을 밀어냈다.

"그게 대답입니까?"

"오늘은 조금…… 많이 피곤해. 시간도 늦었고, 또…… 몸도 안 좋고."

계속 핑계만 댔다. 그와 함께 있어도 좋을 이유보다 그가 돌아가야 하는 이유가 지금은 더 많았다.

"아직도 난 당신에게 못 들은 말이 있는데."

그 말이 사랑한다는 고백이라는 것도 다 안다. 하지만 나연은 끝까지 태양이 원하는 말을 해주지 않았다.

가만히 자리에 서 있던 태양은 한동안 나연을 지켜보다가 고개를 돌렸다. 코트를 집어 들고 현관으로 걸어가 구두에 발을 끼워 넣었다. 그와 눈을 마주치려고 하지 않는 나연이 현관 앞까지 그를 배웅하러 나오는 것을 한 번 더 바라본 그는 한마디 말만 하고는 고분고분 현관을 나섰다.

"문 잘 잠그고 푹 자요."

생각해 보면 처음부터 태양은 고분고분했다. 다만 나연을 향한 마음만큼은 어쩌질 못했기에 억지를 부렸었다. 그랬는데 이번에는 또 고분고분 집으로 돌아간다. 말을 잘 듣는 것은 좋지만 또 한편으로는 그렇게 가는 것이 아쉬워 나연은 현관문을 잠그면서 나직이 한숨을 내쉬었다.

"대체 네가 바라는 게 뭐니?"

나연은 작게 중얼거리며 속으로는 비겁한 자신을 탓했다.

솔직해지지 못하는 한심한 어른 같으니.

아니, 다시 말하자.

솔직해지지 못하는 한심한 여자 같으니.

나연은 양손으로 얼굴을 감쌌다. 제대로 된 연애 한 번 해보지 못한 그녀의 얼굴은 손바닥 안에서 붉게 타오르고 있었다.

그래, 그녀는 그냥 부끄러운 것이다. 교사라는 가면을 쓰고 마지막까지 버티던 철옹성이 무너지면서부터 수면 위로 드러나는 여자의 얼굴을 보이는 것이 미칠 정도로 어색하고 부끄러웠다. 그의 앞에서 여자인 것이 꼭 죄를 짓는 느낌이라 더욱 그랬다.

"시간이 필요하다고, 정말."

오래 걸리진 않을 것이다. 장착된 프로그램부터 교사에서 여자로 제대로 바꾸고 난 다음 태양에게 다가설 작정이었다. 정말 그럴 생각이었다. 지금 누군가 문을 부술 정도로 두드리기 전까지는.

쾅쾅쾅―!

문이 부서질 것처럼 흔들렸다.

쾅쾅쾅쾅―!

그 소리에 나연은 바쁘게 현관으로 다가서 문을 열었다. 열린 문 앞에는 눈이 부실 정도로 찬란한 태양이 서 있었다.

"왜, 누군지 확인도 안 하고 열어요?"

심장이 무너질 것처럼 떨려왔다. 아래층에 도달하자마자 다시 무서운 속도로 뛰어온 것같이 서 있는 이 남자는 가쁜 호흡을 하며 나연을 바라보고 있었다.

"그냥, 너일 것 같아서."

나연은 함께 가빠지는 호흡에 가슴을 들썩이며 한동안 현관문을 잡은 채 서 있었다. 그러다 잡고 있던 현관문을 놓쳐 버렸다.

쾅앙—

문이 닫히는 소리가 커다랗게 났다. 그리고 나연은 문이 닫히는 것을 두 눈으로 확인하지 못한 채 그 소리만으로 상황을 짐작해야만 했다.

"오래전부터 생각한 건데 나쁜 버릇이야, 그거."

태양은 태풍처럼 들이닥쳤다. 열린 문틈으로 그의 매끈한 구두가 들어온 순간, 나연은 그의 무게를 이기지 못하고 벽으로 밀릴 수밖에 없었다. 그리고 그의 숨소리가 불쑥 다가왔을 때, 그의 입술도 함께 그녀를 찾았다.

"읍!"

이것저것 바닥으로 떨어지는 소리가 들렸다. 와장창창, 무언가 박살 나는 소리도 들렸다. 그 소리와 함께 나연은 중심을 잡으려고 애를 쓰며 벽을 짚었다. 하지만 바닥에 무엇이 떨어졌는지, 나연은 확인할 수 없었다. 지금 이 순간 중요한 것은 절박하다는 듯이 달려드는 태양의 입술이었고. 지금 이 순간 그녀의 감각을 지배하는 것은 태양의 키스뿐이었으니까.

처음이 아니었음에도 불구하고 그의 키스는 모든 것을 처음으로 되돌리는 힘을 가지고 있었다. 어른이 되었다고 자신하고 있던 나연을 순식간에 어린 소녀로 만들어 버리는 것과 마찬가지로.

아아, 심장이 미칠 듯이 두근거린다.

이 어린 청년을 향해 뛰어대는 주책 맞은 심장을 어떻게 해야 할지 그 방법도 모른 채 나연은 그가 전부인 것처럼 매달렸다. 잠깐 왔다 떨어지기 일쑤였던 그의 입술, 도둑처럼 훔치고 달아나기 바빴던 그녀의 입술. 그 두 입술이 처음으로 시간을 갖고 오롯이 서로를 마주했다.

거칠긴 했어도 그다음은 다정했다. 입술을 밀어붙여 그대로 숨결을 빼앗아 버린 것도 잠시, 시간 정지를 당한 사람처럼 멀거니 입술만 댄 채 그대로 서 있었다. 보드라운 그녀의 입술 그대로 느끼고 싶다는 듯, 입술만 맞대고 있는 그의 태도에 나연은 저도 모르게 눈물을 찔끔 흘리고 말았다.

귓가에 그의 한숨이 바람처럼 스치고 지나갔다. 그 속에 '아아, 이제야'라는 옅은 속삭임이 묻어 있었던 것도 같았다. 하지만 미열이 오르듯 온몸이 달뜨기 시작한 나연의 귀에는 그 소리마저 희미하게 자체 소멸되어 버렸다.

그가 나연의 윗입술을 물었다. 치아로 잘근 깨물었다가 이내 입에 머금어 버리는 그 감촉에 나연의 눈이 스르륵 감겼다.

그의 치아가 그녀의 아랫입술을 깨물었다. 깨물었다고 할 수도 없을 정도의 강도로 살짝, 하지만 은밀한 감각만큼은 세포를 통해 온몸 이곳저곳으로 전해졌다. 몸이 저릴 정도로.

마주 붙었던 입술이 떨어지면서 초오옥, 달콤한 소리가 났다.

그리고 그 달콤함은 여운이 되어 온몸을 떠돌아 다녔다. 감고 있던 눈꺼풀을 파르르 떨던 나연이 천천히 눈을 뜨자 태양은 잔뜩 갈라진 목소리로 변명을 했다.

"이걸 잊고 갔더라고, 내가."

발갛게 상기된 얼굴이었다, 태양은. 저녁노을처럼 물든 그의 얼굴을 바라보다가 나연은 문득 간과하고 넘어갔던 점을 알아냈다. 그도 사랑에 빠진 어린 청년이라는 것. 사랑은 남녀나 나이 구분 없이 늘 똑같이 어렵다는 것. 그 어려운 것을 하는 청년이 그녀의 거절에도 늘 흔들림 없이 서 있기는 힘들다는 것.

태양의 눈이 흔들렸다. 불안과 아쉬움, 슬픔과 안타까움이 한데 뒤섞인 눈빛이었다. 나연은 그것을 똑바로 보았다. 처음으로.

"이만 갈게요. 이젠 더 이상 핑곗거리가 생각나질 않거든요."

가벼운 웃음으로 드러난 자신의 진심을 지워 버리려는 태양의 노력이 가상했다. 왜 이제야 그 모습을 마주 볼 수 있게 된 것일까?

나연은 먹먹한 눈빛에 그를 담고 있다가 손을 들어 그의 넥타이를 붙잡았다. 그 순간 태양의 눈동자에 의문이 서리는 것이 보였고, 나연은 그 눈빛이 마음에 들어와 버렸다. 어쩌면 오래도록 그 눈빛만큼은 선연히 기억날지도 모르겠다.

"왜……."

태양의 질문이 채 끝나기도 전에 나연이 잡은 넥타이를 잡아당겼다. 그리고는 그의 입술에 다시 키스를 되돌렸다.

그녀의 부드러운 입이 태양의 아랫입술을 머금고 가볍게 빨아들인 순간, 태양의 몸이 단숨에 경직되는 것이 느껴졌다.

너무…… 당돌했나?

너무 탐욕적이었을지도 모르겠다. 나연은 화들짝 놀란 마음을 숨기려고 애를 쓰며 그에게서 천천히 멀어졌다.

"나도 그렇게 보낸 걸 후회하던 중이었는데."

그녀의 말에 태양의 마음에 불이 붙었다. 순식간에 기름을 부어 버린 나연의 태도에 태양은 무섭게 타오르려는 것을 애써 억누르며 힘겹게 중얼거렸다.

"당신은…… 지금 나한테 키스한 걸 후회하게 될 겁니다."

"어째서?"

"당신이 한 키스가 나한테 불을 붙였거든요."

"그럼 어떻게 되는데?"

"당신이 잊고 있는 것 같아서 다시 말하는데, 나 성인군자 아닙니다. 하루에도 몇 번씩 불끈거리는 혈기왕성한 이십대의 남자라고요."

태양이 으드득 이를 갈았다. 평소 나연의 패턴을 보자면 태양이 이렇게 나왔을 경우, 그녀는 도망치거나 밀어내거나 둘 중 한 가지의 태도를 취했다. 그랬으니 지금도 그러리라 태양은 어렵지 않게 답을 내리고 말았다. 그랬기 때문에 지금, 나연의 물음에 담긴 뜻을 파악하지 못했다.

"그럼 성공한 건가?"

"뭐가…… 요?"

태양이 미간을 좁혔다. 그러자 나연은 제 입으로 이런 말을 하게 될 줄은 꿈에도 몰랐다는 투로 달아오르려는 뺨을 문질렀다.

"어설프다고 생각할지도 모르지만 지금 나, 너 유혹하는 거거든."

심장이 멎는 줄 알았다. 화살이 심장 중앙을 관통한 것처럼 그대로 숨이 끊어지는 줄로만 알았다.

이 여자, 요물이다. 하루에도 몇 번씩 사람 마음을 들었다 놨다, 들었다 놨다…….

"이런 거, 안…… 통하나?"

"통합니다."

"그런데 왜 그렇게 서 있어?"

"제대로 통하면 사람이 충격에 움직이지 못하는 경우도 있게 마련이니까."

"충격, 받은 거야?"

역시 충격적인가?

나연은 두 눈을 질끈 감았다.

미쳤지, 미쳤어. 어쩌자고 내가 먼저 유혹이라는 단어를 꺼낸 걸까? 안아달라는 말로밖에 들리지 않잖아! 엄청 굶주렸다고밖에 생각하지 않을 텐데, 진짜 창피해!

"내가 이럴까 봐 빨리 집에 보내려던 건데."

"뭐라고요?"

"어머, 지금 나 소리 내서 말했어?"

나연이 입을 꽉 틀어막으며 두 눈을 동그랗게 떴다. 하다하다 생각까지 밖으로 토해내는 멍청한 여자가 맹나연이다. 나연은 이마를 소리 나게 치며 자리에 주저앉고 말았다.

"그렇게 웅크려 봤자 소용없거든요?"

"쥐구멍에라도 숨어들고 싶은 마음이니까 방해하지 마."

"고양이도 아니고, 머리만 숨긴다고 단가?"

"그래도 그러려니 하고 남자라면 매너 있게 이쯤에서 물러나 줘도 좋잖아."

"미쳤어요?"

하긴, 그도 그렇다. 이 좋은 구경거리를 놔두고 조용히 사라져 주는 사람이 어디 있을까? 맹나연 선생의 원맨쇼, 이만하면 스케일 크다.

하지만 태양은 그런 나연의 생각을 단번에 부숴 버렸다. 주저앉은 나연의 앞으로 다가와 그녀를 잡아 일으킨 태양은 그녀의 턱을 들어 올렸다.

"내가 머릿속으로 몇 번이나 당신을 안았을 거라고 생각해? 수백 수천만 번이야. 하늘에 뜬 별을 세도 이보다는 빠를걸."

태양의 말에 나연이 얼어붙은 듯 그를 응시했다. 아무 말도 하지 않는 나연의 태도에 태양은 한심하다는 듯 웃어버렸다.

"몰랐죠?"

"몰랐어."

"변태 같아요? 미친놈 같아요? 내가…… 혐오스럽습니까?"

"아니, 그 반대야."

나연이 진지한 목소리로 대답했다.

"사랑스러워."

그렇게 말한 나연은 보일 듯 말 듯 한 미소를 지었다. 태양은 기쁜 기색을 감추지 않으며 그녀를 마주 안았다.

"당신도 미쳤구나."

"그런가 봐, 정말."

나연이 태양의 목을 끌어안았다. 그는 품에 안겨오는 나연의 몸을 마주 안으며 그녀의 목덜미에 입술을 묻었다. 장난스러웠던 웃음은 금세 뜨거운 키스로 바뀌었고, 나연은 우스울 정도로 쉽게 태양에게 반응했다.

"안아줘, 당신의 상상 속에서처럼."

당신……

당신이란다, 맹나연 선생이. 너, 야, 태양, 정도의 호칭을 전부로 생각하던 여자가 그를 향해 '당신'이란다.

태양은 그녀의 입술을 비집고 나온 그 단어를 곱씹었다. 그녀의 안에서 남자가 된 자신을 함께 되새겼다. 그러자 가슴에 뭉글 아지랑이가 피어올랐다. 대지 안에 꽁꽁 숨겨둔 마음이 용암처럼 녹아내려 강철보다 단단하던 대지를 갈랐다. 붉게 타오르는 용암 덩어리들이 조각이 되어 흩어지는 대지 사이로 넘실거렸다. 금방이라도 모든 것을 분출할 것처럼.

나연의 초대에 태양의 두 눈이 순식간에 빛을 바꾸었다. 청명하다가도 정열적으로 타오르고, 언제 그랬느냐 싶을 정도로 새까맣게 모습을 바꾸는 하늘처럼, 그의 눈빛에 태양이 지고 까만 밤이 찾아왔다.

"상상하던 것처럼 당신을 안으면 부서질지도 몰라, 당신."

태양의 속삭임에 나연의 눈동자에 안개가 꼈다. 이성마저 마비가 된 것처럼 흐릿해진 눈빛을 한 나연은 여자의 얼굴을 한 채로 태양을 초대했다. 그녀의 정식 초대에 태양은 기꺼이 응했다. 아주 기쁜 마음으로.

"부서져도 좋다면?"

"……자꾸 그런 말 하지 마요. 당신은 남자를 너무 몰라."

그렇게 중얼거린 태양이 나연의 목덜미를 살짝 깨물었다. 여린 살이 순식간에 그의 입안으로 쓸려 올라가는 순간, 그녀의 흰 피부는 그의 치아와 두툼한 혀 아래에 무참히 짓밟혔다. 참을 수 없이 일렁거리는 그의 욕망은 상상보다 거대했고, 생각보다 폭력적이었다.

"앗!"

아파해도 소용없었다. 이젠 강약을 조절하는 일마저 쉽지만은 않았으니.

태양은 지금 이 순간이 현실임을 깨닫게 하려는 듯 약간의 통증과 짜릿한 감각을 동원해 나연을 지배해 나갔다.

나연의 몸에 선명하게 붉은 꽃잎이 내려앉기 시작했다. 태양의 입술과 닮은 꽃잎이 목덜미에서 흘러내려 갈 때마다 나연의 발치에는 그녀를 감싸고 있던 옷가지들이 허물처럼 떨어져 내렸다.

태양도 마찬가지였다. 그는 다급한 손길로 재킷을 벗어 던졌다. 그 와중에도 그는 나연을 탐하는 입술은 멈추지 않았다. 그녀의 목덜미에서 입술을 뗀 그는 지금 세상이 멸망이라도 할 것처럼 나연의 입술을 탐했다.

부드러웠던 입술 사이에서 두툼한 혀가 그녀의 입술을 두드렸고, 그 두드림에 기꺼이 입술을 벌리자 그는 나연을 정복해 나가기 시작했다. 입안을 가득 채우던 혀가 수줍어하는 그녀의 혀를 낚아채 입안으로 초대했다. 그러고는 갈증을 채우려는 사람처럼 그녀의 혀를 빨아대기 시작했다.

"으, 으읍!"

혀뿌리가 뽑혀 나갈 것처럼 탐욕적이었다. 숨결마저 모조리 삼켜 버리겠다는 듯, 욕정이 가득했다. 나연을 향한 소유욕을 거침없이 드러낸 그는 우리에서 풀려난 맹수처럼 거칠게 날뛰었다.

그런데 그게 좋았다. 그가 주는 아픔이 사랑스러웠고, 길들여지지 않은 서툰 몸짓이 기쁘기만 했다.

두 사람은 서로에게만 몰두한 채 이리저리 집 안을 휩쓸고 다녔다. 현관에서 부엌으로, 부엌에서 소파로 움직이면서도 서로의 본능에 의지했고, 뜨거운 입술에 반응했다.

"침대로…… 갈래요?"

나연의 몸을 더듬던 태양이 가쁜 숨을 토해내며 물었다. 봉긋하게 솟아오른 그녀의 가슴에 고개를 파묻은 채로 그는 나연만이 줄 수 있는 고통에 몸부림치는 중이었다.

"아니."

나연이 고개를 저었다. 촉촉하게 젖은 두 눈이 태양을 향한 욕망을 거침없이 드러내고 있었다. 날것과도 같은 그 욕심을 확인한 태양이 웃었다. 생생히 날뛰는 그녀의 눈빛이 좋았다. 그 생동감은 오롯이 태양만이 부여해 줄 수 있다는 사실에 기뻐했다.

"여기서, 안아줘."

"아플 텐데."

"아파도 좋아."

"바닥이 차가울 겁니다."

"차가워도 좋아."

"뭐든 좋은 겁니까?"

"네가 곁에 있잖아."

나연이 웃었다. 그 미소는 산산이 부서져 내리는 아침 햇살 같았다. 애잔하고, 아름답고, 맑았다.

"어디든 상관없어, 사실. 부드러운 것보다 차라리 온몸이 부서질 정도로 아픈 쪽이 더 나아. 꼭 부서질 정도로 사랑받는 것 같잖아."

"이제 보니 무섭네, 맹 선생."

태양이 놀랍다는 얼굴로 발갛게 상기된 나연을 바라봤다. 온몸을 붉은빛으로 물들인 채 자신의 욕망을 드러내는 그녀가 무척이나 사랑스러웠다. 단단하면서도 여리고, 강하면서도 약한 모습을 동시에 지니고 있다는 것은 알고 있었지만, 이런 것은 또 다른 면모였고 매력이었다.

나연은 자신의 속을 다스리기 힘들어 난감하다는 투로 날름 혀를 내밀었다.

"나도 내가 이렇게 소유욕이 강할 줄은 몰랐어."

"당신이 집요하게 굴면 굴수록 기분이 좋아지는 걸 보니 난 변태인 게 틀림없어요."

"지금 여기엔 정상인 사람은 한 명도 없다고."

나연이 키득키득 웃자 태양은 심통이 난 얼굴로 그녀를 내려다봤다.

"아무래도 내가 당신에게 너무 여유를 준 것 같아."

심술이 가득한 투로 중얼거린 태양은 잠깐의 여유마저 빼앗으며 움직이기 시작했다.

"아무 생각도 못하게 만들어 버릴 거야. 나 하나만으로도 가득 차서 어떤 생각도 할 수 없도록."

그건 이미, 지금도 벌써…….

나연의 생각은 채 말이 되어 나오지 못했다. 그녀는 입을 오물거리며 아득히 멀어지는 정신을 붙들려고 노력했다. 분명 아까 소파에 몸을 겹치고 누워 있었던 것 같은데 어느새 거실 바닥에 등을 대고 누워 있었다. 장판에 몸이 닿자 그 선뜩한 온도에 나연이 몸을 부르르 떨었다. 아득해졌던 정신이 살짝 되돌아온 순간, 그녀는 자신이 입고 있던 블라우스가 바닥에 처참하게 나뒹굴고 있다는 것을 알아챘다.

"아……!"

알아챈 것도 잠시였다. 피아노를 연주하듯 섬세한 손놀림으로 몸을 더듬고 있는 열정적인 어린 연인의 열기가 훅 끼쳐 오자 나연은 몽환적인 탄성을 내지를 수밖에 없었다.

열이 잔뜩 오른 그의 커다란 손이 나연의 맨살을 쓰다듬었다. 그의 손이 가늘게 떨리고 있었고, 그의 호흡은 불규칙하게 흐트러졌다. 잔뜩 상기된 얼굴을 한 그는 그녀의 맨 어깨를 따라 자잘한 키스를 흩뿌렸다. 와 닿은 그의 입술이 파르르 떨리고 있었기에 그 떨림은 나연에게까지 전염이 되고 말았다.

"가리지 말아요."

떨리는 그의 목소리가 좋았다.

서툴기 짝이 없는 그의 움직임도 사랑스러웠다.

그보다 투박하게 사랑을 고백하는 그의 눈빛에 자꾸 마음이 무너졌다.

"왜 울어요."

그의 따뜻한 입술이 다가와 눈꼬리를 따라 흐르는 눈물을 훔친다. 바싹바싹 마른 그의 입술 위로 스며든 눈물방울이 꼭 자신의 마음 같아서 나연은 배싯 웃고 말았다.

"좋은데 이러네. 정말 좋은데 눈물이 나."

"그게 뭐야."

거침없는 그가 그녀의 말 한마디에 눈빛을 흐렸다. 나연이 꿰뚫어 볼 수 있는 그의 감정은 불안함. 그녀가 다시 밀쳐 낼지도 모른다는 두려움이었다. 나연은 몸을 가리고 있던 팔을 풀어 그를 끌어안았다. 그녀의 손짓 한 번에 그가 확신을 가질 수만 있다면 이정도 두려움은 까짓것 별거 아니다. 그녀의 다정한 말 한마디에 그동안의 서러움을 모두 씻어낼 수 있다면 달콤한 말을 한마디가아니라 열 마디도 넘게 해줄 수 있었다. 하지만 그건 찰나의 위안일 뿐이었다. 나연이 태양을 위해 해줘야 하는 것은 오랜 시간을들여 그에게 안도와 확신을 주는 것이었다. 그리고 그건 태양 본인이 마음속 깊이 느껴야 하는 것이었고.

"자꾸 머뭇거리게 되는 건 당신이 싫어서가 아니야."

"알아요."

"미안해서."

"뭐가 그렇게 미안해요?"

"더욱 찬란하게 빛날 수 있는 나이의 당신을 내 품에 가둬놓는것이."

"당신은 모르나 본데……. 난 애초에 빛나던 녀석이 아니었어요. 오죽했으면 집안에서도 사회에서도 다들 나보고 어디서부터어떻게 손을 써야 할지 모를 골칫덩어리라고 했을까."

태양은 허탈하게 웃으며 나연의 머리 옆에 팔을 굽히고 세워 그녀의 얼굴을 곧게 내려다보았다. 욕망으로 흐려져 있긴 했어도 이글거리며 타오르는 그의 두 눈은 천연 그 자체로 맑았다. 언제나처럼.

"당신을 만났기 때문에 내가 빛나기 시작한 겁니다. 당신 곁에 있기 때문에 그렇게 보이는 거예요. 당신 품에 있어야 비로소 난…… 진짜 태양이 되거든."

"나 참."

"왜 그렇게 웃어요?"

"어떻게 그렇게 여자 마음을 잘 알아? 꼭 내 안에 들어왔다 나간 사람처럼."

나연이 동그란 두 눈이 휘어지게 웃자 태양은 가슴속에서 푸르른 나뭇잎이 바람에 물결치는 것을 느꼈다. 발끝이 간질간질했다.

"칭찬은 고맙지만 어린아이 취급하며 웃는 건 사양입니다."

"누가 어린아이라고……. 읏!"

나연이 무슨 말을 하기도 전, 태양이 그녀의 입술을 삼켜 버렸다. 입술을 헤치고 들어온 그의 혀는 그녀의 입안을 가득 채운 것으로도 모자라 입안의 여린 살을 혀끝으로 살살 더듬었다. 각기 다른 살이 맞닿는 느낌은 축축했고, 그래서 은밀했다. 눈을 감고 손끝으로만 그녀의 외모를 가늠하려는 것처럼 그는 혀끝으로 그녀의 구강 구조를 알아내겠다는 듯 섬세하게 치열을 더듬었고, 입천장을 훑어 내렸다. 볼의 여린 속살을 핥아 올린 뒤에야 멀거니 있던 그녀의 작은 혀를 잡아 옭아맸다.

"으읍!"

나연이 작게 신음하는 순간, 태양의 저돌적인 움직임이 시작되었다. 그녀의 혀를 구석구석 탐하더니 이내 그 주변을 뱅글뱅글 휘감았다. 그러다 그녀의 혀를 그의 입안으로 초대를 했다. 그녀가 머뭇거리며 그의 입안을 탐색하기 시작하자 태양은 견딜 수 없다는 듯 끄응, 신음으로 목구멍을 긁어대더니 한 손을 들어 그녀의 가슴을 움켜쥐었다.

알고 있었다, 아까 전부터 맞닿은 그의 하체가 터질 것처럼 부풀어 올라 있었다는 것을. 허벅지를 찔러대고 있던 그의 분신은 나연을 원하는 만큼 노골적으로 크기를 달리하고 있었다. 그의 아래에 깔린 나연은 본능적으로 다리를 세운 채 엉덩이를 들썩거렸다. 조금 더 그에게 닿을 수 있도록, 틈 하나 없이 그에게 빈틈없이 달라붙을 수 있도록.

그녀의 입술이 부어오를 정도로 마음껏 괴롭히던 그가 떨어져 나갔다. 대신 그의 입술은 속옷을 벗겨낸 그녀의 둥근 젖가슴을 찾아 움직였다. 그의 검은 머리칼이 시야에서 내려가는 순간, 나연의 몽롱한 눈빛이 천장을 헤맸다.

"하아."

온몸의 맥박이 평소와 다르게 뛰어대고 있었다. 불안할 정도로 불안정했고, 정신을 놓을 것처럼 어지러웠다. 목덜미 어딘가, 가슴 어딘가, 손목 어딘가의 맥박들이 쿵쿵 뛰어대는 것을 느끼며 나연은 온몸의 근육을 긴장으로 빳빳하게 했다.

허리가 잔뜩 휘었다. 태양이 그녀의 가슴을 주무르고, 문지르다 숨결을 혹 내뱉었을 때였다. 온도 차를 견디지 못하고 그녀가 파르르 떨었을 때, 태양은 그녀가 적응할 시간도 주지 않고 도톰하게 솟아오른 그녀의 정점을 무자비하게 꿀꺽 삼켜 버렸다.

"하앗!"

자신의 날 선 신음에 놀란 나연이 반사적으로 손을 들어 입을 틀어막았다. 어디서 이 정도로 높은 옥타브의 신음이 흘러나올 수

있을까 싶어 괜히 낯부끄러워졌다. 여자의 모습, 그 자체를 드러
낸 것만 같아 나연은 두 눈을 질끈 감았다. 인지하지는 못하고 있
었지만 발가락마저 잔뜩 움츠러져 있었다.

"막지 마."

태양이 그녀의 손목을 잡았다. 그녀의 가슴골에 얼굴을 파묻고
있다가 고개를 든 그는 그녀의 살 냄새에 취한 것처럼 몽롱한 눈
빛으로 그녀를 바라보고 있었다.

"내 손길에, 내 키스에 느끼는 당신 신음을 듣고 싶어."

"웃! 싫어, 난."

"나 때문에 달아오르는 소리잖아."

보글보글 냄비 끓는 소리처럼, 당신의 소리가 커지면 커질수록
당신의 몸이 들끓고 있다는 거잖아.

"그래도…… 싫어."

"안 되겠네, 좋은 말로 해선."

태양이 픽 웃더니 그녀의 손목을 강하게 붙잡아 머리 위로 고정
시켰다. 겨드랑이와 가슴이 몽땅 드러나는 자세에 나연은 강한 거
부감을 느끼며 고개를 돌렸다. 태양은 그런 그녀의 턱을 살짝 깨
물더니 그녀의 목덜미를 타고 아래로 내려가기 시작했다. 매끈한
곡선이 아름다웠다. 태양은 진심을 다해 그녀의 아름다움에 찬양
했고, 또 사랑했다. 어깨와 가슴을 따라 움직이던 그의 입술이 그
녀의 민감한 팔 안쪽 부분을 훑어 내리다 겨드랑이로 향했을 때,
나연이 파들파들 떨며 허리를 튕겼다.

"아, 거긴 안 돼. 더러워!"

하지만 태양은 고개를 저으며 그녀의 겨드랑이에 입을 맞추었

다. 그리고는 겨드랑이 밑으로 이어지는 가슴 바깥 부분의 골을 따라 움직였다. 그리고 그의 입술이 그녀의 배꼽 주위를 배회했을 무렵, 나연의 그의 머리카락을 잡아 위로 끌어 올렸다.

"그만하고 어서……."

그녀의 채근에 태양은 아쉽다는 듯 입맛을 다시고는 그녀의 입구를 찾아 손을 더듬거렸다. 샘이 그득하게 차오른 그녀의 은밀한 곳에 손을 가져다 대자 그것은 그의 손가락을 기다렸다는 듯 깊숙이 빨아들였다. 낯선 손가락의 침입에 나연이 미간을 살포시 찌푸렸다. 그 모습에 태양은 그녀의 손을 잡아 자신의 가슴 언저리로 끌어당겼다.

"미치겠어요, 어떻게 해야 할지 모르겠어서."

손바닥 아래로 느껴지는 그의 심장 고동이 거셌다. 막 잡아 올린 활어처럼 거대한 생명력을 자랑하며 펄떡펄떡 뛰어대는 심장 박동이 자칫하면 살갗을 뚫고 나올 것만 같았다. 그리고 동시에 그의 긴장이 나연에게로 옮아버렸다.

심장이 내 것이 아닌 것만 같아.

그렇게 느낀 순간, 태양이 서투른 몸짓으로 그녀의 속살을 헤집었다. 크고, 굵고, 뜨거운 그의 일부가 포악하리만치 거칠게 그녀의 안으로 돌진하는 순간,

"하아악!"

그곳에 남은 것은 자지러지는 신음과 혀가 아릴 정도로 달콤한 정복뿐이었다.

14 연애의 시작

"어머, 웬일이니, 웬일이야! 맹 선생 그렇게 안 봤는데 되게 깜찍하다?"

이렇게 될 줄 알았다.

출근하기 무섭게 나연의 곁에 딱 붙어선 지안의 눈빛이 예사롭지 않았다. 그녀는 말이 나오지 않는다는 투로 어머나, 어머나를 연발하더니 나연의 옆구리를 쿡 찔렀다.

"되게 앙큼하다, 자기."

"뭐, 뭐가요?"

"어떻게 그렇게 일언반구 없이 있다가 폭탄 발언을 터뜨리고 사라질 수가 있어?"

"아, 그거요. 그게 사정이……."

나연이 난감한 얼굴로 지안을 바라봤다. 호기심 가득한 두 눈을 빛내며 남의 연애를 시시콜콜 캐묻고 싶어 하는 얼굴이었기에 나연은 더욱 난감해지고 말았다.

하지만 나연의 그런 생각을 단숨에 깨뜨려 버리듯 지안은 믿기지 않는다는 얼굴로 그녀를 향해 눈을 찡긋해 보였다.

"농담한 거지?"

"네?"

"솔직히 오래전에 그 루머 있었잖아. 자기, 태양이랑 스캔들 나고, 그래서 전근 갈 뻔했다가 태양이 자퇴하는 걸로 결론 내린 일. 태양이 아직 자기를 못 잊었대? 그래서 그런 거야?"

어쩌면 지안은 나연의 진심을 떠보고 싶은 건지도 몰랐다. 미묘한 어투로 사실을 궁금해하는 지안을 향해 시시콜콜 대답할 수도 없는 노릇이라 나연은 간결하게 대답했다.

"아, 아니에요."

"아니야? 그럼 사실이라는 거야?"

"약혼까지는 아니지만 만나는 사이는 맞아요."

"와, 대박, 대박, 대박 사건이네."

워낙 떠들기 좋아하는 지안인데다 목소리까지 우렁찼기에 교무실의 두 사람을 향해 쫑긋 세워져 있다는 선생님들의 귀에 전달되기 충분했다. 묘하게 자신에게 쏠리고 있는 관심이 부담스러웠지만, 그런 나연의 마음을 모르는 지안은 호들갑을 떨며 이 근래 가장 핫한 소문에 오감을 집중시켰다.

"그게 가능해? 학생이었잖아, 자기 반. 그런데 그랬던 녀석이랑 사귈 수가 있어?"

"그때도 성인이었고, 답지 않게 어른스러운 면이 많기도 했고요."

"그래도 난 그렇게 안 될 것 같은데."

"선생님도 그러셨잖아요? 태양 같은 남자 잡고 싶다고."

"그, 그거야……."

"그렇게 되더라고요. 남녀 사이는 쉽게 정의 내릴 수가 없잖아요."

나연은 한마디로 모든 것을 압축시키며 더 이상 묻지 말라는 듯한 미소를 지어 보였다. 남녀 간의 일은 둘만이 알 수밖에 없고, 그 무엇도 사랑을 멈추게 할 수는 없었기에 지안도 더 이상 질문을 하지 않을 줄 알았다. 하지만 지안은 짓궂었다.

"그래서, 그렇게 사라져서 둘이 어딜 간 거야?"

"네?"

"약혼한 사이라고 자기를 끌고 갈 때, 이사장 표정이 장난 아니었거든. 금방이라도 자기를 데려가, 확!"

그렇게까지 말한 지안이 주변을 두리번거리다 나연의 귓가에 조용히 속삭였다.

"덮쳐 버리는 줄 알았잖아."

그 말에 그날을 떠올리는 나연의 눈빛이 깊어졌다.

탄성과 신음과 심장박동 소리가 요란했던 그날 밤. 태초의 모습으로 바닥에서 나뒹굴었던 그날 밤. 타액과 땀에 범벅이 된 채 서로의 살갗이 주는 아련한 느낌에 행복해했던 그날 밤.

그날 밤이 그렇게 꿈 같았다.

"하아, 하아, 하아."

그가 모든 것을 쏟아내고 경련을 일으키며 나연의 가슴 위로 떨어졌을 때, 나연은 멍한 눈을 깜빡거리며 축 늘어진 그를 끌어안았다. 가느다란 그녀의 팔이 그를 끌어안자 태양은 어린아이처럼 그녀의 피부에 코를 묻고 중얼거렸다.

"큰일이다."

"왜?"

"이렇게 당신을 가질 수 있을 거라곤 생각지도 못해서 준비도 못했잖아."

"피임?"

"무슨 여자가…… 그렇게 대놓고 말합니까?"

나연의 몸에 달라붙어 가쁜 숨을 내뱉고 있던 태양이 몸을 굴려 그녀의 옆에 누웠다. 나연에게 팔베개를 해준 그는 소파에 있던 담요를 끌어 중요 부위를 대충 가리고 누웠다.

"괜찮아."

"책임질게요!"

두 사람이 동시에 내뱉은 말이었다.

"뭘 책임져?"

"왜 괜찮지?"

몸이 통하더니 마음까지 통했는지 두 사람은 다시금 동시에 질문을 꺼냈다. 태양의 얼굴이 구겨졌고, 나연은 눈알만 데굴데굴 굴렸다. 잠시 침묵을 지키고 있던 태양이 먼저 입을 열었다.

"왜, 뭐가 괜찮다는 거지, 이 여자는?"

"그럼 뭘 책임진다는 걸까, 이 남자는?"

"당연히 우리가 나눈 사랑에 대한 책임이지. 그걸 몰라?"

"임신할 가능성을 두고 하는 말이지?"

"그렇게 대놓고 말해야 알아듣는 거야?"

"우회적으로 돌려 말할 이유는 또 뭔데."

"한마디도 안 지지, 한마디도."

"이런 내가 좋았던 거 아닌가, 태양?"

"맞긴 한데, 당신은 늘 너무 꼿꼿해. 이제야 기어코 내 여자가 됐다 싶은데 그렇다고 또 순순히 넘어오질 않아."

태양이 들으라는 듯 한숨을 폭 내쉬며 나연을 흘겨봤다. 그 눈빛에 나연은 팔꿈치를 세워 머리를 받치고는 곁에 누운 마성의 소년을 찬찬히 훑어봤다.

매끈한 이마와 곧은 콧날, 날카로운 턱 선과 날카로운 눈매, 살짝 올라간 입매와 시원시원한 몸매. 멀리서 봐도 한눈에 톡 튀는 녀석은 날카롭고 매서운 매력이 있었다.

나연이 참지 못하고 웃음을 터뜨리자 분위기가 다시 느슨해졌다. 풀어진 분위기에 태양의 눈매에도 여유가 차올랐고, 그는 한 풀 꺾인 목소리로 설명을 덧붙였다.

"걱정하지 말라는 거야."

"걱정하는 걸로 보여?"

"아니면 뭔데?"

"만일의 경우까지 생각하고 결론 내린 후에 당신을 안은 거라는 소리야."

"책임질 일은 안 만들어. 그렇게 되게 안 돼."

"어감이 좀 묘하다?"

"왜?"

"기분 나빠. 절대로 그렇게 되게 안 두겠다는 말이 날 배려해서

하는 말이야?"

"아직 창창한 나이의 태양의 발목을 잡는 일 따윈 하지 않을 거란 말이야."

"그게 왜 발목을 잡을 일인지 난 도저히 이해가 되질 않는데? 임신은 축복 아닌가?"

"원치 않는 임신으로 인한 결혼이 정말 서로에게 기쁠 수 있을까? 결혼은 무덤이다, 결혼은 미친 짓이다, 그런 말 못 들어봤어?"

"들어는 봤어도 공감은 한 적 없어."

태양의 퉁명스러운 대답이 귀여우면서도 기뻤다. 하지만 현실은 동화처럼 달콤하지만은 않았기에, 더불어 자신의 지금이 동화처럼 달콤하기만 한 것은 오로지 태양 때문이었기에 나연은 순진무구하게 그의 대답을 기뻐할 수만은 없었다. 아직 제대로 된 현실을 모르는 태양이 꿈에 젖어 있는 동안, 나연만큼은 현실을 직시할 수 있어야만 했다.

"어쨌든 순서대로 하는 게 서로에게 더 좋을 거라는 말이야."

"나에게 뭐가 더 좋을지 맹 선생이 결정하는 건 좀 아니지 않아?"

"이런 걸로 억지 부릴 거야?"

"뜬금없이 주제가 임신으로 튀었는데 본질은 그거야. 난 어떤 일이 있어도 당신의 손을 놓지 않을 각오를 이미 했다는 것, 당신을 사랑한다고 고백한 것이며, 당신을 안은 게 그저 한순간 지나가는 바람처럼, 순간 끓어오르는 마음을 참지 못하고 내지른 게 아니라는 거야."

"믿음을 주는 거야?"

나연의 물음에 태양은 그녀의 이마로 쏟아지는 머리카락을 넘겨주며 더없이 부드러워진 눈빛으로 그녀를 어루만졌다.

"당신을 처음 만났을 때, 소소한 일상이 행복할 수 있다는 것을 알았어. 5년을 기다리는 동안은 하루가 1년처럼 느껴져서 견뎌내기 힘들었고, 5년을 참은 뒤에야 당당히 당신 앞에 설 수 있게 되었을 때야 비로소 숨통이 트이는 느낌이었어. 내가 사준 선배를 만났을 때, 사준 선배가 당신 누나와 결혼을 약속한 사이라는 것을 알았을 때, 그래서 틈틈이 당신에 대한 소식을 들을 수 있었을 때 신은 존재할지도 모른다고 생각했다고."

"잠깐."

태양의 달콤한 고백에 미소를 짓던 나연이 순간 큰 깨달음을 얻은 얼굴로 정색했다. 태양의 어깨에 머리를 기대려던 그녀가 뒤로 고개를 젖힌 후 물었다.

"날 만난 게 우연이 아니었어?"

"아!"

"선 자리에서 날 만난 건 우연이라며."

나연의 물음에 태양은 아차 싶은 얼굴로 두 눈을 질끈 감았다 떴다. 그리고는 살짝 붉어진 얼굴로 손을 내저었다.

"그런 말을 당사자한테 어떻게 해요? 쪽팔리게."

"미친놈 내지 스토커라며?"

그날, 태양이 했던 말을 정확히 기억하는 나연이었다. 그녀의 멀쩡한 기억력에 한마디 반박할 말을 꺼내지 못한 태양은 제 발등제가 찍은 얼굴로 한숨을 푹 내쉬었다.

"으휴, 내가 미친놈이지. 이렇게 무드 없는 여자가 뭐가 좋다고."

"미친놈."

"뭐요?"

태양이 이를 갈며 나연을 흘겨보자 그녀는 그의 목을 껴안으며 까르르 웃었다.

"내 귀엽고 사랑스러운 미친놈이면 됐어. 그걸로는 부족해?"

"한 번으로는 부족해요."

"뭐?"

"내가 참은 게 몇 년인데 고작 한 번에 모든 게 풀릴 줄 알았나?"

"무, 무슨 뜬금없이……. 앞뒤 말이 안 이어지잖아."

나연이 당황하자 태양은 짓궂은 미소를 지으며 나연의 위에 무게를 실었다.

"당신의 귀엽고 사랑스러운 미친놈은 한 번으로 부족하답니다."

"자, 잠깐만."

"패기 넘치고 피 끓는 온도가 100도 넘어가는 팔팔한 이십대랍니다."

"설마, 또?"

"둥근 해가 떴습니다. 자리에서 벌떡 일어났습니다."

"무슨……."

당황한 나연이 얼굴을 붉히자 태양은 능구렁이처럼 웃으며 나연의 몸에 바싹 밀착했다. 밀착한 순간, 태양이 한 말의 의미를 깨닫고 말았다. 묵직해진 무언가가 허벅지를 찌르는 느낌에 나연의 눈빛이 흔들릴 때 즈음, 태양은 그녀의 귓가에 조용히 속삭였다.

"아래쪽 태양도 기상했다는 말입니다, 진작에."

아아악—! 대체 몇 번을 한 거야, 그날 밤!

그날을 떠올린 나연이 민망함을 감추며 고개를 푹 숙였다. 얼굴은 붉어지고 입가는 느슨해졌다. 아마 혼자 있었다면 비명을 질렀을지도 모른다고 생각했다.

"자기, 무슨 생각을 하는데 그렇게 헤벌쭉이야?"

아차, 곁에 지안이 있다는 사실을 잠시 잊어버렸다. 나연은 급하게 표정을 수습하고는 손사래를 쳤다.

"아, 아니에요."

"뭘 아니야. 딱 보니 그건데."

"네에?"

넘쳐흐르는 사랑만큼은 숨길 수가 없었다. 눈빛에서, 입술에서 졸졸 새어나는 그 감정은 누구든 한 번 나연의 얼굴을 본다면 빠르게 알아맞힐 수 있을 정도였다.

"그런 거 물어보지 마세요."

나연은 양손으로 불타는 얼굴을 감춘 채 후다닥 직원 화장실로 몸을 피했다.

하루아침에 '여자'가 되는 과정은 자연스러우면서도 낯간지러웠다. 아침에 일어나 도시락을 준비하다가 문득 자신도 모르는 사이에 2인분을 싸고 있다는 것을 알아챘을 때가 자연스러운 경우,

그 도시락을 전해줄 생각에 얼굴부터 붉어지는 지금이 낯간지러운 경우였다.

"하아."

무슨 얼굴을 하고 태양을 봐야 할까, 아침부터 고민을 했지만 그것은 영원한 숙제처럼 나연의 마음을 묵직하게 내리눌렀다.

"여고생도 아니고, 참."

이러고 보면 요즘 여고생도 이러진 않겠다 싶다. 도시락을 든 채로 잠시 고민을 하던 나연은 이사장실 문을 열기 직전 곧장 화장실로 직행했다. 화장실에 들어가기 무섭게 거울 앞으로 향한 나연은 거울 속 자신을 비춰보며 주머니에 들어 있던 콤팩트를 꺼냈다. 아침에 하고 온 화장을 고치고 말라 버린 입술에는 립글로스를 덧칠했다.

"그나마 나아졌네."

혼자 중얼거린 나연이 거울 앞에 바싹 붙어 섰다. 거울은 거짓말 하나 보태지 않고 나연의 얼굴을 비추고 있었다. 나연이 자신의 얼굴을 매만지며 한숨을 푹 내쉬었다.

"월급날까지 기다리려고 했는데…… 아무래도 오늘 당장 백화점에서 화장품 좀 집어와야겠네. 얼굴 꼴이 이게 뭐야?"

사랑이 넘치는 것은 좋다. 남자친구가 연하의 꽃미남이라는 것역시 좋다. 문제는 남자친구에 비해 시간이 앞서 있는 나연 본인이었다.

"신경을 안 쓰려고 해도 안 쓸 수가 없잖아."

나연의 입에서 나직한 한숨이 새어 나왔다. 좌우 1.5의 시력은 벌써 눈가의 주름과 다크서클, 시간의 흐름을 거스르지 않는 피부

의 탄력을 캐치해 버렸다. 그러고 나니 지나간 시간에 괜한 억울
함이 밀려왔다.

"그러게 어릴 때부터 피부 관리를 했어야 했는데."

다섯 살이라는 나이 차이가 피부로 와 닿는 순간이었다.

"어마무시하지, 스물다섯 청년의 탱탱함이란."

나연은 애꿎은 뺨을 문질러 보다가 이내 주변을 정리하고 밖으
로 나갔다. 부디 태양의 눈에 콕 박힌 콩깍지가 오래 버텨주길 바
라는 심정으로 머리카락을 정돈하면서.

그렇게 화장실에서 나와 이사장실로 향했다. 문제는 안에 있을
줄로만 알았던 태양이 없었다는 사실이었다. 이걸 어쩐다, 나연은
들고 있던 도시락을 난감하게 바라보고는 한참 고민을 했다.

책상에 두고 나오자니 썩 내키지 않았기에 그냥 들고 이사장실
을 빠져나와 긴 복도를 가로지르다 문득 창밖에 시선이 간 나연은
그대로 멈춰 서고 말았다. 차가 들어와 주차할 수 있는 뒤뜰, 검은
세단 한 대가 멈춰 서 있고 그 옆으로 한 여자와 얼굴을 맞대고 있
는 태양이 보였기 때문이다.

나연은 뒤뜰과 연결되어 있는 1층 복도로 서둘러 내려갔다. 여
자의 존재에 민감하게 반응한 것은 절대 아니었다. 그저 애타게
찾던 연인이 뒤뜰에 서 있었기 때문이다. 절대 그 이유 때문이다.

"……가 걱정하더라."

여자의 선은 대체적으로 가늘었다. 쏟아지는 햇빛에 녹아 사라
질 것처럼 여린 선의 여자는 청순하다는 말이 어울리는 사람이었
다. 가까이서 보니 더욱 예뻤다. 나연과는 정반대의 여자와 대화

를 하는 태양의 모습을 확인하고 나니 이상하게 심장이 거세게 뛰
어댔다.

"걱정이라."

"밥은 잘 먹고 다니는 거야?"

"그냥저냥. 잘 지내요?"

"누구, 나?"

"그럼 누구겠어요."

"잘 지내지, 물론."

여자가 태양을 바라보며 환하게 웃었다. 활짝 드러난 가지런한
치아가 그녀의 미소를 더욱 빛나게 했다. 그녀는 익숙한 태도로
태양의 팔뚝을 몇 번 두드리고는 그제야 생각났다는 듯 조수석 문
을 열었다. 그리고는 그 안에서 쇼핑백을 꺼내 태양에게 건네주었
다.

"뭐예요?"

"말했잖아, 부탁받았다고."

여자가 웃긴 하는데 태양과 무슨 대화를 주고받는지는 제대로
들리지 않았다. 나연은 그저 창가에 붙어 선 채 두 사람의 행동과
표정으로 그 상황을 판단하는 수밖에 방법이 없었다.

나연은 모를 이름의 여자, 이수에게서 쇼핑백을 건네받은 태양
이 궁금하다는 듯 그 속을 들여다봤다. 그 모습에 이수가 설명을
덧붙였다.

"도시락이야. 두고 갔다던데?"

"굳이 가져다주지 않아도 됐는데."

"곁을 주지 않는 성격 좀 고치도록 해, 이제. 도움받고, 도움 주

고, 그러면서 사는 게 맞아. 두루두루 어울려서."

"그 말이 아니에요. 도시락 하나 때문에 사람 귀찮게 이게 뭐야? 오려면 자기가 오던가, 친구한테 부탁이나 하고."

"알잖아, 우리 바쁜 거."

"태우리만 바쁘고 나이수나 배이지는 안 바쁜가?"

"우린 우리에 비해 한가하긴 하지."

"이제 곧 결혼이라고 너무 해이해져 있는 거 아니에요?"

태양이 꽤 그럴듯한 농담을 던졌기에 이수의 눈이 커다래졌다. 그건 조수석 창문을 열고 운전석에 앉아 그 너머의 상황을 지켜보고 있던 이지도 마찬가지였다. 마음의 문을 꽁꽁 닫은 채 주변과 벽을 만들었던 한 소년이 언제 이렇게 여유를 되찾았을까 싶은 얼굴이었다. 농담이라고는 한 번도 건넨 적 없이, 서릿발처럼 차가운 눈빛으로 주변을 얼려 버릴 듯 굴었던 소년은 이제 사라지고 없었다. 태양에게 봄이 찾아온 모양이었다.

태양이 물었다.

"점심은 먹었어요?"

"점심 전이야. 우리 모임에 조인하라고 하고 싶긴 한데…… 여자 둘 사이에 끼라고 하기도 그렇고, 도시락까지 배달했으니 좀 난감하네."

"됐어요. 도시락도 있고……."

쇼핑백을 바라보고 있던 태양이 말꼬리를 늘이더니 이내 나연이 있는 복도를 힐끔거렸다.

"저기서 누나가 대체 누구인지 그 존재를 무진장 궁금해하는 여자가 기다리고 있고."

"어머, 여자친구? 오해하는 거 아니야?"

"오해하면 좋은데."

"뭐?"

"어른의 얼굴만 고집하는 사람이거든요, 저 여자. 질투의 화신이 되는 모습도 썩 보고 싶어서."

태양이 어깨를 으쓱이며 웃자 이수는 한쪽 눈을 가늘게 뜬 채로 태양을 흘겨봤다.

"너, 우리 예비신랑 못지않은 사디스트다?"

"밀고 당기기 좀 하는 남자라고 해요."

"못됐어. 난 밀당하는 남자가 제일 싫더라."

"그래요? 온전한 연애를 위해서는 어느 정도의 밀당은 필요하다고 생각하는데. 그건 서로에 대한 예의를 지킨다는 말도 되고, 현실에 안주하지 않고 긴장을 늦추지 않는다는 말도 되고. 게다가 난 까방권을 이미 획득한 채라고."

"까임방지권?"

"내 일평생 한 여자에게 일편단심 매달렸으면 이 정도 심술은 애교라고 생각하거든요."

태양은 슬그머니 자리를 피하는 나연을 확인한 다음, 이수와 이지에게 인사를 하고 자리를 떴다. 이수는 조수석에 올라타면서까지 이질적인 모습의 태양을 낯선 눈빛으로 바라봤다.

사귄 지 하루 만에 복잡한 마음이 되어버렸다. 태양이 나연이 아닌 다른 여자와 이야기를 나누고 있었기 때문도 아니었고, 그 여자와 태양 사이를 오해했기 때문도 아니었다. 그저, 자신과 연관이 된 태양의 모습만을 봐왔던 나연에게는 다른 이성과 대화를 하는 태양의 모습이 조금, 아주 약간 낯설게 느껴졌기 때문이다.

나연을 대할 때와는 사뭇 다른 태도. 더 다정했다던가, 미묘한 감정이 오갔다는 건 아니었다. 그저 다르기만 한 것뿐인데도 그 자리를 피하고 싶을 정도로 불편해져 버렸다.

'대체 이 느낌은 뭐야?'

하지만 그런 기분에 잠식당하고 싶지 않다는 생각에 고개를 휘휘 저은 그녀는 기분을 달리하고 걸음을 옮겼다. 도시락만큼은 놔두고 와야겠다는 생각에 이사장실 앞에 당도했을 무렵, 나연은 열린 문틈 사이로 불쑥 튀어나온 손에 이끌려 순식간에 실내로 끌려 들어갔다.

"앗!"

안에 들어가고 난 다음에야, 자신을 잡아당긴 상대가 태양이라는 것을 확인한 후에서야 비로소 놀란 가슴을 쓸어내릴 수 있었다.

"뭐 하는 거야?"

"그러는 당신이야말로 왜 그렇게 숨어서 지켜봤어?"

"뭐?"

"못 봤을 거라고 생각해?"

"아, 봤어?"

들킬 줄 몰랐기에 더욱 놀랐는지 나연이 두 눈을 동그랗게 뜨고 되물었다. 그 모습이 귀여우면서도 기가 막혀 태양은 씁쓸하게 중얼거렸다.

"무슨 생각인 건지. 당당하게 나와서 인사하면 좀 좋아?"

"진지하게 대화 중인 것 같아서 방해하지 않으려고 한 거야."

"핑곗거리 한번 좋다. 이상한 오해하고 멋대로 상처받는 건 아니고?"

"내가 그렇게 어려 보이니?"

나연이 눈을 흘겼다.

"사소한 것 하나에 흔들리고, 멋대로 오해해서 상처받을 나이는 이미 지났어. 상처받기 전에 궁금한 게 있으면 직접 물어볼 거고, 당사자의 입에서 나오는 말만 믿을 거야, 난."

"생각보다…… 믿음직스러워 좋네."

"날 어떻게 생각한 거야, 대체."

나연의 대답에 더없이 만족스러운 미소를 지은 태양이다. 그런 태양을 보며 나연은 멋쩍게 중얼거리더니 이내 궁금해했던 질문을 조심스럽게 꺼냈다.

"누구야?"

"누구면?"

"왜 말을 안 해줘?"

"더 궁금해하라고."

"애를 태우시겠다? 관둬, 그렇게까지 궁금하진 않으니까."

나연이 투덜거리며 태양을 외면하자 그가 재빠르게 따라붙었다.

"에이, 궁금하면서. 궁금해 죽겠다는 눈친데?"

"그럼 놀리지 말고 대답을 해주던가."

나연의 불만스럽게 부풀어 오른 뺨을 검지로 콕 찌른 태양이 웃음기 가라앉은 목소리로 대답했다.

"누나 친구들."

"응?"

"저번에 말했지? 태우라고, 우리 집 잘난 장녀. 쓰리플이니 뭐니 하면서 모임 만들어서 붙어 다니는 친구들이야. 도시락 전해 주러 온 거고."

"아!"

"당신은?"

"응?"

"당신은 왜 이사장실로 온 거야?"

태양의 질문에 나연은 잠시 망설이는 듯하더니 이내 사실대로 말했다.

"방금 왔던 누나 친구라는 분들과 같은 이유야."

"응?"

태양의 질문에 나연은 등 뒤로 숨기고 있던 도시락 통을 들어 보였다.

"도시락, 아침에 만들다 보니 2인분이 됐거든."

"내 것까지 싼 거야?"

"만드는 김에 하다 보니 좀 오버한 것 같네, 내가."

"당신이 뭘 오버를 했어. 오버라면 친구들 시켜서 도시락 배달 시킨 우리 집 장녀가 했지."

퉁명스러운 듯했어도 늘 다정했다, 태양은. 어떤 일에서든 나연의 입장이 되어주고 그녀의 편에 서주는 남자였기에 나연은 당당할 수 있었고, 푸근해질 수 있었다.

태양이 기쁜 기색을 감추지 않고 드러내 보이며 나연의 손에 들린 도시락 통을 재빨리 낚아챘다.

"좋다, 이런 거. 나, 살면서 한 번도 누가 손수 만들어준 도시락

먹어본 적 없다?"

"무슨 음식이든 누군가는 손수 만들어."

"사랑하는 누군가라고 정정하지, 그럼."

그렇게 말한 태양이 음흉해진 얼굴을 하고 나연에게 슬금슬금 다가갔다. 육감적으로 신변의 위협을 느낀 나연은 본능적으로 뒷걸음질을 쳤다. 그러다 턱— 이사장실 책상에 엉덩이를 부딪치고 말았다. 진퇴양난의 순간이 바로 이런 것인가 보다.

"그런데 이 도시락보다 더 먹고 싶은 게 있는데."

"뭐?"

"말하면 줄 건가?"

"내가 해줄 수 있는 거라면. 뭔데?"

나연이 의심을 지우지 못한 채 짓궂은 태양의 눈빛을 바라봤다. 그러자 태양은 나연을 가뿐히 들어 책상 위에 앉힌 다음, 그녀가 도망치지 못하게 양옆에 팔로 결계를 둘러쳤다.

"당신."

끼아아아아악—!

마음속에서 비명이 터져 나왔다. 나연은 양손을 들어 붉어진 얼굴을 가린 채 억눌린 목소리로 키득거렸다.

"내 생에 이렇게 낯간지러운 대사를 듣게 될 줄이야."

나연의 대답에 태양이 멋쩍게 뒤통수를 긁으며 시선을 외면했다. 남들보다 동글게 튀어나온 귀가 새빨갛게 달아올라 있었다.

"나도 이런 대사를 하게 될 줄은 몰랐어."

"부끄러워할 거면 아예 하지를 마."

"그래도 그게 진심인데?"

"오호, 이 귀여운 소년을 보소."

"늙은이처럼 말하지 마!"

"늙은이? 지금 여자친구한테 늙은이라고 했어?"

그럼 늙은이의 위력을 보여주마.

나연은 한쪽 눈을 가늘게 뜬 채로 태양을 바라보다가 이내 슬그머니 그에게 몸을 기댔다. 그가 움찔, 몸을 떠는 것이 느껴졌다.

그래, 이런 반응이어야지.

속으로 작게 웃은 나연은 태양을 향해 갈구하는 눈빛을 보냈다. 키스를 갈구하는 눈빛은 촉촉했고, 또 반짝거렸다. 입술이 슬그머니 벌어졌고, 매끄러운 입술 속에서 혀가 작은 움직임을 내보였다. 다리가 그를 향해 슬그머니 벌려졌고, 덕분에 태양은 조금 더 수월하게 나연에게 가까이 다가갈 수 있었다.

태양이 나연을 향해 고개를 기울일 무렵, 나연이 태양의 어깨를 밀었다.

"여긴 학교야. 누가 보기라도 하면 어쩌려고?"

"공공연하게 소문 다 났어. 공인된 커플이라고, 우리. 그런데 누가 우릴 건드려?"

"그래도…… 안 돼."

끄으응. 의도하지 않은 신음이 멋대로 흘러나왔다. 태양은 불만스러운 표정으로 나연에게 투덜거렸다.

"자극할 대로 자극해 놓고 이제 와서 안 된다? 맹 선생, 잔인하네."

"잔인한 말을 먼저 한 게 누군데?"

"실수야. 실수니까……."

"나도 실수."

"으으."

"노약자도 숟가락 들 힘만 있으면 남자를 유혹할 수 있다는 점, 명심하라고."

나연이 태양의 뺨에 가볍게 뽀뽀를 한 뒤에 책상에서 폴짝 뛰어 내렸다.

"참, 그리고 그…… 약혼에 대한 거 말인데."

나연의 말에 태양이 그녀를 향해 몸을 돌렸다.

"정정이 필요할 것 같아."

"나와는 미래를 꿈꾸지 않는다는 말이야?"

날카롭게 반응하는 태양의 모습에 나연은 잔뜩 풀어진 얼굴로 고개를 설레설레 저었다.

"진지하게 생각하고 있어. 네가 진심을 보여줬고, 그 진심이 얼마만큼 깊은지 알았으니까. 나도 널 허투루 생각하지 않는다는 걸 알아줘."

"알고 있어."

"그러니까 더 정정이 필요한 거야. 그런 식으로 얼렁뚱땅 넘어갈 게 아니라 우리가 연애를 해나가면서 머리를 맞대고 우리의 미래에 대해 생각해 보자고. 솔직히 프러포즈도 받지 못했는데 약혼 운운하는 건 좀 억울하다고."

"반지를 끼워주면 오케이라는 건가?"

"음, 생각은 해볼 수도?"

나연이 장난스럽게 대답하자 두 사람 모두에게서 웃음이 터져 나왔다. 한참 서로를 바라보며 웃은 뒤, 태양이 고개를 끄덕였다.

"무슨 말인지 알았어. 알았으니까……"

그리고 이어지는 소리, 꼬르르르륵—

"일단 밥이나 먹자. 배고파 죽겠어."

"어머, 나 좀 봐! 점심시간 다 끝나겠다."

딩동댕동—

말하기 무섭게 점심시간이 끝나는 종소리가 울렸다. 고픈 배를 움켜쥔 나연은 심각한 얼굴을 하고 태양을 바라봤다.

"나 오후 수업 땡땡이칠까?"

"어이, 맹 선생. 이사장 앞에서 못하는 말이 없으시군."

"데헷."

"여고생들 흉내 내봤자…… 귀엽다, 맹 선생. 그냥 땡땡이 쳐라."

태양이 나연을 향해 엉겨 붙어오자 나연은 한숨을 푹 내쉬며 자리에서 일어났다.

"우리 학교의 미래가 불안불안하구만. 수업 다녀올 테니 반성하면서 기다리고 있어요, 태 이사장 대리님."

배가 고팠지만 배가 부른 기분을 안고 나연은 웃으며 이사장실을 빠져나갔다. 그리고 그렇게 마지막 교시까지 마친 뒤, 태양과 함께 퇴근을 하려던 나연은 주차장에서 한 여자를 만났다. 태양 못지않게 수려한 외모를 겸비한 그 여자에게서는 강단과 고집이 묻어 있었다.

심각한 분위기에 불현듯 가슴이 철렁 내려앉았다.

15 가족의 이름

이렇게 빠르게, 또 예기치 않게 시작될 줄은 몰랐다. 그랬기에 나연은 마음의 준비를 하고 또 하면서도 불안에 떨었다. 그럴 수밖에 없는 것이 '약혼'에 대한 문제를 해결하기도 전에 태양의 가족들을 만나게 됐기 때문이었다.

시간은 이틀 전, 학교 주차장으로 되돌아간다.

"저녁 어떻게 할래요?"

그날따라 태양의 목소리가 붕붕 떠다녔다. 나연의 질투와 도시락에 큰 힘을 얻은 듯했다. 주위 시선에 거리낌 없이 나연의 어깨에 팔을 두른 그가 방실거리며 웃었다. 그 웃음에 어깨에 걸쳐진 팔을 치우려던 나연은 차마 그러지 못하고 대신 슬그머니 그의 손을 붙잡았다.

"간단하게 찌개도 좋고, 아니면 이것저것 좀 만들어서……. 잠깐, 너무 자연스럽게 파고드는데?"

"뭐가?"

"너무 자연스럽게 저녁까지 함께하자는 걸 어필하잖아."

나연이 눈을 매섭게 치켜뜨자 태양은 자신에게 전혀 위협이 되지 않는다는 투로 어깨에 두른 팔에 힘주어 그녀를 끌어안았다.

"알면 그냥 넘어가 주지?"

"은근슬쩍, 아주."

나연이 태양에게 눈을 흘기자 그가 자잘한 웃음을 흩뿌리며 나연의 이마에 입술로 도장을 찍었다. 그리곤 물었다.

"집에 가서 먹을 거야?"

"집에 가야지. 요즘 외식을 하도 많이 해서 집에 사다 놓은 재료들이 썩어가고 있다고."

"오케이, 그럼 당신 차로 움직이자."

"네 차는 어쩌고?"

"어차피 내일 아침에 올 건데 그때 픽업하면 되지."

"집에서 누가 픽업 와?"

"아니."

"택시 타게?"

되묻는 나연의 뇌리로 번뜩이는 생각 하나가 스치고 지나갔다. 태양이 차를 주차장에 두고 가는 이유, 그러면서도 택시와 버스를 타지 않을 거라고 하는 이유. 그것을 어렴풋이 짐작하고 말았다.

"허니레몬티 달라고 할 거야, 설마?"

"그럼 안 줄 거야?"

태양의 질문에 나연이 멈칫했다. 지금까지의 경험을 토대로 미루어 짐작할 때, 그가 말하는 '허니레몬티'는 유혹의 단어였다. 함께 침대로 뛰어들게 만드는 마법의 주문과도 같은 것.

"달콤하고 상큼하고 새콤한 그거, 먹고 싶은데."

아, 그녀의 태양이 뜨겁게 유혹의 눈빛을 보낸다. 태양 아래 보리사자는 맥을 못 추고 녹아내릴 수밖에 없다는 것을 아는지 모르는지, 녀석은 그렇게 노골적인 유혹을 퍼부었다.

"엉큼해."

"좋으면서 그런다."

아무도 없는 텅 빈 교내 주차장, 마음 놓고 서로에게 애정을 쏟은 커플은 이내 키득거리며 웃음을 교환했다. 나연은 간지럼을 태우기라도 하려는 듯 자신에게 붙어 서서는 숨결과 키스를 자잘하게 흩뿌리는 태양을 밀어내며 주머니에서 차 키를 꺼냈다. 태양의 것 바로 옆에 주차된 차의 도어락을 풀고 가까이 다가서던 나연이 옆을 돌아보았다.

곁에 있어야 할 태양이 보이지 않아 조금 뒤를 향해 고개를 돌린 나연은 처음 보는 싸늘한 표정을 하고 그 자리에 우뚝 서 있는 그를 발견했다. 그리고 그의 시선이 자신을 향하고 있지 않다는 것을 알아챘다.

나연이 태양에게로 걸음을 돌렸다. 그리고는 그의 시선이 향한 곳을 따라 눈길을 돌렸다. 덩그러니 남아 있는 태양과 나연의 차 옆에 검은색 고급 세단이 미끄러지듯 와서 정차했다. 그리곤 뒷좌석 문을 열고 한 여자가 걸어나왔다. 늘씬한 몸매에 수려한 외모를 자랑하는 여자는 새벽에 서린 새하얀 서리처럼 차가웠다. 그리고 그 냉기는 오래전 태양의 것과 흡사했다.

나연이 조용히 물었다.

"아는 사람이야?"

"어."

짧게 대답한 태양은 정장 차림의 여자를 뚫어져라 노려보더니 말을 이었다.

"우리 집 장녀."

언젠가 태양에게서 들어봤던 사람의 등장이었다. 태우리라는, 예쁜 이름처럼 예쁜 얼굴을 가진, 태씨 집안의 장녀이자 태양의 누나였다.

두 사람을 향해 걸어오는 우리를 바라보는 나연의 눈빛이 깊어졌다.

"우리 집 장녀가 그런 계산은 또 잘하지. 아마 선생님이 좋아할 만한 제자가 되어줄 수 있을 텐데, 아쉽네요."

"저번에 말했지? 태우리라고, 우리 집 잘난 장녀. 쓰리플이니 뭐니 하면서 모임 만들어서 붙어 다니는 친구들이야. 도시락 전해주러 온 모양이더라고."

'태우리'라는 사람을 떠올리면 자연스럽게 떠오르는 태양의 말들이었다.

"본가에 안 올 게 뻔하니까 이리로 왔어."

두 사람에게 가깝게 다가온 우리가 태양을 향해 무미건조하게 중얼거렸다. 남매라고 하기에는 건조한 두 사람의 눈빛에 나연이 잔뜩 긴장해 있을 무렵, 태양이 싸늘하게 말을 받아쳤다.

"바쁘신 분이 어인 일로 몸소 행차까지 하셨대?"

"전화는 안 받을 게 뻔하고, 그래서 덕분에 아버지 콜이 나한테로 왔어."

"귀찮아졌군."

"짬 내서 나온 거야. 주구장창 설명할 시간 없어."

"해, 그럼."

태양의 냉랭한 대답에 녀석을 바라보는 우리의 미간에 미세한 변화가 생겼다. 하지만 그 꿈틀거림은 누군가 알아채기도 전에 빠르게 사라져 버렸다.

빈틈없이 립스틱을 바른 입술이 움직였다.

"토요일 저녁 7시, 명림호텔 스카이라운지."

"가족 모임하려면 좀 더 있어야 하잖아?"

"이게 평범한 가족 모임처럼 보이니?"

높낮이 없는 고요한 목소리가 꼭 폭풍 전야처럼 느껴졌다. 그랬기에 태양은 괜한 불안을 느꼈다. 그때였다, 우리의 관심이 나연을 향한 것은.

"맹나연 씨?"

아뿔싸!

태양이 두 눈을 질끈 감았다 떴다. 우리는 그냥 나연의 이름을 알고 있던 것이 아니었다. 나연의 이름과 얼굴, 두 가지 모두 알고 있었다. 어쩌면 알고 있는 것이 이름과 얼굴보다 더 많을지도 모른다. 한 가지 중요한 일은, 우리의 귀까지 들어갔다는 것은 분명 아버지와 그 외 인물들까지 모조리 두 사람의 관계를 알고 있다는 것이었다.

"네, 네."

"제가 맹나연 씨보다 세 살 어리지만 지금 이건 태양의 누나로서 하는 말이니 너무 고깝게 듣진 말아주세요."

우리의 말에서 나연은 그녀가 자신에 대한 조사를 모두 마쳤다는 사실을 알아냈다. 뒷조사를 한 상대는 그녀의 앞에서 당황스러울 정도로 뻔뻔하고 당당해서 놀라울 지경이었다. 하지만 나연은 그 마음을 드러내지 않은 채 침착하게 대답했다.

"네, 말씀하세요."

열렬히 분노를 드러내는 태양에 반해 차분히 가라앉은 얼굴을 한 나연은 평소보다 진지했기에 그녀의 그런 모습을 지켜보고 있던 태양은 순간적으로 끓어오르는 욕망을 함께 느꼈다.

심중을 꿰뚫어 보는 눈빛으로 태양을 지켜보고 있던 우리가 나연에게 고개를 돌렸다. 감정이 담기지 않는 눈동자가 유리알 같았고, 그 유리알에는 온갖 감정이 휘몰아치는 얼굴의 나연이 담겼다.

"초면에 실례인 건 알지만, 지금 이 이야기엔 맹나연 씨도 관계되어 있어요."

"······가족 모임에 저도 참석하라는 말씀이신가요?"

"말이 잘 통하시네요. 제 동생보다, 훨씬."

"제가 갈 자리가 아닌 것 같습니다만."

"그건 맹나연 씨가 정할 문제가 아니죠."

예의는 있지만 퍽 친절하지 않은 말투로 우리가 대꾸하자 곁에서 있던 태양이 자조적인 웃음을 터뜨렸다.

"제멋대로인 건 여전하군."

"누가 누구보고 하는 말인지 모르겠는데?"

"당신이 제일 이 집안을 싫어하지만 그만큼 이 집안과 닮아 있는 사람은 당신이야. 아버지에게 상처를 많이 받은 만큼, 외로웠던 만큼, 당신이 가장 많이 아버지를 닮았어."

태양이 퍼부을 수 있는 최고의 악담이었다. 그 악담에 분명 상처를 받았을 게 분명한데도 우리는 꿈쩍하지 않았다. 유리알처럼 반들거리는 눈동자에는 스크래치 하나 생기지 않았다. 대신 우리는 조금 더 딱딱해진 목소리로 대꾸했다.

"와야 할 거야. 아직도 네 약혼, 유효하니까."

"협박이야?"

"좋은 말 할 때 순순히 따르면 협박할 일도 없잖아?"

우리가 어깨를 으쓱이고는 다시 나연을 바라봤다.

"알고 있을지 모르겠는데 이 녀석, 약혼한 사람 있어요. 언제쯤 했더라? 좋은 집안의 자제와 많은 사람들 불러놓고 꽤 성대하게 치른 약혼식이라 무시하고 넘어가기는 힘들 거예요. 이런 시대에 정략결혼이니 뭐니, 좀 우습게 들릴 수도 있지만 우리 집에서는 빈번히 일어나는 일이죠. 평범한 상식과 우리네의 상식이 다르다고 이상하게 생각할 수 있으니 하는 말입니다."

"하고 싶으신 말이 뭔가요?"

"대기업과 대기업이 만나면 얼마나 큰 가치를 생산한다고 생각해요?"

나연은 대답할 수가 없었다. 신문이나 뉴스를 통해 부가가치 창출에 대해 익히 들어왔지만 그 숫자가 피부에 와 닿지 않았기에 함부로 입 밖으로 내뱉을 수가 없었다.

우리가 그런 나연 대신 말을 이었다.

"상상도 할 수 없을 정도로 큰 이득이 서로에게 생기죠. 남자와 여자가 만나 사랑으로 결합하는 정도로 단순한 일이 아니라는 말이에요."

그런 우리의 답을 듣는 나연의 눈빛이 어둡게 가라앉았다.

"그런데 이 녀석이 발버둥을 치네요, 맹나연 씨 하나 때문에."

"태우리."

듣다 못한 태양이 차가운 목소리로 우리를 부르자 곁에 있던 나연이 날뛰려는 태양을 진정시켰다.

"가만있어."

그런 나연의 말에 태양이 잠잠해졌다. 우리는 흥미롭다는 표정으로 눈썹을 들어 보였다.

"계속하세요."

나연이 우리를 향해 말하자 우리가 처음으로 엷은 미소를 보였다.

"이 약혼이 성사되지 못하면 우리는 얻을 수 있는 부가가치를 잃는 것이 되고, 미래의 플러스알파까지 얻을 수 없는 셈이죠."

"마음이 없는 결혼으로 서로의 인생마저 불행하게 만든다는 건가요? 사업적인 이득을 위해?"

"우리의 인생 자체가 기업의 미래니까. 우리가 일구는 기업을 계열사로 나누고, 산업적으로 구분 지은 뒤, 그 밑에 달린 식구들을 세어보면 얼마나 된다고 생각해요? 사람의 수만큼 우리는 어깨에 짐을 지고 있죠. 가진 만큼의 책임감을 갖는 건 당연한 일이잖아요?"

"맞는 말이에요. 책임감, 중요하죠."

"그래서예요. 내가 맹나연 씨에게 원하는 것도 책임감이죠. 당신은 어쨌든 태양과 인연을 맺었고, 관계를 맺은 만큼의 책임감을 원하는 건 당연한 일 아닌가요? 들어보니 교내에도 공공연하게 소문이 나 있더군요. 태양에게 약혼자가 있다고. 그런데 내가 아는 약혼자와 다른 인물이었어요."

그 말에 나연은 언젠가 지안에게서 들었던 말을 떠올렸다. 집안, 학벌, 외모까지 끝내준다던 약혼자에 관한 말, 그 말이 진짜였던 거다.

나연의 얼굴이 순식간에 구겨졌다. 그녀는 지금의 이 상황을 끝내 버리고 싶다는 투로 고개를 끄덕였다.

"토요일 저녁 7시라고 하셨죠? 그때 뵙죠."

"말이 잘 통하는 상대를 만나 좋네요."

우리는 생긋 웃고는 고개를 까닥한 뒤 주차되어 있던 세단 뒷좌석에 훌쩍 올라탔다. 그러고는 순식간에 교정을 빠져나갔다. 그 차가 사라지는 모습을 지켜보고 있던 나연은 끄응, 신음을 흘리며 곁에 있던 태양에게 소리를 쳤다.

"뭐 하고 있었어? 말렸어야지!"

"……가만히 있으라며."

"지기 싫어서, 울컥해서 한 말인데 네가 옆에서 말렸어야지!"

"가만히 있으라고 해서……."

"가만 보면 진짜 센스 없……. 잠깐, 당신 혹시……."

태양을 바라보는 나연의 눈이 가늘어졌다.

"일부러 가만히 있었던 거야?"

"내가?"

맞다, 순진한 양 코스프레를 하며 일부러 가만히 있었던 것이.

음흉한 녀석!

나연은 태양을 지그시 노려보다가는 이내 그에게서 홱 돌아서서는 주차된 차로 걸어갔다. 태양은 말없이 사라지는 나연의 뒤꽁무니를 쫓아갔다.

"어디 가?"

"집."

"같이 가자고."

"혼자 갈 거야."

"왜 그래? 누나 때문에 화났어? 미안해, 나도 누나가 이렇게 갑작스럽게 올 줄은 몰랐어."

태양의 말에 나연이 그를 팩 돌아보았다.

"화가 난 이유가 그것 때문이라고 생각해?"

"그럼?"

"약혼자에 대해 해명할 기회가 많았을 텐데도 한마디 말도 안 했잖아?"

"그건……."

"시간 아까우니 이 일로 질질 끌 생각은 없어. 하지만 오늘 하루 동안은 당신한테 화풀이할 거야. 그러니까 저녁은 혼자 먹어."

단호박처럼 단호하다. 그 태도에 놀란 태양이 빠르게 나연의 차 조수석으로 손을 뻗었지만 문을 잠그는 나연의 손길이 더 빨랐다. 몇 번이고 문을 잡아당기던 태양을 뒤로한 채 나연은 눈을 한 번

흙기고는 흙먼지를 일으키며 주차장을 빠져나갔다.

"자, 잠깐! 맹 여사! 맹 선생님! 맹나연!"

태양의 공허한 외침이 텅 빈 학교에 메아리쳤다.

외모는 전지현, 두뇌는 김태희, 몸매는 이하늬라는 내정된 공주님을 향한 질투심에 들끓어 괜한 화풀이를 한 것이라는 것은 나연이 감추고 싶은 사실이었고, 태양이 모르는 진실이었다.

금요일 저녁, 태양의 집안 식구들을 만나기 바로 전날 나연은 태양과 데이트를 했다. 식구들을 만날 때 입을 만한 얌전한 옷을 고르고, 그에게서 가족에 대한 기본 정보를 듣는 것이 주된 목적인 데이트였다.

"후회할 텐데."

저녁 식사를 하고 난 뒤, 태양이 불쑥 말을 꺼냈다.

"뭘?"

"겁도 없이 우리 집 저녁 식사에 가겠다고 한 거 말입니다."

"그러게 말리지."

"말릴까 고민도 했었는데 내 욕망에 지고 말았어."

"욕망?"

"어쩌면 당신이 완벽하게 내 가족의 테두리 안으로 들어오게 될지도 모른다는 욕망. 타의로 이루어진다고 하더라도 난 무척 행복할 것 같거든."

"태양."

"알아요, 당신은 이런 거 싫어한다는 거."

태양의 말에 나연이 그를 가만히 바라보다가 한숨을 폭 내쉬었다. 지금까지 부정하고 싶었던 현실이 코앞으로 다가와 있다는 사실에 가슴이 무거워졌다.

"약혼녀는 어쩌고."

"걔는……."

무어라 말하려던 태양이 고개를 젓고는 나연을 바라봤다.

"그보다 더 중요한 게 있어요. 나에게는 당신밖에 없다는 것."

"그런 건 일반적인 세계에서나 통용될 발언 같은데?"

"우리 집에서 내가 가장 일반적인 인간이거든."

그렇게 중얼거린 태양이 잠시 말을 아끼고 있다가는 이내 말하기 힘든 큰 비밀을 조심스럽게 털어냈다.

"우리 남매, 엄마가 다 다르다는 건 알고 있죠?"

그 말에 무슨 말을 하려던 나연은 얼어붙은 듯 그대로 입을 다물고 말았다. 그런 일을 겪어보지 못한 나연으로서는 그 어떤 위로도 그에게 건넬 수 없었다. 자칫 그녀가 건넨 위로의 한마디가 안이하게 그의 상처를 헤집는 꼴이 될까 싶어 더더욱 그럴 수 없었다.

태양은 덤덤하게 이야기를 이어나갔다.

"그래서 이래저래 못 볼 꼴도 많이 봤고, 그래서 더 자신을 가두게 됐고. 우리 집 장녀는 모든 것을 가두는 스타일이라면 나는 다 분출하는 쪽이어서 우리 둘이 가장 많이 부딪혔지."

덤덤한 척하는 것이 습관이 된 것 같아 나연의 마음이 시리도록 아파왔다.

"누나 쪽 어머니는 아버지가 사랑한 여자였어. 그러니 그 여자와 똑 닮은 누나를 보기가 힘드셨던 거지, 그 양반은. 그래서 누나를 더 차갑게 내쳤던 것 같아. 반대로 내 모친은 정략결혼으로 만난 여자. 사업상의 결합이 어쩌고저쩌고 하지만 오래전 왕실도 아니고 그게 뭐야. 부모의 뜻을 이기지 못해 한 결혼은 오래 지속되지 못하고 그대로 쫑. 덕분에 이혼 소송도 진흙탕이었고, 친권 분쟁에 회사 지분 문제로 긴 싸움을 했지."

"아……."

"난 그렇게 되고 싶지 않아요."

태양이 고개를 들었다. 상처를 딛고 서려는 듯 확고한 눈빛이 나연을 향해 일렁이고 있었다.

"내가 볼 땐 누나 쪽 모친이 더 행복했을 것 같다고."

그렇게까지 말한 그가 나연을 향해 손을 뻗었다. 커다란 그의 손이 나연의 뺨을 덮었다.

"날 버리지 말아요."

"내가 왜 그러겠어."

"무슨 일이 생기더라도 그러지 마요. 당신이 날 버리면 난 모든 걸 잃어버리는 거니까."

그녀보다 훨씬 어른 같았다가 또 어린 소년 같았다가, 자신의 앞에서 모습을 달리하는 태양 탓에 나연은 마음이 순두부처럼 몽글거리는 것을 느꼈다.

하여튼, 다짐을 한 방에 무너뜨리는 남자다.

'가족과 식사까지는 경건한 마음으로 있으려고 했는데.'

나연은 한숨을 푹 내쉰 다음 그의 목에 팔을 둘렀다.

"허니레몬티 마실래?"

그녀의 속삭임에 태양이 의도를 파악하려는 듯 가느다래진 눈으로 나연의 표정을 읽어 내렸다. 묘하게 풀린 두 눈과 놔줄 것 같지 않은 양팔이 수갑처럼 태양의 마음을 가두고 있었다.

그녀의 유혹이 반갑다. 태양은 시원한 미소를 지으며 그녀의 가슴에 얼굴을 묻었다.

"기꺼이."

오늘만큼은 흑점 한 번 제대로 폭발시킬 참이었다.

태양은 가지면 가질수록 자신의 갈증만 증폭시키는 그녀를 끌어안고 마음껏 몸을 묻었다.

토요일 저녁 7시, 명림호텔 스카이라운지.

식사는 무척 조용하게 이루어졌다. 애피타이저에서 메인 요리까지 마친 뒤, 디저트가 나올 때까지 나눈 대화라고는 딱 한 마디가 전부였다.

"제일고교 교사시라고."

"네."

그 말을 끝으로 숨을 옥죄는 침묵이 계속되자 나연은 언젠가 태양이 했던 말을 다시금 상기할 수 있었다.

"쌤이랑 있음 사소한 거 하나하나가 좋아져요."

"사소한 거?"

"이렇게 마주 앉아 밥 먹는 거. 대화도 되고, 밥맛도 느껴지고."

"집에선 이렇게 안 먹니?"

"마주 앉아 먹은 적이 언제였는지 가물가물해요. 일단 지금 있는 엄마는 남동생인 태풍의 친엄마기도 하고요. 가뭄에 콩 나듯 가족끼리 모여 식사하는 날엔 난 늘 체해요. 다들 다른 얘기 하거든. 아버진 회사, 어머니는 주식, 누나는 침묵, 태풍인 쇼핑. 난 닥치고 밥만 먹어요. 그래서 밥이 무슨 맛인지, 밥인지 모래인지, 어디로 들어가는지도 모르고 먹어요. 그렇게 먹고 체할 바에야 혼자 먹는 게 낫죠."

그가 말한 것이 이런 것이었다는 것을 나연은 이제야 실감할 수 있었다.

디저트까지 다 먹었음에도 누구 하나 입을 열 생각은 하지 않았다. 조용한 가족 그 자체라는 생각에 나연은 무릎에 올려놓은 주먹으로 가슴을 텅텅 두드리고 싶었다.

'비싼 밥 먹고 제대로 체하겠네, 오늘.'

한숨조차 내쉬지 못한 채 분위기를 읽고 있는데 테이블 밑으로 손이 불쑥 다가와 나연의 주먹을 감싸 줬다. 곁에 앉아 있던 태양이었다. 손을 잡아주는 태양의 온기에 한풀 안정을 되찾은 나연은 괜찮다는 듯 태양을 바라보며 미소를 지어 보였다. 덕분에 온종일 딱딱하게 굳어 있던 태양의 입매가 느슨하게 풀어졌다.

그때였다.

"식사, 즐거웠소."

태 회장이 아주 오랜만에 입을 열었다.

태 회장은 눈빛이 예리한 사람이었다. 중후하면서도 함부로 접근하기 힘든 아우라를 가지고 있는 사람이었기에 그의 눈빛 한 번만으로도 쉽게 주눅이 들어 말을 꺼내기 힘들었지만 나연은 곁에 있는 태양을 생각했다. 그에게 집중했다.

"앞으로 종종 보게 될 것 같군 그래."

"네?"

"우리에게 들었네만, 우리 집에 대한 대략적인 이야기는 들었다고 하던데."

태 회장의 물음에 나연이 들고 있던 스푼을 내려놓고 대답했다.

"정보가 아주 없는 것은 아닙니다."

"실례라는 건 알지만 나도 맹 선생에 관해 아주 모르는 것은 아니야. 서로 얼굴 마주 보고 시간을 들여 천천히 알아가는 게 정석인 줄은 알지만 내 시간이 없어서 말이야."

태 회장의 말이 끝나기 무섭게 태양이 신경질적으로 스푼을 내려놓으며 중얼거렸다.

"그냥 뒷조사하셨다고 하세요."

그 말에 우리가 태양을 차갑게 불렀다.

"태양."

젠장, 하는 속삭임이 들린 것도 같았지만 태 회장도, 나연도 꿈쩍하지 않았다. 그저 우리와 막냇동생 태풍의 한숨만이 깊어졌을 뿐이다.

"태양에게 약혼자가 있다는 사실에 대해서는 어떻게 생각하시는가?"

"듣긴 했습니다만 제 상식으로는 쉽게 이해되는 상황이 아니라서요. 얼떨떨합니다."

나연은 꾸미지 않고 솔직하게 대답했다. 곧은 눈빛과 덤덤한 심경을 순식간에 읽은 태 회장은 의중을 알 수 없는 미소를 머금고 중얼거렸다.

"솔직하니 좋구만."

"드라마나 소설로만 봤지, 제 주변에서 있을 수 있는 일이라고 는 생각해 본 적이 없어서 솔직히 어떻게 반응해야 할지도 모르겠습니다."

나연의 말에 태 회장은 옅게 드리웠던 미소를 거둬내고 예의 예리한 시선으로 나연을 꼼꼼히 훑었다. 외적인 것 말고도 그녀의 내적인 것들을 단번에 파악한 것 같아 영 불편한 게 아니었지만 나연은 물러나지 않고 태 회장과 시선을 마주했다.

"태양을 어떻게 생각하나?"

태 회장의 질문에 순간 나연은 자신이 결혼을 허락받으러 온 예비신랑 같다는 생각을 했다. 따님을 행복하게 해주겠습니다. 따님을 제게 주십시오! 그렇게 외치기라도 해야 하나, 심각하게 고민을 하는데 곁에 앉아 있던 태양이 조바심을 떨치지 못하고 그녀를 보챘다.

"뭘 망설여요, 사랑한다고 대답하면 되지."

"사내놈이 섣부르게 끼어들기는. 묵직한 모습을 보일 수는 없겠어?"

계속 참고 있던 태 회장이 혀를 끌끌 차며 태양을 흘겨봤다. 아버지의 못마땅한 태도에 태양이 울컥, 가시 돋친 말을 꺼내려는 찰나 나연이 입을 열었다.

"묵직한 사람입니다."

모두의 시선이 나연에게 향했다.

"나이답지 않게 어른스러운 모습만 보여준 사람이라 저는 지금 이런 모습이 참 좋습니다."

"흐음."

"오랜 시간 돌아서 만난 사람이고, 우여곡절 끝에 이루어진 관계라 끊어내려 하셔도 이 사람, 쉽게 놓지 않을 생각입니다. 오래 전에 이 사람 한 번 포기한 적이 있거든요, 저."

고해성사라도 하는 듯한 말에 모두가 침묵 속에 나연을 지켜봤다. 그중 가장 심하게 떨며 바라본 것은 태양이었다. 그녀가 무슨 말을 어떻게 할지, 폭탄이라도 터뜨릴까 두려웠으니까.

태 회장이 절실한 얼굴로 나연을 바라보는 아들 녀석에게 시선을 던지며 물었다.

"무슨 일이 있어도…… 말인가?"

"부모님 가슴에 못을 박으면서까지 만난다는 말은 못 드립니다. 한 번 못 박아봐서 그 심정이 어떤지, 상대 둘만 죽고 못 사는 관계가 얼마나 사람을 지치게 하는지 잘 아니까요."

"태양이 첫사랑이라고 말해도 시원찮을 자리 아니던가?"

"여자 나이 서른입니다. 그만큼 먹고 연애 한 번 못해봤다면 더 이상하다고 생각합니다. 제 인격에 문제가 있던가, 아니면 남자의 마음 하나 사로잡지 못할 정도로 매력이 없었다는 말이 되겠지요."

"당돌하구만, 그래."

태 회장이 쿡쿡 웃었지만 나연은 웃음기 하나 없이 담백한 얼굴로 말했다. 그녀의 진심이 태 회장의 마음에 닿기를 바라며.

"인정받고 싶습니다. 아버님 마음에 들고 싶습니다."

"내 마음에 들고 싶다?"

"조건보다 인간 자체를 봐주신다면 노력하겠습니다."

"그 정도로 태양 녀석을 놓고 싶지 않다?"

태 회장은 모호한 눈빛으로 태양과 나연을 번갈아 바라보았다.

"자네가 내 마음에 들 한 가지 방법이 있긴 하지. 어쩔 텐가, 내 조건을 들어보겠어?"

16 감각

태 회장의 영향력은 가족 모임에서도 건재했다. 한바탕 큰 태풍이 휘몰아치고 난 다음, 나연은 태씨 집안 자제들과 테이블을 지키고 앉아 있었다.

긴장이 툭 풀려 버린 탓에 멍한 얼굴로 자리만 지키고 앉아 있는데 태양과 똑 닮은 외모로 불만을 토해내고 있던 태풍이 태양을 향해 눈을 부릅떴다.

"대단하다, 정말."

"무슨 소리야?"

"형, 지금 오산나를 까겠다는 얘기잖아?"

태양의 말을 빌리자면 '태씨 집안 삼 남매 중 가장 편안한 삶을 살고 있는 막내'였고 '집안의 문제로 인한 것이 아닌, 그저 사춘기 소년의 질풍노도를 앓고 있는 귀요미' 쯤 되는 아이였다. 만 스무 살 갓 넘은 청년은 우리의 냉기와 태양의 열기를 고루 갖추고 있었다.

태풍의 물음에 태양이 막내를 놀리듯 빈정거렸다.

"그렇다면?"

"그렇다면? 나한테 묻는 거야?"

"파혼할 생각이야. 그런데 그게 왜? 네게 문제될 것이 있나?"

그 대답이 썩 마음에 들지 않은 모양이다. 태풍은 냅킨을 냅다 던져 버린 채 자리를 박차고 나가 버렸다.

"씨팔."

나연의 직업병을 도지게 만드는 한마디 욕설과 함께.

레스토랑을 박차고 나가는 태풍의 모습에 태양이 냅킨으로 입가를 닦고는 자리에서 일어났다. 그리고는 나연에게 양해를 구했다.

"잠깐만 나갔다 올게. 아무래도 녀석을 따라가 봐야 할 것 같아."

"다녀와."

나연이 순순히 고개를 끄덕였다. 그러자 태양은 이해해 줘서 고맙다는 얼굴로 그녀의 어깨를 힘주어 잡고는 곧장 태풍이 사라진 곳을 향해 걸음을 재촉했다.

결국에는 나연과 태우리, 두 사람만 남았다. 무슨 말을 해야 할지, 불편함에 마주 잡은 손만 만지작거리는데 우리는 이제야 숨통이 트인다는 투로 나연을 향해 말했다.

"형제들이 저래요. 서로를 긁어대기 바쁘죠."

"네?"

"만만한 게 태풍이라 우리 둘이 녀석을 긁어대는 편이에요. 태양인 원래 자주 그러는 편이 아닌데, 오늘은 좀 과격하네요. 태 회장님 때문에 심기가 많이 불편했던 모양이에요."

"오늘 제가 가족분들 모두를 불편하게 해드린 것 같아 마음이 좋질 않네요."

"설마. 우리가 나연 씨를 불편하게 했죠."

태씨 가문의 장녀 얼굴을 벗은 우리는 처음보다 부쩍 부드러운 인상이었고, 냉기 속 따뜻함도 느껴지는 여자였다. 기업의 장녀라는 부담감으로 인해 어쩌면 그런 가면을 쓰고 살았을지도 모른다는 생각을 한 찰나, 우리가 나연에게 제안했다.

"잠깐 우리 둘이 자리 좀 옮길래요?"

"네?"

"하고 싶은 말도 있고, 할 말도 있는데."

우리의 말에 나연은 입을 꼭 다문 채 그녀를 물끄러미 바라봤다.

태양이 태풍을 따라 룸 밖으로 나갔다. 문을 박차고 룸을 빠져나간 태풍은 야외로 연결이 되어 있는 발코니에서 담배를 한 대 태우고 있었다. 어렵지 않게 태풍을 찾은 태양이 가까이로 다가가 먼저 손을 내밀었다.

"언제부터 피운 거야?"

태양의 질문에 태풍은 비뚜름한 시선으로 그를 흘깃 바라보고는 다시 담배 연기를 깊게 들이마셨다. 태양은 그런 태풍에게 한 걸음 가까이 다가갔다.

"한 가치 더 있냐?"

태풍은 대답하지 않고 품 안에서 담뱃갑을 꺼내 태양에게 내밀었다. 태양이 한 가치를 꺼내 입에 물자 태풍은 빨갛게 타오르는 담배 끝을 마주 대고 불을 붙여주었다. 태양이 몇 번 빨아올리자 그가 문 담배 끝에 불이 붙었다.

두 남자는 한동안 말없이 담배를 태웠다. 그러다 태풍이 먼저 담배를 비벼 끄고 어렵사리 말을 꺼냈다.

"형이 포기해."

"뭐?"

"나이 차이도 많이 나고, 집안 차이도 많이 나고 현실적으로 불가능해. 그냥 형이 포기하고 산나와 결혼해."

태풍의 입에서 그런 말이 나올 줄은 상상도 하지 못했던 태양은 심각해진 얼굴로 동생을 돌아봤다.

"태풍."

"그래라, 형. 내가 형이 하라는 대로 다 할게. 형이 저번에 내 시계 멋지다고 했지? 그거 줄게. 또 뭐가 있지? 형이야 나보다 많은 것을 갖고 있지만 원한다면 내가 가진 것도 더 줄게. 우리 회사 주식은 어때?"

"태풍!"

"제발 그래라, 형. 내가 예전부터 제대로 형 취급도 안 하고, 어리광만 부리고, 그래서 형이 많이 화나 있는 것 알아. 이젠 제대로 살게. 형에게 제대로 된 동생 노릇도 하고, 괜한 반항 일삼는 짓도 그만두고."

"하아."

"그러니까 형, 원래 정해진 대로 산나랑 결혼해."

부탁한다고 들어줄 수 있는 일이 아니었음에도 태풍은 이성을 잃은 사람처럼 간절하게 태양에게 빌었다. 앞뒤 가리지 않고 막무가내로 구는 태풍의 모습이 낯설기 그지없었기에 태양은 무슨 말을 하려다 멈칫하고는 동생의 얼굴을 바라봤다.

'이 녀석이 원래 이런 성격이었나?'

물론 태양 자체가 살가운 성격이 아니었는데다가 새어머니가 들어온 이후로 제대로 적응하지 못하고 방황한 탓에 어린 동생에게 신경 쓸 마음의 여유가 없었다. 그랬기에 태풍을 알아보려는 노력도, 이해할 수 있는 시간도 없었다. 하지만 태풍은 나름대로 유연성을 자랑하며 집안에서 제대로 적응을 해 나갔다. 유들유들한 성격에 순발력이 더해져 누나와 형에게 치이지 않는 방법을 스스로 터득한 아이이기도 했다.

그런데 그런 녀석이 이상했다. 무시를 하거나 괜한 발길질로 자신의 마음을 표현한 적은 있었어도 이렇게 저돌적인 모습은 보인 적 없던 태풍이었기에 태양의 충격은 더 컸다.

잠시 입맛을 다시고 있던 태양이 혼란스러운 얼굴을 뒤로하고 태풍에게 질문을 했다.

"단도직입적으로 물어볼게. 너, 산나 좋아해?"

"……무슨 소리야?"

"나도 지금까지 확실하지 않아서 말을 하지 못했는데 언제부터인가 그런 느낌이 들었어. 처음에 온화그룹과 그런 말이 오갈 때도 난 관심이 없었거든? 그런데 내가 뜻도 표명하지 않고 방치를 한 까닭인지 약혼식이 진행되더라고. 물론 그때야 외조부께 내 인생을 저당 잡혀 있었고, 그 계약 조건이 시키는 대로 뭐든 하는 거였기 때문에 약혼도 치렀지만……. 그 약혼도 산나가 찬성했기에 치른 거지만 이제는 사정이 달라졌어. 그건 산나도 마찬가지일 거라고 생각해."

"무슨 근거로!"

"……글쎄, 무슨 근거일까?"

그렇게 중얼거린 태양이 치기 넘치는 어린 동생의 얼굴을 물끄러미 바라봤다.

"내가 볼 땐 그래. 너도 네 입장을 확실하게 표명하는 게 좋아. 좋다, 싫다, 명확히 구분하지 않고 미적지근하게 있다가는 윗분들의 손아귀에 마구잡이로 휘둘릴 테니까."

태양의 말에 태풍이 입을 다물었다. 복잡함이 가득 담긴 눈망울이 촛불처럼 힘없이 흔들리고 있었다.

태풍은 잠시 망설이다 확실치 못한 대답을 했다.

"그건…… 오래전의 일이야."

오래전의 일이었다. 열일곱, 처음 그 마음을 깨달은 다음 비행기에 오를 수밖에 없었던 태풍은 타이밍이라는 것을 놓친 뒤로 계속 이것도 저것도 아닌 불확실한 마음을 안고 있었기 때문이다. 하지만 늘 산나에게 무슨 일이 일어날 때면 그 마음은 일순 선명해지곤 했다. 태양에게 파혼 통보를 받게 될지도 모른다는 사실을 알게 된 오늘 같은 날 말이었다.

좋아하고 싫어하고. 흑과 백처럼 간단하게 나눌 수 있는 마음이 아니었다. 다만 한 가지, 녀석이 상처받는 모습은 보고 싶지 않았다.

순식간에 얼굴 위로 스치고 지나가는 태풍의 감정 변화를 지켜보고 있던 태양이 한숨을 푹 내쉬었다.

　"그래, 그건 그렇다 치자. 그래도 난 지금 네가 왜 산나와 날 엮지 못해 안달인지 이해가 안 간다. 저 안에 있는 그 여자, 내가 진심으로 사랑하는 사람이야. 내가 마음을 준 세상에 단 한 사람이고, 그래서 평생을 함께하고 싶은 여자야. 이십 년 만에 처음으로 만났고, 잃지 않기 위해 5년이라는 시간을 버텼어. 그런데도 내 마음은 처음과 변함이 없더라. 넌 그런 여자를 포기할 수 있겠어?"

　"하지만 형."

　태풍은 두 눈을 질끈 감았다 떴다. 그 짧은 찰나에도 태풍의 머릿속엔 산나의 말간 얼굴이 떠올랐다 사라졌다.

　"형이 그럼 산나는 어떻게 해? 그 자식, 어릴 적부터 줄곧 형만 보고 자라왔어. 형이 좋다고 졸졸 따라다녔잖아. 어릴 적 장래희망에도 형과 결혼하는 것을 써냈던 애야. 알잖아, 형."

　"어릴 적 이야기야, 다. 나이가 들면 생각도 바뀌게 되어 있어."

　"생각이라고? 생각으로 어쩌지 못하는 게 마음인데, 형도 그걸 알면서 그렇게 말을 해?"

　"풍아."

　"불쌍하잖아. 걔 불쌍해서 어떡해."

　금방이라도 울음을 터뜨릴 것 같은 얼굴을 한 태풍이 그새 쉬어 버린 목소리로 중얼거렸다. 하지만 어쩌랴. 태양이 그에게, 또 산나에게 해줄 수 있는 것이 아무것도 없는데.

　"불쌍하게 여겨서 만나는 건 사랑이 아니잖아."

그렇게 대답한 태양은 태풍의 어깨를 몇 번 두드려 주고는 나연이 기다리고 있을 룸 안으로 사라졌다. 그렇게 사라지는 태양의 뒷모습을 지켜보며 태풍은 한 손으로 얼굴을 가린 채 벽에 등을 기댔다. 손에 잡힐 듯 잡히지 않는 어린 날의 마음은 그때나 지금이나 어렵기는 마찬가지여서 태풍은 속수무책 손을 놓고 멍하니 지켜보는 수밖에 도리가 없었다.

근처 커피숍으로 자리를 옮긴 두 사람은 각자 원하는 음료를 시켜둔 채 어색한 침묵을 지켰다. 나연은 애꿎은 빨대만 만지작거리다 말을 꺼낼 생각도 하지 않는 우리를 향해 먼저 입을 열었다.

"할 말이 있다고 하지 않았나요?"

"맞아요. 그런데 지금 어디서부터 어떻게 시작해야 할지 생각하는 중이었어요."

우리는 고요하고 나지막한 목소리로 조곤조곤 말하는 스타일인 듯했다. 하지만 그 음성에는 거역하기 힘든, 일종의 카리스마가 녹아 있었다.

"숨 막혔죠, 아까? 괜찮아요?"

"전 괜찮아요. 다만……."

"다만?"

"태양, 그 사람이 걱정돼요."

빨대로 젓고 있던 음료를 바라보고 있던 나연이 고개를 들어 우리를 바라보았다. 우리와 태양, 두 사람의 눈동자에 스며들어 있는 고독은 너무 깊이 뿌리내리고 있어 쉽게 뽑힐 수 없는 성질의 것이었다.

"숨 막힌다고 했었거든요. 어릴 적부터 원했던 건 그저 가족 간의 애정과 관심뿐이었는데 그걸 받지 못한 모양이에요. 나랑 있어서 가장 좋은 게 그냥 있는 것뿐이라니, 함께 밥을 먹고, 대화를 하는 것뿐이라니……. 그건 좀 슬프잖아요."

나연의 말에 우리는 잠시 우수에 젖은 눈빛으로 그녀를 바라보고 있다가는 이내 시선을 돌렸다.

"만나고 보니 알겠네요, 태양이 왜 맹나연 씨에게 속수무책으로 빠져들었는지."

나연의 말에 우리는 자신이 근본부터 지니고 있던 외로움과 그에서 솟구치는 냉기를 다시 한 번 마주하고 말았다. 덕분에 우리는 나연이 태양의 이름처럼이나 따뜻한 관심과 애정을 가진 사람이라는 것을, 오래전부터 남매가 갈구하던 것들을 다 가지고 있는 사람이라는 것을 직감적으로 깨달았다.

"태양이 고등학생일 적부터 알고 지냈다죠? 어떤 일이 있었는지는 외조부께 들었어요."

"……그런가요?"

"맹나연 씨를 질책하려고 한 말이 아니에요. 그저, 태양이 그렇게 변하게 된 이유를 알게 됐다는 말을 하는 거예요. 의지도 없이 무기력하게 살아가던 동생이 처음으로 외조부께 부탁이라는 걸 했어요. 선생 하나를 지키기 위해. 자신의 시간을 대가로 했죠."

"시간이라뇨?"

"5년간의 시간을 외조부께 반납했어요. 외조부께서는 집안 누군가에게 가업을 물려주고 싶어 하셨고, 마침 태양이 외조부의 힘을 무척 필요로 했거든요. 단 하나뿐인 손자를 묶어둘 수 있는 기회는 그때밖에 없었죠. 그래서 거래를 했어요. 맹 선생님을 그대로 학교에 다닐 수 있게 하고 보호를 해주는 대신 태양은 5년 안에 고등학교, 대학교를 졸업하고 외조부의 일을 돕게 됐죠. 물론 그 조건 안에 맹 선생님을 만나지 않을 것이 포함되어 있었어요."

태양이 나타나지 않은 5년 동안 큰 변화가 있었다는 것쯤은 알고 있었다. 그리고 그 변화를 위해 태양이 무언가를 희생했다는 것 역시 어렴풋이 짐작하고 있었다. 하지만 그런 거래가 있던 줄은 꿈에도 몰랐다. 그의 변화가, 죽는 줄 알았다는 5년 인고의 시간이 다 나연으로 인한 것임을…… 정말 몰랐다.

나연은 양손으로 입을 틀어막은 채 우리를 바라봤다.

"그 정도로 사랑받고 있어요, 당신은."

"몰랐…… 어요."

"알아요. 말할 생각도 사실은 없었어요. 하지만 알아야 하니까. 아는 편이 좋으니까. 태양이 당신을 위해 무엇을 희생했는지, 당신이 태양을 위해 무얼 희생하는지."

동그랗게 뜬 나연의 눈에 눈물이 찰랑거렸다. 그녀가 눈을 한 번 깜빡이자 완두콩 같은 눈물은 뺨에서 도로로 굴러 떨어져 곧장 탁자를 적셨다.

"내가 괜한 참견을 한 건가요?"

"아뇨. 덕분에……."

나연이 감정을 추스르고자 노력하며 숨을 골랐다. 그러고 나서야 말을 이을 수 있었다.

"덕분에 알았어요. 태양이 나라는 사람을 위해 무얼 포기해야 했는지. 만나러 한 번 오지 않은 5년이라는 시간 동안 그를 원망했거든요. 아무 설명도 없이 떠났으니까, 기다린다는 건 너무 미련해 보이니까, 몇 번이고 고집 피우려는 나 자신을 타이르고 다독였어요. 포기하는 게 맞다고 생각했죠. 녀석은 어렸고, 어릴 땐 감정을 다스리는 게 쉽지 않으니 한순간 지나가는 바람이라고 여겼어요. 그렇게 생각했던 내 판단이 이제 와 그 사람에게 상처가 될 줄은……."

"둘 다 어렸고, 처음이었고, 서툴렀으니까. 서로에게 실수를 하거나 그래서 실패를 하는 건 당연해요. 처음부터 능숙한 건 말이 안 되잖아요."

안쓰럽고 사랑스럽다. 안쓰럽고 또 사랑스럽다. 그렇게 자꾸 반복해 치미는 감정이 무척이나 소중했다.

"아버지의 말은 너무 신경 쓰지 말아요."

우리의 말에 나연이 고개를 들었다. 흔들리는 눈빛을 다정하게 바라본 우리가 설명을 덧붙였다.

"아버지도 나와 같은 마음일 게 분명하거든요. 물론 제시하신 조건은 당장 결정해야 할지 몰라도 나연 씨를 마음에 들어 하셨어요."

"그럴까요?"

"네. 그리고 내가 했으니까 너무 걱정은 말아요."

"네?"

"그때 말했던 사업적 결합 말이에요. 태양까지 이어지면 무척 좋겠지만 그건 그냥 플러스알파 같은 거고, 내가 이미 꽤 좋은 사업 파트너를 찾았으니 아버지도 태양만큼은 편하게 놔두실 거예요."

"아! 결혼, 하셨어요?"

"얼마 전에요."

우리의 대답에 나연이 입을 꼭 다물었다. 그러자 우리는 웃으며 대답했다.

"난 괜찮아요. 어차피 이렇게 될 일이었고, 내가 선택한 일이니까. 하지만 내가 선택했다고 해서 태양에게도 선택을 강요하고 싶진 않아요. 어쨌든 정략결혼이라는 게 꼭…… 내가 팔려가는 느낌이거든요."

자신의 말에 나연이 괜한 신경을 쓰게 한 것 같아 우리는 잠시 침묵에 동조하다 운을 떼었다.

"솔직히 말하면 나는 맹나연 씨가 좋아요."

"네?"

"미쳐 날뛰어서 통제 자체가 되지 않는 녀석이었거든요, 태양은. 툭하면 집을 나가기 일쑤고, 싸움에, 오토바이에, 무단결석에, 가출까지. 스케일은 또 커서 가출 한 번 하면 외국으로 그렇게 나돌았어요. 그런데 녀석의 고삐가 되어주는 사람이 나타났으니 얼마나 좋아요. 녀석이 맹나연 씨 덕분에 마음 잡고 안정이 된 것 같아서요."

진심이었다. 다정함을 원했지만 다정한 법을 몰랐던 우리와 태양이 서로에게 비뚤어진 모습을 보이며 상처를 입힐 때마다 우리는 걱정했다. 꾹 참는 자신보다도 더 갈피를 잡지 못하는 동생의 성격을 잘 알기 때문이었다. 쉽게 마음을 주진 않지만 한 번 마음을 주면 한 사람만 바라보는, 고집스러우면서도 한결같은 그 성격을 말이다.

"어떻게 할 건가요, 이제?"

우리가 물었다.

그러게, 이제 어떻게 할까?

남은 것은 나연의 결정, 그것뿐이었다.

우리와 헤어져 호텔 로비에 도착해서야 나연은 자신을 기다리고 있던 태양을 만날 수 있었다. 의자에 앉아 있다가 나연이 들어오는 모습을 보고 자리에서 일어난 그는 성큼성큼 그녀에게로 가까이 다가왔다.

"괜찮아?"

다짜고짜 나연의 안부부터 물어오는 태양이다. 그의 마음이 고마워 나연은 미소를 지었다.

"괜찮지, 그럼."

"험한 말 안 들었어?"

"안 들었어."

"정말?"

태양이 나연을 여기저기 살펴보며 묻자 그녀가 나지막한 한숨을 내쉬며 태양의 뺨을 감쌌다.

"동생이 누나를 너무 모른다."

"뭐?"

"연인이 상대를 너무 모르고."

나연의 말에 태양이 눈을 가늘게 떠 그녀를 바라보다가 이내 힘 빠진 웃음을 터뜨렸다. 그는 나연의 손을 잡고 소파로 가 앉았다. 그러고 나서야 안심이 된다는 듯 한숨을 깊게 내쉬며 나연을 끌어안았다.

"대단해, 당신."

"음?"

"멋지다고, 정말."

태양의 속삭임에 나연은 뾰로통하던 표정을 풀고 이내 그의 품에 노곤하게 안겼다. 그리고는 괜한 투정을 했다.

"아버지 앞에서 당신을 사랑한다, 고백도 못했는데?"

태 회장 앞에서 말하지 않은 고백을 태양이 알아줬길 바라는 마음이었다. 태양은 그런 나연의 기대를 배신하지 않았다.

"충분히 말했잖아, 날 사랑한다고."

"그게 들렸어?"

"안 들리고 배겨? 목청껏 고함을 질러대는데?"

태양의 너스레에 나연이 쿡쿡 웃으며 조용히 중얼거렸다.

"사랑한다는 말, 당신 앞에서 제대로 한 적도 없는데 모두가 있는 자리에서 처음으로 하고 싶지 않았어."

그렇게 말한 나연은 한참 동안 태양의 품에 안겨 있다가 결심했다는 표정으로 그를 바라봤다.

"당신 집에 가면 안 돼?"

그녀의 적극적인 발언에 태양이 처음으로 당황한 얼굴을 했다. 덕분에 울렁거리던 나연의 마음이 차분히 가라앉았다. 오히려 얕은 쾌감까지 느꼈다.

그녀는 다시 한 번 태양을 졸랐다.

"초대해 줘, 나."

❖

태양이 혼자 사는 집은 나연의 집에서 얼마 떨어지지 않은 곳이었다. 태양과 만나게 된 이후 너무나도 자연스럽게 나연의 집으로 향했던 터라 나연은 태양의 집 주소만 알고 있었지, 따로 방문을 했던 적은 없었다.

사람의 온기 한 자락 느껴지지 않는 차가운 느낌의 집 안을 둘러보며 나연은 이제야 온 것을 후회했다. 그리고 왜 그가 그리도 나연의 집에서 자기 집으로 돌아가기 싫어했는지를 알 수 있었다.

현관문을 닫기 무섭게 태양은 나연을 끌어안았다. 그녀의 코트를 벗기며 입을 맞췄다. 하지만 나연은 그런 태양의 어깨를 밀치며 뒤로 물러났다.

"잠깐만."

"왜?"

"동생은? 괜찮아?"

"지금 그게 중요해?"

"궁금해."

묘하게 가라앉아 있는 나연의 상태가 신경 쓰였기에 태양은 지분거리던 손길을 거두고 그녀의 두 눈을 바라봤다. 차분한 나연의 눈동자가 촉촉이 젖어 있는 것도 같았다. 분명 우리에게서 무슨 말을 들은 게 틀림없다는 생각이 들었기에 태양은 가만히 서 있다가 그녀를 이끌고 거실로 들어갔다.

"성질이 나 있는 상태야. 내가 좀 놀렸거든."

"약혼녀는 집안에서도 잘 알고 있는 상대인가 봐?"

"어릴 적부터 친하게 지내던 집안의 외동딸이거든."

그녀를 소파에 앉힌 태양이 부엌으로 가 냉장고를 열었다. 인스턴트 음식 몇 가지와 생수, 마시다 남은 와인 몇 병이 전부인 내부를 확인한 태양이 냉장고 문을 닫았다.

"줄 게 없네. 사논 게 레몬주스랑 꿀밖에 없어서……. 당신이 만들어주던 것보다는 훨씬 인스턴트 느낌일 테지만, 그래도 마실래?"

"아니, 괜찮아. 물이면 충분해."

그 말에 태양은 머리를 긁적이고는 냉장고에서 따지 않은 생수 한 병을 들고 그녀의 곁에 가 앉았다. 뚜껑을 따 나연에게 건네주자 나연은 마른 입술만 잠깐 축이더니 잠시 생각에 잠겼다. 그러더니 이내 머뭇거리며 방금 전의 대화를 이어나갔다.

"동생이 좋아하는 여자인 거야?"

"누구? 아, 약혼녀? 좋아하는 쪽에 가깝지, 아마? 그런데 그 녀석도 자존심이 세서. 하여튼 잘 해결했어. 내 약혼자는 죽어도 맹나연 하나밖에 없다고 말했거든."

태양의 말에 나연은 그렇다 할 대답 없이 가만히 고개를 끄덕였다. 자신을 바라보는 그녀의 눈빛은 그렇게 사랑스러운데도 오늘따라 무게를 잡는 나연의 심중을 파악할 길이 없어 태양은 답답했다.

"해야 할 말이 있어."

나연의 첫마디에 태양의 가슴이 묵직해졌다.

"난 아직 우리 사이, 누구에게도 말한 적이 없어."

"알아. 우리 집이 좀 비정상적이야."

"설마. 가족이 어떻게 살고, 어떻게 지내고, 누굴 만나는지 알고 싶어 하는 건 지극히 정상적인 일이야. 그게 애정이고 관심이니까. 그게 지나치면 문제지만……."

나연의 말에 태양의 미간에 주름이 잡혔다.

대체 뭐가 문제인 걸까?

대답을 기다리는 내내 태양의 가슴이 조여들었다. 나연을 믿는 마음 이면에 그녀가 내놓을 수 있는 부정적인 답변에 대한 걱정 때문이었다.

나연이 태양을 바라봤다.

"널 만나는 걸 거부했던 이유 중 하나가 그거야. 우리의 재회에 우리 가족이 개입되어 있다는 것."

"그 말은……."

"넌 하필이면 사준이를, 언니를 만났어. 재회가 우연이었다면 나았을걸, 조작을 했잖아."

그렇게 말하는 나연의 눈이 붉게 충혈된 채 번들거리고 있었다. 복잡함이 가중된 얼굴을 한 나연은 명백히 혼란스러워하는 중이었다.

"이 선생님과 만나는 걸 반대하기 위해 우리 집에서는 너와 맞선을 추진했어. 그러니까 내 말은……."

"이 선생을 만나지 않는 방편으로 날 만나는 것 같아 그게 싫었다는 거잖아."

"널 향한 마음이 진심처럼 보이지 않을까 봐, 퇴색될까 봐 두려웠어. 집안이 하라는 대로 조종되는 것같이 느껴져서 그게 싫었어. 그래서 말인데……."

나연이 방금 전, 가족 모임 때의 일을 떠올렸다.

"자네가 내 마음에 들 한 가지 방법이 있긴 하지. 어쩔 텐가, 내 조건을 들어보겠어?"

태 회장이 내걸 조건에 모두가 숨죽인 순간, 나연이 입을 열었다.

"그 조건이 충족되기만 하면 되는 건가요?"

"내가 자네의 조건을 따지지 않겠다는 답을 원하는 건가?"

"회장님의 조건이 충족되고 난 뒤, 또 다른 조건을 원하시면 곤란하니까요."

"한입으로 두말하는 성격은 아닐세."

고지식해 보이는 태 회장의 눈빛을 지켜본 나연은 고집스럽게 입을 다물고는 마음의 준비를 했다. 태 회장이 어떤 조건을 내걸어도 지금 이 순간만큼은 놀라지 않을 수 있도록, 감정 하나 내보이지 않도록 마음의 준비를 한 그녀는 비장하게 고개를 끄덕였다.

"그럼 듣겠습니다."

"어느 정도 실현시킬 생각은 있는가?"

"상식적인 선에서 받아들일 수 있는 조건이라면 실현시키겠습니다."

"상식적으로, 자네가 충분히 받아들일 만한 조건이라면 그건 조건이 아니지. 하나를 얻으려면 하나를 잃어야 하지 않은가? 태양을 얻으려면, 게다가 내 마음에 들고 싶기까지 하다면 자네 역시 한 발자국 물러나야 맞는 거겠지."

나연이 침을 꿀꺽 삼켰다. 태양을 돌아볼 여유까지는 없었지만 그도 분명 긴장에 몸을 떨었으리라 생각했다.

"간단하네, 내가 원하는 건."

간단하지만 생각처럼 쉽지 않은 조건일 테지.

두근거리는 심장아, 제발 진정해라.

나연은 금방이라도 튀어나올 것처럼 구는 심장을 애써 다독거리며 태 회장을 바라보는 눈에 힘을 주었다. 여기서 흔들리는 모습을 보이면 안 된다는 생각 때문이었다.

그런 나연의 모습이 흥미로웠던지 태 회장은 보일 듯 말 듯한 미소를 지으며 입을 열었다.

"결혼일세."

"……네?"

"두 달 안에 태양과의 결혼. 그게 내 조건일세."

"왜…… 어째서 그게 조건이 될 수 있는 건가요?"

차라리 다른 조건이었으면 나을지도 모른다. 두 달 안에 생각도 해본 적 없던 결혼을 해야 한다는 조건 앞에, 나연은 뒤통수를 세게 얻어맞은 느낌이었다.

태 회장은 거침없는 독설을 퍼부었다.

"자네, 서른이라고 했지? 남자 나이 스물다섯이면 한창때야. 내가 이런 말을 하면 고지식하다고 느끼겠지만 실질적으로 태양 같은 사내아이는 시간이 갈수록 몸값이 금값이 돼. 하지만 자네는 어떤가? 이제 서른이면 예쁠 나이는 다 지나지 않았나? 그것보다 먼저 아이는 어떻게 할 건가? 여자 나이 서른이면 결혼하기 전에 아이를 가져도 늦지."

어쩌면 그 나이의 어른들이 가지고 있을 편견 내지 현실적이라고도 할 수 있는 독설이었다. 하지만 듣는 내내 나연의 마음을 불편하게 한 것은 나이에 대한 지적도, 값을 매기는 태 회장의 태도도 아니었다. 태양이냐, 아니면 현실적인 문제냐 하는 걱정이 문제였다.

"약혼녀와의 파혼은 쉽네. 자네가 내 조건을 받아들인다면 말이지."

그렇게 말한 태 회장은 무릎 위에 올려놓았던 냅킨을 테이블 위에 올려놓고는 자리에서 일어났다.

"자네 대답을 오래 기다려 줄 시간은 없네."

결정은 신속해야 했다.

나연이 정신을 차린 것은 태양의 재촉 때문이었다.

"그래서 말인데, 뒤로 침묵이 너무 길잖아. 나, 피 말려 죽일 참이야?"

몽롱했던 나연의 눈빛에 생기가 돌아왔다. 꿈에서 깨어난 듯한 얼굴을 하고 있던 나연이 태양을 직시했다.

"당신은 어떻게 생각해?"

"뭘?"

"회장님이 하신 말씀."

"아버지가 내건 조건을 말하는 거야?"

사랑하는 게 맞다면 그 증거를 보여달라고, 당장 오케이를 외쳐야 하는 것 아니냐고, 왜 망설이는 거냐고, 그렇게 조를 수 없는 문제였기에 태양의 마음도 무거워졌다.

"솔직히 마음 같아서는, 신경 쓰지 마. 노인네가 괜한 말씀 하신 거야. 뜬금없이, 그게 현실성이 있기나 해? 이렇게 말해주고 싶어."

"그런데?"

"그렇게 못하겠어. 한 번 한다면 하시는 양반이니까."

"난 당신 생각을 물어본 거야. 저번에 그랬지? 가족 모임에 참석하는 걸 말리지 않은 이유가 어쩌면 은근슬쩍 결혼에 골인할지도 모른다는 생각에서였다고."

나연의 말에 태양은 잠시 그때의 일을 떠올렸다. 장난 같은 말투에 진심을 담아 말했었다. 은근히 결혼에 대한 의사를 밝히려는 의도도 있었다.

태양이 곧은 눈빛으로 나연을 응시했다.

"사랑해. 사랑한다는 마음 하나로 당신과 함께 살고 싶다고 생각해, 난. 결혼의 이유가 되기에는 그 이유가 우스워?"

"우습지 않아. 그게 제일 중요한 거니까."

"그럼?"

"객관적인 시선으로 봤을 때 넌 꽤 철이 없는 편이야. 세상을 동화처럼 여기는 면도 없지 않아 있고."

"그러면 안 돼? 세상이 동화 같지 않다는 건 나도 알아. 하지만 나 하나 정도는 그렇게 믿으면서 살면 안 되나? 당신이 도와준다면 그 동화, 오래오래 행복했습니다, 로 끝날 수 있는데."

태양의 태도는 지고지순했다. 저 위에 떠 있는 태양보다도 한결같이 더 뜨겁게, 나연을 향해서만 빛을 내고 있었다. 태양이 있었던 5년 전에도, 태양이 지고 말았다고 생각했던 5년 동안에도, 또 그 이후에도.

나연은 그런 태양에게 대답했다.

"그래서 결심을 하려고."

"무엇에 대한 결심인데?"

"태 회장님이 말씀하신 조건에 대한, 내 마음의 결론인 거지."

그 말에 태양이 놀랐는지 입을 다물어 버렸다. 침을 삼키는데 목울대가 소리를 내며 움직이기까지 했다. 나연을 향한 그의 동공이 흔들렸다. 그만큼 긴장을 한 모양이었다.

"놀란 건 사실이야. 하지만 그 말을 듣고 오래 생각할 필요도 없었어."

"잠깐만, 잠깐만!"

나 버리지 않겠다고 했잖아.

날 사랑한다고 했잖아.

난 당신에게 버림받으면…… 살 수가 없어.

불안하게 흔들리는 태양의 눈빛이 모든 것을 말해주고 있었다. 어디서부터 무슨 말을 해야 할지, 감을 잡지 못한 채 바들바들 떨고 있는 태양의 모습에 나연은 마음 한구석이 찡하게 아파왔다.

"내 말부터 들어."

"맹나연!"

"사랑해. 사랑하는데…… 결혼은 별개의 문제야. 늘 그렇게 생각해 왔어. 결혼은 한 번도 생각해 본 적 없었고, 또 실감한 적도 없었으니까."

이 선생과의 결혼은 일종의 협박이었다. 부모님에게 할 수 있는 최고의 협박. 언성을 높이며 강압적으로 나오는 상대에게 함께 강경하게 대응할 수밖에 없듯, 그때엔 나연도 자신을 말리는 부모님과 수연을 상처 입히고 싶었다. 그저 그뿐이지 진지하게 그와의 결혼을 생각해 본 적은 없었다.

그랬는데…….

그랬던 맹나연이!

"마음의 준비도, 또 형편상의 준비도 되어 있지 않아. 하지만 그 준비가 언제 되는지 확실하지도 않잖아? 그래서 따지지 않으려고."

"……뭐?"

"당신 같은 사람, 다시는 만날 수 없어. 나도 당신을 사랑한 것처럼 누군가를 사랑할 것 같지 않아. 그러면 정답은 하나잖아? 사랑에 빠진 바보라는 걸 인정하는 수밖에."

나연의 대답이 예상과 다른 방향으로 흘러가자 그녀를 바라보고 있던 태양의 눈이 가느다랗게 변했다. 그런 태양의 의심을 단번에 날려주듯, 나연이 더없이 환하게 미소를 지었다.

"바보가 사리 분별이나 제대로 할 수 있겠어? 까라면 까야지."

"맹 선생."

"맹 선생이 뭐야, 맹 선생이. 지금 나, 당신 사랑한다고 말하는 거야."

나연이 반달 모양의 눈을 하고 생글생글 웃자 태양이 감격했다는 듯 촉촉하게 젖은 눈으로 그녀를 물끄러미 바라보다 와락 끌어안았다. 나연은 기쁘게 그를 마주 안고는 그의 가슴에 뺨을 댔다.

"사랑하니까 잃고 싶지 않아. 잃지 않으려면 당연히 무언가를 하나 포기해야겠지. 내가 가장 타협하고 싶지 않은 부분이지만…… 그걸로 당신을 지킬 수 있다면, 내 곁에 둘 수 있다면……

나, 할 거야."

"맹나연."

"어차피 몇 년 뒤에 할 거, 좀 더 일찍 했다고 치지 뭐."

"맹나연, 어쩌다 이렇게 사랑스러워졌냐?"

태양은 믿기지 않는다는 듯이 나연의 어깨를 잡아 떨어뜨리고는 한동안 그녀의 얼굴을 물끄러미 바라봤다. 그 시선이 낯간지러웠기에 나연은 애꿎은 입술만 오물대다가 과장스러운 동작을 했다.

"솔직히 태 회장님이 더 힘든 조건을 내거실 줄 알았는데. 휴, 살았다."

"고마워, 그렇게 생각해 줘서. 당신이 얼마나 휘둘리기 싫어했는지 난 아니까. 그걸 날 위해 양보해 줘서 고마워."

"결혼한다고 하는 건데, 내가 프러포즈하는 건데 고맙다고?"

"사랑해."

"그 말이 좀 낫네."

"온 세상을 다 가진 것 같아."

"흐음. 좀 더 찬양해 봐."

"평생 행복하게 해줄게!"

"에이, 너무 거짓말 같다. 하지만 이럴 때 아니면 언제 또 그런 말을 들어보겠어? 거짓말같이 느껴지는 달콤한 말, 다 해줘."

결정을 한 뒤 너무나 홀가분하게 행복해하는 나연의 모습에 태양도 지금까지 마음 졸이던 것들이 순식간에 떨어져 나가는 것을 느꼈다.

아아, 이제야 안심이다.

이제야…… 당신이 곁에 있을 것 같다, 아주 오랫동안.

나연이 그의 품에 기대왔다.

"5년 동안 기다려 줘서 고마워. 날 지켜줘서…… 고마워."

그녀의 말 한마디에 그동안의 모든 서운함이, 가족에게 받았던 외로움과 응어리가 천천히 녹아내렸다. 그녀는 그를 태양이라 하지만 그에게는 그녀가 태양이었다. 무슨 일이 생기더라도 환하게 비추어주는 볕, 양지바른 편안한 품.

태양이 나연을 힘주어 안았다.

"당신과 만날 수 있어서 난 비로소 나 자신을 찾을 수 있었으니까, 내가 고마워요. 당신이 그곳에 있어줘서."

"오글거리긴 하지만…… 사람들이 왜 유치한 걸 좋아하는지 알겠다. 그런 말 들으니까 너무 좋다."

그녀의 말에 자꾸만 웃음이 새어 나왔다.

사랑은 사람을 바꾼다.

그렇기에 사람은 사랑한다.

그렇기에 사랑은 위대하다.

태양은 나연을 만나고 나서야 그 사실을 깨달았다. 그리고 그로 인해 생긴 변화가 썩 나쁘지만은 않았다.

평생 처음으로 느껴보는 행복함에 태양은 망설이지 않고 웃었다. 그렇게 그녀를 차지하고 싶었던 한 악마는 진심을 다해 웃을 수 있게 되었다.

에필로그

와장창창창—

물건 부서지는 소리에 부엌에 있던 금천댁의 입에서 나지막한
한숨이 터져 나왔다.

"어머! 이게 무슨 소리래요?"

바뀐 지 얼마 되지 않은 또 다른 직원이 놀라 금천댁의 옷자락
을 붙잡고 늘어졌지만 금천댁만큼은 놀라지 않았다.

"청소할 준비해요."

"네?"

되묻는 직원의 말에 금천댁은 별다른 설명을 덧붙이지 않고 몸
을 움직였다. 가출을 일삼는 장남을 억지로 끌어다 가둬둔 다음부
터 하루도 빠짐없이 벌어지고 있는 참사였다.

와장창창창—!

"금천댁! 금천댁!"

사모님의 얇은 목소리가 히스테릭하게 집 안에 울리는 순간, 금천댁과 다른 직원의 움직임이 바빠졌다.

회장님은 태양의 방 한가운데 서 있었다. 하지만 그 장면을 바라보는 금천댁의 눈에는 폭풍의 정가운데에 서 있는 것처럼 보였다.

바닥에는 깨질 수 있는 온갖 물건들이 산산조각 부서져 있었다. 며칠 내내 이어진 전쟁과도 같은 반항에 방 안의 물건들이 남아나지 않고 있었는데 이제는 씨를 완전히 말릴 기세였다.

"구급상자, 구급상자 어디 있지? 아니, 그보다 이 박사님을 불러야겠어."

사모님은 하얗게 질린 얼굴로 회장님을 붙들고 있었는데, 그 손이 경련을 일으키며 부들부들 떨리고 있었다. 이유는 간단했다. 결국 아들의 반항을 참지 못한 회장님이 크리스털 재떨이를 던지고 말았고, 그런 협박에도 굴하지 않고 그 자리를 지키고 있던 태양은 재떨이를 정면으로 맞고 말았던 것이다.

이마가 깨져 선혈이 주르르 흘러내리는데도 개의치 않고 사나운 눈빛으로 아버지를 노려보는 태양의 두 눈은 그 어떤 말로도 쉬이 가라앉지 않을 것처럼 섬뜩하게 빛나고 있었다.

"독한 놈. 이 한심한 놈!"

피하지 않고 그걸 곧이곧대로 다 맞는 아들의 모습에 태 회장은 분노했고, 또 아파했다. 어른이 먼저 굽히기란 힘든 법, 아들이 조금만 더 유연하게 굴었더라면 못 이기는 척 태양을 위해 힘을 실어줬을 태 회장이었다. 하지만 태양은 그런 녀석이 못 되었다. 자신의 모든 것을 포기하고 얼음으로 꽁꽁 싸맨 채 살아가는 우리나 제법 유연하게 굴며 약삭빠르게 제 몫을 다 챙기는 막내 태풍과는 확연히 다른 녀석이었다.

마음이 유독 약한 녀석. 그래서 한 번 생긴 상처는 쉽게 치유하지 못하는, 할 수도 없는 그런 녀석.

"이제 다 하셨어요?"

"……뭐?"

"이마 깨졌으면 됐죠? 아니면 팔이나 다리 몇 군데 더 원하세요?"

"저, 저……!"

"절 가둬두려 하지 마세요. 찾지도 마시고요. 절 그냥 죽었다고 생각하세요."

"대체 뭐가 불만이야? 뭐가 그렇게 네놈 마음에 안 드는 거냐?"

"다요. 이 세상 다요. 애초에 내 편은 엄마 하나밖에 없었는데 아버지는 그런 엄마마저 제게서 **빼앗아** 버리셨잖아요?"

태양은 자신을 잡는 회장님과 사모님의 손길을 뿌리치고는 그대로 지옥 같은 집을 나가 버렸다. 그렇게 큰 대저택에 홀로 있으면 죽은 어머니의 망령에 사로잡힌 것 같은 기분이 들어 그를 답답하게 만들었다. 사망 직전까지 우울증에 시달리던 어머니, 그런 어머니를 외면하던 아버지, 눈물만 흘리다 사고로 죽어버린 어머니, 그리고 얼마 뒤 들어온 새어머니까지. 갑갑한 감옥과도 같은 이 세상은 오랫동안 쌓여온 앙금을 풀어낼 틈도 없이 태양을 채찍질했고, 그런 세상에 태양은 그 어떤 미련도 없었다.

과다출혈로 인한 극심한 빈혈에 제 몸 하나 가누기 힘들어할 즈음, 태양이 정신을 차렸다.

집에서 나와 비틀거리며 거리를 헤매다 놀이터에 쓰러졌던 것 같은데.

태양이 힘없이 눈을 깜빡거리자 귓가에 들리던 여자의 목소리가 한결 더 선명해졌다.

"119에 해야 하나, 112로 해야 하나."

다들 무서워서 피하던데 이 여자는 대체 왜 접근하고 지랄이야. 꺼져!

뭐라고 말을 하고 싶었지만 의식이 점점 흐릿해지는 터라 말이 제대로 입 밖으로 나오질 못했다. 덕분에 여자는 꽤 높은 톤의 목소리로 친근하게 말을 걸어왔다.

"어머, 정신 들어요? 이봐요, 이름이 뭐예요? 집은, 주소는 기억해요?"

"전화……."

"전화기 빌려줘요?"

"전화…… 하지 마!"

"뭐?"

"119나 112로 전화하지…… 말라고!"

태양은 있는 힘을 모두 끌어내 바락 소리를 내질렀다. 소리를 지르고 나니 온갖 진이 다 빠져 축 늘어져 버린 그의 두 눈에 어이없다는 얼굴을 한 여자의 모습이 흐릿하게 보였다.

"그럼 나보고 어쩌라고?"

"그냥…… 가던 길, 가."

속삭이듯 중얼거린 태양은 스르륵 눈을 감으며 들어 올렸던 머리를 뉘었다. 그러자 여자는 한숨을 푹 내쉬고는 머리를 긁적거렸다.

"나 참, 성질 부릴 기운은 있나 보네. 죽지는 않겠다. 하여간 요즘 세상에 아무나 막 도와주고 오지랖을 떨면 안 된다니까. 도와주고도 욕을 먹어요."

여자는 신경질적으로 투덜거리더니 이내 몸을 돌렸다. 여자의 발걸음이 멀어지는 소리를 들으며 태양은 안심했다.

그래, 그렇게 가버리라고. 괜히 착한 척하며 아무한테나 손 내밀지 말라고. 위선 떨지 말라고!

그렇게 얼마나 찬 바닥에 누워 있었을까. 멀어졌다고 생각했던 발자국이 다시 가까워졌다. 눈을 떠 상대를 바라볼 힘조차 남아 있지 않은 태양이 눈을 감고 있는데 누군가 그의 다리를 발로 툭툭 찼다. 방금 전, 태평양보다 넓은 오지랖을 보여주었던 여자였다.

"어이, 너. 네가 원하는 대로 신고는 안 했어. 대신 내가 너 신원 보증 섰으니까 여기서 꼼짝하지 말고 딱 기다려. 문제 일으키면 죽을 줄 알아. 뭐, 문제 일으킬 만한 힘도 못 쓰겠다만."

"꺼…… 져."

"입만 살아서는. 이대로 지나쳤다가 평생 죄책감에 시달리기 싫어서 그러니까 딱 기다려."

젠장. 이제는 참견하지 말라는 말을 하지 못할 정도로 기운이 없다.

아아, 젠장.

"칼에 찔렸다던가, 범죄자라던가, 살인마, 뭐 그런 건 아니겠지? 아, 진짜. 미쳐, 내가."

여자의 중얼거림을 끝으로 태양은 정신을 잃고 말았다.

태양이 다시 정신을 차린 것은 지독한 통증 때문이었다. 눈을 감은 채 귀를 열고 주변 상황을 파악하기 위해 애를 썼다. 방금 전 들었던 여자의 목소리가 다시금 들려왔다. 꿈인지 생시인지 구분이 안 됐는데 아무래도 여자는 현실 속에 존재하는 모양이었다.

"감사합니다, 경비 아저씨."

"뭘요. 혹시 무슨 일 있으면 꼭 연락 주세요."

"네, 그럴게요."

콰앙—

현관문 닫히는 소리와 함께 여자의 난감한 목소리가 들렸다.

"이제 어쩐다?"

등 뒤로 와 닿는 포근한 감촉과 따뜻한 공기는 외부의 것이 아니었다. 병원의 소독약 냄새 역시 나지 않는 것으로 보아 여자의 집인 듯했다. 코끝을 간질이는 냄새 역시 단 한 번도 맡아보지 못한 종류의 것이었기에 낯설게만 느껴졌다. 당장에라도 일어나 불편한 느낌이 가득한 이 집을 박차고 나가고 싶었지만 몸이 말을 듣지 않았다.

"방금 전 하던 소독부터 마저 하고."

여자는 부산스러웠다. 지혈을 하고 나름대로의 깊은 상처에 왁, 소리를 질렀다가 다시 바들바들 떠는 손길로 소독을 했다. 소독약을 쏟아붓는 편에 가까웠기에 참으려고 해도 고통스러운 신음이 목구멍을 긁어대고 터져 나왔다. 그의 목울대가 울렁거리고 미간이 잔뜩 찌푸려진 까닭일까, 여자의 손길이 더욱 조심스러워졌다.

"어쩌지? 역시 아프겠지?"

어쩐지 그녀의 손길이 기분 좋게 느껴졌다. 차가운 손끝이 살금살금 그의 상처와 머리카락을 건드리는 것이 꼭 소중하게 대해주는 것처럼 느껴졌기에 마음이 안정이 되는 것 같았다.

아니, 애초에 누군가 자신을 이렇게 만져 준 적이 있던가?

"대체 뭐로 얻어맞았기에 상처가 이런 거야?"

한숨 섞인 목소리에 안타까움이 잔뜩 서려 있었기에 태양은 방금 전 느끼던 극심한 고통마저 잊어버린 채 편안하게 숙면을 취할 수 있었다, 아주 오랜만에. 그리고 그와 동시에 그가 오랫동안 방황하며 찾아 헤매던 것이 무엇인지 확실하게 깨달았다. 누군가 진심으로 자신에게 손을 내밀어주기를, 누군가 진심이 가득한 걱정의 한마디를 해주길 원했던 것이었다. 자신이 편히 쉴 수 있는 그만의 안식처를.

꿈을 꾸었다, 아주 오래전의 꿈을.

그 꿈이 현실이라면 지독한 악몽일 수 있겠지만 현실이 아님을 잘 알고 있기에 태양은 잠에서 깨어난 뒤 한숨을 폭 내쉬고는 곁에 누워 있는 나연을 바라보며 미소를 지었다.

"그래, 이 꿈이 현실일 리가 없지. 당신이 이렇게 내 곁에 있는데."

그는 그녀의 머리카락을 쓸어 올려주고는 반쯤 드러난 그녀의 눈부신 나신 위로 이불을 꼼꼼히 덮어주었다. 매트리스가 출렁거리지 않게 조심스럽게 몸을 일으킨 그는 바지만 대충 걸쳐 입고 집 안을 천천히 둘러보았다.

그녀가 살던 오피스텔과는 차원이 다르게 큰 평수, 통유리로 만들어진 창, 대리석 바닥, 유행하는 스타일의 인테리어. 모든 것이 그녀가 살던 집과 판이하게 다른 이 공간에서 두 사람만의 추억을 쌓아나간다고 생각하면 왜인지 모를 카타르시스가 느껴졌다. 부담스럽게 느껴지는 안방을 빠져나와 서재로 향한 태양은 그녀의 흔적으로 가득한 책장을 둘러봤다.

"책만큼은 하나도 버리지 않고 다 들고 오겠다고 해서 한바탕 했었지."

책장을 쓸어본 태양은 그녀의 흔적이 가득한 책상 앞에 앉았다. 아무 의미 없이 책상 서랍을 여닫던 그는 열었던 서랍을 닫으려는 찰나, 눈에 익숙한 무언가를 확인하고 다시 서랍을 열었다.

"이건……."

태양은 서랍 한쪽에 담겨 있던 영어책과 캠코더, 그리고 사진을 꺼냈다. 그녀에게 사랑을 고백했던 영어책, 그녀의 약점을 찍어두었던 캠코더, 그리고 책에 꽂아놓고 모서리가 닳을 정도로 들여다봤던 사진……. 모두 나연을 향한 마음이 듬뿍 담겨 있는 추억의 물건들이었다.

그때였다.

"똑똑."

문가에서 들려오는 말소리에 태양이 고개를 들었다. 나연이 가운을 걸친 채 문가에 서 있었다. 막 잠에서 깬 얼굴이었지만 졸음이 덕지덕지 묻어 있었기에 태양의 얼굴이 포근해졌다.

"깼어요?"

"으음. 네가 곁에 없으니까."

"깨우고 싶지 않아서 조용히 나온 건데."

"아직 새벽이야. 왜 벌써 깼어?"

"악몽을 꿔서."

"악몽?"

나연이 되물으며 태양의 곁으로 다가오자 태양은 자연스럽게 팔을 벌려 그녀를 끌어안았다. 나연도 순순히 태양의 어깨를 품으며 그의 정수리에 뺨을 비벼댔다.

"아직도 걱정이 되나 봐요."

"무슨 걱정?"

"당신이 사라지는 것."

"내가 왜?"

"그냥."

"그렇게까지 확신이 없는 거야?"

"그렇다기보다."

태양은 뒤통수를 긁적거리며 쑥스러운 얼굴로 중얼거렸다.

"아직도 믿기지 않아서, 당신이 내 여자가 되었다는 게."

신혼부부가 된 지 만 하루. 결혼식을 끝내자마자 신혼집으로 와 첫날밤을 지낸 두 사람이었다. 내일이면 신혼여행을 떠날 태양은 나연의 앞에서 아직도 십대의 마음을 간직한 순수한 청년이었다. 그 모습에 나연이 안도하듯 편안한 미소를 보이며 그를 꼭 끌어안았다.

"바보."

조용히 속삭인 나연이 책상 위에 놓인 물건들로 시선을 돌렸다. 그것들을 발견한 나연은 환한 미소를 지으며 캠코더를 향해 손을 뻗었다.

"이걸 또 찾았네."

"책상 서랍 속에 있더라고."

"당신이 생각날 때마다 봤던 것들이야. 보고, 만지고, 울기도 하고."

캠코더가 작동이 잘 되는지 이리저리 만져 보는 나연의 얼굴이 봄날보다도 따뜻했다. 태양은 그런 나연의 얼굴을 뚫어져라 바라보고 있다가 손을 뻗어 그녀의 뺨을 어루만졌다. 태양은 나연의 뺨에 자잘하게 키스를 퍼부으며 중얼거렸다. 웃음소리에 행복이 잔뜩 묻어나오고 있었기에 그를 끌어안은 나연의 두 눈도 잔뜩 휘어 있었다.

"그나저나 날 어떻게 부를 건지, 생각은 해봤어요?"

"넌, 나이 차이 확 실감하게 하는 그 존댓말은 어떻게 할 건데?"

"그래서 섞어 쓰고 있잖아."

태양이 어깨를 으쓱거리며 대답하자 그의 머리카락을 만지작거리고 있던 나연이 고개를 절레절레 흔들었다.

"아무리 생각해도 네가 원하는 대로는 못 불러줘. 달링, 허니. 그런 것들은 너무 닭살 돋잖아?"

"하다 보면 내 이름처럼 익숙해질 때가 올 겁니다."

"그럼 당신부터 존댓말은 집어치우지?"

"천천히, 노력해 보지."

"지금 말투는 조금 건방졌어."

"이젠 선생과 제자 사이가 아니라 대등한 부부 사이니까 좀 봐줘요."

태양이 입을 맞추며 달콤하게 속삭이자 나연은 졸음 가득한 눈을 파르르 떨며 그의 무릎 위에서 일어났다. 그리고는 그의 커다란 손을 잡아끌었다.

"이리 와. 가서 자자. 내가 재워줄게."

"음, 기분 좋은 말이다."

방금 전 꾼 악몽에 잔뜩 긴장해 있던 태양이 그녀의 제안에 잔뜩 풀어진 얼굴을 했다. 제법 편안해진 얼굴을 한 태양이 무거운 엉덩이를 들어 올리자 나연은 그와 손을 꼭 붙잡고 안방으로 향하며 중얼거렸다.

"악몽을 꾸긴 왜 꿔. 앞으로 행복한 날들만 남았는데 왜 불안해 해."

"행복했던 적이 없었으니까. 지금 이렇게 행복한 게 꼭 꿈만 같아서."

그와 결혼 준비를 하는 동안 알게 된 그의 과거를 떠올린 나연이 씁쓸하게 웃었다. 태양이 그녀의 죽은 막냇동생과 꼭 닮아 보였던 이유가 떠오르자 그녀는 잠시 안타까운 기색을 감추지 못하고 서 있었다. 하지만 그것도 잠시.

"과거는 과거일 뿐이야. 과거에 얽매여 있지 말고 앞으로 다가올 새로운 미래를 생각해. 가슴이 두근두근하지 않아?"

"내가 이래서 맹 선생을 사랑한다니까."

나연의 말에 태양이 그녀의 어깨를 단단히 그러쥔 채 웃었다. 그의 미소 앞에서 나연은 그가 일말의 불안 따위조차 느끼지 못할 정도로 환한 미소를 되돌리며 그를 침대로 이끌었다.

　"내가 평생 악몽 따위는 꾸지 않게 해줄게."

　그는 나연이 이끄는 대로 순순히 침대에 누워 그녀를 품에 끌어안으며 중얼거렸다. 나연이 품을 파고드는 순간부터 눈꺼풀이 천천히 무거워지고 있었다.

　"악몽을 먹는 귀신이라고 해야 하나? 뭔가 있었던 것 같은데."

　"아아, 맥?"

　"그래. 당신이 내 맥이 되어주는 건가?"

　"얼마든지."

　나연은 자장가를 불러주는 듯한 목소리로 그에게 속삭였다. 언제나 든든히 그녀의 곁을 지켜주던 소나무 같은 이 남자가 비바람에 지쳐 쓰러지려 할 때엔 늘 그가 쉴 수 있는 따뜻한 품을 내어주는 안식처가 되어줄 것이었다.

　그 어떤 말보다 더욱 사랑스러운 말.

　그 어떤 고백보다도 더욱 고마운 말.

　안심하게 만들어주고 따뜻한 품을 내어주는 그녀의 말.

　오래전부터 애타게 찾아다닌, 뿌리를 내릴 만한 지대와도 같은 그녀.

　가장 안심할 수 있는 곳에서만 편하게 잠들 수 있는 태양이 경계를 푸는 곳에 나연이 있었다. 나연은 자신의 앞에서 어린아이처럼 잠이 든 그의 얼굴을 쓰다듬으며 조용히 속삭였다.

　"사랑해, 나만의 태양."

언제까지나.

목숨이 다할 때까지.

나연은 어릴 적의 그의 마음까지 모두 끌어안아 위로하고 싶다
는 듯 한동안 그의 머리카락을 쓰다듬어 주다가 함께 깊은 잠에
빠졌다. 세상에서 가장 사랑하는 남자의 품에 안겨 그 누구보다도
행복한 얼굴로.

두 사람의 꿈속은 어느 때보다 평화로울 것이 분명했다.

〈THE END〉

작가 후기

드디어 태양과 보리사자를 세상에 내놓을 때가 되었습니다. 두 사람을 떠나보내려니 어느 때보다도 섭섭합니다. 올해 들어 연이어 글을 작업하게 되어 심신이 많이 지쳐 있던 때에 만난 태양과 나연은 제게 있어 촉촉한 단비나 다름없었습니다. 두 사람 간의 로맨스에만 포커스를 맞추고 쓴 글이라 제 나름대로 힐링이 되지 않았나 싶습니다.

처음으로 도전한 사제물이기도 했고, 그래서 더욱 조심스러웠습니다. 하지만 그만큼 사랑스럽게, 그리고 애틋하게 태양의 마음을 써내려고 노력했는데 그게 읽으시는 독자분들께 조금이나마 전해졌길 바랍니다.

이 글은 오래전에 방영한 〈거침없이 하이킥〉 시트콤에서 영감(?)을 받아 쓴 글입니다. 그 시절 유명했던 서민정과 최민용(이민용) 커플, 그리고 고등학생이었던 이윤호의 러브 스토리에서 모티프를 따왔습니다. 물론 인물들의 성격은 그 시트콤과 무척 다릅니다만, 저는 그때고 지금이고 절대적으로 이윤호 군과 태양의 편에 서 있었습니다.

우유부단했던 최민용(이민용) 선생은 지금의 이 선생이 될 수 있겠네요. 우유부단의 끝을 보여주는 이 선생은 그의 상황 때문에 이기적인 선택을 할 수밖에 없었으리라 생각합니다. 더불어 '집안의 반대'가 굳이 〈신데렐라〉 스토리에서만 나오는 일이 아니라 조건이 맞지 않거나 부모님의 의견과 다르다면 얼마든지 일어날 수 있는 현실적인 일일 수 있다고 생각했기에 글에 등장하게 되었습니다. 돌싱남이라는 이유만으로 헤어짐을 강요하는 가족이 불편하셨다면 심심한 사과의 말씀을 드립니다. 하지만 여기서 중요한 점은 돌싱남이라는 이유가 있더라도 두 사람의 마음이 굳건했더라면 어떻게 해서든 이루어질 수밖에 없었을 것이라는 점입니다. 나연은 어쩌면 태양과의 이별로 인해 허탈해진 마음을 이 선생을 통해 메우려고 했는지도 모릅니다.

〈그렇게… 악마가 웃었다〉라는 제목이 글과 또 분위기와 어울리지 않겠다는 생각을 했습니다. 애초에 제대로 된 사악한 악마와도 같은 학생을 써 내려가려던 초반과 다르게 태양이 무척 따뜻하고 고지식한 남자가 되어버렸기에 독자분들께도 지적을 받았습니다. '악마'가 아니라 길을 잃은 '양 한 마리'라고. 제목을 바꿀까도 했지만 이 제목을 기억하실 분들이 많아 애써 바꾸지는 않았습니다. 사악한 '악마'가 아닌, 자신의 길을 찾아 방황하던 '악마'인 태양. 그리고 사악한 '웃음'이 아니라 비로소 찾은 행복한 '미소'라고 해석해 주신다면 더없이 기쁠 것 같습니다.

이 글이 세상에 나올 때 즈음, 저는 연재를 마치고 휴가를 떠나 있겠네요. 오래전부터 생각했던 시리즈물의 연재까지 모두 끝마치고 가는 상태라 무척 행복합니다. 〈캔디보다 이라이자〉에서부터 시작한 '태씨 집안의 삼 남매 이야기'는 〈그렇게… 악마가 웃었다〉와 〈팀장님은 휴가 중〉을 통해 끝을 맺습니다. 물론 '쓰리플 친구들─나이수, 태우리, 배이지' 이야기는 배이지 양의 항해가 남아 있지만 당분간은 배이지 양의 이야기를 쓰지 않을 거라 지금 당장은 이 상태로 끝이 난다고 볼 수 있겠습니다.

연재를 기억하시는 분들이나 이전의 시리즈물에서 나온 인물들의 이름을 듣고 '아! 기억난다.'고 말씀해 주시는 분들이 계신다면 무척 행복할 것 같습니다.

이 글이 세상 밖으로 나올 수 있도록 도와주신 수많은 분들께 감사의 인사를 전합니다. 읽어주시면서 애정을 담뿍 주신 독자분들께 감사의 인사를 드립니다. 역시 이 글이 책으로 나올 수 있게 도와주신 예원 북스의 유경화 실장님, 감사합니다. 연재가 끝나지도 않았는데 저를 믿고 태양을 덥석 끌어안아 주셨습니다. 묵묵히 곁을 지켜주시는 오아시스를 찾다 카페 회원님들과 작가님들, 로망띠끄 독자 여러분들께 머리 숙여 감사의 인사를 전합니다.

5년의 연애 끝에 이제는 멋진 남편으로 거듭난 N군, 영원한 편이 되어주시는 부모님과 시댁 어른들께 감사와 사랑의 인사를 전합니다. 또한 외로운 타지 생활을 하고 있지만 그 와중에도 곁을 지켜주는 친구들이 있어 행복합니다.

언제나 생각합니다. 세상이 내 뜻대로 움직여 준다면 그건 소설이나 영화지 현실이 아니라고. 그렇기에 소설을 통해 잠시나마 현실을 잊고 가벼운 위안을 받는 게 아닌가 싶습니다. 세상에 운명적인 만남은 없다고 생각하는 분들께 아주 잠시나마 운명이 있을지도 모른다고 믿게 해드렸거나, 일과를 마치고 돌아와 고단함에 마음이 지친 분들께 아주 작은 위로가 되어드렸거나, 책을 읽으시는 동안 일말의 즐거움을 느끼셨다면 그것으로도 기쁠 것 같습니다.

부디 그렇길 바라며 저는 이만 긴 글을 줄입니다.

언제나 발전하는 글쟁이가 되겠습니다.

2014년 4월
아직도 간간이 눈이 내리는 곳에서
이경하 드림.